准点狙击

唐酒卿 著

长江出版社
CHANGJIANG PRESS

二人待在一把伞下，看起来好像在密谋什么，他们的身影被灯牌的灯光晕开，变作雨里朦胧的图案。

谢枕书不语,把大白猫奶糖放在苏鹤亭的掌心里,苏鹤亭怀里的东西"哗啦"掉在毛绒大熊的肚子上。

目录
contents

Chapters 1
世界 //001

Chapters 2
老板 //030

Chapters 3
申王 //064

Chapters 4
长官 //091

Chapters 5
肥造 //123

Chapters 6
福妈 //153

Chapters 7
上线 //181

Chapters 8
折叠 //212

Chapters 9
傲因 //240

Chapters 10
连接 //266

Chapters 11
醉猫 //295

Chapters 12
再连 //331

带着你的气球

回你北方的家

就当从来没有见过我

Chapters 1
世界

"'刑天'几日前袭击了主神系统。"隐士端坐于茶肆内,大袖袍的领口有缝补过的痕迹,"死了五六十个人。"

"疯子行动,"苏鹤亭用手指蘸茶,在茶几上画着没意义的圆,"那群人工智能是炸不死的。"

"这种爆炸活动是在向我们立威,"隐士借着喝茶的动作,稍微倾身,低声说,"我得到消息,'刑天'下次行动要换我们上。"

"我们都带着脑机接口,"苏鹤亭侧过头,看向茶肆中央,那里有几个女孩儿在表演茶百戏,"死得更快。"

"我掐指一算,难逃此劫,"隐士把茶一饮而尽,"如果不是还有比赛,我就跑——"

他话说到一半,苏鹤亭就听见了开枪的声音。子弹经过碳钢冷锻的重枪管,正中隐士的眉心。

苏鹤亭当机立断,拔出了自己插在接口上的尾巴。

茶肆骤然消失,苏鹤亭睁开眼睛,回到现实。房间里还残存着泡面的味道,和网络世界里的环境截然不同,这里脏乱逼仄,一栋楼里能塞近千号人。

现在是新世界06年，旧人类社会在战争中毁灭，智能系统组成"主神联盟"，占据旧世界高科技地区，意图主宰新世界，把人类驯化为次等生物，逃出来的人类都叫"幸存者"。

幸存者们在旧人类世界的废墟上建造了反系统生存地，由名叫"刑天"的武装组织管控，他们同时还负责对主神系统发动爆炸袭击。

苏鹤亭从床上翻坐起来，他流了些汗，T恤粘在背上，相当难受。但是他来不及擦拭，因为他听见了脚步声。

那些步伐整齐的军靴停在他的门口，紧接着有人踹开了他的房门。

"我劝你们管好自己，"苏鹤亭有段时间没剪的黑发垂在眼前，稍稍挡住了他的眼睛，他即将爆出的粗口在枪口面前变作乖巧的保证，"——我也会管好我自己。"

"不要总在网上发牢骚，"为首的组织成员剃着光头，是个假和尚，他对苏鹤亭双手合十，诚恳劝告，"下次警告就不是虚拟爆头了。"

"好的，"苏鹤亭听话地回答，"你带枪，说什么都对。"

和尚很满意，退出房间时还不忘礼貌地说："打扰了呢。"

苏鹤亭看着他们把房门关好，却没有听见他们离开的声音。他坐在床沿，房间里没窗户，也没有光亮。昏暗中他俯下身，双臂撑床，垂下眼，重复了那句话。

"你带枪，说什么都对。"

苏鹤亭六点打开门时，走廊上已经没有和尚了。他罩着黑色雨衣，跨过隔壁的塑料脸盆，向电梯走。他经过的每个房间都很狭小，有些人连桌子也没有，只能蹲在门口洗头，刑天给这些拼接人的标配只有被监控的网络接口。

苏鹤亭现在所在的地方是反系统生存地03区，又称黑市。这里住着大量拼接人——这些在新世界经过人体改造，拥有脑机接口的幸存者被称为拼接人。他们受刑天组织的高度监视，被统一安排在黑市居住。

苏鹤亭走出通道，站在交叉路口等红灯。雨弄脏了他的雨衣，他稍稍抬起头，目光透过雨雾，看向不远处的斗兽场。

在当下这个物资匮乏的世界里，养活自己很难，工作都伴随着生命危险和道德拷问，竞争却相当激烈。而模糊了人类和系统机器边界的拼接人，他们不受幸存者欢迎，除了承接危险的雇佣任务，基本都在黑市斗兽场里卖命。

这座斗兽场是模仿旧世界的罗马角斗场建造的，占地广阔，能容纳近万名观众。它内部有虚拟捕捉器，能把赛况如实转成付费直播。现场票价更贵，因为能让每个观众身临其境。比赛由刑天主持，他们通过比赛积分对选手进行终极排名，而这个排名决定选手在黑市的价格。

苏鹤亭一周要进斗兽场一次，他靠排名吃饭，也接受雇佣。只要雇主给的价格够高，再危险的任务他都考虑。

绿灯亮了。

苏鹤亭跟着人群过马路，他绕开斗兽场正门，来到选手东入口。斗兽场比赛是虚拟格斗，这需要连接选手的脑机，启动全息影像，因此被称为新世界"电竞"。比赛风险是容易造成神经系统损伤，当场死亡的概率比现实搏击更高，但它以刺激性、多样性风靡直播市场。

"下一个就是你！"经理对苏鹤亭喊，"你准备好了吗？"

苏鹤亭点头。

周围太拥挤了，经理推开挡路的工作人员，继续扯着嗓子对苏鹤亭喊："那就去等候区吧！这场马上结束！"

苏鹤亭在等候区看到了许多选手，其中有他今晚的对手。

泰坦是个肌肉猛男，他身高接近两米，两只手臂是钢造的，模仿人体肌肉隆起的模样,但里面不是实心的,而是精密复杂的指令处理器。他是典型的新世界拼接人,已经经历了数百场比赛,肢体对电极刺激下的脑电信号很忠诚,不管在虚拟中还是现实里,他都能让自己做出最快速的反应。

"嘿,"泰坦单手打开啤酒,目光锁定在苏鹤亭身上,"听说你的尾巴和真的无异,平时还需要洗护。"

"是啊,偶尔还会掉毛,很麻烦,"苏鹤亭掏出一颗彩虹糖,丢进嘴里,"建议你不要效仿。"

"我不会给自己插条尾巴,"泰坦喝了几口啤酒,"但我养过几只像你这样的猫,"他冲苏鹤亭露齿一笑,把啤酒罐捏爆了,"他们从不进斗兽场。"

苏鹤亭吃着糖,像是没听懂,回道:"你生活阅历还挺丰富的。"

"——让我们把镜头转到等候区!"悬浮在斗兽场中心的主持人是个浓妆小丑,他挥动双臂,热情地跟选手打招呼,"看看,两个选手之间的气氛剑拔弩张!我们的比赛还没开始呢。"

"泰坦!"场内观众有节奏地喊了起来,"泰坦!泰坦!"

泰坦神情享受,他爱听这个。

"泰坦选手已经连胜十九场了,再赢一场就是新的满贯王,"主持人煽动现场观众的情绪,"他经常用钢造手臂打败对手。他用如此认真的态度回馈观众,一直带给我们无价的视觉盛宴!我太期待泰坦今晚的表现了!"

镜头给到苏鹤亭,主持人放缓语速道:"泰坦今晚的对手是本月积分排名第五十八位的'猫崽',是个新人呢。让我看看,不错啊,猫崽,连胜三场了,让我来给你打打气。"他抬起手放在颊边,矫揉造作道,"加油,喵!"

场内顿时掀起一片嘘声。

"时间差不多了,"主持人恢复正常的语气,"等等,我看到了什么!猫崽真与众不同!他不需要脑部连接线,因为他有尾巴!我的天——"主持人发出夸张的声音,"他好可爱哟。"

苏鹤亭脱掉雨衣,在灯光中露出全貌。

这是只猫。

他发间竖起两只猫耳,其中一只因为痒而抖了抖,那条惹人注意的尾巴正在摇晃。

"资料显示他是因为前庭系统受损才做的改造手术,这条逼真的尾巴代替了中枢处理器,能帮助他正常行走。哎呀,还是只异瞳小猫,他也太可爱了吧!有一只眼睛是雾霭蓝色的吗?"主持人低头仔细地浏览苏鹤亭的资料,"这只眼睛也是改造过的植入体,在以往的比赛中还没有展现出什么特别的作用。"

泰坦露出轻蔑的表情。

"现在开始吧,"主持人面朝观众,"连接倒计时,十、九……"

苏鹤亭垂下尾巴,尾巴尖儿自动更换成连接接口,和现场的接口相连。就在这一瞬间,刺激信号从尾巴一路狂奔向脑袋,在活动区炸开强烈的亢奋情绪,他的猫耳在这种刺激下敏感地折成了飞机耳,看起来很不好惹。

"三、二、一!"

全息影像就位,虚拟赛场瞬间弹铺开来。

电子诵经声犹如浪潮,从天尽头传来,淹没了整个虚拟赛场。赛场尽头出现了一个身披橘红袈裟的老僧,他从袖中放出巨大的鬼车鸟①,紧接着雨水由地面涌,整个赛场开始在苏鹤亭眼中倒转。

那些观众最终悬于头顶,原本的夜空反倒变作了地面。浑浊肮脏的雨反向掉落,鬼车鸟倒挂在斗兽场边沿,把九颗硕大的金属脑袋扭向各个方向。它用十八只猩红的眼睛巡视地面,犹如探照灯,是整场比赛的监控系统。

"比赛开始!"

泰坦的虚拟形象率先登场。

那沉闷的"嘭"声带给全场重量级的压迫感,也增强了现场沉浸式的感官体验。

"他来了——我好像听到了现场的承重警报声!"主持人兴奋

起来,率先高喊,"泰坦朝着猫崽去了!"

现场紧跟着爆发出狂热的欢呼:"泰坦!"

观众疯狂得扭曲了面容,他们在全息影像里尖叫怒喊,用力晃动着手中的应援棒。

泰坦的虚拟形象是放大版的他,这让他的钢造手臂更加恐怖,那些为战斗而做的改造尤为明显。他活动着肩膀,发出令人牙酸的"咯咯"声。他双腿分开,稳住沉重的身形。

"植入体的正确使用方式,"泰坦举起一只小臂,对苏鹤亭说,"我愿意帮你做个示范——"

泰坦话音未落,苏鹤亭的拳头已经砸中了他的脸。比起他那炫酷的钢造手臂,苏鹤亭的虚拟形象堪称"质朴",除了那对耳朵和那条尾巴,他就像个普通的人类幸存者,浑身上下都没有具有攻击性的虚拟点缀,就是猫崽本人的复制。

但是苏鹤亭动作很快,这是调高神经反射速度的效果。

泰坦的鼻腔迅速蹿起热度,他确定自己流鼻血了。但他愿意给苏鹤亭这个彩头。不过一下就够了,面对苏鹤亭再次向他头部挥来的拳头,他下蹲躲闪,同时抬起手臂,做出保护动作,接着用这只手臂猛地缠抱住苏鹤亭伸来的胳膊。

"他要反击了,"主持人聚精会神,"他抓住了猫崽!"

泰坦的手臂不是白改造的,他在下一刻就把苏鹤亭翻摔在地。地面上的水花四溅,现场也发出配合的"轰隆"声,确保每个观众脚下都能感受到这股力量带来的震动。

"刺拳!"观众们声嘶力竭,用尽全力表达自己的欲望,"用刺拳打他的下颌!"

苏鹤亭拽住泰坦的头发,像拎狗似的,用自己的拳头再度问候了泰坦的鼻梁。

泰坦被迫迎接苏鹤亭的拳头,一只钢造手臂"嗡"地响了一声,外侧挡板"唰"地退下,露出内部的鲨鱼牙。鲨鱼牙像电锯般转动起来,他用屈起的膝部顶翻苏鹤亭,接着用鲨鱼牙砸向苏鹤亭的头部。

就差一秒！

苏鹤亭的耳朵险些被割到，在他翻滚的同时，泰坦的钢造手臂就砸在了他的侧面。

"好快！"主持人啧啧称奇，"观众朋友们，这都是尾巴的功劳。正是因为这条尾巴代替了中枢处理器，才能让猫崽如此良好地适应被调高的神经反射速度。快看，他的躲闪和进攻都很稳！我不负责地猜测一下，他在做完植入手术以后应该有过很长一段时间的训练期。"

与此同时，泰坦踢中苏鹤亭的胫骨，试图把苏鹤亭踢翻在地，然而苏鹤亭没有倒。

泰坦怀疑苏鹤亭关掉了疼痛，否则他怎么连眉头都没皱一下！

苏鹤亭的手掌凶猛地击打在泰坦的耳部，这种钝力冲击让泰坦两眼发黑，但是现场的声浪裹挟着他，让他在急促的呼吸间选择了继续进攻。

苏鹤亭躲过泰坦鲁莽的勾拳，用一记直拳打在泰坦的正脸，泰坦没能格挡，苏鹤亭又一记直拳打了上去，眩晕感让现实中的泰坦当即干呕起来。

这家伙根本不是普通选手，他那套属于军方的格斗技巧又狠又准！

泰坦被打得眼前昏花，他甚至感觉到现实中的自己也在流鼻血。

网络付费观众的弹幕仿佛决堤之水，从上而下淹没了整个赛场，把选手们笼罩在其中。这是整场比赛的高潮时段。

泰坦挥出无力的一拳，他的钢造手臂像玩具一般，被苏鹤亭躲过。苏鹤亭那手带来的后劲超乎他的想象，甚至不等他从眼前的昏花中清醒过来，苏鹤亭就用肘部砸中了他的头部。泰坦当即倒地，现场发出"轰——"的巨响。

"你刚才是在瞧不起我吗？"苏鹤亭那只改造过的蓝眼睛微微眯起，仿佛不受场内强光的照射影响。他拎起泰坦的钢造手臂，扯破烂般地扯出手臂里的指令处理器,就像泰坦开场前对待啤酒罐那样,把它们捏爆了。

"废物肌肉男,去你的满贯王。"

"难以置信!"主持人用喊声盖住场内的喧哗,"我们的预备满贯王遇见了一匹黑马!"

裁判飞奔过去,跪在泰坦旁边,先举高手臂,对着镜头做出"结束"手势,然后拔掉了泰坦的脑部连接线,对泰坦说:"呼吸——"

泰坦痛苦的喊叫没有立刻终止,脑内电刺激令他的真实身躯不断发抖,他那只手臂的疼痛感很强烈。这是斗兽场的要求,选手必须调高疼痛感。

"恭喜猫崽!"主持人正把如火的热情倾注在苏鹤亭身上,"这是他参赛后的第四场胜利,对手可是泰坦!"

现场人声鼎沸,直播弹幕围绕着苏鹤亭不断刷新。

苏鹤亭的尾巴离开了连接口,那些刺激信号犹如潮水一般从脑袋里退去,只留下一点儿刺激过后的余劲儿。他睁开眼睛,仿佛刚刚穿越时空,需要几秒钟来适应颠倒回来的真实世界。

"你赢了,"经理冲上前,对苏鹤亭又喊又叫,"下一场是申王[②]!"

"我赢了。"苏鹤亭用余光看向泰坦,随口道,"申王是谁?"

泰坦蜷起的身体被裁判挡住,只能看到他还在抽搐的腿。他在一条腿上文了"巨灵族",另一条腿上文了"出入平安"。

"观众朋友们,我还没有回过神,"主持人浮夸地举起手臂,"猫崽的积分排名正在上升!"

现场投影陡然变成了选手积分排行榜,"猫崽"这个名字伴随着礼炮声飞速上升,从本月第五十八名一跃进入前三十。

苏鹤亭无心接受采访,他把自己装回雨衣里,对着快要贴到脸上的镜头拉高拉链。

"看什么看,"他眼神警觉,"我是很神秘的。"

苏鹤亭出了赛场没有立刻回家,而是在门口买了串黑市烤蘑菇。

"加辣,"苏鹤亭盯着那串蘑菇,"爆辣。"

"多送你一块蘑菇。"摊主年过四十,是个阿姨,叫佳丽。

佳丽把蘑菇串塞给苏鹤亭,说:"今晚打得不错。我怎么没见隐士?"

苏鹤亭咬着蘑菇说:"爆了。"

"直播爆了?"

"头爆了。"苏鹤亭凝重地看着剩余的蘑菇,"能送我一串吗?"

"不能。"佳丽瞟了一眼街道口的监控,顺手点了支烟,"唉,你俩线上聊什么危险话题啊,找死。"

"他开的头。"苏鹤亭拿起另一串,"下一次行动,"他吃得很慢,"要换人。"

佳丽保持着抽烟的姿势,露出双臂上文的小女孩儿。雨还在下,她缓缓呼出烟。

刑天要换拼接人去炸主神系统,可是他们没人想去,因为他们都有脑机接口。这些脑机接口利用电极不仅能让改造后的幸存者更快适应植入体,还能把虚拟世界变成现实,让逃避现实的幸存者活在网络世界这个精神乌托邦里。但他们目前的网络活动范围很有限,刑天为了防止他们被主神系统入侵或监视,对他们一直采取高压政策。

在那个被主神系统覆盖的光轨区,有脑机接口的拼接人就像案板上的鱼肉。就算他们有人能活着完成任务,也很难再得到刑天的信任回到黑市。

"他们不是不接受拼接人吗?一边骗老子在这儿累死累活地比赛,一边要把老子送上前线。我怎么跟系统打?"佳丽指着自己改造过的腿,"靠我这条钢管腿踹它们吗?"

雨淅淅沥沥地下,佳丽也不敢大声讲。她压着火,把烟掐了,丢到地上。地上脏得很,随处都是劣质餐巾纸。佳丽扭过头,看着斗兽场上方闪亮的巡逻无人机,还有远处五光十色的夜场。

"去死吧,"佳丽烦躁地说,"所有人。"

苏鹤亭吃完两串蘑菇就往家走,他把手插进兜里,恨不得把自己全部装进雨衣里,不被任何人窥探。

苏鹤亭每过一个街口,都会用余光扫一遍自己的斜后方。他已经在这种高度监视下变得疑神疑鬼,被监视的感觉就像时刻在被蝇虫围绕。

大厦外墙的显示屏正在播放时装广告,模特们的全息投影从高处走向车流卖弄风骚。街道两侧的全息广告无序播放,奇形怪状的电子灯牌也挤作一团。一到夜晚,到处都是嘈杂、混乱的视听污染。

苏鹤亭穿过一群打着复古纸伞的汉服爱好者,他们中有人戴着大帽,垂下的黑毡上有奇妙的反光。

"我下错注了,"穿着束腰袍裙、腰配复古长剑的男孩儿发出懊恼声,"泰坦没打赢!我赔了个精光,下场押申王吧……"

"别啊,"苏鹤亭在经过他的时候说,"赌猫崽,包赚不赔。"

"啊?"对方侧过头,却只看到苏鹤亭的背影,"喂……"

苏鹤亭拐出人海,几步跳过台阶,进了旧楼。

这种楼的电梯很旧,从进入到等待楼层总共要经过三次信息识别。刑天采取的生物识别技术是个谜,为了管理新世界拼接人,面部识别和视网膜识别都被淘汰了。每层楼出入的拐角还配有刑天巡查队。不过他们大多数时候都在自娱自乐,对进出的拼接人保持较为宽容的态度。

但事有例外。

苏鹤亭出了拐角,就看到三个巡查员正在打台球。台球桌挤占了狭窄的楼道空间,他们还设置了两个全息美女点烟。一群人把通道堵死了,墙壁上正在播放泰坦和猫崽的比赛视频。

苏鹤亭预感不妙。

"打台球吗?"一个巡查员往手边的烟灰缸弹了下烟,叫出苏鹤亭的比赛ID,"猫崽。"

苏鹤亭这天才被和尚警告过，他不想惹麻烦，但此刻拒绝对方似乎会更麻烦。他湿漉漉的帽檐滴了几滴雨水，让他看起来略显狼狈，他答道："我只会打中式黑八。"

"我最喜欢打中式黑八，"巡查员朝苏鹤亭露出笑容，黄色的牙垢晃眼，"过来玩两局，庆祝你赢得了比赛。"

他们没有给苏鹤亭让路的意思，在那人说话的时候，已经有人给苏鹤亭递去了球杆。

苏鹤亭摘掉帽子，接过球杆。他黑色的猫耳向上翘起，绒毛随着他给球杆涂巧克粉的动作而晃动。

"开球，"巡查员靠在桌沿，态度随意，"你是什么猫？"

他们没把苏鹤亭看作人类幸存者。

刑天高层把拼接人归为形同机器的工具群体，因为植入体和生物芯片的实验最早都是主神系统在做，新世界脑机接口的出现让刑天感到恐慌，他们不想被主神系统驯化，只好先驯化融入系统科技的拼接人。

"就是猫咯，"苏鹤亭感觉比赛时的刺激信号还没从脑袋里退完，他在这针锋相对的气氛里，不自觉地抖了下耳朵，"常见的那种。"

巡查员拉住苏鹤亭的雨衣，往上提了提，边找边道："你那条尾巴呢，藏裤子里了？"

苏鹤亭用球杆打掉他的手，说："你很好奇吗？"

苏鹤亭话音刚落，脑袋就被巡查员一把摁在桌面上。他听到了对方动手的声音，但是他没躲。楼层两边都有监控，他不能动手。一旦被判定为主动袭击，附近的武装组就会开枪。

"我好奇怎么了？"巡查员弹飞烟头，弯腰朝下，对着苏鹤亭破口大骂，"今晚因为你输了个精光！"

他扯下后腰上配备的多功能电棍，把苏鹤亭砸翻在地。另一个人用手臂勒住苏鹤亭的脖颈，撞歪台球桌，弯着腰把苏鹤亭往公共卫生间拖。

卫生间里没监控。苏鹤亭扭着头，让咽喉避开对方的使力处。他用肘部砸对方的脚背，趁对方放松手臂的那一刻，拽住对方的领口，接着把对方朝前拽翻在地。他起身的同时，巡查员抢起的电棍砸中了他的前胸。

"呼叫武装组，"巡查员一只手摁着入耳式的通话器，一只手继续将电棍抢向苏鹤亭，"有拼接人——"

苏鹤亭下蹲，躲避电棍的同时从侧面狠踹巡查员的膝盖。巡查员膝盖剧痛，单腿跪倒。苏鹤亭擒住他的手腕，拿起电棍朝着他戴通话器的那只耳朵猛击。

巡查员惨叫一声，耳部鲜血直冒。

苏鹤亭没讲话，直身抬腿，把巡查员踹倒在水池边沿。他拧开水龙头，水"唰"地冲向巡查员的头顶。

"你……"巡查员的话被水冲得断断续续，他呛了起来，两只手扒住水池边沿，想要抬头。

"叫你不赌我赢，"苏鹤亭抬手擦了一下前额，心情糟透了，他把巡查员的背部继续往下踩，"活该你赔光！"

巡查员呛得喉咙里发出"咕"的声音。

"打死他！打死他！"

比赛时的弹幕犹在眼前，苏鹤亭怀疑自己听到了比赛时观众的呼喊，大脑里残存的刺激感往脊梁骨上蹿，亢奋让他的尾巴都晃了起来。他脚下的力道不断加重，几乎要把巡查员的上半身踩进水池里。

"警告！"巡查员身上的生命监测器发出警报，"警告！"

公共卫生间内侧的玻璃骤然爆破。和尚全副武装，翻滚落地，对准苏鹤亭开枪。

苏鹤亭被调高的神经反射速度再次发挥作用，他那对猫耳处理声音信息的速度远超常人，使得他在和尚开枪的那一刻就抱头滚开。

子弹打在墙壁上，瓷砖"嘭"地就炸了。

"蹲下！"和尚戴着防毒面罩，枪口对准苏鹤亭，暴喝道，"不然我立刻击毙你！"

"蹲了！"苏鹤亭抱着头，姿势标准，"你把枪挪开再讲话。"

水龙头还开着，巡查员的生命监测器一直在喊话，但这会儿没人顾得上。

"闭嘴！"和尚端着枪，用脚拨开地上的玻璃碎片，逼近苏鹤亭，"别晃你那大尾巴了！"

"我忍不住，"苏鹤亭把尾巴垂下去，一秒钟后又翘了起来，"我真的忍不住——"

和尚用枪托狠狠砸在苏鹤亭脸上。

苏鹤亭舔掉口腔里的血，被和尚铐上了感应锁。

这种感应锁铐只有两个细环，但它是专门为拼接人设计的，不仅能在被捕目标反抗时即刻发动电击，还能向武装组发送被捕目标的定位信息。

"起来！"和尚把苏鹤亭拽起来，对耳内通话器报告，"189号筒子楼内的涉事拼接人已经被逮捕，五分钟后我会把他送进监禁所。"

去你的监禁所。

苏鹤亭经过半死不活的巡查员时，踹了他一脚。巡查员的生命监测器掉了出来，苏鹤亭把它一脚踩烂。

"你们都不回收垃圾吗？"苏鹤亭踢开报废的生命监测器，"这几个——"

感应锁猛地对他发起电击，让他话都没说完就失去了知觉。

苏鹤亭在椅子上醒来时只觉颈椎酸痛。

"喂，"他过长的黑发遮挡了双眼，"臭老头儿。"

周围漆黑一片，是个封闭的房间。

"臭老头儿。"苏鹤亭更清晰地说了一遍。

"真没礼貌，"房间一角响起打火机的咔嚓声，一个银发大姐头儿跷着二郎腿，抽起了烟，"这里没有臭老头儿。"

苏鹤亭身体前倾，问："你是谁？"

"你管我是谁，"大姐头朝空地弹了一下烟灰，露出手腕上四五个银色手镯，"把我当你妈都行。"

苏鹤亭抬起头，脸上还残留着被枪托击打的痕迹。他看起来还像个十八九岁的不良少年，对一切充满不信任。

"你呢，"大姐头烟抽得很快，像在赶时间，"袭击了巡查员是吧？按照刑天的规则，你得在监禁所里关满三个月。"

"别扯淡了，"苏鹤亭说，"不是我先动的手。"

"谁在乎呢？"大姐头看苏鹤亭的眼神仿佛在看傻儿子，"谁在乎几个巡查员赌输了比赛找选手泄愤？谁在乎你被摁在台球桌上挨了几下打？狗儿子，压根儿没人在乎。"

拼接人就这么卑微。

"你下周还有场比赛，打不了就得掏数十万的违约金，但我看你账户余额只有几千块，怪可怜的。"大姐头把烟掐了，"所以我给你两个选择，一是你老实去监禁所待着，二是你帮我们一个小忙。"

虚拟显示屏亮了起来，上面是苏鹤亭的信息资料。

苏鹤亭，旧世界军方"黑豹"的成员，曾用代号"7-006"，参与过旧世界光轨区生物芯片的实验，在毁灭日被主神系统管控，随后被关在惩罚区，直到新世界04年大爆炸才从惩罚区脱逃。

"我看过你的比赛，你那套格斗方式就是只'黑豹'。大爆炸炸毁了你的右眼和前庭系统，但是因祸得福，植入体改造手术让你进化了。你知道我们一直在跟主神系统打仗，那些系统还在光轨区继续做生物芯片的实验，我们担心它们会培育出新人类作为武器。因此，我们决定先弄死主神系统。"大姐头把烟蒂丢到脚边，双手交握，盯着苏鹤亭，"这个忙很简单吧，儿子？"

"简单，简单到像一加一，"苏鹤亭靠回椅背，"我选择去监禁所。"

"监什么所，"大姐头说，"没有这个选项。"

"这又不是暗杀人类，"苏鹤亭耷拉下一只猫耳，"对方是智能系统，还不止一个。它们在现实里没有活动范围，喜欢待在某个芯片或者数据匣子里发号施令。别说炸毁它们，我可能都找不到它们。"

"我不允许你小看自己，"大姐头没感情地安慰了他一句，"也不允许你小看我们。"

虚拟显示屏折叠起来，变作一个微型城市的立体投影。

"熟悉吗？"大姐头说，"所谓的惩罚区，其实就是个由主神系统管控的虚拟空间。它像剂精神鸦片，通过脑机接口和生物芯片，强行注入那些光轨区囚犯的脑袋，是主神系统驯化人类的方式之一。我需要你回到惩罚区，在那里杀掉它们。"

"我做不到，"苏鹤亭拒绝得很干脆，对这个任务提不起任何兴趣，"它们是我杀不掉的东西。"

"谁说的！"大姐头忽然莞尔，"智能系统当然会死，我们就差个注销键。别装了，小子，你以为我不知道'狩猎女神'吗？"

苏鹤亭看着大姐头的笑容，只觉毛骨悚然。

"众神听从宙斯的号令，唯独狩猎女神阿尔忒弥斯格外叛逆，它是这个世界上第一个进化的智能系统，并且协助旧世界军方'黑豹'开启了限时狩猎实验。"

苏鹤亭开始感到眩晕。

"紧接着，狩猎女神就被注销了，这对系统而言是种死亡。但它留下了更完美的进化系统，'珏'。"大姐头的身形在苏鹤亭眼中旋转，"根据我的最新情报，珏的完美程度远超这些主神系统，它还藏在惩罚区里。"

房间也在苏鹤亭的眼中旋转起来，大姐头的声音越发遥远。

"我们要得到珏，它就是那个注销键。"

苏鹤亭在椅子上挣扎起来，喊道："我去——"

他才意识到自己就在虚拟空间里，被感应锁电晕后他根本没有在现实里醒来。

封闭的房间像个被拆开的礼物盒，四面墙壁在旋转中塌落，周围的嘈杂声在顷刻间埋没苏鹤亭，雨天的臭水沟味顿时挤满他的鼻腔。无数语言在他脑海里同时播译。

"欢迎来到惩罚区。

"请填写身份编号。

"信息确认。

"初次体验时长为五小时。请随时注意身体健康状况，避免兴奋猝死。

"再说一遍。

"欢迎来到惩罚区。

"渣滓们。"

"叮——"

苏鹤亭睁开眼，发现自己正坐在路口的长椅上。

此时天色昏暗，雨下个不停。路上行人寥寥，都打着伞，只有他在淋雨。苏鹤亭迅速扫视了一圈，没看到大姐头的身影。

"叮——"

这声音从他裤兜里传出。

苏鹤亭伸手从裤兜里摸出一个手机。手机模样老旧，像个古董。他摁了一下磨损的按键，看到两条短信。

"乘坐21:00的97路公交车，尾随一个戴着十字星耳饰的男人。"

"在没人注意的地方杀掉他。"

苏鹤亭手指灵活，飞快地打字回复。

"想什么呢。"

"断开我的脑机连接，立刻。"

一秒钟后，苏鹤亭收到了短信回复。

"30秒后公交车到站，如果你不杀掉他，死的就是你。友情提示，他是惩罚区的侦查系统，代称'检查员'，专门找你这种卧底，找到一个杀一个。"

"你干掉他，妈给你20万。"

"零花钱。"

苏鹤亭的心情恶劣到极点了，这时，公交车正好到站，在他面前打开了门。他盯了那门两秒，起身上车。

公交车无人驾驶，车内很空，只零零散散坐了四五个人。苏鹤亭投了硬币，朝着后方走，经过的乘客都没戴耳饰。他继续向后走，看到最后一排靠窗的座位上坐着一个人。

雨夜车内光线很差，苏鹤亭最先注意到对方的手。

那双手白皙修长，指甲打理得相当干净。纯黑色的钢笔架在他的虎口，犹如被搁在供架上的合鞘长刀。

苏鹤亭坐下来，跟对方隔了三个空位。

对方身穿衬衫，领带略松。右耳戴着个十字星耳饰，垂链扣在耳骨上。他皮肤很白，肩宽腰窄，正在看窗外，好像没注意到苏鹤亭坐下了。

"叮——"

该死的短信阴魂不散。

"日落后是惩罚区的屠杀时刻，你比我清楚吧？"

不清楚。

苏鹤亭摁掉短信，把双手揣进兜里。他拉高的衣领后只露着双眼睛，潮湿的头发乱糟糟的，看起来像只流浪猫。

大姐头不知道，苏鹤亭有个秘密。他在大爆炸中丢失了部分记忆，有关惩罚区、主神联盟和限时狩猎的一切，他都不记得了，但是他不能让大姐头察觉到端倪。

因为他的身体还在大姐头手里。

窗外的雨越下越急，道路两侧却没有路灯。苏鹤亭用余光瞟向窗外，能窥见一闪而过的建筑楼群。那些楼群都隐藏在昏暗中，没有一盏灯亮着。时间仿佛已经进入了午夜，建筑越发像是无法形容的庞然大物。它们匍匐在周围，让公交车前行的灯光显得格外突兀。

"呕——"

前面的乘客开始晕车，在过道处埋头狂吐。

苏鹤亭抖了一下猫耳，在这些杂音里听到了金属摩擦地面的声音。

他预感不妙。

别搞什么超出他认知的剧情——

就在这个瞬间，公交车猛地颠簸一下。苏鹤亭伸手稳住身体，还记得检查员在旁边，所以强忍住了跳起来的冲动。

但是公交车已经变道了，车头被强行打歪，轮胎在地面擦出刺耳的响声，整个车身都向左倾斜。那个晕车的倒霉乘客还没来得及直起身体，就因为惯性被甩向左侧，接着狠狠撞在座椅上，发出撕心裂肺的喊叫。

下一秒，左侧的车窗轰然炸开，玻璃碎碴儿飞溅而出。苏鹤亭抬臂遮挡，听见前方几个乘客在不断尖叫。紧接着，公交车犹如掉进了滚筒洗衣机里，在旋转中剧烈颠簸，随即猛撞在路边的电话亭上。

电话亭的玻璃门也"嘭"地爆开。

"回家……"

一只手伴随着陌生的声音，从破开的窗口伸进来。

"回……"

那只手软得过分，沿着座椅向里伸，手臂如橡皮泥般拉得老长。刚才被撞伤的乘客发出变调的尖叫声，在座位上没爬出一米，就被那手臂紧紧抱住。

"回家……"

这次的声音近在身边。

苏鹤亭倏地转头，看见一个"女人"正扒在他右边的窗口。它披头散发，面容惨白如纸，泣声幽咽。

苏鹤亭还抱着前面的座椅靠背，坐在自己的座位上，强行扮演着路人。

"女人"一头撞在玻璃窗上，不顾被抓乘客拼命的挣扎，将乘客向车外拽。乘客发出短促的求救声，"女人"却在这求救声里朝苏鹤亭的方向疯狂撞着头。

车窗几下就碎了，苏鹤亭看见它的头伸进车窗，嘴唇正在嚅动。

"叮叮叮——"

短信密集来袭，可是苏鹤亭没空看，"女人"拉长了脖子，脸已经逼到他眼前，他快装不下去了。

这是什么任务！

与此同时，苏鹤亭旁边陡然响起枪声。子弹猛击在"女人"的头部，"女人"张不开嘴巴，只能靠胸腔部位发出沉闷的痛呼。它在疼痛中甩动着脑袋，撞在座椅靠背上。为了把头拔出车窗，它浓密的长发间伸出几条窄长锋利的刀锋一样的腿，蹬在公交车外壁，发出"刺啦"的尖锐噪声。

然而它中枪的头部没有爆，黏稠的液体包裹着子弹，把子弹从它太阳穴的位置吐到了地上。

苏鹤亭后衣领一紧，被一直沉默的检查员拽向左侧。两个人的身体在刹那间交错，苏鹤亭清晰地看见那十字星耳饰在昏暗逼仄的空间里闪烁着银光，随后那人炮弹般地冲向车窗。

"女人"刚刚拔出头，正在用"刀锋腿"狂躁地砸着公交车。

检查员勾臂挂住座椅靠背，动作利落，直接从窗口翻了出去。风呼地吹开他的头发，露出双冷冽的眼。电光石火间，他已经屈膝狠狠撞在怪物的侧颈。那份力量难以想象，怪物竟然"嘭"地被撞翻在地，溅起了无数泥点。

暴雨"噼啪"地砸在检查员的身上，他面无表情，抬手朝着怪物开枪。雨水淌过他的眉眼，他的眼睛却眨也不眨，一连串的枪声在黑夜中十分响亮。

当枪声停止时，一种极具割裂感的恐怖开始蔓延。

"夜行——"死里逃生的乘客话还没说完,先对着苏鹤亭的方向变了脸色,发出短暂的音节,"哎!"

说时迟那时快,苏鹤亭陡然歪头,一只刀刃般的利脚"唰"地破窗,从后面擦过他的脸颊,玻璃碎片登时乱溅。

苏鹤亭一把擒住那只利脚,手臂遽然使力。后方的车玻璃顿时碎得更彻底,怪物被拽进车内,抢撞在公交座椅上,旋即爆发出凄厉的咆哮。

苏鹤亭摸着自己的侧颈,那里被碎玻璃片刮到了一点儿。他心有余悸道:"好可怕啊。"

随着他的动作,侧颈染上了红色。

苏鹤亭摊开刚才抓利脚的那只手,看到被割开的伤口正在冒血,这让他的心情更糟了。

他在这里受伤,就像他打比赛时一样,疼痛感被调高了。

苏鹤亭心跳加速,感觉到某种刺激信号在他脑袋里狂轰滥炸,像极了尾巴连接斗兽场的那一刻。血流淌到手背,弄脏了他的袖口。他握紧拳头,又松开,在不高兴的状态中持续亢奋。

"喂。"他想说点儿什么。

可是那些刺激信号淹没了他。

"叮——"

短信提示音冷不丁地响起,打断了苏鹤亭正在上升的兴奋度。

"快跑。"

大姐头的信息言简意赅。

公交车外传来巨大的爆炸声,沿街店铺的玻璃齐齐碎裂。车身被气流掀翻,路边的电话亭不堪重负,立刻倒地。苏鹤亭也被撞翻在座椅间,背部传来火辣辣的剧痛。

片刻后,硝烟弥漫,只剩雨声。

苏鹤亭用手拨开碎玻璃和灰尘,从座椅间爬出来,跳出报废的公交车。

怪物的整个背部被火光覆盖,头发也烧了起来。苏鹤亭拉下拉链,看到检查员的半个身子已经被火吞没,已无生还的可能,地上还掉落着他的那支钢笔。

苏鹤亭蹲下身,漆黑的身影与一旁还在燃烧的怪物构成吊诡的画面,他仿佛是这座死城里唯一的幸存者。

"检查员死了,打钱。"

大姐头这次回复得很慢:"不是你杀的,小子。别在原地逗留。"

苏鹤亭看到手机上的时间,距离他下线还有一个小时。

不知道为什么,苏鹤亭讨厌惩罚区。他对"主神联盟"有种恐惧,一种难以言说的恐惧。他此刻站在雨里,天明明是黑的,周遭也没有灯,他却感觉自己正站在聚光灯底下。

"任务完了,断开我的脑机连接。"

苏鹤亭打字的时候血糊得手机上到处都是,雨水弄花了屏幕,他一擦,屏幕更脏了。

"还有一个小时的体验时间,去这个地址。"

"这是你在惩罚区的家。"

"一小时内必须到。"

"家"这个字正好被血水盖住,苏鹤亭松开手指,把手机扔进火里,回道:"少命令我。"

大姐头给的地址离这里有些距离,苏鹤亭罩着兜帽在雨里前行。他的尾巴尖儿能当路灯,可他不想在黑暗中暴露自己,于是就这样如幽灵一般横穿过宽阔无人的马路。他试图透过这些建筑轮廓回忆起点儿什么,但它们实在太暗了,仿佛是梦魇幻影。

那个虚假的家位于某个别墅区,苏鹤亭到门口时浑身已经湿透了。他看到铁栅栏门上挂着块别致的木牌,上面写着"苏"。

苏鹤亭小声吹了下口哨,推开铁栅栏门。他经过小花园,站在门檐下握住门把手,突发奇想,语气欢快地说:"我回来啦。"

不料屋内的灯倏地亮了,门从里面打开。

不久前被确认"死亡"的检查员正站在门口,宽肩挡住了些许灯光。他抬起冷而薄的眼皮，居高临下地看着苏鹤亭。

"叮——"

手机已经扔掉了，可那烦人的短信提示音持续响起。

苏鹤亭感觉到致命的危险，他在公交车上被打断的兴奋度瞬间飙升，脑袋里的警告声狂鸣。

"欢迎。"检查员看着苏鹤亭，冷漠地说。

检查员话音刚落，苏鹤亭就甩上了房门。

太惊悚了，侦查系统在对他说"欢迎"。

房门被检查员挡住，那只腕骨漂亮的手探出来，像是从阴间来的招魂使者。

"打扰了，"苏鹤亭在同一时间后退，他抬脚踹在门把上，想把检查员关回去，"我走错门了。"

然而门仿佛被焊住了，纹丝不动。

僵持只持续了一秒，房门随即被检查员的拳头砸中，当场破裂。碎屑瞬间四处乱飞，险些飞到苏鹤亭脸上。

苏鹤亭不等检查员下个动作，旋身飞踢，带起破掉的门板直冲检查员颈侧，毫不留情。

检查员单臂格挡在颈侧，稳稳地接下这一击，接着反手钳制住苏鹤亭踢过去的脚，想把他整个身体扭翻过去。

苏鹤亭无法在这一刻掉头，于是用左拳挥了个假动作，这是黑豹格斗中的伪装技巧，紧随其后的是强势的右拳，一般能打蒙对手。

检查员像是早有预料，仅仅往一侧闪了下脑袋，算作躲避。他那枚十字星耳饰被飞溅的雨珠打中，摇晃不止。

苏鹤亭趁机收腿后退，抓住门剩余的边框，将它再度甩向检查员，然后拔腿就跑。

惩罚区的空气潮湿闷热，急促的雨声犹如疾擂的鼓点。

苏鹤亭眨眼间窜进花园，听见背后一声响，那门彻底报废。

检查员追上来了！

苏鹤亭距离铁栅栏门仅一步之遥，身后突然扫来一阵劲风，往他的脖颈间灌。

苏鹤亭快速地曲臂格挡，但是检查员的力道太大了，这一脚直接把苏鹤亭踹出了铁栅栏门！

要死！

怎么还没到下线时间！

苏鹤亭背部擦过地面，来不及喘息，身体弹起。检查员正好追到眼前，两个人又一次打了个照面儿，对方的眼神冰冷彻骨。

提示音就在这千钧一发之际"叮叮叮"地狂叫起来，那声音仿佛是撕碎的小纸片，霎时间塞满苏鹤亭的耳朵。

"惩罚区初次体验结束。"

陌生的电子女音忽然响起，在苏鹤亭脑海里毫无感情地读诵。

"请保持呼吸，准备回到现实。"

但是检查员已经摸向了后腰，这是个拔枪的动作。

"三、二……"

怎么还有倒数！

苏鹤亭冷不丁地也摸向后腰，他表情冷静，丝毫没有落于下风的惶恐，拔枪姿势相当标准，好像和检查员一样胜券在握。

检查员愣了一下，似乎没料到他也能带枪。

就这一下！

"啪。"苏鹤亭手指比画出枪，还配了个音。他的猫耳从飞机耳变回原样，说道："开个小小的玩笑。"

"一！"

倒数声终止，眼前的画面刹那间变得模糊，仿佛都是被雨水泡发的电影海报。

苏鹤亭准时消失，好像从没出现过。

铁栅栏门在暴雨里吱呀晃动，门口的灯闪烁了一下，只剩检查员孤零零地站在雨里。

半晌后，他收回拔枪的手，在门口蹲下身。因为淋了雨，这个姿势让他肩臂的肌肉透过衬衫隐约显露。那是专门为战斗而训练出的肌肉,既不夸张,也不招摇,但爆发力十足。

他盯着苏鹤亭消失的地方。

那里留下了几滴血,很快就被雨冲没了。

苏鹤亭倏地睁开眼,回到现实。

强烈的眩晕感击中了他,意识仿佛要打着旋儿地离开身体,这感觉就像刚酗了酒。几秒后,他空空如也的胃也开始抽搐。

"眩晕是正常反应,等一会儿就好了。"大姐头的声音忽远忽近,"和尚,给他杯热水。"

不过片刻,和尚就把一杯热水放在了桌面上。他的光头在灯下很亮,闪到了苏鹤亭的眼睛。

苏鹤亭有些不习惯光亮,单眯起改造眼。他看向前方,暴雨和检查员都不见了,房间里点着某种熏香,闻起来很闷。

惩罚区做得太逼真了,仿佛就是另一个真实世界。苏鹤亭必须尽快适应这种真假世界的转换,否则会给精神造成巨大创伤。

他低头看向自己的双手。

掌心干净,没有任何伤口。

他在公交车上受的伤也不见了。

"在惩罚区受的伤不会带回现实,"大姐头捧着自己的水杯,正站在窗边观察苏鹤亭,"但在惩罚区里被杀就会真的死。喔,狗儿子,没在里面少胳膊少腿吧?"

"黄鼠狼给鸡拜年,"苏鹤亭收拢手掌,目光不善,"你巴不得弄死我。"

"怨念不小。"大姐头勉强安慰他一下,"里面多刺激,跟打游戏似的,还能开阔视野。"

打游戏可不会真死。

苏鹤亭无视她的回答,在适应了恍惚后提问:"那个侦查系统怎么回事?"

"哦,他啊……"大姐头摸了摸下巴,"应该叫惩罚区防火墙?

反正他全年无休,把我们派去的卧底全杀了。"

苏鹤亭拧起眉道:"全杀了?"

"对,全杀了。"大姐头喝了口热水,"这家伙很棘手。"

当然棘手,苏鹤亭想到刚才的场景,说:"他能复活。"

"不仅呢,他还有预知能力。"大姐头停顿须臾,眉心微蹙,似乎在斟酌自己接下来的措辞,"卧底的上线地点都是随机的,但他总能提前知道。"

和尚站在一旁,竖起纸质的时刻表,给苏鹤亭看时间,解释道:"你20:58进入惩罚区,他20:55已经上了会经过你的公交车。"

苏鹤亭不信什么预知能力,回道:"那他在车上不动手?"

"夜行游女③打断了他的计划,"和尚说,"他得先保护公交车上的其他人。"

苏鹤亭无法理解,问道:"他不是个侦查系统吗?"

"那也得救人。"和尚双手合十,然后说,"我们知道那些人是NPC(非玩家角色),可他不一定知道。"

什么奇怪的设定!

如果要救人,主神系统大可直接搞串数据在惩罚区里扮演警察,而不是让一个侦查系统独自充当超级英雄。

苏鹤亭目光微动,保留疑问,没跟和尚深入交谈,而是继续问:"你们是怎么分辨里面的真人和NPC的?"

和尚没转头,用大拇指给苏鹤亭指了一下隔壁,说:"我们有专门的真人检测,遇到真人会给你发短信。"

可真质朴啊。

短信在关键时刻根本不顶用,苏鹤亭不会掏出手机读完短信再打架,提示音还像个BB机一样干扰他的听觉。

"麻烦给我惩罚区的全部资料,"苏鹤亭没客气,"不然这任务你们自己干去吧。"

和尚还没有卸掉武装,只是摘掉了防毒面具。他看了一眼大姐头,警告苏鹤亭:"我劝你好好——"

"别劝了,"苏鹤亭凉凉地打断和尚,"不想给就在这里枪毙我,赶紧去找下一个倒霉鬼。"

房间里立刻变得落针可闻。

"说吧,"大姐头摸到口袋,里面还有包烟,但她没抽,用手指捏了捏,选择妥协,"你还有什么要求?"

苏鹤亭要了份大盘鸡。

苏鹤亭回到筒子楼时已经是深夜,他花五十块洗了个澡,在洗漱池前用吹风机吹耳朵。

泰坦说得没错,苏鹤亭的耳朵和尾巴很难打理。

他撩开潮湿的头发,把它们在手指间吹得乱七八糟。耳朵不喜欢热风,抖动了好几下。他吹完耳朵吹尾巴,边边角角的毛都要蓬蓬的,否则很容易感染。

苏鹤亭捏着尾巴尖儿,观察有没有掉毛,随后切换了一下连接口,检查里面有没有渗水。

当个拼接人并不快乐。

脑机接口要打开颅骨才能植入,大脑神经元容易受损,接口还可能老化。最重要的是,虽然植入体能改变肉体,但也增加了脑死亡的风险[④]。

苏鹤亭记不清自己是不是自愿做的手术。

大爆炸几乎炸掉了他半条命,没有这些麻烦的植入体,他可能要永远躺在病床上,连站立都做不到。

小吹风机吹了半个小时就发烫,开始断断续续地出风。

苏鹤亭关掉了它,正好听见自己的手机响了一下。

这是他目前最贵的东西,和他在惩罚区里用的古董手机相似,只接受最原始的信息 ID 卡,能发短信、接电话。

苏鹤亭认识的拼接人都用这个。

这东西因为老旧,一般不受刑天的信息监管,在拼接人中流通范围很广。除此以外,它还保值。

主神系统太新潮了，反系统生存地就崇尚复古，高价的奢侈品都会故意做旧，像这种真正的老物件则更贵，对怀念旧世界的幸存者来说很有收藏价值。

苏鹤亭点开消息，发件人是隐士。

"我听说你被抓了，又给放了。刚才脏话组织被和尚抄了。你是卧底吗？"

主神系统训诫人类不许讲脏话，诸如"你爸""你妈"这种词都是违禁词，所以反系统生存地就出现了专门教人骂脏话的游行组织，各种语言都有，包括方言。

苏鹤亭刚学到一句就退出了，里边神经病太多了。

他回复："你是傻子吧？"

隐士连回了两条消息：

"身份确认，是你本人。"

"我头还没拼好，最近打不了比赛，所以贿赂裁判想雇个替打。"

苏鹤亭立刻把自己挂在交易场里的替打广告发过去。

"找我，专业替打。超便宜，包上分。"

隐士道："你不早说！我刚把替打的钱付了！"

苏鹤亭问："你找的谁？"

隐士回："一个叫谢枕书的。你听说过吗？"

苏鹤亭没听说过。

交易场里鱼龙混杂，什么人都有。职业替打都是履历不干净的亡命之徒，一般只接受现金交易，经常出现收钱跑路或者黑吃黑的情况。

这估计是个假名。

他回了一句"当心骗子"。

这会儿已经是凌晨四点了，苏鹤亭体力告罄，困得眼睛都快睁不开了。见隐士半天没回消息，他就躺在床上睡着了。

但他这一觉睡得很不好，检查员在梦里穷追不舍。苏鹤亭对他那招飞踢印象深刻，以至于被手机吵醒时双臂还残留着酸麻的痛感。

苏鹤亭醒来时意识还不清醒,接了电话,语气不佳:"你干吗?"

对方被问住了,一秒后才回答:"送资料。"

苏鹤亭皱眉道:"你谁啊?"

对方说:"谢枕书。"

苏鹤亭用了两秒钟来反应这人是谁。他拿开手机,扫了一眼号码,又送回耳边,说道:"你打错了。"

"隐士介绍的。"

对方的声音略哑,像是开了某种变声器。

"嚯……"苏鹤亭学会了大姐头的语气词,"送什么资料?"

谢枕书说:"申王的。"

苏鹤亭两天后就要跟申王打,他自己都快忘了这茬儿。

房间里的通风设施有问题,睡了一夜闷得要命。苏鹤亭很热,胡乱扒拉了一下头发,跟对方说:"不用,不要。再见。"

他没给对方回答的机会,直接挂了。

隐士凌晨又发了一大堆消息过来,苏鹤亭滑动看消息。

"大消息!"

"泰坦死了!"

"详细情况我不敢说。"

中间停顿了将近半个小时。

"你醒来后去拿申王的资料,里面有很重要的东西。"

"一定要拿啊!"

苏鹤亭沉默片刻,又给谢枕书打了回去。

"你好,"他真诚地说,"刚才接电话的是我弟弟。"

注释:

①鬼车鸟:九个头,眼睛猩红,比赛开始时会从神秘老僧袖中飞出,目前仅知是斗兽场比赛的监督设置。

——《准点狙击异闻录》

设定灵感源自《酉阳杂俎》。《酉阳杂俎》记载:"相传此鸟昔有十首，能收人魂，一首为犬所噬。"

②申王：设定灵感源自《酉阳杂俎》。《酉阳杂俎》中有记载，申王有肥胖病，肚腹下垂到小腹，每次出行，都会用白绢束住腹部。一到炎天暑热，就憋得喘不过气。玄宗把两条冷蛇赐给申王。申王夏天把冷蛇放在肉沟里，便不觉得烦闷暑热。

③"夜行游女"身长两米，裸体披发。臂如藤蔓，面似人脸。通常有四到八条锋利的刀锋腿，移动速度极快。虽然有嘴，却靠胸腔部位进食。无惧弹药，怕火，只有在雨夜会现身惩罚区，容易被人类哭声吸引，受到攻击会狂躁，但绝不伤害任何幼崽。

——《准点狙击异闻录》

设定灵感源自《酉阳杂俎》。《酉阳杂俎》记载："夜行游女，一曰天帝女，一名钓星，夜飞昼隐，如鬼神。衣毛为飞鸟，脱衣为妇人，无子，喜取人子，胸前有乳。"

④脑机接口相关资料参考《插口人生：脑机时代已来？》。

Chapters 2
老板

苏鹤亭准时出门。

白天的黑市脏乱无趣,生活垃圾堆满在筒子楼附近。没有了灯光秀,这里就只剩灰败陈旧的建筑佝偻着身躯。街头巷尾的拼接人不少,大都在打工。

苏鹤亭停在红灯前,瞟见了武装组的车和无人机。

虽然四处都有巡查员,但他们属于刑天编外人员,只接受过短期的持枪训练,真正镇压全区的还是武装组。武装组装备精良,会定期审查更新拼接人的信息。换句话说,你对自己的身体动了哪些手脚,他们一清二楚。

这两年刑天针对拼接人的武器层出不穷,比如苏鹤亭戴过的感应锁。同时,监禁所的设备也在更新。以前都是真人拷问,现在根本不需要。有了脑机接口,精神入侵就能让拼接人生不如死。

不过像交易场和斗兽场这种地方,不用按规矩说话。它们给刑天提供经济支持,在所有的反系统生存地都享有特权,可以涉及一些黑色产业。

"找组织吗？"一个身穿 JK 制服、扎着双马尾的女孩儿停在苏鹤亭身边，打断了苏鹤亭的思绪。她塞给苏鹤亭一张海报，热情地介绍："我们语言组织正在招收新人哟！"

苏鹤亭展开海报，便看见上头五颜六色的荧光笔涂鸦。

他说："脏话组织？"

"识货，"双马尾女孩儿颇为帅气地并起双指置于额角处，朝苏鹤亭挥了一下，元气满满地说，"敬脏话！"

苏鹤亭："……"

他麻木地把海报折起来。

绿灯亮了，双马尾女孩儿朝苏鹤亭挥了挥手，相当爽朗地说："下次游行再见。拜拜，小猫！"

这个组织里的人都不对劲。

苏鹤亭一只手插兜，用拿海报的手敷衍地挥了挥。

时间正是下午，苏鹤亭四点刚好到交易场。

交易场地上的楼层全部关闭，那是晚上才开的。

地下总共分为八层。一、二层都是些废物倒卖，东西多是从旧世界的垃圾堆里淘来的，没什么钱的拼接人可以在这里找到废旧的钢铁做植入体，经常还能看到磁带、光碟这些古董。

第三层是食物。外边的地已经种不出东西了，刑天有几十个大型地下温室，用来做豆类和菌类的栽培基地。只有在这里，才偶尔能看到昂贵的真肉。

下面三层是自由交易市场。佳丽就在这里开了家拾荒店，平时会以做任务为理由，办到出城证明，去城外找她丢失的女儿。

至于七、八层，都是供人玩乐的地下非法行业场所。

苏鹤亭和谢枕书约定在负三层碰头。

猫一出电梯，就开始摇尾巴。

太香了。

即便是合成肉,味道也很香。

苏鹤亭昨天才饱餐一顿,今天已经把大盘鸡的味道忘光了。他的生活里都是泡面,还有吃不完的蘑菇。他站在栏杆边等谢枕书,被各种食物的香味反复熏陶,过了十分钟还没有看到人,开始怀疑对方是在报复自己。

苏鹤亭问:"我到了,你人呢?"

谢枕书说:"你带着尾巴。"

苏鹤亭发了个问号。

我有尾巴又不犯法。

苏鹤亭回:"你管这么宽?"

谢枕书回了个句号。

随后他又回道:"有人尾随。"

苏鹤亭戴上耳机,把电话拨过去,然后摁灭了屏幕。他再次双手插兜,开始向里走。

"走1号电梯,2号有武装组在待命。"

谢枕书那边信号不好,讲话时伴随着电流声。但是他并不慌张,仿佛知道苏鹤亭不害怕。

食品区的幸存者很多,大多是提着菜篮的有家人士,还有推婴儿车的。苏鹤亭混迹在人群里,走得不快,像是在闲逛。

他问:"几个?"

谢枕书说:"一车。"

出门买个菜也被监视。

苏鹤亭想到隐士说的话,开始回忆那天的比赛。他什么都没干,只是捏爆了泰坦的改装手臂,根本不致命。

为什么泰坦死了会有人来找他?

"进电梯上楼,"谢枕书凝视着屏幕,"我在上面接应你。"

苏鹤亭刚好走近1号电梯。

"叮——"

电梯恰巧到这层,门向两侧打开。里面有一群人,中间站着个西装革履的墨镜男,和苏鹤亭对上了目光。

周围人声喧嚷,苏鹤亭的直觉雷达顿时响起。他想也不想,倏地抱头下蹲。

"有枪。"

西装男的枪声几乎是和谢枕书的声音同时响起。

苏鹤亭寒毛直竖。

老子躲子弹第一名!

他来不及给自己鼓掌,在混乱的尖叫声中朝对方当胸一踹,把墨镜男直接一脚踹回了电梯。电梯内的幸存者们抱头大叫着往外冲,有个男人还抱着个三岁大的小孩儿,被卡在了最里面。

苏鹤亭跨进电梯,墨镜男抬起手臂朝他射击。他二话不说,劈手抓住墨镜男的手肘,将枪击落在地,并把对方猛地拧向自己。

子弹"嘭"地射在电梯门上,溅起细微的火花。

小孩儿立即大哭起来。

门外密集的脚步声全部围了过来,苏鹤亭用力地砸下一层的按钮。

"开枪,"不知道是谁在下令,"朝他开枪!"

墨镜男的后脑勺用力撞向苏鹤亭,正好撞在苏鹤亭的鼻子上。

酸涩感瞬间上涌,苏鹤亭立刻红了眼眶。他手一松,被墨镜男当即反手肘击。

对方力气很大,不是普通的幸存者。

电梯门就要关闭,墨镜男还想卡住门。苏鹤亭一把扯住他的后领,用尽力气将他的头重重撞在电梯侧壁。

墨镜男的墨镜被撞得稀烂。

小孩儿还在哭。

苏鹤亭提起墨镜男,照着墨镜男的正脸猛砸一拳。墨镜男的身体跟着侧翻,又一次撞在电梯侧壁。

苏鹤亭回头捡起地上的枪,蹲下身安慰小孩儿。

"嘘,"他抖了抖猫耳,说,"我给你变个魔术。"

苏鹤亭拿起那把手枪,对着小孩儿翻了下手掌,手枪就不见了。

"怎么样,"他抽了一下鼻子,鼻血流了下来,"是不是很帅?"

这下不光小孩儿哭,连小孩儿的父亲也吓哭了。

"叮——"

电梯到一楼了。

苏鹤亭掏了一下裤兜,里面只有揉成团的海报,他没带手帕,也没带纸巾,只能用手背擦一下鼻血。

电梯门正在打开,苏鹤亭得走了。

"别哭了,"他顺手把海报送给小孩子的父亲,"组织招新,欢迎光临。"

男人战战兢兢地接下海报。

苏鹤亭站起身,跨出了电梯。

他用蹩脚的日语问:"你在哪儿?"

他刚走出电梯没几步,就听见一楼大厅的警报声大作。不远处迎客台上的朋克乐队听到警报声后更加激情澎湃,加足"马力"演奏。电吉他声和警报声在大厅里重叠交错,刹那间震耳欲聋。

谢枕书说:"我在右边的停车场。"

苏鹤亭堵住一只耳朵,大声问:"你说什么?"

谢枕书:"……"

他不得不提高音量:"出门右转,车上等你。"

与此同时,和尚的报警器响个不停。他把装甲车停在交易场大厅外,摁住耳内的通话器,说:"快,快,快,都动起来!"

交易场里的枪声一响,武装组成员就得到了消息。这群持枪者正在负三层和武装组火拼,像是恐怖分子。

交易场已经被武装组包围。和尚甩上车门,听见耳内通话器里的人在喊。

"2号电梯停用了,他们正在上楼,目标是代号为'猫崽'的拼接人!"

"上楼梯,准备疏散幸存者,必须确保猫崽的安全。"和尚在尘土飞扬中扣上防毒面具，端起枪，手动上膛。

他带头前进，朝四周的武装组成员下达命令，面具下传出的声音有些闷沉："前行！前行！听我的，准备疏散幸存者！"

苏鹤亭听见耳机里谢枕书微哂道："来接你的人不少。"

大厅内部普通幸存者非常多，挤在服务台和迎客台左右，被音乐声吸引，还不知道发生了什么事。

苏鹤亭看见两侧的货梯正在从负三层往上升，他抬手射爆了乐队的音箱。

"趴下，"他仿佛是个反派，在警报声中又开了一枪，打碎了柜台上的玻璃制品，"全部趴下！"

现场幸存者们的尖叫声顿起，搞不清状况的他们仓皇四散，来不及趴下的幸存者都跪在地上，大家抱头缩成一团，已经发出了啜泣声。

谢枕书在这时问："你打算上谁的车？"

苏鹤亭再次用手背擦了一下鼻血，说："这不是显而易见？"

他话音刚落，便握住手枪，头也不回地朝货梯的方向开了两枪。

货梯里的持枪者还没走出电梯，就栽倒在地，血顿时漫延开来，货梯门被尸体卡住，不断地开合。

"干得漂亮。"谢枕书简单地夸奖了苏鹤亭一句。

货梯内还有持枪者的同党，他踢开尸体，在跨出货梯的同时端起冲锋枪，对着大厅一通扫射。

大厅内模样花哨的陈设挨个儿爆开，玻璃碎片到处迸射。幸存者们大声尖叫，纷纷挤作一团爬向角落。

苏鹤亭躲在会客的酒柜后方，听见酒瓶"嘭嘭嘭"地被连续打碎。各种酒香混杂在一起，酒液流到地上，其中还掺着血腥味。

和尚已经压低身形冲到了大厅的玻璃门前，持枪者正侧着身子巡视，准备朝酒柜射击。和尚直接开枪，子弹猛中持枪者头部，对方顿时倒地，弹壳应声掉落在和尚脚边。

"猫崽，出来！"和尚担心还有持枪者在大厅，谨慎地推门，压着脚步走到酒柜边。

他一脚踹倒酒柜，发现后面哪儿还有人，苏鹤亭早跑了。

可恶！

他早说了该给苏鹤亭标记追踪蚁。

不等和尚跟耳内通话器讲话，另一侧安全通道的门忽然被撞开，负三层的持枪者全部涌了进来。十几个人堵住通道门，一进来就跟武装组疯狂对射，像极了疯子，根本不顾及幸存者。

几发子弹贴耳飞过，和尚不得不闪身躲避。他余光一瞥，便看见苏鹤亭破门而出。

这人必须待在武装组的视线里！

"逮住他，"和尚对通话器说，"给他戴上感应锁！"

苏鹤亭单手撑住围栏，利落地翻过去，就听见不远处装甲车背后的武装组成员举枪呵斥道："蹲下！"

他一边举起手，一边放慢脚步，对电话那头的人说："我要被抓走了！"

"原地等着，"谢枕书说，"我来接你。"

下一刻，苏鹤亭就听见某种音浪的轰鸣。那轰鸣声犹如猛兽咆哮，从交易场右侧悍然冲出。

一辆纯黑跑车掀起数米灰尘，贴地嘶吼，在无数目光中撞翻了交易场的安全围栏，以一记嚣张的甩尾强刹在大厅门口。

"上车。"

耳机里外的两道声音重合。

苏鹤亭不假思索地上了车，刚系好安全带，左侧车门就被子弹射中，那密集的声音犹如骤雨。车再度发动，顶着武装组的威胁，"嗡"的一声冲了出去。

"苏鹤亭——"

和尚的怒喊声被甩在了后面。

车内温度很低，只有十几摄氏度，旁边一只手递来了手帕。

"哦,"苏鹤亭接过手帕,掩住鼻子,转头看向旁边那人,"谢谢……"

那是个面容普通的男人,因为过于普通,能让人过眼就忘,丢进人群中也不突兀,甚至不好找。

但怎么说呢……太普通反而显得很刻意。

谢枕书转动方向盘,声音听起来仍然让人觉得不舒服,应该还戴着变声器。

他说:"不客气。"

车内的气氛莫名变得紧张。苏鹤亭保持着掩鼻子的动作,目光紧随谢枕书。他的尾巴搭在腿边,看似放松,但其实整个人下一秒就能暴起夺车。

他直白地问:"你戴了面部雾化效果器吗?"

这是交易场里流行的东西,方便拼接人在做一些见不得光又不能暴露自己的任务时使用。苏鹤亭也用过。不过会用这个的拼接人很少,一是这东西戴在身上会干扰视线,二是对拼接人来说,直接换脸更加方便。

谢枕书没回答,算是默认。他瞟了一眼倒车镜,说:"追你的人来了。"

后方视野里突然出现两辆新式机车。

装甲车附近的武装组成员拦住了路,看见机车立刻开枪示意对方绕路:"禁止通行!"

但是新式机车像两头重量级蛮牛,在武装组警告的同时直接冲破警戒线,不顾武装组成员的破口大骂,拧紧转把,带着爆炸般的轰鸣声直飙向跑车屁股。

"封锁03区全街,"和尚怒火中烧,狠狠踹了一脚跟前的垃圾桶,抬手摁住耳内通话器,"逮捕这帮目无王法的浑蛋!"

新式机车越过武装组布设的防爆装置,从一米高的地方着地,接着加速。

他们受过专业训练,很有默契,分两侧追上跑车,其中一个控制车头，从斜后方往跑车屁股上撞。

谢枕书更改了跑车的驾驶模式。

跑车的低音重炮瞬间压满，如离弦利箭一般蹿了出去，骤然间就跟两辆新式机车拉开了距离。那清晰的推背感让苏鹤亭肾上腺素飙升，心脏狂跳起来。

临近黄昏，交易场附近街道上的车辆很满。蛛网般的高架桥上全是鸣笛声，拥挤的商业街上灯光已经准备就绪。顶楼广场上的显示屏"嘭"地炸出无数礼花，一个商业明星的巨大投影瞬间覆盖住周围的建筑。

"都市的夜生活，"虚拟明星竖起拇指，念着台词，"尽在交易场……"

武装组的飞行器"嗖"地穿越密密麻麻的高架桥，打着灯，向下俯冲，一路高鸣着警笛，追在新式机车的后方。

"停车！"飞行器上的电子音发出警告，"危险！停车！"

前方两派都对此充耳不闻，机车党冲上左右的道路，像驱赶羊群的牧羊犬，胁迫两侧的路人和车辆向中间靠拢。

左边一辆六座老式家用车在高速前行中慌不择路，向右猛地剐蹭到跑车。

谢枕书的方向盘打得很稳，异常从容地穿梭在车流间，即便被剐蹭到，也很冷静。车身在逐渐收紧的窄道中无限加速，如同一头暴怒的凶兽。

在苏鹤亭的第一视角下，各种闪避都变成了残影，有几次他都怀疑倒车镜已经被碰掉了。他想说点儿什么让谢枕书放松，也让自己放松，但还没有说出口，右边又被重剐了一下。

轮胎在地面擦出刺耳的尖叫，苏鹤亭的背部离开座位，又撞了回去。

他半天终于憋出一句话："去哪儿啊？"

"贼窝。"谢枕书的语气闲散，和眼下的情况完全相反。

苏鹤亭拿掉手帕，说："行，这片我——"

谢枕书陡然打过方向盘,在车头左转的时候刹了一下,半个车身拦在路上,让后面紧追不舍的新式机车甚至来不及掉头,左右两侧的家用车拼命刹车。

谢枕书神情不变,说:"给你也变个魔术。"

他话音一落,就一脚油门。车身"轰——"地冲出去,瞬间撞破围栏。

呜呼——

跑车"哐当"一声越过高架桥的空隙,在颠簸中飞了出去。

苏鹤亭眼睁睁地看着那个他叫不出名字的明星投影在车窗前不断放大,黑市的夜景尽在脚下。

"哇哦。"他说。

车疾冲过广告明星虚幻的身影,像是被甩飞出去的重型炮弹,"嘭"地撞掉了另一个围栏,滑进一片花园,落地时发出巨响。

苏鹤亭紧紧拽着安全带,头因为车的剧烈震动而撞到了车顶,要不是他耳朵耷拉得快,这一下简直会重伤。

车滑进玫瑰丛就熄火了。

苏鹤亭胸口起伏,跟谢枕书对视一眼。

半晌后,苏鹤亭问:"到站了?"

"差点儿,"谢枕书拉开车门,"剩余的路建议步行。"

高架桥上的机车手下了车,站在围栏边向下看。

天已经黑透了,底下的建筑都被投影广告覆盖。黑市的光污染格外严重,夜景仿佛是儿童乐园,被各种立体投影挤满,如同炫光森林。跑车冲进这片繁华区,就像掉进万花筒,瞬间就消失无踪。

高架上的车都堵死在这里,后方人声喧嚷。武装组的飞行器平稳落地,几个成员跳下来,在警笛声中维持周围秩序。

一个戴着防毒面具的武装组成员发现了机车手,疾步向他冲过去,喊道:"武装组,你,蹲下!"

机车手摘掉头盔,不仅没有蹲下,反倒迎着武装组成员走过去。

他边走边高举起手,像是要束手就擒。

"别动!"武装组成员是个年轻小哥,不敢贸然开枪,只是恐吓,"站住!不然我就开——"

机车手一头盔砸翻武装组小哥,骂道:"坏老子的事儿。"

他朝脚边啐了口唾沫,又将被砸蒙的小哥拎起来,把头往小哥跟前凑,说:"开,你开枪啊!"他双眼通红,是一对改造眼。

他用那双眼睛紧紧盯着武装组小哥,像条毒蛇一般,说道:"马上叫和尚来,告诉他,蝰蛇在这儿等他!"

花园是假的。

反系统生存地的所有花园都是假的,现在连蔬菜都种不出,更不要说花草了,这些只是黑市用来美化夜景的幻影。

苏鹤亭罩上兜帽,手插进卫衣的兜里,跟着谢枕书。

他们从玫瑰的投影里穿过,翻过围栏,上了右边的街道。

这条街道地面肮脏,到处积水成洼。两侧的楼很旧,即便挂着无数灯牌,也能看出老旧。那些面朝街道的窗户竖满钢条,仿佛是被密封住的棺材。

"猫。"远远地,有几个抽电子烟的拼接人聚在那里,他们朝苏鹤亭喊,"来玩吗?"

苏鹤亭略仰起头,露出兜帽下的脸。

他鼻子微红,脸上还有那天被和尚用枪托砸出的伤痕,眼神十分不爽,回道:"再喊就把你头打歪。"

他的改造眼颜色漂亮,看起来很新。

新会让人害怕。

因为植入体维修需要花费大量金钱,在黑市,有钱的拼接人只分两种,一是为大老板效命的,二是斗兽场的榜单常客。为了不被新世界当作垃圾淘汰,他们必须拿命赚钱。

几个人又缩回了头。

谢枕书忽然转了弯,直接进了更昏暗的窄巷。

这里没灯光,地面坑坑洼洼,都是雨天积攒的水,很不好走。

"朋友,"苏鹤亭说,"资料要到站才能给我?"

谢枕书把拿在手里的储存器抛给了苏鹤亭。

"谢了。"苏鹤亭接住储存器,停下脚步,看着谢枕书的背影,"我们萍水相逢,你要把我送到哪儿去?"

谢枕书也停下来,倒没急着转身,而是伸手拽住一旁的破把手,用力一拽。

这里竟藏着扇门。

里面的灯光透出来,照在谢枕书的手上。他侧过身看了苏鹤亭一眼,那眼神里分明写着"爱进不进"。

"愣着干吗?"门里突然探出半个身体,是拎着自己大袖袍的隐士,"你俩倒是进来啊。"他朝苏鹤亭转过头,拍了拍自己的后脑勺,"我刚刚在安全区里拼脑袋呢。"

安全区是刑天监控下的拼接人的网络空间,隐士就是在那里被爆的头。安全区和惩罚区不同,在那里受伤不会影响线下,死几回都没事。

谢枕书已经弯腰进去了。

苏鹤亭这才注意到谢枕书个头儿很高,超过了自己。他紧随其后,也想弯腰,却发现根本用不着。

"你来得好啊,"隐士把门仔细顶上,"我好怕你被抓。"

里面很热,是个狭小的酒吧,亮着一块放广告的显示屏,坐满了拼接人。

"我给大家介绍一下,"隐士引着苏鹤亭落座,"这位是我的兄弟,猫崽。猫崽,这些都是朋友。"

苏鹤亭没掀掉兜帽,略点了点头,算是打了招呼。

他不喜欢交朋友,尤其是眼神不礼貌的朋友。他能藏起耳朵,却藏不了尾巴。这条尾巴露在外面,就告诉了所有人他是个兽化拼接人。

这种具有动物特征的拼接人,通常待在交易场最下面两层,很少出现在斗兽场。

"我所有的消息都是从这里弄到的。"隐士在苏鹤亭对面坐下,这里的桌子也很窄,只放得下两杯水。他声音极小地说:"你拿到资料了吗?"

谢枕书就坐在苏鹤亭后面,凳子间没什么空隙,两个人堪称背靠背。

苏鹤亭竖起储存器,也压低了声音,像是防止谢枕书听到:"这是什么东西?"

"资料啊,"隐士瞪大双眼,"你还没看?"

"没空,"苏鹤亭说,"现在看。"

他甩一甩尾巴,尾巴末梢变作接口,跟储存器轻轻相连。

资料上传只要一秒。

储存器里没有文字,只有一段很短的录像。录像画面模糊,显然是在非正常情况下拍到的——

几个人在午夜的暴雨中抬着担架,担架上盖着白布,但白布下的轮廓不是完整的尸体,而是被截掉的肢体。不知道哪里的监控探头闪了一下,有人朝镜头看过来。

画面开始摇晃,偷拍者发现自己暴露了,开始跑。

跑步的喘息声只持续了几秒,偷拍者就被打倒在地。

画面到这里还没有结束。

偷拍者被拖向担架,在挣扎中顶翻了担架。白布下的东西掉出来,是两条腿。一条腿上文着"巨灵族",另一条腿上文着"出入平安"。

苏鹤亭被储存器里的画面吸引,他见过这双腿。

"麻将约您血战到底!"

一声广告犹如惊雷,炸响在他耳边。

苏鹤亭像被黄瓜吓到的猫,他的大腿撞到桌子,桌上的水杯当即翻倒。他反应极快地收腿,凳子"哐"地撞到后面。

后面的谢枕书刚好起身,没被撞到,倒是苏鹤亭一下仰倒了过去。

"哎——"隐士伸手抓了个空。

苏鹤亭兜帽一轻,被谢枕书拎住了。

"呀——"隐士想夸谢枕书,又看苏鹤亭的眼色。他一时间尬在那里,干巴巴地喊了句:"好!"

桌上的水伴随着这叫好声,全倒在苏鹤亭的裤子上了。

苏鹤亭:"……"

他硬挤出三个字:"谢谢你。"

谢枕书松开手,回了句:"不客气。"

显示屏里一只熊猫兴高采烈地喊着"胡咯",随后"胡咯"两个字立刻出现,被做成了渐变的荧光色。它们和麻将一起飞出屏幕,逐渐放大,在酒吧里足足闪了五秒才消失。

隐士"哎呀"一声站起来,从怀里掏出手帕,殷勤地递过去,说:"快擦擦。"

苏鹤亭没要,他从兜里摸出块手帕,擦着裤子上的水。

隐士看到手帕,大惊道:"你受伤了?"

苏鹤亭擦到一半,看到血迹,才想起这手帕是谢枕书的。他能感受到来自手帕主人的目光,于是硬着头皮和隐士对视,半天才蹦出一句:"……没有。"

隐士相当懂事,向苏鹤亭比了个"OK"的手势,不再追问。他一边擦着桌子,一边继续跟苏鹤亭交头接耳:"你看完啦?"

苏鹤亭点了一下头。

隐士问:"你认出那双腿是谁的了吗?"

苏鹤亭说:"泰坦。"

那是泰坦的腿。

上次比赛结束时泰坦抽搐倒地,苏鹤亭看到了。

"没错,就是他的!"隐士攥紧手帕,声音小得像是蚊子叫。

苏鹤亭皱了皱眉,问:"就因为他打输了比赛?"

隐士轻轻点头道:"他是直播预测的满贯王啊,好多人赛前都押他赢。我听说，"他咽了下唾沫，"我听说有大老板也下注了。"

"大老板"在黑市是种尊称，特指在这里能够一手遮天的人。这种人通常不是斗兽场的高层，就是交易场的金主。

反系统生存地一共有三个，每个都有菌类栽培基地，这些给生存地提供食物的菌类栽培基地都属于大老板们。刑天明面上是掌控者，实际上也靠大老板们赏饭吃。

在生存地，大老板们的特权是无限的。

苏鹤亭想到这天没完没了的追兵。

"你惹怒了大老板，"隐士说，"我哪敢直接见你，只好请谢先生帮忙。但我没想到他们在交易场里就敢开枪，那么多人呢。"

在刑天这样严格的武装管控下，大老板派出的人都能带枪，说明他肆无忌惮，杀人对他而言就像捏死一只蚂蚁。

苏鹤亭问："你从哪里搞到的录像？"

"佳丽那里。"

佳丽每晚都在斗兽场门口卖蘑菇烤串，这是她靠关系打通的生意，其实她是在替黑市无法聚群交流的拼接人传消息。

酒吧里没空调，空气又不流通，很是闷热。隐士擦着额头上的汗，用袖子给自己扇风。

"你怎么办？"他说，"我真怕你走出去就被大老板的人暗杀。"

还真说不准。

真够烦的。刑天要他进惩罚区，而惩罚区里有个难搞的检查员在等他。回到现实，现实里又有个浑蛋大老板想弄死他。

"你马上要和申王打了，"隐士没憋住，快要哭出来了，"申王是真正的满贯王。"

"什么意思，"苏鹤亭说，"申王也是大老板押的肌肉男？"

隐士用力点头，仿佛苏鹤亭已经中弹了。

"我的老板是哪个，你晓得吗？"蝰蛇戴着感应锁，把腿搭在桌沿，"笨蛋和尚。"

和尚这会儿被喊得额角青筋凸起。

蝰蛇把桌子踹歪,在房间里发出响声。他手指交叉,搁在肚子上,就这样看着和尚,问:"你可以关老子好久?"

和尚的耳内通话器响了,他转过头,避开了蝰蛇的目光。

"哟,"蝰蛇说,"这就来了呀。"

通话器内的沉默长达几秒,和尚心里不禁升起点儿希望,但很快,他就听见大姐头说:"放了他。"

和尚的脏话在喉咙里打滚。

"下次,"他转过头,盯着蝰蛇,"下次我们会当场击毙你。"

蝰蛇放下脚,把手臂搁在桌面上。他将脸逼近,忽地咧嘴一笑,回答和尚:"你们不敢。"

和尚甩上门,走到吸烟区。

大姐头正背靠在栏杆上抽烟,一只手端着烟灰缸。她看见和尚,往烟灰缸里弹了下烟灰,手腕间的银镯子清脆地响。她略微后仰,望着天花板道:"烦。"

和尚从她放在栏杆上的烟盒里抽出根烟,跟她要了个火。这种真正的香烟很难得,但和尚抽得没滋没味。

两个人安静了很久,烟都快抽完了,和尚才叹了口气。

"别想太多,"他说,"……你也尽力了。"

蝰蛇是大老板的人,上面说不要动,他们就不能动。上面说放人,他们就得放人。

"我该想到的,"和尚继续说,"持枪,袭击,无视警告,能这样做的人只有一种。"

"无论如何,"大姐头掐灭烟,只说了一句,"得保住苏鹤亭。"

隐士得到消息后就急得上火,现在看到苏鹤亭不紧不慢,腮帮子更疼了。他情不自禁地捂着半边脸,说:"要不你雇个保镖?"

苏鹤亭说:"没钱。"

"我知道一个价格便宜的，"隐士对苏鹤亭使眼色，示意他往后看，"还挺靠谱。"

苏鹤亭没回头。

酒吧里吵闹，他却能灵敏地听见谢枕书水杯里的冰块儿正在晃动，这让他想起了谢枕书给他递手帕时的手。

那手骨节分明，很白。

"暂时不用。"苏鹤亭用手指推了推自己的水杯，给胳膊腾出点儿位置，"佳丽有说是哪个大老板在找我麻烦吗？"

大老板那么多，他总得知道究竟是哪一个。

隐士用手指蘸水，在桌面空处写了个"卫"。他悄声说："知道了吗？"

苏鹤亭果断地回答："不知道。"

"就那个。"隐士造作地双手托举，表情严肃，用气泡音说，"卫达人造肉，顶级口感，"说完再把空无一物的手掌举到脸边，极为商业地露齿一笑，"我们风味独特，值得信赖！"

苏鹤亭："……"

"哦，"他说，"想起来了。"

大名鼎鼎的卫达人造肉。

卫达是新世界生物学技术研究的巨头，他们的人造肉垄断了生存地市场，在这里家喻户晓。苏鹤亭以前对卫达印象不差，因为他们定期投喂拼接人，在黑市做过不少慈善。

"是卫达长房的少爷，"隐士缩回身体，"他到过斗兽场现场，经常给比赛砸钱，泰坦和申王都受过他的资助。"

"旧世界亡了，"苏鹤亭说，"给我喊他全名。"

隐士老实地喊："卫知新。"

苏鹤亭记住了这个名字。

隐士心里不踏实，又问了一遍："你真的要跟申王打啊？要不咱们申请退赛得了。"

苏鹤亭端起桌上的冰水，仰头一口饮尽。

"他想让申王赢,很简单,"他含了块冰,"嘎巴"咬碎,"等我死了就行。"

隐士自从在安全区被爆过头以后,有事没事老摸自己后脑勺。他不敢久坐,能到这里跟苏鹤亭碰面已经用了十分的勇气。

二人起身时,谢枕书还坐着。

隐士俯身跟谢枕书打招呼:"谢哥,今天谢谢你,一会儿我把钱打到你卡里。时间太晚了,我们哥儿俩就先走了啊。"

苏鹤亭出于礼貌,鹦鹉学舌道:"走了啊。"

他上半张脸都藏在兜帽下,只露出下巴,十分冷酷。

谢枕书耳内通话器里有声音,他正在和人通话。他衬衫袖口挽起了些许,露出明显的腕骨,上边还戴了只表。

苏鹤亭仗着有兜帽遮挡,肆意观察谢枕书的手。

这家伙一定昼伏夜出,不怎么见太阳。

苏鹤亭莫名想到了检查员。

谢枕书目光移动,在苏鹤亭的兜帽上停留少顷。

苏鹤亭立刻迈开腿先行一步。

谢枕书的目光从他身上收回,对隐士点了下头。

隐士心道这位比苏鹤亭还冷酷。他笑着说:"等比赛结束,咱们一起吃饭啊,谢哥……"

苏鹤亭开门走出去,外面下了点儿小雨。

隐士跟在后面把门关上,碎碎念道:"出门都要注意安全,现在可是危急存亡的关键时刻。前几天说的刑天要派拼接人去炸主神系统的事儿,就像悬在头顶的达摩克利斯之剑,随时会落下来。"他叹了口气,又摸了摸后脑勺,"人类统一大业尚未完成,我还没去看过另外两个生存地呢。"

刑天把拼接人送到黑市进行统一管理,拼接人出城需要办一套复杂的手续,然后经过刑天的审核再审核。近几年他们中只有佳丽出去过。

毁灭日后,高科技地区全部沦陷,严防死守三个生存地。如今幸存者能够登录的网络都在刑天管控的安全区,为了避免被主神系统入侵窃听,三个生存地之间甚至不能通信。

在信息交流方面,刑天和大老板们坚持最原始的方式。他们每个月会在武装组的保护下出行,聚集在某处开会。会议期间禁止携带任何电子产品,并且禁止携带拼接人。

苏鹤亭跟隐士在窄巷口告别。

隐士说:"既然要打比赛,今晚就让自己吃点儿好的吧。"

他不知道该怎么想以后。

拼接人谈未来时都很悲观,他们是新世界变种,卡在人类和主神系统间的缝隙里,被两方用枪顶着脑袋,进退维谷。

苏鹤亭忽然想到了脏话组织。

他抬起手指,从额角朝隐士挥了一下,说:"敬脏话。"

是"敬脏话",不是"敬自由"。

新世界拼接人没有自由。

"好兄弟,"隐士说,"明天我到场给你加油。"

苏鹤亭说:"明天见。"

他没动,示意隐士先走。等隐士的袍角消失在黑夜中,苏鹤亭才退后两步,转身,走向街道尽头。

街道两侧亮着灯牌长龙,各种广告声充斥在苏鹤亭耳朵里。但是活人仿佛被清空了,只有细雨蒙蒙。

"嗡——"

一辆新式机车发出点炮般的声音,像条耀武扬威的豺狗。蝰蛇没戴头盔,亮着一双红眼,跨在机车上冲苏鹤亭吹了声悠长的口哨。

"一只小猫儿在外头孤孤单单,"蝰蛇说,"要死啊。"

苏鹤亭轻轻踩住一个易拉罐,当着蝰蛇的面踢飞了。

毛毛雨飘在街道上,像雾,弱化了灯牌的光芒。易拉罐一骨碌滚进脏水洼儿,正好挡住蝰蛇模糊的倒影。

蜂蛇还想演讲,但他时间有限。他脑袋里有根秒针,正在"嗒嗒嗒"地跑,那是老板给他的时限。

一只臭猫有什么了不起的。

蜂蛇拧紧转把,机车轰鸣一声,灯头大亮,朝着苏鹤亭猛冲过去。机车风驰电掣一般撞开沿途的广告灯牌,在电光石火间飙至苏鹤亭身前。

绵绵细雨打湿苏鹤亭的兜帽,他在蜂蛇冲到面前时骤然暴起,像被摁压的弹簧,转眼间跃到半人高。

蜂蛇的眼睛捕捉到了苏鹤亭的动作,但是——

太快了!

苏鹤亭这一脚铆足了劲儿,踢在蜂蛇颈侧。蜂蛇连把手都没握住,脖颈"咔"地歪了。人飞出去,重重地砸在一旁的灯牌上。

"轰!"

失去操控的机车贴着地面滑出数米。

空气刹那间像是凝固了,雨还在下。

不对劲。

苏鹤亭眯起一只眼,忽然感觉到热。

这种热是参加斗兽场比赛的后遗症,总在危险时刻涌上来,像是被打了强力兴奋剂。各种感官功能上调,不受自我意识管束,犹如杀意在沸腾,整体过分亢奋。

"咔。"

一声脆响。

蜂蛇单手把头扭正,然后左右晃了一下脑袋,仿佛在感受位置合不合适。

一条褐色蛇尾从蜂蛇背后爬出,沿着地面伸长。机甲伪造的表面涂着链状椭圆斑,看起来和真正的蜂蛇极为相似。这尾巴贴地时会发出令人不安的摩擦声,表明它的底部是纯钢造的。

蜂蛇的上半身也在发生改变。

褐色的钢制鳞片爬上他的脖颈,犹如细密的黑蚁,眨眼间覆盖了他的面部。他的头部被植入体撑起,呈现出模仿蛇类脑袋的三角形。

"臭猫,"蟥蛇说,"跩屁啊。"

蟥蛇倏地蹿起,下一刻就出现在苏鹤亭眼前。苏鹤亭后撤,背部却一凉,他猛地压下上半身。蟥蛇的尾巴犹如钢鞭,在半空中抡出诡异的弧度,拍开雨水,钉在了苏鹤亭刚才站的位置上!

地面出现小面积的龟裂,蟥蛇的尾巴底部黑亮,一看就是精心打造过的植入体。

"哟,"蟥蛇的反应速度比刚才快了太多,绕到后方,"再跑嘛!"

他靠尾巴支撑,照着苏鹤亭刚才的动作,弹起身体,一脚踹向苏鹤亭的颈侧。

苏鹤亭再次闪避。

蟥蛇踢了个空。

就这个空隙!

苏鹤亭钳住蟥蛇的小腿,身体前倾,把蟥蛇从自己背后砸向身前。

蟥蛇陡然离地,在被砸下去的过程里双臂格挡。果不其然,他一落地,苏鹤亭的拳头就照着他头部猛打。

蟥蛇没料到苏鹤亭的拳头这么硬,打得他臂间发麻。他忽地扬起尾巴,一下缠住苏鹤亭的颈部,把苏鹤亭向后勒拽。

"嘭——"

苏鹤亭的兜帽滑落,在被甩出的同一时刻蹬住墙壁,再度暴起。

"嘭!"

他一拳砸出了血迹。

蟥蛇以为他要缓冲,岂料他一拳接着一拳。

细雨逐渐变大,苏鹤亭击出的"嘭嘭嘭"声持续不断,到了令人头皮发麻的地步。

蟥蛇靠尾巴轮番格挡,拳头砸出的血迹不断增加,他都觉得痛了!

那股兴奋没来由地挟持了苏鹤亭,他在雨中像是踩到了老天给的点,拳头不自主地砸下去。

"打死他!打死他!"

脑袋里似乎有声音在呐喊,越来越响,甚至盖过了雨声。

蝰蛇缠住苏鹤亭的手腕,"嗖"地把他吊起来,摔向一旁。

苏鹤亭摔进广告丛里,一时间各种宣传语涌入耳朵,打断了他颅内诡异的呐喊。周围的灯牌轰地掉落,尽数砸在他的身上。

但是那股兴奋感没有消退。

"柔柔丝袜,为您——"

苏鹤亭一把扯下旁边吱哇叫的广告牌。

蝰蛇感觉不妙,说道:"你不是吧——"

苏鹤亭速度快得像是闪现,他抡起广告牌,把话还没说完的蝰蛇拍翻在地。

广告牌随即断裂,里面的电子碎屑迸溅。

蝰蛇仿佛是在用头接这一下,面部覆盖的鳞片登时被打飞几片。他咽喉一紧,后脑勺用力撞向地面。蝰蛇无暇思考,只看见苏鹤亭的手在刹那放大,眼前顿时陷入一片血红。

痛感顷刻间飙升,蝰蛇发出怒吼。他抬手握住苏鹤亭的手腕,左眼已经看不见了。

"刺啦!"

苏鹤亭直接拿走了那只改造眼。

蝰蛇发出咝咝声,但不是从嘴巴,而是从头部。他头部仿蛇的三角植入体宛如漏气了,在瞬间变瘪。一条色彩斑斓的毒液线顺着背部向下,经过尾椎的位置,流向尾巴。

苏鹤亭手劲儿大到像是要掐死他。

蝰蛇的头不正常地后仰。他睁大眼睛,被雨水冲刷,在痛叫里感受到毒液犹如一条真正的蛇,正在身体里流窜。

苏鹤亭拇指一顶,迫使蝰蛇暴露出满是鳞片的颈部。

"给你老板打个电话,"他的头发湿透了,"就现在。"

"说……屁……呢。"蝰蛇呼吸不上来，宛如一条搁浅的鱼。他仅剩的眼睛上翻，喘了几下，忽然攥紧苏鹤亭的手腕，朝着上空吼道，"上啊！"

旧楼上空猛地跃下一个人，黑色短发霎时散开。对方有只袖子空荡荡的，没有胳膊。但是他在下落的过程中切换模式，一把雪亮的钢刀"唰"地伸出袖口。

刀口锋利，寒光四射，直往苏鹤亭的项上人头而去。

同时，蝰蛇褐色的尾巴微微发亮，靠近末梢的部位切换成尖针，照着苏鹤亭的后脖子就扎。

局势瞬变！

不等苏鹤亭后退，后方火星一点，一发子弹精准地爆掉了蝰蛇的尾巴。

好烫！

子弹几乎是贴着苏鹤亭过去的，他抽空摸了一把脖颈，然后蹬腿，动作敏捷地翻了出去。

"哐！"

从天而降的钢刀赫然劈砍在他刚才站的位置。

苏鹤亭跟新来的钢刀男打了个招呼，旋身一脚踹向对方的胸口。可是对方的反应同样极快，猛地后跃，避开了苏鹤亭这一下，接着抡刀再劈。苏鹤亭也躲开了，他抬脚踩住刀背，让对方不得不俯下身，接着抬起腿，屈膝干脆利落地撞向对方的头部。

然而钢刀男又躲开了。

蝰蛇尾巴末梢那块全爆了，毒液溅了一地。他拖着残躯起身，摸到自己的尾椎处，一边忍着疼痛，一边指挥钢刀男："砍死他！"

这猫各方面都是超水准的，明天的比赛申王恐怕难赢。

"今晚必须做掉他，"蝰蛇啐了口唾沫，开始碎碎念，"不然老板要扒了你我的皮——"

他话音没落，侧后方骤然袭来一阵重力。蝰蛇没有余力再躲，半个身体被踹得侧滚出去。

这猫竟然还有保镖!

蝰蛇滚地后撑住身体,还想再弹起来,但他才仰身,就又被当胸踹了一脚。

这一下可比刚才狠多了!

蝰蛇的身体擦着地面飞出几米,背部重重撞在垃圾桶上,立即呛出一口血。

那垃圾桶轰然翻倒,易拉罐、报废品等全倒在他的身上。

他今晚运气不佳,亏大了。

蝰蛇捂住眼睛,左眼的血还没有止住,嘴里的血又漫了上来,口齿间全是铁锈的味道。他看不清前方来人,反而因为对方的沉默陷入一种恐慌,直觉让他嗅到了危险。

快跑。

不然得交待在这里。

蝰蛇发出一声痛呼,抬头招呼钢刀男:"走,走!"

钢刀男像是听到口令的小狗,立刻收起钢刀。苏鹤亭要留他,他看也不看苏鹤亭,一个灵巧的晃身闪过,疾步冲过去,单手拖起蝰蛇就跑,过程一气呵成,丝毫不恋战。

旧楼都是水泥墙,钢刀男空袖一甩,再次切换模式。从袖子里射出几道钢钉打在墙上,那钢钉都带着细若蛛丝的线。他扛住蝰蛇,几步跃起,荡到墙壁上,跑酷般地飞驰,几个呼吸间就消失在了黑夜里。

雨还在细密地下。

苏鹤亭没有追。

蝰蛇就是他送给卫知新的问候礼。

他甩了一下尾巴上的水,一扭头就看见了谢枕书。

"……谢……谢啊。"苏鹤亭声音卡壳,因为今天说了太多的"谢谢",而他又不擅长这种口头感谢。

谢枕书撑开雨伞,偏头看了一眼天色,又看向他,问:"不回家吗?"

"正准备。"苏鹤亭手插兜,嘴里这么说,身体却没有转过去。

气氛微妙,雨沿着脸颊流,苏鹤亭甩了甩。他的目光忽然落在谢枕书同样湿了的头发上,脑袋里"叮"地想到一个绝妙的感谢方式,不禁翘起尾巴。

虽然黑市对拼接人不友好,但拼接人也有娱乐场,苏鹤亭十分钟爱其中的某项活动。

他轻巧地跳过水洼儿,几步跑近,逼近谢枕书,一脸严肃,直率地问:"一起泡澡吗?"

谢枕书略微后仰身体,不习惯被靠近,苏鹤亭那对猫耳在他的注视下抖了几下雨珠。

"有家不错的店离这儿不远,"苏鹤亭蠢蠢欲动,眼睛发亮,"这可是我的赛前必备项目。"

谁能拒绝泡热水澡?

还有免费吹风机能用呢。

他超喜欢的!

"瑶池"在旧街附近的路口,是个旧世界风格的澡堂子。

"欢迎光临!"

瑶池门口的机器人弯腰迎客。

它们型号古旧,是旧世界遗留的古董款,需要安装电池,只听得懂简单的指令,不会处理复杂信息,因此免于被销毁,在这里充当门面装饰物和引路的服务员。

不过即便如此,它们身上都有带刑天标记的编号芯片,定期受武装组检查,被禁止外出,只能在店内活动。

苏鹤亭钻出雨伞,切换尾巴末梢,在门口刷了一下。他说:"我是这里尊贵的包月VIP。"

语气颇为克制,仿佛只是小小地炫耀一下。

"了不起。"谢枕书收起伞,还在思考自己为什么要来。

他普通的面容和身体略显违和,即便已经并肩作战过了,但苏鹤亭只要移开视线就会忘记他的长相，因为实在太普通。

这种普通并不是不漂亮那么简单，而是经过计算后的模型捏脸，能确保使用者绝对神秘。

苏鹤亭盯着谢枕书的鼻子和眼睛，试图跟面部雾化器抗衡。他很担心过了今夜，明早他就认不出哪个是谢枕书了。

好歹是新交的兄弟，怪不好意思的。

"瑶池欢迎两位的到来。"领头的机器人终于读取到了苏鹤亭的信息，打断他的死亡凝视，举起手臂，替他们掀开澡堂门帘，"这边请！"

里面的厅很小，有许多机器人正在满地跑。它们个头儿矮小，身体呈桶状，头顶托盘，里面盛放着供客人食用的茶点和使用的毛巾。

帘子一被掀起来，它们就快活地大喊："欢迎光临！"

"欢迎光临！"

"欢迎光临！"

声音嘈杂，场面无序。

"双人包间已为两位准备好了……"领头机器人沿着假竹长廊走，"为两位精心挑选的私密空间。"

长廊的柱子都是仿造古代的朱柱，上方挂着两排极具特色的宫灯，转动时会投下精巧的人物画影。包间名古香古色，全用狂草书写。每个包间在客人进入后都会关闭房门，但底下都有个小洞门，垂着布帘，供小机器人运送茶水。

"长廊尽头向左转是多人大汤池，有搓背师傅随时待命，两位如有兴趣，欢迎尝试。长廊尽头向右转是专门供客人使用的旧世界文化体验区，可以在里面进行角色扮演，感受旧世界魅力……"

领头机器人停在包间门口，为他们打开门，电子眼中浮现出星星特效，说道："两位请进，接下来如有任何需求，敬请吩咐我们！"

空气中弥漫着水汽。

苏鹤亭和谢枕书站在脱衣处，镜子前还有仿真花在吐肥皂泡泡。

苏鹤亭其实没有那么多钱，他平时包的都是普通间，今晚是为了谢枕书才订的尊贵间，但也没料到这里会弄得如此花里胡哨。

为了避免尴尬，他决定主动脱衣，突显自己的熟练。

谢枕书抬起手，摸到自己后颈处戴着的雾化器。他料想雾化器电量充足，还没有关闭。

但猫今晚在观察他，还在试探他。

苏鹤亭脱掉卫衣，打着赤膊。他嘴角的枪托伤痕还没好，有点儿红，看起来不像来泡澡的，倒像来干架的。

他从镜子里看谢枕书，忽然指了一下自己的后脖子，问："你要戴着它泡澡？"

谢枕书用食指轻轻敲打了几下雾化器，像是在考虑。但他没有关掉，而是回答："我对自己的真实长相很不自信。"

我信你个鬼。

"外貌不重要，"苏鹤亭盯着谢枕书，"你不脱吗？"

他的脸现在毫无遮挡。不怪总有人怀疑他斗兽场选手的身份。猫确实长得很标致，即便头发乱糟糟的，也能看到他眼角圆润的弧度。

苏鹤亭的少年感很重，又有点儿叛逆，像个会逃课的刺儿头。事实上他确实经常逃课，以前做黑豹测试时就是及格万岁。

但是别小看他。

谢枕书开始解衬衫扣，他似乎习惯了单手操作。他解到一半，就感觉苏鹤亭的目光黏在他手上。

苏鹤亭盯得相当认真。

他总觉得这手他好像在哪儿见过，熟悉的感觉挥之不去。

在哪儿呢？

苏鹤亭问："你平时都在哪儿混？"

"交易场，"谢枕书脱掉了衬衫，"接一些委托任务。"

"生意很好吧，"苏鹤亭没忘记他今天丢掉的那辆跑车，"看样子赚了不少。"

"勉强糊口。"谢枕书摘掉手表，从镜子里跟苏鹤亭对视，"我单身，独居，没有不良嗜好。"

"好巧。我也单身，独居，没有不良嗜好。"苏鹤亭看了一眼谢枕书。

他说完剩下的话："但我得定期维修植入体，存不住钱。"

谢枕书的后颈处戴着雾化器，可能连着脑机接口，苏鹤亭看不到接口的款式，所以无法确定型号。他到现在还不知道谢枕书改造过哪里，植入体是什么。

这家伙太神秘，把自己藏得严严实实。

"我的植入体比较特别，不需要定期维修。"谢枕书回头，截住苏鹤亭的目光，在他提问前瞟了一下淋浴间，"泡澡前要淋浴吗？"

回答真是滴水不漏。

"要，"苏鹤亭说，"你先用。"

谢枕书进了淋浴间。

苏鹤亭的猫耳动了动，听见里面传出水声。

淋浴间里都是水汽，蒸腾的温度让雾化器变潮，面部更加难受了。

谢枕书撑了一下墙壁，闷头淋着热水。

水被开到最大，浇在他的肩背上。他的视线更加模糊，几乎要看不清了。可这不会影响他的任何反应，就算现在有人破门而入，他也知道怎么打断对方的脖子。

他仔细复盘自己的言谈举止，想把"谢枕书"和"检查员"区分开来，或许他应该表现得再热情一些。

谢枕书从热水里抬起头，伸手擦了一下墙上的镜子。

刚才在酒吧时隐士说了什么？

我好怕你被抓。

谢枕书对着镜子，无声练习："我好怕你被抓。"

我好怕……

这种带着明显情绪的词汇要讲得很生动。

谢枕书觉得自己学得不像,他不擅长这个。他知道冷静,知道害怕。但是他跟其他人不同,他的害怕也是冷静的。

十几分钟后,谢枕书就出来了。

苏鹤亭正在玩吹风机,他对着自己的尾巴一顿吹,把毛都吹蓬起来了。见谢枕书出来,他才恋恋不舍地把吹风机关掉了。

"池子在里面,"苏鹤亭进到淋浴间,又探出头,"戴着雾化器泡可能会晕倒。"

谢枕书时间把控得很准,但他还是拿起手表,看了下时间,算是回应苏鹤亭的提醒:"我会定点出来透气。"

苏鹤亭:"……"

行。

算你狠。

苏鹤亭洗澡很快,只要五分钟,他满心都是泡汤。不过他没跟人一起泡过,想到谢枕书系着浴巾,于是他也系着浴巾就进去了。

两个人在汤里离得不远,中间漂着个木盆,里面是干净的擦手毛巾。

因为不熟,现场十分安静。

苏鹤亭的尾巴尖儿浮起来,把木盆往谢枕书的方向轻轻顶了一下。他抱着胸,没话找话道:"……你住哪儿?"

"交易场附近。"谢枕书搭着手臂,腰侧被木盆轻轻碰了碰。

他目光微转,看见一条尾巴只露出尖儿,在水里缓慢地晃来晃去。

"你住哪儿?"他也没话找话。

"我住筒子楼……"苏鹤亭抓起毛巾,折成方块,盖在脑门儿上,"你不是知道吗?"

谢枕书强迫自己挪开视线，但是那尾巴在他余光里沉下去，又冒了出来。

谢枕书："……"

他终于还是说："你的植入体是自动的吗？"

"算是，又不算。"苏鹤亭没法儿忽略谢枕书的目光，他捉住尾巴，摁进水里，转头面无表情地说，"我没法儿给你解释。"

尾巴算是苏鹤亭的情绪表达，但他不想承认。

两个人就这么硬泡，像是在较劲儿，要把时间凑满。

这汤泡得太别扭了。

等机器人敲门提醒时，两个人仿佛终于解脱，分别长舒了口气，整齐地翻出池子。

小矮子机器人进入洞门，有礼貌地说："请给我衣服，自动清洗为您服务！"

苏鹤亭立刻提起自己的卫衣，抖了抖。

里面掉出一堆东西，什么棒棒糖、折扣券、储存器……还有一颗蛭蛇的改造眼。

那颗改造眼滚到了谢枕书脚边。

苏鹤亭捡也不是，不捡也不是。

谢枕书弯腰，隔着毛巾捡起来。他问："收藏？"

苏鹤亭说："不是。"

他竖起拇指，骄傲地扬起下巴。

"这是可以拿去卖的战利品。"

感谢蛭蛇，替猫报销了今晚的答谢经费。

这眼睛材料很好，挂交易场能卖个好价钱。

蛭蛇的尾巴也不错，苏鹤亭没见过那种机甲，灵活度高，还能储蓄毒液，可惜今晚没能弄断。

他想到这里还挺遗憾，把卫衣给了小矮子机器人，打开吹风机，说："不知道他下次还来不来了。"

热风"呼"地吹出来，他的猫耳在风里被吹成了飞机耳。

啊——

苏鹤亭又快乐了。

谢枕书听到"啪嗒啪嗒"的声音,他一垂眸,就看见苏鹤亭的尾巴正在拍自己腿侧。

猫自己浑然不知,尾巴拍了一地的水。等他吹爽,谢枕书已经穿戴整齐了。

此时正是凌晨五点。

"拜拜,"苏鹤亭提起洗干净的卫衣,冲谢枕书挥了一下手,"我等下要补觉,就不送你了。"

谢枕书颔首,在即将出门时想到什么,回过身来。此时长廊里没有客人,橘黄的灯光柔和地洒在谢枕书的肩膀上。

他说:"比赛顺利。"

这场景似曾相识。

苏鹤亭心下一动,回答道:"借你吉言。"

谢枕书便关门离去。

苏鹤亭套上卫衣,特意提起领口嗅了嗅,一股清爽的洗衣液味。他保持着这个姿势,陷入凝思。

没这么巧吧?

他认识隐士的时候可不觉得哪里熟悉。

但谢枕书也不可能边开门边跟他讲过话——

那个暴雨夜突然浮现脑海,如同昨晚。在那个处处诡谲的惩罚区里,有一个人这样跟苏鹤亭讲过话。

那个人的身姿挺拔,肩背也同样宽阔,对他冷漠地说:

"欢迎。"

检查员!

苏鹤亭脊背生凉。他抓起裤子往腿上套,动作迅速地系好扣子,连鞋都没来得及换,穿着拖鞋夺门而出。

"客人!"

长廊上穿梭的小矮子机器人们纷纷大叫,向两侧躲闪,它们顶着托盘,"嘀嘀嘀"地亮着红光。

"请客人不要在廊内奔跑……呼叫领班……有客人疑似醉酒……"

苏鹤亭没看到谢枕书的身影,他胸口心脏直跳,但那不是害怕,而是种说不清的亢奋。

他只是怀疑。

谢枕书是检查员吗?

不。

谢枕书是人吗?

苏鹤亭蹬着拖鞋跑出长廊,后面的小矮子机器人们紧追不舍。它们跟不上苏鹤亭的速度,一边大喊着"客人",一边欢快地蜂拥上前。因为长廊的空间不够,小矮子机器人们相互顶挤,把托盘都顶落在地。

"猫崽先生!"领头机器人半路杀出,立在门口,朝苏鹤亭比画出"禁止"的手势,大喊道,"请您停下奔跑,注意安全……"

苏鹤亭没停,在冲向领头机器人的同时猛地起跳,双手稳稳地抓住上方挂许愿牌的横柱,敏捷地越过机器人,漂亮落地。

他"唰"地掀开门帘,向外望去。

和尚被忽然掀起的门帘吓了一跳,他的神经从蜂蛇离开后就没放松过。待看清是苏鹤亭,他紧绷的背部才微微放松,问道:"你在干吗?"

苏鹤亭看向雨中的街道,雾蒙蒙的。

谢枕书走掉了。

"赛前热身,"他收回目光,对和尚摆起臭脸,"干吗,跟踪啊,臭老头儿?"

"是保护,"和尚加重语气,"我们在保护你。你白天为什么跑?找你也费了番工夫。"

"我怕你们手抖,擦枪走火。"苏鹤亭略微弯腰,钻出了门帘。

他用拇指指了一下墙壁上的海报,提醒和尚,"这家店只接待拼接人。"

瑶池老板和佳丽是朋友,跟交易场沾亲带故,开这家澡堂子就是专为拼接人服务,这也是苏鹤亭常来的原因。

"哦,没看到。"和尚没有硬闯,他收回手,站在原地摸着下巴研究那海报,问,"你喜欢泡澡?"

苏鹤亭干脆地说:"关你屁事。"

"只是聊聊天,能不能稍微……"和尚感觉头疼,"我可是来保护你的。"

"别逗了。"苏鹤亭掏了掏兜,用两指夹出蝰蛇的改造眼,"买吗?"

和尚定睛一看,神色略变,道:"你把蝰蛇的眼睛掏了!"

"他留着也没用。"苏鹤亭两指向上,轻轻一抛,"啪"地把改造眼握回掌心,"你们不要,我就挂交易场了。"

和尚看着那颗眼球上上下下,像被把玩的核桃似的。他心情复杂道:"……你不留着吗?留着当替换装。"

苏鹤亭鼻尖微皱,一脸不情愿道:"想想怪恶心的。"

这是斗兽场常干的事情。

退役选手的植入体可以交给斗兽场,斗兽场会进行综合估价,再把这些植入体当作替换装卖出去。

"蝰蛇用的东西都不错。"和尚提了提裤腿,在瑶池门口的长凳上坐下,"不过你掏了他的眼睛,他肯定恨死你了。"

和尚暗爽,但他不能表现出来。

他收敛表情,说:"他们还会来找你的。"

苏鹤亭注意到和尚今天穿的是便装。

在黑市,没有比武装组成员更好用的身份,因为他们能公开带枪。但是和尚今晚专门换了便装前来,说明保护他这件事不能声张。

"你们抓住了蝰蛇,"苏鹤亭说,"又把他放了。"

和尚看着屋檐外,忽然想抽烟,但他只是想想。他搁在腿上的手收紧又松开，语气平静道："总有些事身不由己。"

雨把水洼儿打出阵阵涟漪，水洼儿也不能跳起来抽雨一耳光。

虽然憋屈，但这群大老板就是不在乎什么主神系统，也不在乎那些没逃出光轨区的人类。

生存地的稳定让外部威胁变小，光轨区的新闻不再能引起广泛关注，人工智能发动的毁灭日也变成了历史。

不论主神系统想干什么，它们这几年都没入侵生存地，不是吗？

这就是大老板们的想法。

和尚问："你今晚能输吗？"

"能，"苏鹤亭掏出一根棒棒糖，很好说话，"你先给我打三百万。"

和尚："……"

"你们还真把自己当成左右为难的小媳妇儿了。"苏鹤亭把棒棒糖咬在齿间，才发现自己没换鞋。他抬起一只脚，让雨水冲刷鞋底，说道："卫知新，那家伙是不是叫卫知新？我只想告诉他……"

他声音不大。

"比赛有输赢，玩不起就别下场。"

Chapters 3
中王

蝰蛇眼前一片黑暗,他脑机接口附近有老化的疤痕,所以没有插连接线,但他的头部贴满了圆盘电极。

"老板,"蝰蛇闭着眼,在电信号的刺激里呼吸急促,声音颤抖,"对不起。老板,对不起……"

老板的手隔着手套,拎起了蝰蛇的尾巴,那里被子弹打烂了。

"他的速度好快……"蝰蛇头部动了一下,"我被摁住了……他的手……"蝰蛇像是在脑袋里又经历了一遍,他痛苦地喊着,"他用手掏掉了我的眼睛!太痛了,太痛了!老板,对不起……"

蝰蛇猛地抽动身体,额角青筋暴起。他的声音都变调了:"别再重复了……"

老板仁慈地摸了摸蝰蛇尾巴的断口,残留的毒液已经被处理干净了。他的声音非常温柔,好像感受不到蝰蛇的疼痛:"知道了,知道了……不要总是重复,蝰蛇,再想想细节。他有只改造眼,那眼睛是干吗的?"

蝰蛇咬紧牙关说:"对不起,我不知道!"

"再来一遍。"老板摁住蝰蛇的胸口,"他扯掉了广告牌,朝你冲过来,速度很快。然后你被他打飞了鳞片,接着被他卡住了咽喉。"

蝰蛇仿佛再次回到了那个瞬间。

他的后脑勺重重磕在地面,猫恩摁着他,他快不能呼吸了。随后猫的手指在他眼前放大,他甚至没能反应,连叫声都慢一步。

"不……"蝰蛇脑内剧痛,放声大喊,"不要挖……"

老板问:"他那只改造眼在干吗?"

蝰蛇泪流满面,痛得浑身抽搐。他迫使自己在这无限痛苦中睁大眼,像是在迎接苏鹤亭的手指。他紧紧盯着猫的那只改造眼——

一片平静的雾霭蓝。

和尚盯着那片平静的天空,问苏鹤亭:"你要回去补觉吗?"

苏鹤亭趿着拖鞋往里走,小声打了个喷嚏,只回复了个简单的"啊",算是应答。

和尚就抱胸坐在门口守着,像是来捉离家出走的儿子的父亲。

"喂,"苏鹤亭又从门帘后探出身体,问了和尚一个问题,"检查员真是系统?"

和尚跟不上话题的转变,先点点头说:"是啊。他生活在惩罚区里,总不会是人吧。"

"哦……"苏鹤亭半信半疑。

"我们的真人检测万无一失,"和尚说,"不会判断错误。"

苏鹤亭抄回兜,入内了。他绕过热情的领头机器人,从一个小矮子机器人的托盘里拿起一瓶水。

猜错了吧。

苏鹤亭拧开瓶盖,边喝边揉着后脖子,放弃思考。

算了。

他无所谓地想。

反正还会再见，真的跑不掉。

下午五点，雨刚停。
斗兽场直播预热席卷而来，无数广告屏都在播放。
佳丽准时到斗兽场门口摆摊儿，她点了支烟，隔着烟雾看自己的小屏幕，上面有隐士的消息——
"开盘了，卫知新要下注了。"
佳丽咬着烟，切换到另一个页面。她用小拇指戳了一下，在赌局中下注。
隐士道："我投了猫崽一块钱！"
佳丽回："抠门儿人设不倒，我投一千。"
隐士说："我还要养家糊口。"
之后他发了个问号，又说："你真的只投了一千？"
佳丽问："只？"
隐士说："怎么回事？有人投了猫崽一百万！"
他的感叹号都要冲出屏幕了。
佳丽看到"一百"时还在正常抽烟，等看到"万"时，烟都掉了。她手忙脚乱地拍烟灰，差点儿从凳子上翻下去。
几秒后，苏鹤亭的手机同时收到两条消息。
隐士和佳丽同时问："你有老板了？！"
苏鹤亭回了个问号。
苏鹤亭滑动手机页面，想看看赌局实况，但是他的手机太老旧了，页面卡在那儿半天不动。
和尚看猫对着手机屏幕一通狂摁，然后皱着眉丢进了兜里。
和尚："……"
这小子脾气也太急躁了。
苏鹤亭走进人流如潮的街道，问和尚："你要跟我去赛场？"
"嗯，"和尚被问得无措，摸了一把自己的光头，"我肯定得跟你去，不然你比赛的时候被人做掉了，我没法儿交差。"

"我会不会被人做掉不知道,但你肯定能被认出来,"苏鹤亭回头看他的光头,"戴顶假发吧,老头儿。"

斗兽场虽然是仿古罗马斗兽场建造的,但观众席设计并不普通。为了确保现场的沉浸体验,观众席的座椅都是下沉式的,头部位置布满电极。

这种圆形电极属于非植入型脑机接口,功能有限,只能为现场观众提供感官刺激,无法连接其他网络。

当比赛开始时,观众只要躺着呐喊就行。可对选手来说,战斗从连接脑机接口的那一刻就开始了。因为选手视野中的赛场会倒转,他们必须适应颠倒的世界。

和尚对比赛颇为好奇,问道:"你们比赛时能看到直播弹幕吗?"

"分时段,"苏鹤亭说,"一般打到白热化的时候会放弹幕。"

弹幕并不会从选手眼前飘过,而是做成了洪水,从上方涌现,直接淹没虚拟赛场。

苏鹤亭想起比赛弹幕,就只记得一句"打死他"。

这是弹幕高频词,也是观众宣泄自己情绪的方式。他们经常教唆、煽动选手下死手。

"我看过几场比赛,"和尚努力找话题,"我在网上看的……有些录像价格好像更贵?"

"哦,"苏鹤亭已经看到了斗兽场,"出现死亡情况的比赛录像价格都会更高,有人会专门买去收藏。"

和尚一时间竟无言以对。

他其实不怎么看比赛,因为生活拮据,武装组的工资只够温饱。但他以为黑市起码会确保选手安全,虽然这些选手都是斗兽场里陈列的商品。

和尚觉得比赛不人道,可他什么都不会说。他信奉的处世教条告诫他,在新世界,什么都别抱怨,尤其是有关拼接人的事情。

和尚是个幸存者，只要新世界的规则没有苛待幸存者，他就是沉默的。

苏鹤亭在门口刷尾巴，核对身份信息。两秒后，通道打开，他没看和尚，自顾自地入内了。

斗兽场的预热很有效，距比赛还有半个小时，现场已经爆满。场内服务员穿梭在观众席，温柔耐心地提醒观众盖好薄毯，今日场内温度有些低。他们还托着托盘，为观众提供酒水和蘑菇简餐。

"今天来这么早！"经理看见苏鹤亭，起身相迎，"可以先到包厢里休息一下，离比赛开始还有一会儿。"

苏鹤亭开门见山道："申王来了吗？"

"在等候区，"经理替苏鹤亭挡住前方的工作人员，在场内音乐声中逐渐提高自己的音量，"申王五点就来了！"

"申——王！"

现场有人喊破了音。

"申王！"浓妆小丑忽然出现，他悬浮在中心，打了个响指，吸引全场目光，"观众朋友们，没错，今晚的选手正是万众期待的申王！"

现场的欢呼声瞬间响起，申王比泰坦更受欢迎。

小丑主持局面，做出倾耳听的动作，说道："我们都听说过他的战绩，但我必须向你们重申一遍。各位观众朋友，申王本月的积分排名是——第一！"

现场投影变成积分排行榜，申王问鼎全场。他的名字被三倍放大，几乎占据了半个榜面。观众的呐喊被引爆，他们在阴影里陷入狂热，对着申王顶礼膜拜，好像他是个普度众生的救世主。

苏鹤亭在积分榜的最底部看到了"猫崽"，小得只有他拳头大小。

"欢迎申王！"小丑伸出手臂。

现场投影"嘭"地变作虚拟的礼炮，镜头切到等候区的申王。

出乎意料。

申王是个体重超过二百斤的选手。

"别小看他,"经理在喧嚷里给苏鹤亭介绍,"等你连接了脑机接口,就能看到他的全貌,他可是——"

"他可是最神秘的选手,"主持人故作高深,带领全场回顾过往,"他经常更换植入体,只有'冷蛇'是他永远不变的标志。"

"注意他的腿,"经理争分夺秒,还在叮嘱苏鹤亭,"等会儿看到他的虚拟形象时,不要被他的蛇骗过!你的速度那么快,是优势,最好五分钟内解决掉他,五分钟过后他就会进入状态,到时候——"

"朋友们,我相信再也不会有任何一个选手比申王更懂得厮杀,就连今晚的猫崽也不行。"主持人指挥下的镜头打断了经理的话。

小丑又一次捧起脸,发出夸张的感叹:"他还是这么可爱!"

可爱在这里可不是什么好词。

苏鹤亭在万众瞩目中没有摘掉兜帽,但是镜头给到了他的尾巴。

"猫崽本月积分排名是第三十,三十是个好数字,它意味着潜力无限。猫崽本月连胜四场,每场都打得精彩漂亮,预备满贯王泰坦都曾被他斩于马下,而今晚,他要对阵真正的满贯王,我十分期待!"

苏鹤亭没再听主持人的废话,也没再听经理的叮嘱。他的目光越过等候区,看向申王。

申王正瘫坐在躺椅上,气喘吁吁地吹着风。他似乎很怕热,腰间还敷着冰袋。他不断地用手扇风,额头上仍然汗流不止。

注意他的腿。

苏鹤亭记得这句提醒。他目光向下,看到申王的腿部被白布遮挡。

佳丽在摊位上琢磨赌局,隐士火急火燎地赶来,东西都没放下,抱着袍子凑到佳丽身旁,问:"这老板是谁啊?"

"我哪知道,"佳丽给他让出位置,"人家不是写了名字吗?

你查呗。"

"我查了，"隐士点开页面，"问题是什么信息都没有。"

给猫崽投一百万的ID叫"阿修罗"。

佳丽也纳闷道："确实没听过……应该是个假名字。"

这名字不像是大老板。

隐士说："也许是不想得罪卫知新而专门弄了个假名？"

"他都投了猫崽，"佳丽用手指摸着自己的鬓角，"还——"

佳丽话音还没落，"申王"的注就动了。"卫知新"这个名字顶着注向上升，赌注金额一路飙到三百万。然而他一动，"阿修罗"这个名字也动了，像是挑衅，阿修罗的注比卫知新的后头多个"1"。

佳丽把话艰难地说完："……还怕什么卫知新？"

隐士："……"

这哥们儿是多烦卫知新？

苏鹤亭对场外的竞赛毫不知情，他没看出申王的腿哪里了不起，但他猜测申王今天有所准备。

申王不紧张，甚至没给过苏鹤亭眼神。他胖到难以起身，需要经理把他推上赛场。他在此过程中持续喘息，仿佛坐着也在消耗体力。

经理推开申王后脖子的肉，让裁判检查。裁判弯下腰仔细检查，确定申王的脑机接口没问题后，朝镜头打了个"OK"的手势。

"请两位选手就位，"小丑压下双手，像是在主持赛车比赛，随后猛地抬高，"准备倒计时——十、九……"

全息影像准备，观众屏息。

苏鹤亭切换尾巴末梢，插入现场接口。那股熟悉的刺激信号一秒蹿遍全身，他被刺激得抖了一下猫耳，微微眯眼。

"一！"

虚拟赛场霎时弹开，鬼车鸟呼啸着冲出，带着迷幻的模糊感，飞过所有人眼前。

现场缓缓倒转，地面的雨水翻涌，像是滚烫的岩浆，漫过选手的脚踝。

当鬼车鸟停驻在赛场边沿时，整个场地已经彻底颠倒。它的九颗头从上探下，三百六十度扭转，实时监控着赛场。

"申王……"

无数人在呼唤。

苏鹤亭脚下一震，紧接着听到地裂的声响。那地裂声从尽头传来，是令人牙酸的"嘎巴"声。

申王迈着脚步，走得相当缓慢。他走出黑暗，"咚"地停在倒吊的鬼车鸟下方。那高达十几米的身体几乎挡住了苏鹤亭的视线，也挡住了直播的镜头。

申王打了个大大的哈欠。他拍一拍手，浑身的肉都在颤动。然而这还没完，随着他的动作，他垂至小腿的肚腹颤动，两条通体白甲的长蛇探出头，绕着他的肉沟盘旋，最终竖立在他的身体两侧。

"猫……"他的声音低沉，犹如被敲打的巨缸，只是讲话语速很慢，似乎在省力，"上……啊……"

那两条人腰粗的蛇吐着芯子。

"你不……上的话，"申王伸出脚，踩裂一片地，把水踩得四溅，脾气暴躁，"就没机……会了！"

可是苏鹤亭没动。

他的目光紧盯着申王的两条小腿，一条上文着"巨灵族"，另一条上文着"出入平安"。

诡异。

那是泰坦的腿。

一双没有被改造过的肉腿。

这一刻，苏鹤亭想起了和隐士的对话。

申王究竟是个什么玩意儿？生物拼接人？苏鹤亭没见过这种——

"猫！"

申王因为被苏鹤亭忽视而发出咆哮，他宛如一座肉山，在刹那间弹出，蛮横地撞向苏鹤亭。

是弹出！

他的速度跟体格完全相反，快到不符合逻辑。

苏鹤亭倏地助跑，非但不躲，反而迎了上去。

"这可真是出乎意料！"主持人惊叫，"猫崽竟然不闪避，要知道申王可是超重量级的虚化体！"

申王带起的强风刮动全场，他已经突进到了苏鹤亭身前，体型极度悬殊的两个人在镜头前戏剧化地相撞！

风"呼"地扑过去，苏鹤亭的尾巴在风中被吹直了。但是他没有被撞飞，格挡的手臂顶住了申王，脚下的地面瞬间"嘭"地震出数米裂纹，溅出水花。

真重！

申王双臂撑地，姿势犹如四脚爬行的动物。他伸颈朝着苏鹤亭发出一声怒吼，肚腹间缠绕的两条冷蛇闪电般地出击，一边"呲"地吐芯子，一边分两头扎下来。

苏鹤亭已然跃起，在冷蛇相撞时一腿劈下。

"轰——"

巨大的蛇头被压进地面，砸碎了地板。然而它们身披白甲，那质地细腻的机甲和蜂蛇的尾巴非常相似，却要比蜂蛇的尾巴更硬，在苏鹤亭这一击下毫发无伤。

"啊啊啊！"主持人连续大叫，"猫崽勇气可嘉，但冷蛇太硬了！至今为止，还没有选手能够击穿冷蛇，猫崽必须另想办法。"

申王前肢撑地，甩动那膨胀了数倍的粗壮后腿，以一个匪夷所思的姿势使出飞踢。他的动作毫无章法，等苏鹤亭抱臂时，人已经被踢飞了出去。

猫像是弹射的炮弹，直接撞进了地面的水浪里。水"哗——"地炸开，两条冷蛇迅猛出现，张开嘴咬向苏鹤亭。

两条冷蛇陡然交错，震动的水面上空空如也，苏鹤亭竟然从原地消失了。

"好快,"主持人说,"在上面!"

苏鹤亭的黑发被强风吹开,露出光洁的额头。他眼神专注,从半空猛地下坠,踩住申王的后脑勺,申王的脸部立刻陷进地面!

风遽然扫过,水花扑打。

"啊……"申王用手掌扒住地面,拔出头来,使劲甩,号叫着,"蛇!"

两条冷蛇贴地滑行,外部机甲应声变化。那坚不可摧的机甲鳞片自动掀起,犹如炸鳞,只听"乒乒乒"一阵拼接声,蛇背的鳞片重组成型,变作两尊多管机关炮。

观战的隐士倒吸了一口气。

申王抬起上半身,双手擒住两条冷蛇,架在肩膀上,对准苏鹤亭开炮。炮弹"轰——"地冲出管口,追着苏鹤亭的脚后跟,发生连串的爆炸。

苏鹤亭疾步飞驰,几乎快要贴到地面了。背后的炮弹乱飞,赛场被炸得千疮百孔,溅起的地板碎砖逼真地掉进观众席,砸出阵阵惊呼。

"猫!"申王暴怒,"别跑!"

他话音方落,便稳住下盘,把双臂"嘭"地合并在身前。两条冷蛇相互缠绕,蛇口齐张。蛇身内部火光一亮,两发闪亮的"蛇弹"霎时间发射。

蛇弹砸在苏鹤亭后方,威力惊人,爆炸范围覆盖半个赛场。苏鹤亭只慢了一点儿,炸开的气浪在一瞬间吞没他。他像只失控的风筝,被烈风拍向赛场边缘,险些横撞在灰色的建筑物上。

全场爆发喝彩,"申王"的名字回荡在观众席。直播弹幕已经刷满,比赛打出了爆炸效果。

"这是全新的冷蛇!"主持人激动地加快语速,"机关炮的轰鸣还在我耳边,申王差一点儿就结束了战局!可是猫崽太快了,真的太快了!我的眼睛根本追不上他,我稍后需要镜头来慢放!"

镜头前硝烟滚滚，赛场被炮火蹂躏，一片狼藉。

苏鹤亭单手握着倒吊的建筑凸出的横杠，挂在空中。他轻巧地抡出个半圆，落在了横杠上，然后蹲下身体，打量地面上的申王。

"你在哪儿？"申王举着硕大的冷蛇炮，环视赛场。他的腹部在行走间下滑，垂在大腿附近，好像即将融化的奶油堆。

苏鹤亭注意到，不论那两条冷蛇怎样变化形态，它们的尾巴都牢牢缠绕在申王的肉沟里，不会脱离申王单独行动。

"你在哪儿！"申王怒不可遏，他跨开双腿，向下一压，骤然起跳。那十几米高的身体撞到上方的建筑，紧接着落回地面。赛场以他为中心，犹如山崩地裂，震起无数碎块，发出骇人的巨响。

主持人不得不堵住自己的一只耳朵，说："这威力不亚于炮弹轰炸……"

申王宣泄着怒火，用重量统治赛场。整个赛场都随着他的起跳而震动，就连上空的鬼车鸟都被震得向下滑动。

"……不知道猫崽将如何应对，这是暴怒的申王……"

苏鹤亭的尾巴在摇晃，他朝申王吹了声口哨。

申王落地，两条冷蛇瞬间分开，变回游动的模样。他浑浊的眼珠转动，锁定了苏鹤亭的位置。

"你能不能再展示一下别的？"苏鹤亭双手握住脚下的横杠，身体微微倾向下方，表情好奇，"腿啊、手啊什么的。"

申王回应了，他在眨眼间起跳。那庞大的身躯跃起时极具压迫感，只是一个呼吸间，他已经一头撞在了苏鹤亭刚才的位置上。

建筑物"哗啦"坍塌，巨石纷纷掉落。

申王趁机甩出两条冷蛇，它们贴着倒吊的建筑物游走，把申王成吨的身体挂在半空。

苏鹤亭在"嘭"地爆开的建筑物里起落，申王的拳头紧紧跟着他。那比苏鹤亭大出几倍的拳头把倒吊的建筑物都砸得稀烂，他偶尔还会伸出手指，去够苏鹤亭的残影。

"跑来……跑去！"申王猛地扒开建筑物，伸长脖颈，一口咬在苏鹤亭的脚底下方，神情狰狞，"你烦死人了！"

苏鹤亭在空中旋身，蜻蜓点水般落在建筑物的墙壁上，借力蹬腿，蓦然闪现，用拳头回答了申王。

申王面部挨打，脑袋骤转，"嘭"的一声磕在建筑物的墙壁上，墙壁顿时四分五裂。申王张嘴咯出血，口腔内部被打伤，有颗牙摇摇欲坠。

一条冷蛇从建筑物中探出头，冷不丁地扑向苏鹤亭。苏鹤亭在空中没法儿使力，差点儿被冷蛇咬住。他伸臂抱住蛇头，冷蛇立刻甩头，侧撞向建筑物。

建筑物登时破裂，苏鹤亭在烈风中被带上高处，周遭的碎块劈头盖脸地往下掉。

冷蛇狠力甩动，它的鳞片光滑，苏鹤亭被甩出了些距离，滑到了它嘴前。

"我的牙齿……"申王越发暴怒。

冷蛇头部的机甲"咔嚓"一声重组。它双眼下沉，中间凸出，刹那间变作炮口。

火光一亮，蛇弹轰在建筑物间！

"哎呀！"主持人也分不清是高兴还是失落，"又差一点儿！"

申王凭借蛮力扑向爆炸处，在建筑物间一顿乱咬。他蹬着脚，企图爬上去。

苏鹤亭的尾巴差点儿着火，他动作敏捷地抱住鬼车鸟下探的一颗头，跟那猩红的眼睛对视一秒，接着翻身而上，竟然踩住了鬼车鸟。

申王眼里只有苏鹤亭，他双手扒住鬼车鸟，用变形的那条冷蛇直接开炮。蛇弹炸在鬼车鸟背部，鬼车鸟当即发出惨叫，九颗钢铁脑袋乱晃，影子映在地上，像是群狂乱的蛇。

"警告选手，"鬼车鸟的电子音刺耳，"远离监督设置！三、二、一！"

苏鹤亭从高空一跃而下。

背后的倒数声终止，鬼车鸟的九颗头瞬间爆炸。申王的一条冷蛇被炸毁,气浪如同狂风,把他掀了下来。

"猫!"申王吃痛喊叫,双手和面部都被灼伤。他着地后翻滚一圈,如坦克般碾过苏鹤亭落地的位置。他睁开那双眼睛,吼叫声变调:"我要杀了你!"

监督设置爆炸是斗兽场头一回,主持人没喊停。直播弹幕汹涌冲来,就像是文字组成的浪潮,席卷全场,漫过苏鹤亭的小腿。全场的声浪整齐划一,人脸都埋藏在交错斑驳的灯光里,扭曲成尖叫的面孔。

弹幕血红刺眼,它们围绕着苏鹤亭,好似梦魇低语。浑身沸腾起来的血液都在催促苏鹤亭,他听见自己胸口逐渐加速的心跳声,那股杀戮的快感先一步袭击大脑。

申王的眼睛布满不正常的血丝,他似乎也处于一种极度亢奋的状态中。

他的嘴唇翕动,腰间仅剩的冷蛇"咝咝"着竖起头部。它的眼睛和申王的眼睛一样,都盯着苏鹤亭。

苏鹤亭捏紧了右手,发出轻微的"咔"声。但这声音没有引起任何人的注意,因为申王略略弓起了背部。

佳丽以为自己看错了,凑近屏幕道:"什么东西?"

一条全新的褐色蛇从申王背部探出头,它像极了蝰蛇的尾巴,只是更加完整。它钻出皮肉,头部呈三角形,在恶心又可怖的撕裂声里盘上申王的身体。

苏鹤亭皱紧眉,退后两步,十分嫌弃道:"怪恶心的……"

他的话还没有说完,申王就消失了。

那双腿奔跑的声音已经逼到面前,苏鹤亭想也不想,猛地闪身。申王一脚踩在他身侧,踩碎了没修复好的地板。

苏鹤亭要起跳,但申王用身体阻挡住了他,那鼓起的肚腹几乎要压到苏鹤亭脸上。

"今晚送你……"申王一脚踢出,"下黄泉!"

那条腿的肌肉紧实,力量凝聚,和申王的上半身截然不同,加上虚拟变大是种优势,这一脚竟踢出了毁天灭地的气势。

两条蛇从后包抄,速度极快,尤其是那条褐色蛇,张开的嘴里还有毒牙。地面碎块在两面夹击里飞溅,蛇身拖出了长长的沟壑,大有把苏鹤亭困死的趋势。

灰尘如浪,扑打在周围,快要把苏鹤亭的身影埋没。

"猫崽分身乏术,"主持人遗憾地说,"这场比赛恐怕……"

莫名的风卷地而起,扫开灰尘。

隐士看到风,突然一拍大腿,激动地结巴起来:"哎!来……来了!"

苏鹤亭的改造眼微亮,瞳孔隐约发生了变化,像是二维动画,里面出现了个小小的"X"。火星在右手指间爆溅,以他为圆心,火浪骤现。

蛇头撞击时,苏鹤亭已不见踪影,申王落地的腿还没有来得及收回,眼前只剩火光拖出的余浪。

猫的手指枪正对申王眉心,他说:"啪。"

"轰——"

火弹带着燃烧的拖尾,瞬间穿透申王的眉心。片刻后,申王轰然倒地。

比赛结束。

全场屏息敛声,只有弹幕还在一波一波地刷新。两秒过后,苏鹤亭自动断开了脑机接口。

世界颠倒回来,欢呼声紧随其后。

"结束了,"主持人回过神来,把惊愕都嚼烂,用老练、专业的语气为苏鹤亭喝彩,"胜者为王!观众朋友们,让我们高喊猫崽的名字,他就是今夜的满贯王!"

现场气氛狂热,镜头追着苏鹤亭。但是他站在那里,不和观众互动,像是一锅沸水中的石头,连笑容都欠奉。

"猫崽的排名正在飞速上升,他是本月积分赛第一名!让我们再来看看他的总榜积分排名……"

聚光灯闪到了苏鹤亭的眼睛。

看屁啊。

他拉紧卫衣的兜帽,脸都快要埋了进去。

"赢了还摆臭脸。"隐士的心还沉浸在战局里,紧张得怦怦直跳。他松开自己攥袖子的手,发现掌心湿了一片:"我都以为他人要没了。"

"你不挺兴奋的吗?"佳丽直起被隐士拽歪的身体,端详着屏幕上的特写,"他干吗把脸藏起来?"佳丽敲打着自己的显示屏,"臭小子,把脸露出来,多好的宣传机会。"

苏鹤亭听不到佳丽在场外恨铁不成钢的喊声,他目光游走,穿过吵吵嚷嚷的赛场,看到了申王。

申王靠在躺椅上,垂着沉重的脑袋。他后颈上的连接线没有拔掉,保持着进入比赛时的坐姿,仿佛睡着了。裁判蹲下身来检查申王的生命监测器,一分钟后,正式宣布了他的死亡。

"恭喜!"经理从人群里挤出来,献宝似的给苏鹤亭送水,喜不自胜,"又赢了,赢得漂亮!这个月你放心休息,接下来就看总榜积分怎么排。"

苏鹤亭和经理的交流仅限比赛,他不关心总榜积分,而是反问:"申王经常换腿吗?"

"他什么都换。"经理此刻巴不得和苏鹤亭多讲话,于是主动解释,"申王资金雄厚,植入体能按月改造。他上次比赛换过手臂,上上次换过……"

苏鹤亭问:"都是植入体?"

"当然是植入体啊,"经理费解,"哦,你是不是想问他对自己的肉体做过什么改造?"

不是。

苏鹤亭想问的是那双腿。

改造手术一开始是为了服务残障人士。

人的大脑只要没问题，就能向四肢传送控制指令，这是正常人。但如果肢体不幸受伤，或者神经系统受损，不能活动，就需要植入体。植入体会替代受伤的部位，再通过脑机接口和大脑沟通，双方一起工作，让人恢复正常，所以传统的植入体又可以看作是假肢。

后来由于人工智能的参与，新世界的改造手术走向了一个极端，它从"让人恢复正常"变成了"让肢体变强"，但它仍然是脑机接口和植入体的配合。

申王那双腿诡异的地方在于，它是双未经改造的肉腿，不是随便能二次使用的植入体，这跟拼接人不是一回事。

"你让我注意他的腿，"苏鹤亭直视经理，"是在暗示我那双腿不是他的吗？"

经理目瞪口呆，连忙摆手道："我是想提醒你他下盘很稳，不好打。那双腿怎么会不是他的呢？顶多是模仿了泰坦的文身吧。"

苏鹤亭把手抄进兜里，目光微沉。

文身可以伪造，但是其他不能。他可以百分百确定，那双腿就是泰坦的。

只是令人费解。

卫知新给申王安双肉腿干吗？恐吓用吗？

苏鹤亭每次比赛结束后都会和佳丽碰面，借着吃蘑菇的由头，和佳丽交换消息。但今天不方便，因为他一走出赛场就看见了严阵以待的和尚。

"啊，"苏鹤亭不高兴地甩了甩尾巴，"你怎么还在啊？"

"我得保护你，"和尚看天都黑了，像个教导主任般苦口婆心地劝说，"回家吧？别在外面玩，晚上乱逛最容易进监禁所。"

苏鹤亭："……"

他说："我吃个饭。"

"不用那么麻烦。"和尚起身，示意苏鹤亭朝街边看。

那里停着一辆巡夜用的装甲车，还有一组持枪的武装组成员。

和尚话里有话:"家里饭都准备好了,就等你呢。"

苏鹤亭看到枪,老实就范,并且态度良好,主动上车。

比赛结束,赌局也结束。卫知新的名字仿佛静止了,被一个"KO"盖住,不仅宣布着申王的失败,也宣布着他的失败。但是卫知新并没有气急败坏,相反,他对这个结果很满意。

"这一招在现实里可用不了。"卫知新摁下暂停键,身体前倾,仔细观察着投影里的苏鹤亭,"是火弹啊。"

画面中的苏鹤亭正好举起手,对准申王。他右眼里的"X"刚刚浮现,手指被火焰覆盖。

卫知新潜心关注,半响后微微一笑道:"真赖皮。"

这招和申王的巨大化一样,都只能在虚拟世界里玩一玩,现实里办不到,除非苏鹤亭的右手也是植入体,里面藏着枪管。

卫知新为了弄清楚苏鹤亭那只改造眼的用处,专门赔上了申王,结果差强人意,起码知道了那只改造眼有锁定功能。

他摁下开始键,让投影再次动起来。

画面中的火浪荡开,苏鹤亭的耳朵被风吹动。他右眼里的"X"在打完那枪以后就迅速变淡,仿佛只存在了几秒钟。

因为不断回放,客厅一直被"轰——"的音效占据。卫知新独自坐在沙发上,身形被投影覆盖。他时不时会暂停,然后说点儿什么,可是客厅里没有人接话。

钢刀男盘坐在门口,安静得像是不存在。

苏鹤亭重新戴上感应锁,坐回熟悉的地方。他在前方灯亮起来的时候举起手发问:"打扰了,我的饭呢?"

窗口"唰"地打开,和尚端出一盘玉米炒蘑菇、一碗大豆饭,搁到了苏鹤亭面前。

骗子。

苏鹤亭说:"上次还是大盘鸡。"

"上次是上次，"和尚严肃道，"你也没说顿顿都要吃大盘鸡。"

苏鹤亭用勺子舀出大豆饭，和玉米炒蘑菇拌到一起，再把它们搅得乱七八糟。和尚以为他在抗议，结果他什么也没说。

"到这么早？"门开了，端着托盘的大姐头走进来，在苏鹤亭对面坐下，招呼和尚，"一起吃吧。"

"你们的伙食就这样？"苏鹤亭大口吃饭，"我听说武装组有餐补。"

"一天也就十来块，能加块人造肉都不错了。"大姐头说，"今天比赛打得挺跩，这只改造眼儿有点东西。"

"比赛专用，"苏鹤亭几口把剩下的饭吃光，"现实里又用不了。"

那枚火弹的威力使人忌惮，大姐头怀疑苏鹤亭没有说实话。这小子很狡猾，一直都没有亮出自己的底牌。

"你上次在惩罚区，"大姐头比出手指枪，"为什么不用这招杀了检查员？"

"为了给你减轻负担，"苏鹤亭没有正经回答，"你也付不起二十万吧，大姐？"

"我谢谢你的体贴，狗儿子。"大姐头盯着苏鹤亭，"我还没有庆祝你喜上卫知新的暗杀名单。"

"怎么说呢……我不怕卫知新。"苏鹤亭收拾好碗筷，跟大姐头对视，他嘴角的伤痕快好了，笑起来也有点儿不爽，"是你们怕他。"

这件事只有刑天的利益受损。

"我死了，没人替你们去惩罚区。他死了，卫达要找你们算账，"苏鹤亭说，"你这几天是不是每晚辗转反侧，想找个能化干戈为玉帛的办法？"

"愿意替我们进惩罚区的拼接人排着队呢，"大姐头神色不变，温柔地说，"你别太嚣张。"

苏鹤亭偏头，示意大姐头大声点儿："啊？你说什么？"

如果真有能替代苏鹤亭的人，大姐头绝不会费这么大周折让和尚来保护他。他们是图穷匕见,面对苏鹤亭时已经落了下风。

大姐头双手托住下巴,对苏鹤亭的挑衅无动于衷。她今天扎起了银色大波浪,脸颊两侧很干净,突显了她眉眼间的英气。她很冷静,仿佛已经经历过无数挑衅,连眉头都没动一下。

她说:"我们好商好量,一个卫知新,不至于让我们起争执。你瞧,我让和尚跟着你,随时保护你的安全。如果你觉得不够,我还可以再派人。儿子,人类解放大业都指望你了,何必再跟卫知新那种笨蛋小孩儿玩?你待在这里,给我三天时间,我会让他离你远点儿。"

大姐头讲话时全程都注视着苏鹤亭。她言辞恳切,语气平稳,眼神坚定,是个忽悠人的高手。

苏鹤亭说:"三天?"

大姐头肯定地回答:"三天。"

"如果三天以后他还阴魂不散,"苏鹤亭眯起那只改造眼,"那我做什么,你都管不着。"

和尚听出杀意,他想说什么,又咽了回去。

他不能当场驳大姐头的话,那会让大姐头对苏鹤亭的震慑力降低,但他熟知卫知新的脾性。

这事太难办了。

"那我这三天干吗,"苏鹤亭直起身体,异想天开道,"睡觉?"

"做点儿饭后运动,"大姐头没给他休息时间,把他的目光引向椅子下方,"你可以去惩罚区了。"

苏鹤亭甚至都不用动,椅子下方的接口就自动露出来了。他觉得自己像个工具人,毫无感情地应了一声,把尾巴插进了接口。

"禁止短信轰炸,"他说,"别烦我。"

眼前的画面立刻变得模糊,雨天的潮湿感从脚下侵袭。苏鹤亭听到了雨声,那永不停歇的暴雨——

"欢迎来到惩罚区。"

"信息确认。

"本次体验时长为二十四小时。请随时注意身体健康状况,避免兴奋猝死。

"再说一遍……"

苏鹤亭重新睁开眼,发现自己又坐在路口的长椅上。暴雨遮挡了些许视线,他活动了一下脖颈,望向对面。

对面有个人打着伞,露出的下巴带着冰凉的弧度。苏鹤亭没有发出任何声音,但对方像是感应到了他的视线,缓缓抬起伞檐。

十字星耳饰闪了一下。

啊——

苏鹤亭想。

我需要先打个招呼再跑吗?

"宵禁——"

一道尖细的声音打断了苏鹤亭和检查员的对视。苏鹤亭应声望去,看见街道中心站着个身穿明代内官服饰的机械太监①,充当了街道口的红绿灯。

"诸位。"太监抬起一只手臂,动作很是死板,它等了片刻,等自己外罩的盖面②变成绿纹葫芦,才用尖细的嗓音再次高喊,"过——"

过?

过什么?

街道口的风骤然加速,裹挟着暴雨,从机械太监背后猛烈地刮出来。

苏鹤亭抬臂挡风,兜帽都被刮得飞起。检查员的伞也被刮飞了,飘向半空。

这风简直蛮不讲理,直接碾过长椅,冲向街边建筑。那些玻璃门随即碎裂,招牌乱晃,转眼间陷入一片混乱。天空中忽然传来响亮的振翅声,苏鹤亭在雨水拍打中仰头,就见那溟蒙昏暗的尽头飞出只单腿鸟。

机械太监两手端平,电子眼无情闪烁,态度倨傲道:"神魔通行,凡人让道!"

它话音一落,单腿鸟瞬间着地,街道上顿时狂风肆虐。苏鹤亭这次是真的被风掀翻了,若不是他反应迅速,抓住了长椅,人已经上天了。

那单腿鸟体态优雅,身形庞然,昂首时足足有半栋楼高。它身上的蓝羽在闪烁的路灯下泛着金属光泽,白喙如覆亚光,像是薄涂了一层漆。

苏鹤亭顶着风,快看不清前方了。

刑天给的资料里没有这些!

机械太监的声音被放大,在街道间回响,透露出些许电子感。它重复着那一句:"神魔通行,凡人让道!"

这一声声组成雨中回荡的背景音,绕着耳朵呶呶不休,吵得苏鹤亭几乎要听不清雨声。

单脚鸟顾盼神飞,它微微抬喙,朝着笔直的街道发出"哗"的清啼。那叫声持续不到两秒,一人高的炮弹就从它喙间猛射而出,轰爆了这条长街!

霎时间火焰如怒龙,在雨中翻滚成浪。

那些燃烧的建筑中传出人类的哭喊,有人相互搀扶,踩着碎玻璃片向外奔逃。

机械太监站在单脚鸟的前方,稳如泰山,它呵斥那些哭声,如同诵经般咏念:"宵禁时刻不许出行,宵禁时刻不许喧哗,宵禁时刻不许挡——"

太监的话没说完,头就"嘭"的一声爆掉了。

检查员架着浮悬枪管,透过瞄准镜精准射击。

机械太监脖子里的弹簧乱蹦,被炸开的脑袋里掉出了一地的零件,其中的发声设备还在说:"路……宵禁……一……"

检查员扣动扳机,机械太监的发声设备"嘭"地爆成碎屑。

单脚鸟无视脚下的碎屑,它仰起头,在拍打翅膀时又一次发出清啼。那刺眼的火光在它喙间汇聚,情势间不容发。

检查员又射出一发子弹,正中单脚鸟的喙,把单脚鸟的头打歪了。单脚鸟喙间的炮弹"轰——"地砸在不远处巨大的广告牌上,燃起熊熊大火。

苏鹤亭挥开硝烟。

这鸟就是座会移动的超能炮台!

炮弹燃起的大火非但没有被雨浇灭,反而烧得更加猛烈。火舌舔舐街道,把建筑内藏起的人都逼了出来。慌乱的人在火间群聚,奔跑时还有人摔倒,几个步履蹒跚的老人持杖缓行,跌跌撞撞地跟在后面。

"保护群众撤离现场,"检查员的声音略沉,却很好听,他对耳朵上挂着的通话器说,"是毕方③。"

"收到!"通话器里传出干脆的应答声。

苏鹤亭忽然想起和尚对检查员的介绍,检查员在惩罚区会保护其他人。但这些算人吗?他们只是主神系统创造的数据,是伪装成人的NPC(非玩家角色)。

检查员的枪口忽地转移,对准苏鹤亭,他在扣动扳机的同时命令道:"趴下!"

苏鹤亭的身体反应更快,在子弹飞射前就埋下了头。子弹"嗖"地射进某个黏稠的躯体里,接着被吐到了地上。

苏鹤亭听到熟悉的哭声,幽咽缠绵。他耳朵一竖,在歪头时看到了夜行游女苍白的脸。

"Hello(你好)。"苏鹤亭有礼貌地问好。

夜行游女双手捧心,哭得更厉害了。它披散的头发都要盖到苏鹤亭身上了,那寒光锃亮的钢刃腿"唰"地抬起,剁菜似的连砍在长椅上。

"回家……"它哭哭啼啼,"跟我回家吧!"

苏鹤亭在钢刃腿的连砍中迅速闪避,答道:"不了吧。"

夜行游女似乎听不懂人语,它几脚刹断了长椅,拖着手臂去抓苏鹤亭。

苏鹤亭单手扶住长椅后面的路灯,借力猛地起身,踹在夜行游女的侧颈。

夜行游女当即侧摔倒地,砸起灰尘。它六条钢刃腿弹动,刮在地上的声音刺耳,露出的胸腔已经打开了,黏稠的液体拉出细丝,里面是咀嚼用的钢牙。

"回……家……"

无数夜行游女哀怨的哭声从附近的黑暗里蔓延出来,它们行走在街道的阴影里,避开大火,畏畏缩缩地徘徊着,把这里包围了起来。

毕方被检查员的子弹激怒,仰天发出怒号。它打开翅膀,倏地腾空。狂风顿时大作,吹得满街烈火烧得更旺。

好热!

苏鹤亭在狂风中被吹歪了猫耳,他抓紧路灯,却听到路灯的铁杆发出"啪"的弯折声。

毕方乍然滑行。

这街道对于它而言太窄了,它挥动双翅时,两侧高楼被它的翅膀拦腰刮断,应声坍塌,那些外饰玻璃轰然爆碎。

"哔——"毕方甩首清啼,喙间炮弹在街道间轰炸。

检查员的狙击枪"咔嚓"折叠,枪管拆分,如同黑潮般覆盖住他的右臂。他在雨中飞奔起来,速度快到人影模糊。只见他右耳银光一闪,人已经冲到了毕方的正前方。

毕方再次张嘴,喙间炮大亮——

检查员的衬衫被狂风吹动,他的眼神冰凉至极,抬臂陡然下砸!

"嘭——"

毕方的头部被无形的重拳砸中,瞬间撞进了地面。炮弹爆在地上,炸出绚丽的火花。

检查员的侧脸在火星飞舞的风浪中十分清晰,雨水打湿了他的衬衫,他转过头,盯住了苏鹤亭。

周围的硝烟微散，风吹斜了雨珠，那被砸进地面的毕方呛了口哑火，空气里飘出一股焚烧的怪味。

"长官，"检查员的通话器里传出急促的声音，"还有——"

天空传来凄厉的"哗"声，两发炮弹从左右一齐轰出，带着燃烧的火，登时炸在街道中心！

苏鹤亭拖着那根折断的路灯杆，甩了下尾巴，右眼里的"X"字已经浮现出来，但是有人比他更快！

只听钢甲"锵"地落地，两侧叠加，铸就双面铁盾，在轰翻全场的爆炸声中替苏鹤亭挡住了左右夹击。

检查员举着单臂，离苏鹤亭很近。

盾的空间狭窄，经过烈火的焚烧，温度持续上升。那透进来的热风如同拍岸的浪，扑在苏鹤亭湿润的额头。

这距离很危险。

危险到苏鹤亭能看清检查员脸上的所有细节。

检查员瞳色略深，在火焰飞烟里显得冷静又冷漠。他的眼尾很锋利，平斜地划出去，只在最后留有一点儿阴影，仿佛藏着隐晦的情绪。雨珠沿着他直挺的鼻梁向下滑，他却垂着眼眸，跟苏鹤亭对视。

那目光相当疏离，好像他不是来救苏鹤亭的，而是正好路过。

苏鹤亭说："……挺快啊。"

他以为检查员不会回答，谁知检查员说："一般吧。"

苏鹤亭："……"

检查员收起手臂，黑色的盾就地分解，变为无数菱形碎片，覆在他的右臂上，猛地一看，像是钢甲护臂。

毕方的喙间炮炸出了一个坑，两个人能活动的范围很小，陷入了火的包围圈。

检查员对通话器说："报告数量。"

"是！"通话器里的声音诚惶诚恐，但是讲话流利，没有卡顿，"一共监测到四只毕方，三只停留在这条街，一只正在向东移，附近还有五十六只夜行游女在聚拢。"

"分队行动，"检查员说，"花栀和东方去拦截东移的毕方，小顾留下保护群众。"

"收到！"通话器里的声音一顿，紧接着问，"这条街的毕方怎么办？"

检查员说："我来处理。"

"长官……"

"我有支援。"检查员随手扯掉通话器，推到苏鹤亭面前，"说话。"

苏鹤亭一愣："啊——"

他话一出口，检查员就单方面闭麦了。

"谁？"通话器里的小哥猝不及防，呆滞片刻，后知后觉道，"新人？"

苏鹤亭跟检查员再次对视，甚至想重新做个自我介绍。他说："搞错没有……"

老子是卧底。

检查员简短地说："来了。"

两只毕方在上空会合，紧接着俯冲而下，在疾速飞行中张开嘴，喙间炮霎时亮起。

苏鹤亭迎着喙间炮的强光，大声问："你的盾呢？"

检查员说："冷却时间。"

毕方发出嘹亮的声音，喙间炮顿时点爆街道，带着被气流掀起的地面碎块，笔直地射向他们。

苏鹤亭右手火星迸溅，焰浪从指间燃起，直接烧掉了他的右臂。他架起右手，手指已然变作了赤色炮管。

"喂。"风吹开苏鹤亭额前的碎发，他右眼中的"X"字瞬现，他将炮管对准喙间炮，气焰嚣张，"给你看看宇宙无敌的——"

他话音未落。

赤色炮弹骤然射出！

"轰！"

一声巨响，那赤色炮弹和喙间炮在中途相撞，炸出漫天火花。

爆炸的气浪横扫千军，把苏鹤亭直接掀得后退几步。检查员跟着抬臂，那紧覆在他右臂的黑色菱形碎片应声而动，只见它们"嘭嘭嘭"地连续碰撞，彼此紧密相衔，在刹那间组成了和苏鹤亭相似的炮管。

前方狂浪不绝，火焰横蹿，把检查员的视线挡死。他架起炮管，对苏鹤亭说："给我目标位置。"

两只毕方盘旋着掉头，并着身子直冲天穹。雨犹如扯断的珍珠链，在它们的翅膀间乱蹦。

苏鹤亭的改造眼紧紧锁定毕方，他的右边视野里还有信息提示。

"X字锁定，攻击单位正在逃跑。"

"距离279米。"

"距离305米。"

"距离481米。"

苏鹤亭一把握住检查员的枪管，向上微抬，说道："射——"

他话刚出口，就感觉枪管发烫，只听见一声惊天动地的"轰"！气浪再次把他掀退。

左侧的毕方最先中弹，这次只有"哗"的叫声，没有喙间炮。它头部爆炸，翻撞向另一只。

检查员没停，又开了一炮。

另一只随即也叫了起来，朝天空轰了一下。它双翼僵直，脖颈弯折，和同伴在爆开的火光雨花中一起斜坠下来。

检查员右臂上的菱形碎片"唰"地散开，再度拼成黑色盾面，稳稳地挡在两个人上方。

火雨"哗啦"倾泻，尽数砸在盾面上。那庞然巨影"呼"地猛降，掉在街道的高楼间，随着坍塌再次滑动，带起成片的烟尘。

盾下的两个人挨得很近，检查员一只手托着盾面，一只手拦住苏鹤亭，以免猫被吹出去。他微微晃动的十字星耳饰不慎碰到了苏鹤亭的猫耳尖。

苏鹤亭没忍住,打了个激灵,耳朵折成了警觉的飞机耳。

检查员松开手说:"结束了。"

苏鹤亭想跑,右手却"咔"的一声被黑色菱形碎片组成的手铐扣住了。

他回过头。

检查员把另一头扣在自己手腕上,淡声说:"你被捕了。"

苏鹤亭:"……"

您有事吗?

注释:

①机械太监:声音尖细,身穿明代内官服饰,是惩罚区日落后的红绿灯,负责警告凡人,为神魔开道。虽然每晚都能刷新重现,不会死亡,但十分记仇。爱穿新衣服,据说非常讲究。

——《准点狙击异闻录》

②盖面:内监高官的服饰,是罩在外面的衣服,会根据节气绣不同的花纹,葫芦是其中之一。

③毕方:常见体形在20到30米间,喜欢单独行动,偶尔群聚。其模样酷似仙鹤,只有一条钢铁腿。翅羽由产地不明的钢铁锻造,非常坚硬。脾气很坏,仗势行凶。只能发出"哔"的声音,喙间储有炮,喜欢到处轰炸,制造火灾。

——《准点狙击异闻录》

毕方设定灵感源自《山海经》。《山海经》记载:"有鸟焉,其状如鹤,一足,赤文青质而白喙,名曰毕方,其鸣自叫也,见则其邑有讹火。"

Chapters 4
长官

苏鹤亭被捕了。

苏鹤亭跟检查员坐在一起。

"我叫东方,"一个趴在车座椅靠背上的英俊小哥笑眯眯的,目光一直徘徊在苏鹤亭和检查员被铐着的手上,"您怎么称呼啊?"

苏鹤亭说:"你大爷。"

"啊,"东方也不生气,"还挺烈。"

车门打开,爬进来个美少女。美少女留着"黑长直",只有十七八岁。她不苟言笑,有点儿少年老成,但是进来时也把目光往手铐上凑了凑。

"栀子,"东方撑住脸,"你能给我——"

花栀抬手,用报告册把东方拍下了靠背。她头都没转,不笑也不恼,说道:"长官,毕方的检测报告出来了。"

一直靠着玻璃闭目假寐的检查员睁开眼,接过检测报告。

花栀说:"这次还是普通的毕方,没有主神客串。"

苏鹤亭的猫耳抖了一下,引来了一车人的目光。他真诚建议:

"你们要不要先灭个口?"

"灭什么口?"车外冒出个头,是个戴眼镜的,听声音,就是刚才通话器里的那个小哥,他纳闷道,"这不是咱们的新人吗?"

我不是。

苏鹤亭扯了扯手铐。

我是卧底。

检查员的手被苏鹤亭拉动,他还在看检测报告,随口说:"给他个屏蔽器。"

东方在车内翻找了片刻,拿出只铃铛递给苏鹤亭,说:"只剩这个了。"

苏鹤亭微微仰头,问:"干吗?"

"最强屏蔽器,"东方说,"防止系统监听,也防止刑天监听。"

苏鹤亭突然想起,今天上线后短信提示音就没有响过,他原本以为大姐头是听到了他的警告。

检查员听苏鹤亭半天没动静,就替他接了。那铃铛很小,晃一下还会响,有定位设计,避免他们分开行动时迷失在黑夜中。

苏鹤亭拧紧眉,意识到关键。他盯着检查员,问:"你不是惩罚区侦查系统?"

"嗯,"检查员拎着铃铛,和苏鹤亭对视,"我长得像侦查系统?"

苏鹤亭猛地凑近,端详检查员。

这张脸看起来和真人无异。

但这是惩罚区啊。

这里的每个人都可能是主神系统用数据创造的。想想刚才,什么毕方,什么夜行游女,那都是现实世界里不可能出现的东西。

"不要轻信刑天的谎言,"那个戴眼镜的小哥轻声说,"我们都是人罢了。"

"什么意思?"苏鹤亭说,"你们偷渡进来搞团建?"

"我们可不是你这样偷渡进来的人类幸存者,"东方撑着座椅靠背,"我们是没逃出光轨区的囚犯。"

旧世界毁灭后,主神联盟占据了象征人类高科技的光轨区。在那里,还有数十万的人类被人工智能囚禁。

"你知道养殖场吗?应该知道吧?"东方继续说,"我们几个的身体就在养殖场里。意识被主神放逐,已经在惩罚区里流浪两三年了。"

车外的雨还在下,雨滴打在玻璃上,拖出凌乱的水痕。

苏鹤亭用尾巴戳了一下检查员的后腰。

他说:"给我证明一下你是人。"

检查员对猫尾巴视若无睹,仿佛被戳的不是自己。他把目光挪向苏鹤亭,眼神里有种"爱信不信"的意味。

等等。

这个眼神。

苏鹤亭暗自琢磨。

这个眼神好熟悉啊!

"人在这里会流血。"戴眼镜的俞骋慌忙插话,担心苏鹤亭不信,"主神系统为了让惩罚区更接近现实,把人设定为受伤会流血、死亡会消散的脆弱之物,所以能流血的都是人。"

"等一下,"苏鹤亭想起上次来惩罚区的事情,徘徊的目光落回检查员身上,"我记得这位长官会复活。"

他把"长官"两个字念得异常清晰。

"那是——"

"那是意识的转移,"检查员接过话,继续说了下去,"我和他们不共用同一设定,短暂离开时会有自动调整器来修复我在这里的虚拟载体,当载体修复完毕,我的意识就会重新导入,看起来像是复活。"

"懂了,"苏鹤亭说,"你的身体不在养殖场。"

光轨区养殖场内的人类都由人工智能负责监控,他们进入惩罚区连接的是统一接口或芯片,要遵循主神系统设置的程序,即便有屏蔽器在手,也依然会受伤甚至死亡。但检查员能自动转移意识这件事比较过分，所以苏鹤亭猜测他的身体不在养殖场，应该是个跟自己一样的偷渡客。

"嗯。"检查员算是承认了，但没说自己的身体在哪里。

苏鹤亭忽然问："你不会是个机器人吧？"

检查员说："……姑且还是个人。"

新世界还做不到完整的意识储存，他们只能在惩罚区这样庞大、复杂的虚拟世界里寻找一些可能存在的bug（漏洞）。正如检查员所说，他只能短暂地离开，如果他的自动调节器被毁，虚拟载体的修复时间过长，他也会死亡。

只有人工智能除外，它们不仅能栖身于机器，还能在机器被销毁以后长时间，甚至永远地活着。

"既然大家都是人，"苏鹤亭问，"上次干吗追杀我？"

"不确定你的身份，"检查员指间的铃铛响了一下，"你用的是刑天接口。"

"那么问题来了，"苏鹤亭深吸一口气，表情既严肃又困惑，"你们为什么不跟刑天合作？"

刑天是人类目前最强，也是人数最多的武装组织。他们的目标就是反攻光轨区，解放全人类。如果检查员一行人都是养殖场里的囚犯，那大家的目标应该是一致的。

"刑天派入的卧底都是来找超进化系统'珏'的，"花栀抬手别了一下耳边的碎发，"我猜刑天一定告诉你，只要找到珏就能摧毁主神系统。"

"是啊。"苏鹤亭无辜地回答。

"这就是长官杀卧底的原因。"花栀说，"我们可以找珏，但不能立刻摧毁主神系统。"

"你，你们这些从大爆炸里跑掉的人，是最后一批幸存者，"花栀用指尖轻轻点了点苏鹤亭的方向，"刑天已经放弃了对光轨区的救援行动，我们都被抛弃了。一旦让珏落入刑天手中，惩罚区就会坍塌,我们……养殖场里数十万的人类都会死。"

"只有先解放光轨区,"俞骋推了一下眼镜,"让惩罚区停止运行,我们才能安全下线。"

车外的雨声很吵,被风刮进了车内。惩罚区夜晚的温度比黑市要低,像是旧世界的秋末,苏鹤亭感觉到久违的寒气。

"数十万"这个数字过于庞大,这么多人的哭声可能比惩罚区的暴雨声还要大。他们的身体被束缚,意识被囚禁,像是新世界的孤魂野鬼,飘荡在虚拟世界的阴影里,还要忍受着来自时间的凌迟。

车内气氛略显沉重。

须臾后,苏鹤亭问:"既然这样,为什么不杀掉我?"

"你接触过珏,"东方飞快地看了一眼检查员,"你不是进过限时狩猎吗?我们想找到珏,跟它谈谈。"

"啊……"苏鹤亭想抬手摸鼻尖,一动,就又带动了检查员的手,他只好放回去,迎着全车人的目光,"虽然我有一肚子的话能搪塞你们,但我还是想说,各位……"

他不爽地停顿一下,皱起鼻尖。

"我失忆了。"

他压根儿不记得什么限时狩猎,更不记得什么超进化系统珏。

车内的人却相当平静。

花栀说:"哦。"

俞骋接着安慰:"没关系,你可以慢慢想……呃,也不强求。"

这些人很可疑啊。

苏鹤亭用另一只手摸了摸鼻尖,审视他们,说:"我都没用了还不杀?留着过年?"

"我们相信……呃,"俞骋一紧张就结巴,他疯狂推眼镜,想借此来遮挡自己往检查员那里瞟的目光,"相信你是个热爱地球、团结同伴的好人。"

苏鹤亭不理解。

你们对我的评价这么高吗?

氛围逐渐诡异起来，那三个人目光飘忽，既不敢正视苏鹤亭，也不敢看向检查员。

检查员的手动了，他把铃铛递给苏鹤亭，说："戴上不会走丢。"

苏鹤亭接过铃铛，有种被认证入伙的感觉。但是他对着检查员晃了一下尾巴，末梢"咔"地翻折重组，变成会亮的小灯。

他说："我自带灯，从不走丢。"

检查员盯着那灯，苏鹤亭觉得他的目光有如实质，他说："日落后是屠杀时刻，雨会扑灭凡人的灯火。"

主神系统就是惩罚区的神，它们设定的程序就是这里的神谕，即便偶有人能逃脱，其他东西仍然要遵循它们的规则。

苏鹤亭说："偷渡客的灯也会熄灭？我来自黑市，不该受主神系统的限制。"

检查员目光向上，跟苏鹤亭的轻轻相碰。他眼神深邃，没有嘲讽，也没有耻笑。他的眼神在这一刻不是没情绪的冷漠，而是某种无法言说的孤独。

他低声说："会的，是光就会熄灭。"

铃铛"叮叮叮"地响起来，声音很轻灵。苏鹤亭无意识地摇着它，脑袋里回想着那句话。

日落后是屠杀时刻。

车门忽然"啪"地被推开，有个身披雨衣的小孩儿爬了进来。他拉开拉链，露出一张八九岁的脸，说道："开总结会呢？外边的风快把我吹飞了。"

俞骋连忙去倒茶。

"这就是长官带的新人？"小孩儿脱掉雨衣，跟苏鹤亭打招呼，"Hello，小猫。"

苏鹤亭说："Hello，小孩儿。"

"叫我小顾。我可不是小孩儿，"小顾接过茶水，仰头喝了一半，对苏鹤亭露出笑容，"我今年三十六岁了。"

苏鹤亭压下身体，跟他对视，疑惑道："嗯？"

"我是最早被流放来惩罚区的,到现在已经六年了。"小顾捧着杯子,老气横秋的,"真想念旧世界的时光啊,一晃都这么久了。"

苏鹤亭怀疑地问:"你三十六岁?"

小顾被逗笑了,他摸着唇上方不存在的胡子,说:"这其中有点儿 bug,你如果想听,我可以慢慢——"

东方捂住了小顾的嘴,把他从苏鹤亭面前拖走,说道:"让长官跟他说吧!"

他像阵风似的,顺路把花栀也捞走了,然后"嘭"地关上了中间的隔板。

车内顿时就剩三个人。

苏鹤亭和检查员铐在一起,自由人俞骋还端着茶壶。

"我……"俞骋的脸倏地变红,他左右张望,"要不我也……"

苏鹤亭伸出长腿,挡住了俞骋的路。他不想,不,他觉得跟检查员单独待着更奇怪,于是硬着头皮找话题道:"屏蔽器你们都有吗?"

"对,我的是眼镜……"俞骋又去推眼镜,一副快要流汗的样子,"东方的是袖扣,栀子的是发卡……"

"长官的是十字星?"苏鹤亭说的"长官"仿佛是从齿间蹦出来的。

俞骋用力点头。

苏鹤亭问:"那为什么轮到我是铃铛?"

"因……因为……"俞骋又结巴了。

检查员轻轻抬手,把苏鹤亭拉向自己些许,他身上有股清淡的味道。

"因为是最后一个,"他顿了一下,在苏鹤亭的目光中转过头,语气平波无澜,"你用挺合适的。"

俞骋趁机逃跑,贴着狭窄的过道挪出去,不敢碰到苏鹤亭一点儿。他手里的茶壶抖得"哐啷"响,人已经冲到隔板边。东方拉开隔板,把俞骋拽了进去,再"嘭"地关上,动作一气呵成。

苏鹤亭:"……"

我是什么危险分子吗?

此时车门车窗尽数关闭,雨声都变得闷闷的。隔板的隔音效果不错,苏鹤亭只能听见那头的四个人在嘀嘀咕咕,却听不清他们究竟在讲什么。

"你的队员挺害羞,"苏鹤亭说,"没聊几句就脸红。"

检查员似是很困,慢条斯理地回答:"第一次见你,放不开。"

苏鹤亭敷衍地"哦"了一声,好像信了。他心里有根秒针,一直在转动。就这样听了会儿雨声,苏鹤亭算算时间,距离他进惩罚区已经过了差不多四个小时。

"问个问题,"他说,"这里几点天亮?"

"不确定,"检查员的眼眸快合上了,"如果太监判定屠杀时刻没结束,天就会继续黑下去。"

苏鹤亭脑袋里回响起机械太监的声音,枯燥乏味。他继续问:"判定标准是什么?"

检查员说:"死亡数量。"

日落以后,必须有东西死。就算不是人,也得是神魔。神魔可以抵消人命,夜行游女是一换五,毕方是一换三十。每晚的死亡数量随机,如果额度没有达标,太监就不会亮起红灯,神魔会不断涌现。

这就是太监所说的"神魔通行"。

苏鹤亭脱口而出道:"什么狗屁规定?"

他们今晚杀了四只毕方,天却没有亮的意思,连雨势都没有变小。

两个人正说着,车内的灯"刺啦"闪了一下。

检查员睁开眼,眼底一片清明。似是觉察到什么,苏鹤亭也没有再讲话。两个人并肩坐着,约莫半分钟以后,车内的灯突然灭了。

没有任何声响,灯就那么灭了,像是被人轻轻吹了口气。

苏鹤亭屏气凝神,不想错过任何声音。紧接着,他听到金属擦地的声音。这声音很像夜行游女发出的,可是苏鹤亭的猫耳抖了一下，又觉得不像。

夜行游女是走动，这声音是跑动，仿佛有着一双轻便、灵敏的腿，移动速度特别快。车身骤然晃了晃，那东西竟然在苏鹤亭思索间跃上了车顶。

苏鹤亭缓缓挪了一下腿，方便起跳。但是他一动，就碰到了检查员的腿。车内漆黑一片，他一转头，就差点儿跟检查员撞到一起。

嘘——

检查员反手扣住了苏鹤亭，不许他乱动。

隔板那头的四个人极其安静，安静似乎是他们在这里必备的生存技能。大家都在等待，好像还没有琢磨透头顶上的东西是什么。

"长官。"有个声音忽然响起，很磁性，庄重得像是播音腔。

"是——"隔板那头的俞骋被堵住了嘴。

冷雨拍打着窗户，那东西拍打着车顶。它听见了俞骋的那声回答，忽地趴下来，把脸贴着车顶，又叫了一声："长官。"

这次的声音紧贴在头顶。

"我好冷，长官，你能给我开门吗？

"我是016。

"你派我们去调查祝融，我回来了。"

车内一片死寂。

苏鹤亭转动眼珠，看到检查员不变的冰块脸。他用眼神发问：你熟人？

检查员没有回答。

"祝融是个神。

"它的火从天边来，吞没了我们全队。

"大家都被烧成了灰，只有我，我记得长官的嘱托。

"我待在雨里，被祝融的战车碾过。那车轮好巧不巧地压在我胸口，我无法挣脱。可是火还在烧，长官，我喘不上气。"

"刺——"

车顶传来一声刮划声，尖利的爪子正在抓挠。顶部的铁屑乱飞，竟然真的给它刮出凹痕。然而这都不算什么,关键是它的重量正在增加。

"为了回来复命,我割掉了自己的头。"

车顶不消片刻就被压变形了,内部空间迅速缩小,几乎要压到苏鹤亭的头顶了。随着那重量不断增加,车门发出可怖的挤压声。

"是厌光①,"检查员一声令下,"下车!"

隔板应声断掉,车顶轰然压下来!

手铐当即分解,霎时间变作熟悉的盾牌,卡在空隙间,顶住了车顶。

"长官。"

那东西叫唤不停。

苏鹤亭一脚踹向就近的窗户,窗户"嘭"地爆开,风雨瞬间刮了进来,扑飞了他的碎发。

一只身高超过三米的黑色巨猿坐在车顶,车身摇摇晃晃,快要被它坐断了。

检查员拽紧苏鹤亭,两个人从车窗猛地翻了出去。大雨打在脸上,检查员的黑色菱形碎片"唰"地撤退。

车顿时被压垮了。

厌光坐在废墟上,用双拳砸着车顶,还喊着:"长官!长官!"

它的背部轮廓凸起,像是安了什么装置。肩臂负有粗重的锁链,一节一节,缀有发射用的炮弹。但最惹人注意的还是它的脸,这家伙没有脸,脸部是根炮管,管口随着它身体的变大也在不断扩大。

苏鹤亭抬手稍做遮挡,避开瓢泼的大雨,问了句什么。声音很快就被风吹散,他不得不再次大声问:"它怎么还在长?"

"厌光的特性就是增长,"检查员的菱形碎片"乒"地组成一把通体漆黑的长枪,"子弹对它无效。"

就两句话的工夫,厌光已然长到了十几米。它抬起屁股,要把底下被压扁的车拽出来。那锁链随着它的动作震响,等它单手举起车时,苏鹤亭才看清,发声的根本不是它。

100

厌光胸口挂着许多脑袋,在摇晃中相互碰撞。它们脸色青白,透着死气,嘴唇冻得发乌,木然地念着:"长官!长官!"

"嘭——"

厌光把车砸向检查员所在的位置,它没有眼睛,也不靠眼睛辨别方向。巨大化是它的特点,就像加热的引擎,等它变到五六十米高时,就是狂暴的巨兽,会用那堪比导弹的炮管炸烂面前所有的东西。

"要在它发射时堵住它的炮管。"检查员抬脚侧踢了一下长枪,"它很怕痛——东方!"

"收到!"刚滚出来的东方骤然撕掉了左臂的衣袖,露出一截机械手臂。他猛地一沉身,把手臂插入地面。

只见那机械肘部迅速分开,在齿轮机甲间迅速重组,变作个一人高的"Y"型钢造器。

东方说:"栀子!"

花栀毫不客气,一脚踩在东方左侧的肩臂上,从一旁携带的光甲箭盒里抽出手臂长短的钢箭。Y型钢造器顿时两头对射,拉出一条电光弦。

"射它胸口,"东方稍微抬臂,把花栀的角度抬高,"长官要上去!"

花栀两指搭箭拉弦,那两根手指也是钢造的。她紧紧盯着厌光,厌光正举着手臂狂砸报废的车。

苏鹤亭改造眼里的信息不断更新。

"X字锁定,攻击目标正在蓄力。"

"蓄力78%。"

"蓄力89%。"

"嗖——"

花栀的箭已经射出。

那钢箭在雨中飞旋,轰地转出电芒,像是诸神手中的雷鞭,箭头爆出嘹亮的响声。厌光砸下的车还没有举起,胸口就被钢箭射中。

那箭头犹如电钻,"嗡"的一声没入半个头。

"啊!"

厌光胸口的脑袋们齐声大叫,面容狰狞,争相逃跑,却又被锁链牢牢拴住。厌光无声地踉跄一下,在脑袋们的号叫中撞到了一旁的大楼。

"蓄力 100%!"

改造眼中的红色感叹号一出,苏鹤亭就闻到了不寻常的味道。他一把拽住检查员的衣角,扑了过去。

白色光芒当即爆亮,厌光的炮弹呈直线飙过,在二人背后炸飞了地面。

火浪猛扑,苏鹤亭背部火辣辣的。他摁住检查员,回头一看。

厌光炮弹所过之处皆为废墟。

"打它头,不然——"苏鹤亭转回来,加快语速,"不然它还要轰炸——"

改造眼里的红色感叹号又出现了。

检查员扣住苏鹤亭的后脑勺,把他往下摁。长枪刹那间分解,随着他举起单臂的动作组成盾。

一声巨响!

苏鹤亭都被轰得耳鸣了,那余震的"嗡嗡"声让他想起了大爆炸,极其不舒服。

"今晚不对劲,长官!"通话器里传出俞骋的声音,"我们四周监测出好多——"

"神魔通行,凡人让道!"

"神魔通行,凡人让道!"

"神魔——通行!凡人——让道!"

三声电子音响彻雨中。

机械太监双手抄袖,姿态孤傲,站在高楼顶端,盖面上的葫芦花纹绿得像是特种病毒。

"长官……"

"长官！"

无数脑袋挂在厌光胸口哭喊，那声音穿透力十足，笼罩了所有人。

十几只厌光走出黑暗，把他们几个包围住了。

"叽叽歪歪，"苏鹤亭抱住脑袋，"吵死了！"

一只厌光就够吵了，十几只厌光堪称鸭子群。它们挂在胸口的脑袋总共有百来个，简直自带音响效果。

"耍哥们儿呢，"小顾在通话器里喊，"这么多厌光，谁顶得住？"

厌光行动很快，完全不受体形限制。那包围圈越收越小，一眼望去，四下全是炮管脸。

"X字锁定，攻击目标正在靠近。"

苏鹤亭的改造眼正在更新信息，他在瓢泼大雨中爬起身，顺手拉起了检查员。六个人不断后退，在厌光的包围圈里逐渐背对背。

"报告，"花栀提着自己的箭盒，"我只剩十九支箭了。"

"一只一箭，"东方苦中作乐，"雨露均沾。"

"平时一百条命就够了，"俞骋声音发抖，"今天怎么回事……"

"蓄力30%。"

"蓄力35%。"

苏鹤亭眼里的信息更新得很快，厌光的蓄力增长就在几秒间。

"就没什么办法打断它们的蓄力？"苏鹤亭甩掉尾巴上的水，"它们要集体开炮了。"

小顾嘤嘤假哭道："我的遗言是——"

"厌光贪光，"检查员的盾正在消解，他打断了小顾的遗言，"用你的闪光弹。"

"收到！"小顾顿时收声，他掀起自己的雨衣，露出腰间的一圈发射装置，"换个模式。"

小顾像猫头鹰一般转了一下脑袋，那轻轻的"咔"声犹如玩具的开关声，腰间的发射装置立刻旋转起来。他再"咔"的一声转回脑袋，两条胳臂的模式已然切换，变作隆起的炮筒。

小顾说："闭眼！"

只听"咻"的一声哨响，小顾两臂的炮筒同时发射，两发闪光弹冲向机械太监所在的高楼。

机械太监尖声呵斥："放肆！"

闪光弹冲破雨幕，在离机械太监十几米处停下。那尖锐的哨声没停，在下一秒骤然爆出刺目的白光，伴随着极大的噪声覆盖了整片楼顶。

"长官……"

厌光们像是一群向日葵，集体抬头。

检查员命令："再射！"

闪光弹犹如相互追逐的箭鱼，接连冲出小顾的炮筒。它们一个接一个，在楼顶炸出白昼。

厌光胸口的脑袋们突然惨叫起来："我的眼睛！"

"痛死了！"

"关掉它，关掉光！"

脑袋们瞳孔大张，被强光闪出血丝，却像是不能自主闭眼似的，只能靠嘴巴来哭号。

"长官！"

"长官，救救我……"

"我要瞎了！"

但是不论脑袋们如何大哭叫嚷，厌光们都仿佛入定了一般，沐浴在白光中。

"攻击目标蓄力中止。"

"攻击目标蓄力消失。"

"攻击目标开始进食。"

就是现在——

检查员说："俞骋！"

俞骋"扑通"跪地，双手撑住地面，大喊了一声。地面"嘭"

地以他为中心开始龟裂，一阵极度尖锐、刺耳的噪声猛地铺开。

苏鹤亭离俞骋不远，那噪声犹如钢针般直钻耳内。他神色一变，觉得脑内剧痛。

竟然是无差别攻击！

脑袋们更加痛苦，在厌光胸前苦叫，神色狰狞如地狱实景。厌光也不堪其扰，纷纷抱头。

检查员忍住剧痛，十字星耳饰在雨里晃动，他对东方和花栀喊："掩护！"

那两人当即搭箭。

"猫，"检查员替苏鹤亭捂了一只耳朵，"用你宇宙无敌的火炮替我开路。"

苏鹤亭对"宇宙无敌"这个前缀相当满意，他搵住检查员强健的背部，淋过雨的眼睛很亮，神采飞扬道："哦！"

花栀电光闪烁的钢箭已经射出，那声"嗖"像是起跑的枪声，检查员顿时暴起，身形快得酷似只豹子。

距离他们最近的厌光最先中箭，花栀这次射中了它的脖颈。箭头一挨到厌光，就开始"嗡"地转动，往它的皮肉里钉。

厌光仰头，吃痛地扭过身体。它很怕痛，痛会让它失去理智。果不其然，这一箭射得它忘记了贪食白光，用长臂撕扯着钢箭，再摔在脚下。它转头对准检查员，炮管猛蓄炮光。

苏鹤亭指间火星又现，他架臂的姿势标准，站在检查员身后，径直瞄准厌光的脑袋。

"轰——"

火炮倏地射出，瞬间拖出火尾，击中厌光的头部。

厌光被打歪了头，就在它歪头的那一刻，检查员已经到了它面前。黑色菱形碎片霎时重组，变作大出几倍的重型钢臂，随着检查员的挥舞，一拳堵住厌光的炮管。

"嘭！"

厌光的蓄光炮被堵死了，随即炸管，把它的头部爆成碎片。火浪消散，那残存的身体轰然倒地，砸塌了附近的楼房。

"再来几炮。"

苏鹤亭右眼的"X"字变得异常明显，火燃遍了他的右臂，那冒烟的炮口光芒急蓄。他眼神凌厉，意气风发，对检查员大声说："给我放心上！"

话音一落，火炮犹如长龙，从左起，以扇形猛地扫出。脑袋们首当其冲，被烈火覆盖。它们额角青筋凸起，齐声惨叫。整齐的爆炸声紧随其后，好似夜间烟火，在厌光头部挨个儿爆起，炸出无数碎块。

"长官！救命——"

检查员落地，黑色菱形碎片在他收臂时瞬间散开。他背后"轰轰轰"声不绝，厌光们排队倒地，压垮了整条街。

雨中只剩幸存的脑袋们在哀怨哭泣。

"这什么炮啊？"小顾凑近些许，用艳羡的目光打量着苏鹤亭的手臂，"好帅，好酷，好想要一个！"

花栀也弯下腰，看着那手臂，说："可以瞬发呢。"

"关键是有火，火啊。"东方兴奋地用手比画着火。

"声音也好听，"俞骋扶正自己的眼镜，"听起来像某种直射型火炮。"

苏鹤亭备受关注，却用一种更加羡慕的目光紧盯着检查员，脑内弹幕狂刷。

"能变形的才酷吧。

"那菱形碎片究竟是什么东西？

"好想安一个。

"可恶——"

苏鹤亭面无表情，在心里极为艰难地承认——这家伙太帅了。

检查员接收到苏鹤亭的眼神，没看懂猫的意思。猫的尾巴狂甩，好像有很多话没说。他的目光在猫尾巴上转了一圈，用眼神回了苏鹤亭一个问号。

"我的炮，"苏鹤亭竖起拇指，大言不惭，"天下第一。"

检查员："……"

他微微抬起头，耳边的十字星微晃，扯了一下嘴角，好像在笑。但是只有一下，眨眼间又恢复了原样。

苏鹤亭看着检查员的菱形碎片重组，变作了钢笔，就是他在惩罚区第一次见到检查员时对方拿的那支。

小顾抬起头看天，说："这下总该天亮了吧？今晚真够折腾的。"

一只厌光能换八十条人命，他们今晚早该超标了。

几个人一齐看天。

奇怪的是，雨并没有停。

风经过战场，带来厌光的臭味，还有脑袋们低低的哭声。

苏鹤亭再次皱起鼻子，隐约觉得不舒服，问道："这些头怎么还在哭？"

"因为，"俞骋咽了一下唾液，给他解释，"因为这些头——"

风猛地打断了俞骋的话，天空亮起了闪电，接着雷声滚滚，雨下得更急促了。

"神魔通行——"机械太监在楼顶尖叫，它的盖面随风而动，被吹得飞起，它仇恨地指向检查员，冷冷地说，"凡人让道！"

"轰隆！"

天空阴云旋动，像是有东西将要冒头。

一片遮天盖地的巨影从密云上经过，气势汹汹，带着沉重、嘈杂的声响，仿佛有千万人正在厮杀。但浓云厚重，苏鹤亭的改造眼也看不出那是什么。

小顾用双臂顶住风，说："太监不会是在公报私仇吧？！"

"没完没了……"苏鹤亭的兜帽被狂风吹动，领口勒着他的脖颈，像是被人拎住了一样，他提高声音，"这太监怎么还没死！"

"它能刷新，"俞骋匆忙扶着自己的眼镜，"死不掉的！"

劲风到处肆虐，如同黑夜里的鬣狗，要把周遭的一切撕扯开来。

机械太监俯瞰街面，过足了狗仗人势的瘾。它想报检查员对自己爆头的仇，却得遵循主神系统的程序安排，不能擅自行动。

今夜的死亡数量已经达标，红灯必须亮起。白昼是神魔的禁猎时刻，机械太监要在日出前发布禁令。

或许是巨影在云上盘踞太久，被检查员察觉到了端倪。他把钢笔插回了口袋，目光没有在机械太监身上多停留一秒钟。

机械太监恨极了检查员的淡定，也恨极了检查员的无视，但它盖面的葫芦上的红色已经亮起，预示着今夜的时间到了。

太监一声冷哼，等到红色完全覆盖住盖面，才骄矜地举起手，说："停！"

它浑身亮着红光，像是楼顶闪烁的指挥塔。骤雨疾风似乎都在等这句话，随着那声"停"响彻全区，风雨陡然转小，连同那阴森森、无生气的氛围感一起退回黑暗，留下一地的残骸。

"要等一会儿天才会亮，"东方看苏鹤亭还凝视着天际，以为他在等太阳，"亮红灯就算结束，可以休息了。"

"嗯……"苏鹤亭收回追寻巨影的目光，指了一下天，"你们还打空战？"

"没怎么打过，神出现的概率很小，我们这支队伍……"东方话说到一半，想到什么，开始胡乱应付，"等以后遇到再跟你讲。"

以后？

苏鹤亭神情古怪地说："你这么确定我还会来？"

惩罚区就像主神系统心血来潮时做的屠杀游戏，苏鹤亭是已经逃出光轨区的幸存者，没必要继续在这里冒险，他下线就可以跑。虽然能不能跑掉还得打个问号，但东方对他也未免过于信任了。

东方没有俞骋那么慌张，他抓起自己的头发，自来熟地打哈哈："刑天稀罕你，不会那么轻易放你走嘛。反正你多来几次，跟我们多交流，大家就会相互熟悉的……是吧，长官？"

指挥员正在厌光的尸体上扯脑袋，那些脑袋都留着头发，被捆在厌光的锁链上，像是一串项链。

脑袋们一听见"长官",就神色悲戚,跟着喊起来:"长官!长官!"

"这些头叫飞头獠子[②]。"俞骋把之前的话讲完,对着苏鹤亭比了一下脑袋,"它们没有身体,只有头,每天会像无人机一样四处飞行,夜视能力很好,知道得特别多。厌光经常把它们捉住,挂在胸口当收音机。"

厌光热爱光亮,在夜间行走时容易情绪低落,可能是为了防止它们自顾自地变大暴走,所以有了飞头獠子。这些飞头獠子成天乱飞,喜欢偷窥和听墙脚,爱把他人的隐私记录下来,在深夜里窃窃私语。它们共用一个信息记忆,可以相互传播,彼此间没有秘密——是个讨厌的东西。

"车报废了,"小顾蹲在一边,遗憾地说,"得去再偷一辆。猫,你跟我去吧?"

苏鹤亭很难请,他说:"给钱吗?"

"别这么生分嘛,"小顾双手抱拳,神情可怜,借着八九岁的皮囊随便造作,"拜托了,大哥哥,没有车,我们寸步难行。"

苏鹤亭说:"你不是有炮吗,怕什么?"

小顾眨眨眼睛,说:"我腿短,踩不到油门。"

苏鹤亭:"……"

苏鹤亭跟着小顾离开时,天际已经泛起了微光,一股雨后清晨的清冽气息扑面而来。

检查员把手臂粗的锁链扔在地上,用脚踩住了其中一只飞头獠子。

飞头獠子不敢摆头,边哭边喊:"别杀头!别杀头!"

检查员没有说话,只是把它的脸踩正了。

飞头獠子微微凸起的眼珠上满是血丝,在检查员的注视下后脑勺发凉。它知道检查员是谁,正是因为知道,所以才害怕。它嘴唇青白发乌,不再瞎嚷,只敢在啼哭时张开。

109

检查员俯身，身影笼罩住飞头獠子，声音在清晨的寂静中没什么温度："你们尾随了016？"

飞头獠子被踩痛了，脸上涌血，眉头紧挤，眼珠子乱转。它哭道："不敢！不敢！我们不是尾随，我们是偶然碰见了那队人正在调查祝融。领头的叫016，自称是长官麾下的小队长。我们就是好奇，凡人怎敢调查火神——"

它喘息加剧。

检查员陷入沉默，可那沉默带着重量，压得飞头獠子都语无伦次了："我们不是故意看见的……"

检查员问："看见什么？"

飞头獠子两鬓汗津津的，回道："看见火……烧遍了那片区域。016被祝融的追踪炮击中，在雨里呼喊救援……但是通话器已经失效了，祝融的战车开过去，碾在他的胸口……"

俞骋摘掉眼镜，擦拭了一下脸上的水，不想再听下去。

"他就死了。"飞头獠子涕泗横流，"我们只看到了这些，长官！"

此时天已大亮。

飞头獠子还在哭喊："我们从不乱传——"

"嘭！"

飞头獠子的声音戛然而止，周围的头都陷入诡异的死寂，血溅到了地上。

检查员收起枪，说："处理掉。"

苏鹤亭鹰觑鹘望，观察着日光下耸立的高楼大厦。

白天的惩罚区有种摊开在眼前的荒凉感，这些钢铁丛林间没有绿植，也没有人。大厦最高的有三百多米，鳞次栉比，看久了像是墓碑，没什么设计感。

"建筑会刷新，"小顾戴上儿童墨镜，"反正除了人，这里啥都能刷新。"

"光轨区的囚犯不止你们几个，"苏鹤亭说，"其他人呢？"

"到处都是，"小顾踩了踩地面，示意苏鹤亭往下看，"人都像耗子似的躲在地下管道里。"

苏鹤亭低头，觉得这路烫脚。

"地下管道里虽然安全，却没有食物。我们会定期组织搜罗小队，上来找吃的。不过人太多了，经常有因为饿得不行偷跑上来的人。"小顾说，"说来搞笑，明明是个网络世界，我们却还会肚子饿。"

苏鹤亭问："食物也会刷新吗？"

"会，但是不定点也不定期，需要搜索，这也是我们这支队伍长期活动在地面上的原因。"小顾又抬起头，看向太阳，惆怅地说，"唉，年龄大了，也不知道还能活多久，搞不好哪天就断气了，现在到处走就当锻炼吧。"

苏鹤亭提醒他："你才36岁。"

正值壮年。

"我那身体吧……在养殖场的营养缸里泡了六年，估计四肢都萎缩了。"小顾冲苏鹤亭招手，让他跟着自己走，随口瞎聊，"你看我现在像个小孩儿，就是这个原因。咱们这儿的老人和小孩儿特多，都是因为现实里的身体机能在退化，能作战的没几个了。"

苏鹤亭想到打毕方的时候，被喙间炮逼出来的人群里是有不少老人。他跨过井盖，问："这么说我以前被关在惩罚区的时候你们就在？"

"我算算啊……"小顾心里有数，嘴上有门，知道哪些该讲，哪些不该讲，"资料上说你是04年从大爆炸里逃走的，那会儿我还没干这个呢。"

苏鹤亭心下一动，问："这五人组是新建的？"

"不算新，建两年了。"小顾到这里就没再继续说下去，而是岔开话题，"反系统生存地'长'什么样啊？"

"比这儿旧，"苏鹤亭对哪里都没好感，对比了一下两侧的高楼，又接了一句，"比这儿破。"

"这儿也不咋样，"小顾走在苏鹤亭前面，抬起手，给苏鹤亭指,"看见那边了吗?都是神魔地。"

神魔地?

苏鹤亭看过去,视线被高楼遮挡。

"里面都是花里胡哨的机械神灵,"小顾说,"白天都在睡觉。"

"怎么,"苏鹤亭眯眼,"它们晚上会跟着机械太监出来蹦迪?"

小顾被他逗乐了,说:"会在这座城市边缘游荡,杀掉所有跨越界限的人。听说穿过神魔地,在黑夜的尽头是无数百米高的巨大佛像,我们把那里称为'终点',那就是这个世界的墙壁。"

这个虚拟世界就这么大,人即便是精神在流浪,也没有变得自由。白昼和黑夜全在主神系统的一念之间,食物靠刷新获得。钢铁丛林铸就意识围栏,这是个已经畸变了的微型社会。

苏鹤亭想。

反系统生存地也一样,整个新世界都烂透了。

"谁去过那里?"他盯着远方,"那个终点。"

小顾说:"长官。"

"你们一个五人队,"苏鹤亭收回目光,双手插兜,语气奇怪,"干吗要喊他长官?"

"谁说我们就是个五人队?我们人很多的,"小顾说着拨了一下儿童墨镜,看着苏鹤亭,"最了不起的时候有三百个队伍!"

"哦,"苏鹤亭看不懂小顾的目光,直白地问,"其他人呢?"

早上的太阳热得离奇,周围静悄悄的。

小顾说:"全死了。"

这样啊。

苏鹤亭没什么表情。

他看向空荡荡的城市,想到检查员那双眼睛,品出一点儿悲伤。不过这悲伤离他太遥远,以至于他一时间找不到合适的安慰之语。

"死就死了,"小顾倒看得挺开,继续向前走,"活着也开心不到哪里去,天天都是神魔通行,这日子没盼头。"

道路尽头是个地下车库,苏鹤亭进入时瞟了一眼保安岗亭,里面没东西,这里的信息识别系统都是摆设。

小顾过围栏不用弯腰,他挨着墙壁往下走,嘴里的话没停:"就是可怜大家都做了电子鬼,消散后连块墓碑都没有。"

车库通道里没有灯,底下更黑。两个人越往里走,越觉得闷热。昏暗里浮动着一股潮湿的霉味,像是焖坏的菌类。

苏鹤亭的尾巴轻轻甩了一下,末梢切换成小灯。小灯晃在身体旁,驱散了些许黑暗。他拎住小顾的后领子,轻松提起来,问道:"这儿你常来?"

"是啊,这儿的车能用。"小顾两脚腾空,顺手指了个方向,"往里边走点儿,我记得那里还有辆T型装甲车。"

主神系统什么毛病?把装甲车刷新在这里?

苏鹤亭竖起猫耳,除了自己的脚步声,没有听见其他动静。他拎着小顾,越过车库的排水沟,找到了那辆T型装甲车。

"进去。"苏鹤亭拉开车门,把小顾塞到了旁边的座位。他坐在主驾驶位上,发现启动装甲车的信息卡就搁在旁边。他转头向后看,后排的座位上规整地放着一排武装箱。

"很神奇吧?"小顾也转过头,半趴在自己的靠背上,"城市内部有很多武装点,天亮就会刷新,我们百分之八十的武器都从这里得到的。"

苏鹤亭说:"你们真没往主神系统内部派卧底?"

刑天对拼接人都没有这么贴心。

"实不相瞒,这个问题我也思考过,"小顾转过身坐好,"听说——"

他的声音戛然而止。

苏鹤亭觉察到不对,猛地回头,就见正对着他的玻璃上倒贴着一张半人大的脸。

那脸布满皱褶,像是加速衰老后的产物。两只眼睛凹陷下去,浑浊污黄,转动时酷似壁虎,还带着"咕嘟"的音效。它嘴唇干裂,张嘴时能看见一片寒光,不明液体从齿间溢出,喊着:"肉……"

苏鹤亭想也不想,启动装甲车。他一脚油门下去,车"嗡"地冲出去,一头扎进前方的车屁股里。

小顾延迟的叫声终于响起:"走!走!这是个难缠的玩意儿!"

苏鹤亭打着方向盘,车头笨重地左转,撞歪了一旁停靠的车辆。

"哐当——"

周围的车辆都被撞得车身歪斜,装甲车轮胎摩擦地面,发出尖锐的声音。

苏鹤亭透过倒车镜,看见后方还挂着几张脸,都瞪着那枯瘦的大眼。

"我是小顾,"小顾对通话器喊,"报告,我们遇见黑蠕虫③了!"

小顾那头的车玻璃"嘭"地响了一声,黑蠕虫的脸紧紧吸在上面,把五官都给挤压变形了。从近处看,它口腔内部的寒光其实是密密麻麻的注射器针头。

这要是被咬一口,不死也得残!

苏鹤亭的车技奇差,倒车实在难为他,好在T型车头做过改装,就是用来冲路障的,他索性一路撞出去。

"这东西没有四肢,是蠕虫。蠕虫你知道吧?!底部带吸盘,很难甩掉,喜欢群居……这里怎么这么多!"

车灯晃过车库深处的墙壁,小顾顿时倒吸了一口气。那墙壁上爬满了黑蠕虫,有几只个头儿出挑,腰身有五六米粗。

装甲车碾过排水沟,苏鹤亭已经看见了出口。他加足马力,谁知车顶传来"啪"的一声重响,有黑蠕虫从上面掉下来,吸住了车顶。

车窗前的那只狂喷毒液,紫红色液体流满玻璃,苏鹤亭闻到了刺鼻的臭味。好在几扇车窗都是紧闭的,只能听见黑蠕虫们疯狂的撞击声。

小顾掩住鼻子,被黑蠕虫的脸包围让他深受刺激,吼道:"上去见光,晒死它们!"

车顶"嘭"声密集,不知道有多少只黑蠕虫掉在上面,正在用嘴啃食顶部。紫红色液体到处流,那股腥臭味充满鼻腔,让苏鹤亭胃里翻腾。

蛮牛般的装甲车撞开路障,后轮胎"嗡——"地拖出长鸣,而后猛地颠簸一下,被黑蠕虫卡住了。

"肉……"黑蠕虫的发声装置劣质,只会重复几个简单的词,"人……"

它们争着把身体塞进装甲车底部的空隙,像是群蜂拥的蛆虫,在车轮底部蠕动,就算被碾得血肉模糊,也毫不在意。

"这车能不能给个说明书?"苏鹤亭想要切换攻击,可是车内的按钮多得像星星。

"俞骋!呼叫俞骋!"小顾把通话器扯下来,塞给苏鹤亭,扯着嗓子对通话器说,"你告诉猫这车怎么开!"

苏鹤亭抓起通话器。

"收到。"里面的声音却不是俞骋的,而是检查员的。

检查员非常冷静,他说:"摁顶部第三排的红色按钮,呼叫车载系统,切换自动攻击模式。"

苏鹤亭照做了。他抬手摁下红色按钮,便听到车载系统说:"欢迎使用 T 型 -999 号装甲车。"

车载系统的话音没落,车顶又是一阵重物掉落的巨响。车顶虽没被砸穿,但声音太可怕了,仿佛是巨锤重击,还夹杂着钢化吸盘的摩擦声。

苏鹤亭说:"切换自动攻击模式。"

999 号车载系统回答:"好的,正在为您切换自动攻击模式。"

车底部骤升,接着从夹层中亮出切割片,开始飞速旋转,把纠缠的黑蠕虫绞成肉块。肉块落地的声音很不好听,随之而来的还有潮闷的血腥味。

"底部清扫已完成……"

检查员说:"拒绝自动驾驶,继续攻击模式。"

车载系统正好问:"是否需要自动驾驶?"

"不要,"苏鹤亭说,"你继续。"

车载系统接收到"继续"这个词,亮起中控屏幕,上面是 T 型装甲车的三维模型。模型旋转放大,顶部覆盖着红色警告。

车顶的挡板"唰"地切换,中部凹下去,机甲更换,升起车载机枪。

"检测到异物攻击,"车载系统说,"正在处理。"

苏鹤亭听到"咔嚓"的固定声,紧接着机枪猛射,弹壳在"嗒嗒嗒"的声音中纷纷掉落。

"继续朝外开,"检查员停顿片刻,"会开吗?"

苏鹤亭一脚油门猛踩下去,当作回答。

装甲车"哐"地碾过满地的黑蠕虫,直接撞飞了栏杆,贴边冲了出去。

检查员轻声说:"做得好。"

他这句夸奖语气平淡,跟平时讲话没有什么不同,但放轻了声音后好像若有若无的耳语。

猫使劲抖了一下猫耳。

小顾没听到,他摸了一下自己的腰间,说了句"我弹药不够了",接着转身爬向后座的武装箱,说:"幸好我们先进了车内,不然满头黑蠕虫,我想想就恶心。你要枪吗?"

他说着打开武装箱。

一股辛辣的味道乍然喷出,刺中了小顾的儿童墨镜。小顾当即捂脸,大喊了一声!

那缩在武装箱里的黑蠕虫弹起来,一口咬住了小顾的手臂。

小顾感觉到针头的扎入,一边去扯黑蠕虫的头,一边踹翻了武装箱。

枪支弹药摔了出来,其他几个箱子里也都发出了撞击声。

车里不止一只虫!

小顾当机立断,一屁股坐上去,把箱子压死,哭道:"我不干净了!"

苏鹤亭在路上猛刹车,背部狠狠撞向靠背。他摁下所有车窗,在温度瞬间升起的时候回身,从小顾脚边抓起手枪,对着黑蠕虫打了发子弹。

黑蠕虫的尾部弹动了几下，发声装置挤出"吱"的杂音。它不耐热也不耐弹药，背部的弹孔冒出烟，当即毙命。

小顾甩了一下头，把脸上的墨镜甩掉。他汗如雨下，对苏鹤亭说："刀！刀在我手臂下面……"

苏鹤亭从他没被咬的臂下抽出把短刀，沿着黑蠕虫紧咬的嘴卡进去，挑开软肉，里面全是扎实的针。

"我头晕，"小顾面色发白，强撑着笑了一下，"你小心点儿。"

黑蠕虫的注射器里储存的液体多种多样，小顾不确定自己身体里的是什么，如果是神经毒液或者麻痹剂还好，大不了闭眼等死。他害怕黑蠕虫注入的是养殖场里的实验药物，那种带着刺激性、能让人体变异的东西。

"没事，"苏鹤亭出了点儿汗，问通话器，"这东西能拔吗？"

"不能，"检查员说，"跟小顾讲话，我马上到。"

苏鹤亭摁住其他几个武装箱，检查了一遍锁，确定它们不会再弹出。

"箱子是锁住的，"小顾脸上的冷汗越来越多，他的眼泪还没流尽，跟汗混杂在一起，根本分不清，"你明白什么意思吗？它们是刷新出来的，一直在武装箱里面，等着我打开。"

如果小顾把武装箱带到了地下管道里，或者箱子被别人捡走，后果都不堪设想。

"以前从来没发生过这种事，"小顾痛得哽咽了一下，"我不敢想……其他武装点是不是……"

"冷静，"苏鹤亭看向小顾，眼神镇定，"只有我们在地面上活动，你是最先到武装点的。"

他的语气带给了小顾信心。

小顾勉强挤出笑，说："你说得对。"他一笑，眼泪就流了出来，"太痛了。"

检查员说话算话，及时赶到。

"你的医疗箱已就位，"东方打开后面的车门，爬进去，对小顾说，"没事了，兄弟，让我看看伤口。"

"这一口咬得狠，"小顾面色煞白，手臂因为疼痛而微微颤抖，"你行不行啊？"

"有长官盯着，"东方打开医疗箱，"我不行也得行。这虫子得弄掉，你等会儿能忍住别吐吗？"

小顾喘息道："我现在就想吐。"

黑蠕虫结构简单，想拔针就得先削掉它的表皮，找到它的输液装置。这件事说起来轻松，过程却十分恶心，保不齐会血水乱溅。

"它的输液管很薄，"苏鹤亭听见检查员的声音在靠近，"交给我吧。"

座位间位置狭小，苏鹤亭和检查员两肩相抵。他看见那只腕骨清晰的手虚扶在他手边，带着冰凉的气息，准备接过他的短刀。

苏鹤亭惜字如金，回道："行。"

检查员手指前伸，碰到那污血黏稠的短刀，说道："好了。"

他撩起眼皮，扫了一眼小顾，说："闭上眼，别吐了，位置太小，不好收拾。"

小顾鼻涕泡都出来了，闭紧眼睛道："我就没想睁开眼，你弄吧，长官，我不看！"

检查员立刻操刀削皮。

苏鹤亭还盯着检查员的手，看那刀口划开软肉……他就坚持了几秒，而后迅速扭开了头。

黑蠕虫的输液管都埋在皮肉里，呈现出微曲的弧度。每根输液管连接的注射器不同，在靠近头部的位置交错纠缠。它外部只有一层软塌塌、干巴巴的皮，质地接近橡胶手套，掀掉时甚至挂不住肉。

车内充满刺鼻的腥味。

"它底部的吸盘上有钢圈，可以留下来备用，"东方倒挺喜欢看的，"这钢牙还能留着做筷子……"

小顾差点儿吐出来,喊道:"别说了!"

东方笑嘻嘻道:"物尽其用,物尽其用。"

他一插科打诨,气氛便好些了。

检查员动作老练,几分钟解决黑蠕虫,把削掉的部位装进隔离袋中,系好口,说:"拔针。"

拔针的过程比削皮还刺激。

一开始,小顾的意识还算清醒,能跟东方拌嘴吐槽,但随着时间的推移,他那只手臂开始肿胀,痛感灼烧着他的意识,让他逐渐陷入半昏迷状态。

"毁灭日……"小顾梦魇般呓语,"炸掉了整个旧世界……我老婆孩子……"

"你老婆孩子都在生存地,"东方时刻关注小顾的体温,"等我们出去就能见到了。"

"我们……"小顾斜靠着座椅背,嘴唇翕动,"什么时候……"

车内有些安静,小顾的梦话断断续续,苏鹤亭只听清了"人类"和"长官"这两个词。

"快啦,快啦。"东方随口安慰,开了降温模式。他戴着口罩,看了一眼苏鹤亭和检查员,说:"你俩最好去洗干净,消个毒,让花栀来帮我盯着。"

苏鹤亭说:"没事了?"

"没事了,"东方顿了一下,"我们这次运气好。"

苏鹤亭下了车,才发现自己浑身是汗。他在路对面的自动洗车场找到水管,蹲下身,研究片刻,凉水"哗啦啦"地喷出来。

这里的太阳当空照,晒得地面热浪浮动。苏鹤亭不耐热,耳朵向后折,听见检查员正在吩咐俞骋处理武装箱。

苏鹤亭洗了会儿手,把指间的污秽冲干净,接着冲手背。

"我的时间要到了,"听见背后传来脚步声,他说,"恐怕等不到下一次入夜,提前跟你说声拜拜。"

检查员望着苏鹤亭。

苏鹤亭稀里糊涂，以为检查员是不情愿蹲下来。他又竖起耳朵，一边听动静，一边问："你不洗手吗？过来，我帮你冲一下。"

检查员沉默良久，在苏鹤亭身边蹲下，他蹲着也比苏鹤亭高。

苏鹤亭不想输，悄无声息地挺直了背。他很是大方地挪了挪脚，把位置让出来，示意检查员伸手。

检查员很听话，把手伸出来。

苏鹤亭抬头，跟他面对面，诧异地问："你不挽一下袖子？"

检查员不动，他深色的眸子眨也不眨，里面映着苏鹤亭的轮廓。不知是不是错觉，苏鹤亭感觉他此刻的目光和前几次都不同，隐约带着不满。

苏鹤亭没懂。是我哪里没有服务到位吗，哥们儿？

检查员等了须臾，说："你说要帮我冲的。"

"……没错。"苏鹤亭夹住水管，笨手笨脚地把检查员的袖口折得乱七八糟，本人还相当满意，"忘了，不好意思，就这样吧，沾不到水就行。"

苏鹤亭拿着水管给检查员冲手。

"你在这里待了多久了？"苏鹤亭忽然问，"四年？"

检查员垂着眸子，看着手，回答一如既往地敷衍："忘了。"

"好吧，"苏鹤亭晃了一下水管，"你这么回答，我下次就不来了。"

这话刚出口，苏鹤亭的手就被检查员拽了一下。水"刺"地喷到两个人的手臂上，把袖子都淋湿了。

检查员半晌后说："五年。"

苏鹤亭搞不懂，五年就五年，为什么要拽他，但他秉承着友好的战友情，没有对检查员使用过肩摔，而是拧巴地"嗯"了一声，好像话题非常沉重。

检查员问："还来吗？"

苏鹤亭鬼使神差地又"嗯"了一声，仿佛他不答应，这手就抽不回来。

检查员不太信,问:"铃铛你会戴吗?"

苏鹤亭说:"……戴。"又在心里默默接了个"吧"。

检查员得到答案就松开了手,拿好水管,想把水关了。

苏鹤亭后知后觉,拽住检查员,没让他走,说:"你不是有预知能力吗?"

检查员刚准备说什么,苏鹤亭脑袋里就"叮"地响起提示音。

糟糕,时间到了。

"惩罚区体验结束。

"请保持呼吸,准备回到现实。

"三、二……"

检查员看着苏鹤亭手一松,原地消失了。水管还在"哗啦"地喷水,打湿了他的裤腿。他独自站着,指间空荡荡的。

注释:

①厌光:目前解锁信息参见本章详情。

——《准点狙击异闻录》

设定灵感源自《博物志》。《博物志》记载:"厌光国民,光出口中,形尽似猿猴,黑色。"

——《博物志》

②飞头獠子:面貌各不相同的头,夜间可视,擅长飞行,常被捉去做监控,很得厌光喜爱。话痨,爱好唱歌,喜欢窥人隐私。

——《准点狙击异闻录》

设定灵感源自《酉阳杂俎》,其中有记载,岭南溪涧中,常有头会飞的人,叫飞头獠子。头要飞走的前一天,颈部有痕迹,绕脖子一圈像红线。头上会长出翅膀,在河岸边的淤泥里寻找螃蟹、蚯蚓等东西吃。

③黑蠕虫:大小不一,喜欢潮湿闷热的黑暗环境。人脸虫身,

钢齿肉唇，口腔内部都是注射器针头，躯体内可储蓄十几种液体，据说是旧世界研发的医用残次品。

——《准点狙击异闻录》

Chapters 5
肥遗

苏鹤亭第二次坠入眩晕,好像刚刚从跳楼机上下来。他睁开眼,忍住干呕的冲动,扶住了座椅。炙热的阳光消失不见,空调风吹得他背部凉透,恶心感加重。

"关掉,"苏鹤亭把脸埋进手臂里,"别吹了。"

"你在惩罚区里消失了二十三个小时,"大姐头一只手撑脸,一只手搅动着感冒药,"要不是你的生命监测器还正常,我都要以为你死了。"

"你们的信息追踪做得太烂,"苏鹤亭揿住饿痛的胃部,抬头微挑眉梢,"我可是孤军深入。"

大姐头看着他,眼神犀利道:"你去哪儿了?"

"逃命,"苏鹤亭说,"日落后是屠杀时刻,待在原地容易死。我从上线跑到下线,累得半死,有什么话不如等我吃完饭再说?"

"少来这套,"大姐头点开惩罚区的三维投影,从线条中找到闪烁着的小星星,"你在这里遇见检查员,然后就消失了。你去哪儿了?"

"我说了，逃命。"苏鹤亭靠回椅背，半仰着身子，"是你说的，检查员对我这种卧底见一个杀一个。我一上线就看到他，当然要跑了。"

大姐头盯着他，没有言语。少顷，她放松下来，继续搅动自己的感冒药，说："跑哪儿了？发个短信都没空。"

"你都追踪不到我，我怎么发短信？"苏鹤亭心思百转，抬手摩挲着自己的嘴角，那里被枪托砸过的伤痕已经完全好了，他跟大姐头对视，忽地一笑，忽悠道，"惩罚区里有屏蔽器，知道吗？主神系统对你们有所警觉，那些脾气乖张的人工智能根本不想被窥探。或者，我猜的，它们知道你们在找什么。"

大姐头说："不可能。"

"为什么不可能？"苏鹤亭故弄玄虚，"我仔细想了想，限时狩猎是黑豹实验，相关信息都被封锁了，除了主神系统，谁还会给你们透露超进化系统珏的信息？这群人工智能搞不好在等你们自投罗网，我就是冲锋的炮灰。"

两个人都没有告诉对方实话，这场合作从一开始就是胁迫，但是苏鹤亭编造的话在大姐头看来不无道理。

大姐头不是刑天的老大，她有关珏的信息也是从更高层来的，并且通过刑天的接口能潜入惩罚区这件事本身就很蹊跷。她对很多事情都是猜测，根本无法判断真假。

"还有件事情，"苏鹤亭托住下巴，异瞳里充满怀疑，继续忽悠，"你说检查员有预知能力，我怎么感觉是你们中藏了卧底？"

一直坐在角落里的和尚不假思索道："不可能。"另外两个人都看向他，他抱着胸，还是一副操心老父亲的样子，认真地摇摇头，十分坚定，"刑天押上了全部身家来确保生存地的安全，我们这些人在袭击行动中死了成百上千个。我相信，不，我坚信，刑天里不会有系统的卧底。"

和尚双眸深沉。

他自认为是个普通人，但是在新世界，他还保留着一点儿崇高的信仰。

"你不懂'刑天'的含义，"和尚把双手撑在膝盖上，看着苏鹤亭，"'刑天'意味着，人类即便被砍掉了头颅，也会继续和主神系统战斗。"他停顿须臾，语气笃定，"我们是新世界永不熄灭的反抗之火。"

"我祝你们战斗胜利，"苏鹤亭没感情地鼓掌，不想再讨论刑天，"现在能吃饭了吗？"

这次的惩罚区体验时间是二十四个小时，代表着苏鹤亭现实里的身体已经有二十四个小时没有进食和饮水了。他饥肠辘辘，手脚也因为久坐而冰凉麻木。

大姐头虽然对苏鹤亭有所怀疑，但也没有苛待他，晚饭还是熟悉的大豆饭。苏鹤亭不喜欢，可这已经是相当不错的伙食了，他待在筒子楼时都是吃泡面的。

苏鹤亭对着大豆饭一顿狼吞虎咽，及时补充能量对他来说很重要，搞不好下一秒又需要他打架，别饿肚子是苏鹤亭对自己的基本要求。

和尚看着怪心酸的，说："慢点儿吃，不够还有。"他说完又自嘲，"给你饭这点儿权力还是有的。"

"那我的大盘鸡呢？"苏鹤亭用话戳他心窝子。

和尚哑然，片刻后说："上哪儿给你找那么多鸡去！上次的土豆还是跟人借的，有饭吃就不错了，快别再想着大盘鸡了。"

苏鹤亭吃饭很快，几分钟后又灌了三杯水。解决掉肚子饿的问题后，他长舒一口气，没看到大姐头，跟前只有和尚一个人。他对上和尚关切的眼神，坏心眼顿生，又开始套话："你们以前派去惩罚区的卧底最多能坚持几个小时？"

和尚在心里犹豫要不要说。

"我算了一下，"苏鹤亭循循善诱，"我第一次坚持了五个小时，第二次是二十四个小时，第三次岂不是得三十个小时起步？就算我的意识能在惩罚区里撑住，身体也不行。"

"不会的，"和尚以为苏鹤亭是真害怕，安慰他，"最多只有三十个小时。"

懂了，苏鹤亭心想。

刑天进入惩罚区的办法果然不成熟，还没有研发出像养殖场那样的营养缸，没法儿让人长期在线，所以卧底必须定时下线补充能量。

"说起来我还没有见过其他卧底，"苏鹤亭说，"真的全被检查员杀了？"

和尚捏着自己方正的下巴，也有点儿迷茫，但他没有迷茫太久，而是挥了挥手，像是在驱赶苏鹤亭："上次不是说了吗？都被他杀了，一个没留。那个侦查系统，"和尚还把检查员当作侦查系统，"你别看他长得像人，但他本质还是系统。你能跟系统讲道理吗？它们只想称霸新世界，奴役全人类。"

"但是很奇怪，"苏鹤亭身体前倾，挨到了桌沿，他那只没被改造过的黑瞳里布满怀疑，"按照你的说法，惩罚区里应该全是人类。不然系统在奴役谁？它们就靠惩罚区吗？"

"惩罚区里是有人类，但更多的是系统伪装出来的NPC。"和尚对这个问题有些无力招架，回答得很牵强，"为了把惩罚区做得逼真，它们什么都做得出来。你别上当啊，我上次也跟你说了，如果你在惩罚区里遇见真人，我们会给你发短信的。"

和尚的说法和检查员小队的说法相互矛盾，这两方里有人在说谎，但和尚答话的神态又不似伪装出来的。

苏鹤亭问："你和大姐头掺和这事多久了？"

"不是掺和，是被指派，"和尚神色认真，不想撒谎，"半个月。"

苏鹤亭推开碗筷，非常不爽地说："啊？"他提高声音，"那你俩上次装得像是在一直负责这件事，原来这事以前不归你俩管？"

"我们也很努力呀，"和尚不明白苏鹤亭不爽的原因，"我们接到这个任务后就通宵背资料，尤其是大姐，花了十分的心思。"

这不是重点。

苏鹤亭紧接着问:"那你俩见过以前的卧底吗?"

和尚"啧"了一声,说:"都死了,上哪儿见去?看资料啊,我们刑天的资料做得很详细的,跟你们黑豹不一样,我们……"

资料可以作假。

苏鹤亭几乎能确定。

刑天往惩罚区里派卧底的目的不仅仅是找珏,他们肯定还干过什么,才让检查员痛下杀手,甚至不惜全区追踪,一个都没放过。可惜检查员对这件事也是一笔带过,没有向他透露更多信息。

苏鹤亭回想起他第一次上线,检查员的杀意是真的,真到让他现在都心有余悸。是什么让检查员转变了态度?难道就因为限时狩猎?

"……刑天是个有理想的组织,我一直对这个深信不疑。我们和黑豹,不是,我不是在刻意挑衅,只是能和刑天做对比的只有黑豹。我们和黑豹从本质上就不一样,我必须纠正你对刑天的偏见,刑天是绝不会出现……"

"是,是,是,"苏鹤亭随口搪塞和尚,"刑天是具有崇高理想的新世界组织,跟我们腐朽的旧世界军方特装部队黑豹不同。"

"是这样的,"和尚板着脸,对苏鹤亭进行思想教育,我很早就想跟你说了,小苏——"

苏鹤亭说:"你喊谁?"

"我喊你,你年纪轻轻,不就是个'小苏'吗?小苏,"和尚态度认真,"别被过去错误的价值观影响,黑豹的很多规矩都不可取,比如你们那个艾琪结构,它就不符合——"

苏鹤亭无言以对,但还是举手打断了和尚:"是爱斯基摩结构[①]。"

苏鹤亭其实不太记得事,尤其是以前的。他知道自己给黑豹干过活儿,还是斗兽场做信息核查的时候查出来的,他本人在此之前对这件事只有一个模糊的印象。为此,他专门去查了黑豹的资料。

黑豹是旧世界军方的特装部队,这个队伍由战争狂傅承辉指挥,信奉爱斯基摩结构,把成员分为"领狗"和"力狗"。排名靠前的人叫"领狗",享有队伍里的优质资源,排名靠后的人都是"力狗",只能吃领狗的残羹剩饭。他们为了任务和测试会相互监视,相互厮杀,彼此间不讲情义。

"就很违背人道,"和尚说到这里想起来了,"我听说黑豹的选拔标准都是为反社会的人服务的……你的编号是 7-006 吧?"

在黑豹,编号越靠前,代表成员本身的危险度越高。

苏鹤亭已经忘了这个编号他是怎么考下来的,他对上和尚复杂的目光,沉默了一会儿,语气很贱道:"是啊,厉害吧?"

和尚一脸"臭小子不学好,我一定要把你带回正道"的表情。

"刑天也没多了不起,"苏鹤亭说,"你们对拼接人礼貌吗?"

和尚虽然还板着脸,但气势已经矮了半头。

"半斤八两,"苏鹤亭伸手拍了一下和尚的肩膀,"我走了啊。"

和尚警觉道:"你去哪儿?"

"回去睡觉,"苏鹤亭纳闷,"我假期还没过完。"

"不行,你得住在这里。"和尚指了指脚下,示意苏鹤亭不能走出去,"你忘了?大姐说的三日之期还没到呢。"

"你们的意思是,"苏鹤亭说,"在大姐没搞定卫知新以前,剩下两天我都得当囚犯?"

"是为了你的安全着想,"和尚继续抱臂,"那卫小老板……"他想到蝰蛇那目中无人的臭德行,"跟你小子犯冲,你俩在事情解决前最好不要碰面。"

"这就是大老板?"苏鹤亭嘲讽,"输场比赛这么兴师动众。"

"养一个满贯王要花很多钱的,"和尚老实巴交,把自己这几天的研究成果告诉苏鹤亭,"我查了一下,泰坦那场卫知新预热很久了,他每把都赌泰坦……你懂了没?这是在做局呢,等大家全押泰坦的时候,泰坦就该输了。"

卫知新养泰坦可不仅仅是想要他一路连胜,而是想操控斗兽场的赌局,赚别人的跳楼钱。卫知新有那么多拼接人保镖,单拎出个蜈蛇也能打比赛，可他如此执着于泰坦和申王，都是有原因的。

"你让他赔惨咯，"和尚说，"花那么多钱捧出来的泰坦还没用上，申王也被你打没了，你说他恨不恨你？"

"早说了赌猫崽，包赚不赔，"苏鹤亭无聊地向后压椅子，"打个比赛还走邪门歪道。"

和尚看了一眼时间，起身说："时间差不多了，你休息吧。"

"就在这儿？"

"一会儿有人把床搬进来，隔壁浴室也通宵开放，"和尚不放心，"半夜别乱窜，走廊里都是值班的。"

苏鹤亭没动，只说："先把手机还我。"

和尚把手机从兜里掏出来，丢给他，说："早点儿睡觉。"

苏鹤亭等和尚离开了，才开机。

这手机是个老古董，开机也要反应半天。

苏鹤亭打开短信箱，看到隐士和佳丽的留言，还有些杂七杂八的交易场广告。他惦记着蜈蛇的那颗改造眼，专门连网上去看了看，关注的人不少，但开价的很少。

东西是好东西，只是碍于卫知新的面子，没几个人敢买。

苏鹤亭往下翻，看到一条评论。

阿修罗问："卖吗？我要。"

评论是在苏鹤亭进惩罚区之前留的。

苏鹤亭回复："还在？卖。"

此刻已经快十一点了，苏鹤亭原本没抱希望，但是对方几秒钟后就回复了他。

阿修罗："联系我。"

苏鹤亭根据对方留的账号添加，谁知搜索出的结果是"已添加该好友"。他挪开拇指，看到该好友的备注是"谢枕书"。

苏鹤亭发了个问号。

苏鹤亭问："阿修罗是你？"

谢枕书回："嗯。"

苏鹤亭又问:"你是不是看卫知新不顺眼?"

紧接着,他又发了一条:"等等,泡澡的时候为什么不要?"

谢枕书的回复慢了两秒:"你在哪儿?"

苏鹤亭没回。

仿佛意识到自己的问题过界了,谢枕书又发了一个表示微笑的颜文字表情。

苏鹤亭回了一个句号,又问道:"你被盗号了?"

对面沉默少顷,忽然连发三个微笑的颜文字表情,随后说:"卡了。"

苏鹤亭觉得酷哥挺有意思,于是照猫画虎,也加上了颜文字表情,回了句:"晚上的网是不好呢。"

他还专门加了语气词。

对面收到回复又陷入沉默,仿佛在观察这个"呢"。

苏鹤亭靠着椅背,没再逗他,问:"你要换眼睛?"

蝰蛇这只眼睛价格不菲,他想不到谢枕书还能拿去干吗。

谢枕书回:"不换。当纪念。"

苏鹤亭回道:"给你。"

随后他又加了句:"不过得当面给你。见面吗?"

对面秒回:"见。"

下一刻,谢枕书发:"我接你。"

苏鹤亭回复"不用"。他一个徒手拧瓶盖、拳打斗兽场的猛男不需要如此贴心的接送服务,况且走廊上还有一堆值班的巡查员在守着他。他正想着,对面紧跟着发了一条:"顺路。"

苏鹤亭:"……"

他问:"你知道我在哪儿?"

谢枕书回了个句号。

苏鹤亭回他:"酒吧等我。"

他把手机丢进兜里,起来伸了个懒腰。恰巧房门被敲响,给他送床的人来了。苏鹤亭满面笑容,拉开门,态度和气地把床迎进门。

和尚被通话器叫醒，当时他正在值班室里小憩。他一接通通话器，就听见巡查队的人急声说："猫跑了！"

"什么猫，"和尚刚睡醒，思维迟钝，呆了须臾，勃然大怒，"你说谁跑了？！"

他一骨碌爬起来，想起这次还没来得及给猫戴感应锁。他立刻掏出备用的老人机，打给苏鹤亭，等苏鹤亭一接通就大骂："臭小子，你去哪儿！"

苏鹤亭把手机拿远，成心气老头儿，说："我出门你也管？睡觉吧你，拜拜！"

他说完，不顾和尚在大发雷霆，果断挂了电话，稳妥起见，还把和尚的号码拉黑了。

和尚气得七窍生烟。

苏鹤亭说的酒吧是上次那家，他对这家店的麻将广告印象深刻，以至于进门前先探了探头，防止碰上"血战到底"四个字。

酒吧今晚人不多，有几个窝在边角抽烟打牌的。吧台后面的老板记得苏鹤亭，这个点还能自由出入这里的兽化拼接人可能就这一个。他边擦杯子，边跟苏鹤亭打招呼："休息了？"

语气自然，仿佛是熟识的老朋友，这种淡定也算是当酒吧老板的特技。

"是啊，"苏鹤亭把门关上，"我约了朋友。"

"在那儿呢，"老板示意苏鹤亭朝最里面看，"等老半天了。"

苏鹤亭转头，看见烟雾缭绕的厅内坐着谢枕书。对方这次背对门口，还穿着一尘不染的衬衫。他袖口挽起，露出腕骨，没戴上次的表，手边搁着加冰的威士忌，酒液已经没剩多少了。

"酒后不开车,开车不喝酒。你现在喝了酒，等会儿怎么回家？"苏鹤亭拉开椅子，坐下来。

谢枕书等苏鹤亭坐下后，把另一只手上的烟灭了。他其实不怎么抽烟，今晚是想法太多。他闻言扯了一下嘴角，低声说："到时候烦请你代驾。"

似乎是不想猫闻见烟味，他不动声色地把烟灰缸拨到一边。

"我代驾技术很差的，"苏鹤亭没注意烟灰缸，而是凑近些许，隔着桌子端详谢枕书，"你睡觉也不摘雾化器吗？"

"嗯，"谢枕书任由他看，"摘掉会丑得睡不着。"

苏鹤亭下线后还没有睡过觉，现在坐在温暖的地方，忍不住打了个哈欠。他两眼蒙眬，泛出点儿水光，调侃似的说："给我看看？"

这话是在强人所难，跟猫平时的性格不符，但他神情慵懒，又好像只是随口一问。

谢枕书没答话，松开的领口下面还挂着领带。他微微垂着眸，无声表达自己的拒绝。

苏鹤亭的良心受到了谴责，他正经起来，从兜里掏出改造眼，放在桌子上，说："开玩笑的，别难过，出来……"他停顿了片刻，继续道，"出来喝酒，开心点儿。眼睛在这儿，你拿走吧。"

谢枕书说："钱打给你。"

"不要，"苏鹤亭撑住沉重的头，占据了半个桌面，盯着谢枕书，笑了笑，"送给你。"

谢枕书屈起的手指关节不慎磕到了酒杯，发出一声轻响。

"那晚你立了大功，没忘吧？蝰蛇叫了援兵，"苏鹤亭模拟降落时的"咻"声，食指在两个人中间挥过，"那个从天而降的钢刀男，速度奇快。如果你没来，胜负难说。"

谢枕书拿起酒杯，说道："你已经谢过了。"

"泡澡算是我的个人爱好，"苏鹤亭用手指把改造眼往前推，"东西给你，咱们两清——"

谢枕书突然说："不要了。"

"啊？"苏鹤亭一肚子的话都卡住了，他观察谢枕书的表情，见对方神色认真，不似作伪，越发纳闷起来，"为什么？刚才不是还要吗？我俩都坐这儿了，白给你就不要？"

他人情还没卖出去呢，多好的机会。

谢枕书把酒杯放下,冰块儿跟着"哐啷"轻响。老板正在招呼新来的客人,屏幕上放着旧世界的曲目,周围没人注意他们。他沉默着,像是闹脾气,不喜欢猫说的某个词。

苏鹤亭不生气,他今晚耐心十足,还撑着头,看向谢枕书的酒杯。杯里的酒喝完了,只剩冰块儿。他"哦"了一声,了然地说:"喝醉了?"

谢枕书把杯口盖住,不许苏鹤亭看。他眼底分明清明一片,却没有反驳这句话。

"这个东西,是谢谢你的。"苏鹤亭拿起改造眼,举在两个人中间,用哄小孩儿的语气说,"你收下,请我喝杯酒,我们就是好朋友,以后天长地久一起走。"

这句话是他从隐士那里学到的,隐士成天跟人这么说,酒鬼听了都高兴。

果然,谢枕书听了这句话,虽然没笑,但也没那么不高兴了。他一双眼睛跟着苏鹤亭,里面的情绪让人看不懂,仿佛苏鹤亭说什么他都信,跟他先前爱答不理的样子完全不同。

苏鹤亭用指尖碰了一下谢枕书的虎口,示意他拿。

谢枕书没动。

苏鹤亭只好把改造眼放到他的掌心。

谢枕书的手帕就在裤兜里,可他不想拿,蜷蛇的改造眼在这一刻仿佛不脏了。

苏鹤亭不清楚他喝了多少,酒吧里烟味太重,也闻不出来。他伸手在两个人中间晃了一下,喊道:"谢枕书?"

谢枕书回他:"嗯。"

苏鹤亭说:"你车停哪儿了?"

"不知道。"谢枕书把改造眼收进口袋里,转过头,对老板说,"再来一杯。"

酒送上来,谢枕书拿给苏鹤亭,说:"天长地久一起走。"

苏鹤亭:"……"

他从毁灭日以后就再没喝过酒了，原因很简单，新世界的酒很贵。如今没有多少东西能用来酿酒，像吧台后面陈列的那些酒，都是奢侈品，价格非常昂贵。普通幸存者下班后宁可去喝白开水，也不会来喝酒。除了大老板，现在还会喝酒的人就剩刑天巡查队的人，还有拼接人。前者横行霸道，四处白嫖；后者朝不保夕，醉生梦死。

苏鹤亭恰巧不在这两种人里，他接过酒杯，晃了晃里面的冰块儿，然后仰头一口闷了。他喝完后把杯子一放，面对谢枕书时不落下风，回道："天长地久一起走！"

两个人你来我往，逐渐上头。谢枕书倒没什么，但苏鹤亭越来越飘。他连续几杯下肚，两眼迷蒙，只觉得天旋地转，意识好像被丢进了洗衣机里。

他说："喝一杯，再来一杯。"

谢枕书说："不喝了。"

苏鹤亭从口袋里掏出一把糖，推向谢枕书，语气嚣张："去买，别客气。"

谢枕书挑了颗糖，拆了包装纸，递给苏鹤亭。苏鹤亭看看糖，又看看他，接了过去。谢枕书一动不动，等苏鹤亭一头栽到桌上，不肯再起来时，他才蜷起手指，轻轻磨蹭了几下指关节。

苏鹤亭把脸贴在桌面上降温，说："回家吧，这么晚，回去吧，拜拜。"

谢枕书站起身，拎住了苏鹤亭的兜帽，防止猫乱跑。他转头对老板说了声"结账"。

苏鹤亭跟着说："结账。"

谢枕书回头看他，说："马上。"

苏鹤亭还跟着说："马上。"

老板过来划单子，看苏鹤亭皱着眉，像是等下要去打架。他悄声对谢枕书说："这醉得不轻。"

"一般般吧，"苏鹤亭叹气，"一般般……饭好了吗？我饿了。"

谢枕书还在结账，嘴里说着："好了。"

老板问："要送家服务吗？"

"不要。"谢枕书看了一眼老板，像是才想起来，"告诉隐士，比赛我会准时到的。"

说完他拎起苏鹤亭，把人架住，带向门口。老板一路把他们送过去，帮忙拉开了门。

窄巷里的路不好走，坑坑洼洼。苏鹤亭走了两步，就想蹲下来。他猫耳折起，一只手捂着嘴，目光冷酷，闷声说："我想吐。"

谢枕书等他吐。

半晌后，他看向谢枕书，严肃地说："吐不出来，我飘起来了。"

此时正值凌晨，再过两个小时天就亮了，到处是朦胧的。窄巷前后都没有人，一墙之隔的酒吧里满座嬉笑，只有他们这里静谧无声。两个人的影子挨着，颜色浅淡，像是限时搭档。

"没有飘，"谢枕书拉住苏鹤亭，"你站得很稳。"

苏鹤亭很困惑，他想不通。这滋味不好受，意识简直要升天了，哪儿都在转，跟插上了脑机接口要进入比赛似的。他眉头紧锁道："问题很大，请联系……"他一时间想不起该联系谁，直到看到谢枕书的领带，才醍醐灌顶，"请联系我爸。"

谢枕书愣住了，说："你爸？"

"对，"苏鹤亭拽住了谢枕书的领带，满脸高兴，"你是我爸吗？"

谢枕书："……"

"我不是，我是你……"他顿住了，像是也找不到确切的词描述。

"那你怎么成天戴领带，"苏鹤亭眼皮耷拉，看着谢枕书的胸口，又去看谢枕书的脸，"你上班啊？"

谢枕书犹豫少顷，答："……嗯。"

苏鹤亭目光深沉。

谢枕书以为他要吐，正想给他拍一下后背，他就"唰"地蹲下了。问题是他手里还拽着谢枕书的领带，好在谢枕书反应快，跟着他蹲下了。

苏鹤亭是大哥蹲姿，他又不高兴了，抬起手，捂着嘴说："你站远点儿。"

谢枕书轻扯了一下领带，示意他，说："我在这儿。"

苏鹤亭茫茫然，反而把领带攥得更紧了。他眼前那张脸在晃晃，晃得他头更晕，想吐，又差一点儿，整个人憋得极其难受，只好捂着嘴。

"我送你回家，"谢枕书望着他，"可以吗？"

苏鹤亭把手拿开，压在膝头。"嗯——"他声音变调，忽然身体一歪，吐了起来。谢枕书给他抚背，他把今天饱腹的大豆饭吐出来，之后拧紧眉，十分沮丧地说："好臭……我的饭。我好饿，我……不是，我想吐。"

他讲话颠三倒四，毫无逻辑可言。

苏鹤亭一只手捂眼，声音委屈："我吃顿饱饭太难了。"

谢枕书叹了口气，他学着苏鹤亭刚才在酒吧里对待自己的方式，用哄小孩儿的语气说："过来……"

苏鹤亭是只固执的猫，轻易不动摇。谢枕书用很低又很轻的声音说："回家带你吃饱。"

苏鹤亭抹了把脸，难过地说："你不是我爸。"

"嗯……"谢枕书低头，继续跟他轻声讲话，"我不是。"

苏鹤亭把那条领带都揉皱巴了。

"我是……"谢枕书有些无奈，"我是你的保镖。"

苏鹤亭压根儿没听清，他脑子像糨糊，还在纠结饭的事。但是谢枕书把他带过去，他就跟着过去了。

天快亮了，旧街的巡查队该出动了。谢枕书没有再停留，他把苏鹤亭带向自己家的方向。

苏鹤亭并起双指，在额角歪歪扭扭地挥了一下，说："敬脏话。"

谢枕书装作没看见。

隐士今天有场比赛，要交给谢枕书代打。他心里忐忑，一晚上没睡好。天快亮那会儿就爬起来，一个人对着墙发呆，想去安全区拼脑袋，又心神不宁，犹犹豫豫的，等到都快吃午饭了，才决定放过自己，打开手机，开始找朋友倒苦水。

隐士问："佳丽啊，在吗？"

佳丽无情回复："不在，滚。"

"我心发慌。"

佳丽没有搭理他，他想着佳丽晚上要出摊，白天要开店，确实忙，于是换了倾诉对象。

"猫啊，在吗？"

"你这两天都跑哪儿去了？不会又被刑天抓了吧？"

"出来聊会儿。"

猫一直没有回。

隐士故技重施："我心发慌。"

苏鹤亭头昏脑涨，被短信闹醒。他睡眼惺忪，举起手机，翻看隐士的短信轰炸，等看到"心发慌"三个字时，已经起了拉黑的欲望。

隐士之后又发了两条。

"你真的不在啊？没事吧？留言都没回。"

"今天再不回我就报警了。"

苏鹤亭回："报刑天？"

隐士发出惊喜的感叹："还活着！"

苏鹤亭回他："有事启奏，无事退朝。"

隐士说："我找代打太紧张了，你陪我聊会儿。"

苏鹤亭头痛，酒醉后的恶心感犹存。他揉了一把头发，翻了个身，准备回复，忽然意识到什么。

等等。

他猛地坐起来，身上松软的被子滑下，正对着一面陌生的落地窗。那迎面的阳光太耀眼，让他呆滞了几秒。

苏鹤亭掀开被子，光脚下床。地上铺着毛毯，花纹也不知道是旧世界的波斯风格还是巴基斯坦风格的，反正踩起来很舒服。

床上的手机在"嘀嘀嘀"狂叫，愤怒的隐士正在催回复，但是苏鹤亭没空回复，他必须搞清楚这是哪儿。

"猫先生，"一个极矮的家政机器人费劲地推开门，亮着一双乌黑友善的大眼睛，铲子似的手紧张地在胸前交叠，它用电子音说，"中午好。"

"谁？"苏鹤亭木然地问，"这是谁家？"

"是谢枕书谢先生家。"家政机器人挺害羞的，在苏鹤亭的注视下往后滑行，好像苏鹤亭再凶一点儿它就会跑。

"哦。"苏鹤亭回忆昨晚，除了旋转的建筑，什么都想不起来。

家政机器人趁着苏鹤亭发呆，把身体又露出一点儿，尽职地提醒："猫先生该吃午饭了。"

苏鹤亭问："谢先生不在？"

"谢先生要比赛，已经出门半个小时了。"家政机器人轻轻摇晃着门，"猫先生该吃午饭了。"

"不要叫我猫先生，"苏鹤亭说，"叫我苏鹤亭。"

"好的，"家政机器人又紧张起来，缩回去一点儿，"猫先生该……"

苏鹤亭叹气，知道是谢枕书设置好时间让它来叫自己吃饭。除了本职工作，这种机器人不会做别的，它们跟瑶池里的服务型机器人是同一种类型，甚至会表现得比瑶池里的机器人笨一点儿。

"走吧。"他走过去，轻弹了一下家政机器人的脑袋，算是安抚。

隐士正在刷屏，表达自己的愤怒。他觉得自己根本没人关心，佳丽和苏鹤亭伤透了他的心。他在心里噼里啪啦地敲击键盘，发出去的话却相当卑微。

"我好苦。"

"你不是人！你在干吗？"

"你这么忙，我走了。"

"够了，我受够了你们俩。我真的走了，你们……"

苏鹤亭突然回复："几点比赛？"

隐士精神一振："下午五点，一会儿赌局就该开盘了。"

隐士："走过路过不要错过，赌我，全赌我！"

苏鹤亭边吃饭边打开网页，隐士的比赛比较冷门，下注的人不多。他想了想，在"隐士"这个ID下面押了五千块。

隐士发了三个问号。

"你不对劲。"

"虽然我很感动，但是今晚不是我打啊。你把钱都押上了，万一输了怎么办？"

"输了我不包你伙食费哟。"

苏鹤亭滑动屏幕，切到自己的账户，盘算了一会儿，又押了一万块。

隐士又连发两条。

"你中邪了？"

"不是我打！"

苏鹤亭回道："知道。要是你打，我就不下注了。"

隐士说："你礼貌吗？"

苏鹤亭回："你没点儿数？"

隐士问："你哪来这么多钱！"

苏鹤亭回复："申王身上赢的。"

他接着又问："我想去现场，你有票吗？"

斗兽场在票这一块审核很严格，他们每周都会提前更新比赛名单，供观众搜索查看选手的过往战绩和详细资料，方便赛前下注。现场的票会优先询问大老板们，等大老板们确认完毕后再公布出来。名额有限，所以经常一票难求。

但隐士是谁，他自诩黑市百事通，没有他办不到的事。他矜持片刻，骄傲地回复："嗯，这事吧，还挺难办，不过你既然开口了，就冲咱俩的关系，我怎么说也得给你弄一张。"

隐士又问："不过你对谢枕书这么有信心，他是不是有什么决胜秘方？"

苏鹤亭想了须臾，没提检查员，而是回道："少走歪门邪道，请选手以一颗干净的心对待比赛。"

隐士用问号袭击了苏鹤亭，并表示本人愿意到场见证。

苏鹤亭跟隐士约定在斗兽场门口见面，他迅速把饭吃完，又在家政机器人的带领下洗了个澡。客房的卫生间里有吹风机，但是苏鹤亭赶时间，把头发和尾巴草草吹干，就套上了家政机器人准备的衬衫。

他穿上衬衫，才发现问题。

这衬衫大一号，穿在身上松松垮垮，显然是谢枕书的。卫生间里没人，苏鹤亭对着镜子看了片刻。

"今天是阴天，晚上八点将有小雨，"家政机器人追在苏鹤亭后面，高举雨伞，"请猫先生带上伞。"

苏鹤亭早上醒来时看到的阳光来自屋内的显示屏，那是家政机器人为了给主人好心情随机调控的。他听见喊声，回过头，接过了雨伞。

家政机器人又将铲子手交叠，一副很忐忑的模样，用那双大眼睛无辜地注视苏鹤亭，似乎在等他吩咐。

苏鹤亭没跟这种机器人打过交道，他走出门，该下楼梯了，又转过身，跟家政机器人说："拜拜？"

家政机器人高兴地亮起灯，挥一挥手，说："拜拜！"

"我叫苏鹤亭，"苏鹤亭兜里的手机响了，他一边拿出手机向外走，一边对家政机器人说，"下次别叫猫先生了……喂？"

"别喂了，是我，"和尚强压着怒火，努力挤出和善的微笑，握着刚弄到手的备用老人机，"你在哪儿？我——"

"啊，"苏鹤亭拿开手机，装出不认识的样子，"你打错了。"

"我打错了个大头鬼！"和尚暴跳如雷，"臭小子——喂？喂？！"

电话又挂了。

和尚把备用机放到桌子上，转过身，当着武装组成员的面，双手合十,开始念清心咒。

苏鹤亭先到,他在斗兽场门口没看到佳丽,只好坐在街边的长椅上等隐士。快五点的时候,他打开手机,又看了一次下注页面。

隐士今晚对战的选手叫肥遗[②],也是个偏冷门的选手,苏鹤亭没听说过。他翻了一下肥遗的战绩,发现肥遗已经连败六场了。苏鹤亭出于无聊,又沿着那一排红色战绩往下,发现肥遗这几个月打赢的比赛屈指可数。

这么幸运?每次都赢在即将被彻底淘汰的时候。

苏鹤亭点开肥遗的比赛详情,把肥遗的对手挨个儿看了一遍,很快发现了一件诡异的事情。肥遗打赢的都是积分高手,打输的全是无名小卒。

喂,没这么巧吧?

苏鹤亭关掉下注页面,又打开,重新刷新。

"猫崽"这个ID顶着"隐士",一万五不算多,对于隐士这种偏冷门的选手来说刚刚好。但是很不巧,"肥遗"下方已经刷新了,那个名叫"卫知新"的ID刚刚给他顶上了一百万。

又是卫知新。

和尚说得没错。

苏鹤亭跟这家伙犯冲。

隐士赶来时气喘吁吁,他在长椅上坐下,想缓口气,结果一句话都没来得及说,眼睁睁地看着苏鹤亭切换账户,把剩余的五万块全砸给了"隐士"。

隐士惊悚万分,一口气差点儿没上来。他脚软,抱住长椅的把手,震惊道:"你疯了?"

"你才疯了,"苏鹤亭关掉手机,态度强横,"今晚我暴富。"

斗兽场把观众入口和选手入口分开了,苏鹤亭是第一次走这边,跟着隐士过门口的信息检测。等他们进场,场内已经预热完了。

隐士注意力都在手机上，把自己的赌局页面反复打开欣赏，时不时还要跟苏鹤亭评价几句。等他们俩入座，隐士忽然开始用狐疑的眼神打量苏鹤亭。

场内温度调得正好，让人觉得十分舒适。苏鹤亭觉没补够，坐下就犯困。他感受到隐士的打量，问：“你有事？”

隐士说：“不对劲，你今天很不对劲。让我猜猜，这衬衫不是你的吧？"

苏鹤亭无精打采道：“你家住海边，管这么宽？”

隐士"哎"了一声，想问苏鹤亭这几天在干吗，转念又想到自己发的此类短信苏鹤亭都没回，便猜测这里面肯定有秘密。他看左右观众都没注意，自作聪明，小声说：“你不会认识新朋友了吧？”

苏鹤亭正向后倒，闻言险些磕到后脑勺。

隐士原本是猜测，见状一拍腿，越发笃定道：“你果然！好啊，你都没跟我们提，难怪这几天你都不在筒子楼！”

恰逢现场欢呼，浓妆小丑正在介绍"隐士"，特写给到了谢枕书。苏鹤亭一见到屏幕上的人，忽然抬手把隐士摁下去：“别扯淡！我……”他说到这里，又觉得自己可笑，不自觉地挺胸抬头，理直气壮地说，“我有事，以后再说！”

惩罚区的事情早晚要跟隐士和佳丽通气，但现在满场都是监控，两个人的对话会被座位记录存档，不是个细谈的好时机。

隐士也觉得可笑，顺着苏鹤亭的话说："也是！哪会有人喜欢跟你这样的小霸王交朋友。"

他比苏鹤亭大几岁，又比佳丽小，把自己看作是三人中的老二，对待苏鹤亭像对待弟弟。可惜他平时不太能打，胆子又小，没什么机会表现。

隐士理了理大袍袖，一本正经道："等你想交新朋友了，来找我，我私下也经常组织旧世界同乡联谊。哦，兄弟我得提醒你一句，别找幸存者，"他看了一眼座位两侧的调控装置，把声音压得极低，"会惹麻烦的。"

幸存者和拼接人在黑市泾渭分明，拼接人出入幸存者的住宅区也需要信息登记和信息审核。普通幸存者除了上网，很少跟拼接人打交道，即便在路上遇到了，也会尽可能避开。如果一个拼接人被幸存者投诉，那他会面对无休止的刑天审判，甚至有可能被铐上感应锁。

苏鹤亭听他说得离谱，马虎应付，点了几下头，摁下了阻隔键。一块特殊材质的挡板缓缓升起，把隐士隔在了另一边。

隐士气道："好心当成驴肝肺！"

隐士贿赂的裁判办事周全，提前把隐士的资料信息都换掉了。他还伪造了战绩，让人一眼看去觉察不到猫儿腻。不过毕竟是替打，要隐藏选手的过往录像，很容易被看出来，但大家对此都心照不宣——斗兽场原本就不是什么公平正义的地方。

现场有立体投影和环绕音效，座位电极是为了让观众能更加身临其境，毕竟如果只是看，在家看直播也可以。但苏鹤亭没有躺倒，他不喜欢这种电极。

这种电极没有任何痛感，只有一波接一波的刺激，比连接脑机接口更容易让人上瘾，被幸存者称为拼接刺激。其实这个词来源于拼接人和拼接人之间的意识交流，他们可以连接对方的脑机接口，完成一种类似我中有你你中有我的玄妙体验。

更具体的苏鹤亭也不知道，他没尝试过，也不想尝试。还有比开放意识供人参观更可怕的事情吗？苏鹤亭自觉还没有人能让他信赖到那种地步。

主持人今夜精神十足，大声道："肥遗选手是我们的老朋友，还记得他和泰坦的那场追逐战吗？当时整个赛场都在颤抖，我的心也在颤抖！肥遗是久经沙场的老将，一直以稳健著称……"

苏鹤亭用目光寻找谢枕书的身影，从他的位置只能看到等候区一角，那里坐着其他选手，没有谢枕书。

主持人滔滔不绝道："肥遗擅长调动他的六足来稳住战局，可折叠的四翼是他的必杀绝技。他不是那种喜好见血的热门选手，但在必要时刻，他对对手从不手软。"

屏幕镜头给了肥遗，苏鹤亭看清了他的长相。肥遗是个下巴带青楂的高瘦型选手，年纪跟隐士相仿，气质却要差许多。那消瘦的两腮下凹，眼下乌青，像是连续数日没有睡过觉。他穿着过大的背心，两臂做过不同程度的机械改造。当主持人提到他的名字时，他表情局促，抬起了手，动作僵硬地向镜头问好。

苏鹤亭从他抬手的动作中，看到了他腋下植入的钢条。那钢条一直延伸到他的侧腰，是镶嵌进去的，不知道是不是为了追求另类美的装饰物。

这个人整体的氛围很奇怪，苏鹤亭觉得他像个提线木偶，一举一动都在听指令似的，反应要慢半拍。想到这里，苏鹤亭用目光扫视全场，企图在光影乱象里找到卫知新。

自从跟申王打完比赛后，苏鹤亭再也没吃过卫达的人造肉。

主持人说："肥遗的本月积分排名是第七十，隐士是第七十四，两位选手的名次挨得很近，不知道今晚胜利的桂冠究竟会属于谁。现在开始我们的连接倒计时——"

坐下后苏鹤亭的手机就连不上网了，但他不用看也知道，卫知新那一百万把比赛推向了今晚的话题中心，直播流量一定相当可观。但他暂时把有关卫知新的一切踢开，只好奇一件事，那就是谢枕书在斗兽场里的虚拟形象长什么样。

总不能用检查员的原貌吧。

现场倒计时开始，随着"三、二、一"的呼喊，虚拟赛场瞬间弹开，铺过观众席，盖住了所有亢奋的尖叫声。

电子诵经声最先响起，伴随着从地面上涌的雨水，那代表比赛开始的老僧出现在赛场尽头。气氛从这一刻开始变质，疯狂的弹幕席卷直播屏幕。苏鹤亭站在赛场上时不知道，当下只觉得两只耳朵全部被音效塞满。现场的虚拟赛场做得太逼真，即便他没有用电极，也仿佛能感受到脚下的震动。

鬼车鸟飞出来了！

那巨影掠过上空，掀起阵阵风浪。它以滑行的姿态冲过赛场边缘，在倒转的建筑彻底定住时，翻身挂在了上面。那九颗脑袋垂吊在半空，不声不响，十分奇异。

苏鹤亭进过惩罚区，见过毕方。他此刻再观察鬼车鸟，只觉得它们滑行的姿态非常相似，可惜鬼车鸟没有喙间炮，也不会"哔"地乱叫。

另一头，主持人正式宣布："比赛开始！"

他那个"始"字还没有落下，肥遗就率先登场了。不，确切地说，是他一半的身体登场了。

隐士又倒吸了一口气，瞳孔地震，惊道："这什么形象？！"

一般来讲，选手在斗兽场可对自己进行二次改造。为了让比赛效果更好，斗兽场会提供相应的数据包，供选手自行选择，修改虚拟形象。但是基本会以选手的现实植入体为参考，比如申王，他那对冷蛇在现实中也存在，只是无法巨大化。因为虚拟搏斗依赖意识反应，像苏鹤亭这样专门调过反应神经速度的拼接人没有几个，这跟做改造时主刀医生的技术水平挂钩。

对于大部分斗兽场选手来说，选择自己最熟悉的形象更有利于发挥。只有极少数的选手会脱离自己在现实中的植入体，选择最夸张离奇的虚拟形象，那样很危险。

肥遗就是这种选手。

他把身体分解成了两个，躯体半匍匐在地上，已经接近申王那对冷蛇的模样了。他柔软且肥硕的身躯滑行时会浮现褐色团块，过长的尾巴拖到了黑暗中，两个身体在这种情况下竟然还共用着一颗脑袋。

一颗脑后鼓有三角植入体且覆有鳞片的类蛇形脑袋。

苏鹤亭简直要怀疑是分裂了的蜷蛇在打比赛，他甚至怀疑卫知新给他们用了同一款机甲。那表面的光泽一模一样，只是换了个颜色。

"令人熟悉的可怖形象，"主持人放慢的声音为现场增加了气氛，"我们轻轻呼喊肥遗的名字……他为自己新增了巨大化的效果。苍天，巨大化真是虚拟比赛的伟大发明，让我们能够更加清晰地观察这些新世界杰作。这是场意识的挑战，在我主持的比赛中，还没有几个选手能够同时操纵两个身体，肥遗就是最特别的那个！他曾经在车祸中半身瘫痪，首次登场时就用了两个身体，虽然那次比赛不顺利，可他相当努力，他在后来又给自己增加了许多极具攻击性的改造，我听说他在现实中也想实现——"

主持人的话被打断了，不论是现场的目光，还是直播的弹幕，都被引向了另一个方向。那个一直没有作声，甚至存在感极低的选手"隐士"姗姗来迟。

谢枕书双手交叉，抱于胸前，腰两侧各佩了一把无鞘窄刀。刀没有拔出，却寒光冷冷。他的面部没有示人，头戴一顶鬼面头盔，把窥探的视线堵死在外。整齐的领口高束，只留出一段白，整个人犹如藏在黑色中的夜行者，拒人千里。

但这都不是重点。

重点是他背后悬着的数米高的黑影。那黑影由菱形碎片组成，最终变作三面怒目、三头六臂的阿修罗。

主持人发出呼喊，煽动气氛："隐士也是'幻想型'选手啊！看他的背后，那是什么？啊……"他在夸张的叫声里开启自动搜索，变魔术般从脑后抓出一沓纸，悬在空中念，"竟然是源自于旧世界佛教的阿修罗！"

因为是替打，所以有关谢枕书的信息很少，加上他刻意隐瞒，主持人只能临场发挥。

浓妆小丑吱哇乱叫，把手中的纸撒向虚拟赛场。那些纸张变作流光，又迅速熄灭。他满脸兴奋，手舞足蹈道："这是难得一见的虚化体！观众朋友们，今晚真是绝妙的体验！看看那神像……"

隐士激动地狂敲隔板，可惜苏鹤亭听不见。他一脸"我早知道"

的淡定表情,尾巴却在不安分地摆动,心怦怦直跳,恨不得立刻起身,给自己也改个炫酷无敌的虚化体。

谢枕书的阿修罗三面皆是恶相,分别是"忿怒""厌憎"和"妄杀",其中"妄杀"横眉怒目,口含炮筒,它一只手握刀,一手只提鞭,杀气腾腾;"厌憎"冷眉吊眼,紧闭双唇,它一只手扛盾,一只手掐诀,冷眼旁观;"忿怒"则虎目圆睁,呈咆哮状,它一只手举炮,一只手拎枪,怒发冲冠。

三面恶相无声,反而更显恐怖。

肥遗还在出场,他长到过分的两个身躯已然没有人样。那硕大的身躯在滑动时传出"咯嘣咯嘣"的声音,好像有机械长脚在跑。他蛇化的头部看不出表情,只是双目无神,仿佛并不把阿修罗放在眼中。

但随着肥遗的身体滑出黑暗,苏鹤亭也忍不住向后仰了仰身体,实在太大了!犹如两条巨蟒盘踞赛场,把边缘地带全部挤占。

现场鸦雀无声。

苏鹤亭没有接电极,仅凭肉眼看都觉得喘不过气。肥遗的鳞片挤到眼前,因为逼真,苏鹤亭在他经过时,甚至从他头一般大的鳞片上看到了自己模糊的身影。

"咯嘣咯嘣"的声音越来越近。

苏鹤亭看见了肥遗的六足,那是有五六米高的机械腿,关节部位闪烁着金属特有的光泽,正艰难地顶着肥遗的两个蛇身。

这家伙为了追求巨大化,虚化体已经完全失衡了,别说战斗,只是挪动都有些费力。他那颗头在身体的对比下显得极小,导致人猛地看过去,只看到场上好像游动着两条无头巨蟒。

肥遗终于停下,他竖起的前身高至二十多米,堪比一座小楼。他蛇身鳞片上的褐色团块大如成人,呈直线缀在两个身体背部,仿佛是他背部的一对眼睛。

苏鹤亭跟申王对打时的诡异感又浮上心头。

"隐士,"肥遗声音洪亮,不像是从头部发出的,他有点儿大舌头,"请……请赐教。"

谢枕书握刀的手没动,似乎没有听到。

"打我吧,"肥遗拖动右侧的尾巴,打在赛场无形的墙壁上,语气干巴巴的,"我让你一手。"

"让"这个词似乎刺激到了谢枕书,他不仅没上,还退后半步。他仰起鬼面头盔,没有说话,好像在隔着头盔注视肥遗,无声催促。

主持人尴尬地"哈哈"两声,说:"两位选手都很谦让,不如我们抽——"

主持人的话没说完,肥遗的前身已经轰然压下去,他说:"承让了!"

周遭雨水爆溅,仿佛坍塌现场。

谢枕书原地不动,左手压下刀柄,背后的阿修罗骤然一转,亮出"厌憎"。

接着"嘭"的一声响!

厌憎抬臂格挡,把钢铁盾牌砸落在谢枕书身前,用倾斜的方式替他挡住了肥遗。

肥遗的身体被卡住,面部狰狞,把头垂向谢枕书。

谢枕书左手轻放,阿修罗左面的"忿怒"立刻发出咆哮,一只手举起单口炮筒,对准肥遗的头部,轰出惊天一炮!

"嘭——"

肥遗的头部被打歪,但他面部、颈部裹满细鳞,和蝰蛇一样,能抵御这种短距离炮轰。

谢枕书的鬼面头盔带有两个角,一侧垂挂着小铃铛。他再次压下刀柄,铃铛"叮"地轻响一声。"忿怒"随即暴怒,对着肥遗又轰一炮。

这次肥遗双眼紧闭,颊边的鳞片被炸飞些许,流了点儿血。他先张开口,后发出怒吼,脑后的三角植入体登时撑开。

谢枕书身后劲风突袭,肥蛇的一条尾巴挥出千军万马之势,从后抽来。阿修罗三相中的"厌憎"怒视蛇尾,再砸盾牌,又一次挡住了!

只见盾牌耸立,和肥遗的巨尾相碰,擦出炫目的火星。两只巨物的撞击声震撼全场,满地雨水被烈风吹向四周,溅到了现场观众的脸上。

肥遗骂道:"破盾!"

音落,他扫过另一条尾巴,从侧面掀起雨水,卷向谢枕书。

"哎呀,"主持人凝神观战,脱口喊道,"危险!肥遗有两个身体!"

"厌憎"只是压过盾面,将盾横下,与肥遗相撞。肥遗这条尾巴上装有一足,那机械脚顶住盾牌,乍然变形,脚掌分裂成金属爪,擒住盾面。脚脖子上的齿轮一转,金属爪"咔"地拧动,竟然想卸掉"厌憎"的盾。

谢枕书的鬼面头盔角上的铃铛又一响。

"妄杀"口中炮筒大亮,仿佛怒号,一炮射中肥遗的机械脚。机械脚被炮弹炸烂,齿轮乱飞,摔进雨水里。

阿修罗三相同时怒目挥臂,仿佛在斥责肥遗大胆!

肥遗在机械脚被炸烂时发出惨叫,两条尾巴齐收,缩回黑暗里。他痛苦地呻吟,蛇身像是滚动的黑浪,隔着十几米的距离,绕着谢枕书围成圆圈。地上的雨水晃出涟漪,随着肥遗绕圈扑打着谢枕书的小腿。

谢枕书的鬼面头盔微歪,铃铛轻轻摇晃,像是不懂肥遗在干吗。

肥遗的六足毁了一只,左边的身体在爬动时慢了些。他还在呻吟,嘴里念着含混不清的词,乍一听,像呜咽,回荡在全场。

"好痛。

"我的腿断了。

"求饶吧,求求你,别打了,我要——"

肥遗龟缩着,双眼乱转,浮现出些许血丝。他流了点儿汗,搞得眼睛刺痛,挤出眼泪。但他还瞪着双目,好像在看什么。当他定住眼珠时,忽然神色大变,露出疯癫的表情,神经质般地大喊一声:

"我要赢！"

这一声响彻赛场。

肥遗脸上再也没有畏惧的神色，他念着这句"我要赢"，左右两条蛇尾同时出击，抽向谢枕书。他头部前伸，千斤重的身体轰隆前冲，碾了出去。

阿修罗用"忿怒"相迎敌，双臂抬起，枪炮齐响。单口炮筒的光炮率先射出，"轰"地砸中肥遗的头。肥遗张口发出"嗞"的声音，不顾疼痛，直接冲出炸开的火光——

"忿怒"相另一只手上的机枪猛转，半自动式的多管枪口火舌齐吐，子弹骤雨般轰射在肥遗脸上。

肥遗头部的鳞片纷纷掉落，他放声号叫。那两条沉重的蛇尾迟迟砸下，击了个空。

谢枕书始终没有挪动，好像是在回答肥遗开场那句"让你一手"。

"忿怒"高射速的机枪把子弹全部打空了，弹壳掉得到处都是。阿修罗一转，亮出"厌憎"，一脸漠然地盯着肥遗。

肥遗哽咽大哭，他没有人形，没法儿擦拭脸上的血和泪，只是白白喊着："投降吧，我不想继续了。隐士，听我一句，我不想杀人。"

主持人说："我早就说过，肥遗选手不是喜欢见血的热门选手，曾经在比赛中多次劝对手投降……"

肥遗哭个不停，好像刚才的勇猛都是假象。他这人精神不太对劲，几次喊话都相当割裂，似乎分出两个虚化体也影响到了他的意识。

他边说边隆起背部，苏鹤亭看见了熟悉的毒液线，就像蜂蛇使用过的那招，他头部撑起的三角植入体内储有毒液，经过背部悬管，分入两个身体。

但是很快，肥遗就证明了自己跟蜂蛇的不同，他的毒液流至背部褐色团块处时忽然卡住。

"肥遗的六足循规蹈矩，因为那不是他的利器，观众朋友们，"主持人亢奋起来，甚至探出半个身体，脸上带着一种狂热，"他还有四个金属翼——"

主持人的声音卡顿,肥遗背部褐色团块登时破开,在毒液喷溅中伸出两双突兀的金属翼。

隐士嫌弃地发出"噫"声。

那两双金属翼陡然伸长,在半空抖开,是四排锃亮的尖矛扇。肥遗还在哭,身体向前,说着:"你不投降,只能死了。"

那金属翼瞬间增长,"嘭嘭嘭"地掷向谢枕书。阿修罗靠"厌憎"的盾牌来抵挡,可这次盾牌只扛了一下,就直接碎开了。

没人能挡得住肥遗的金属翼,这些尖矛在盾牌纷乱的菱形碎片里插向谢枕书。

谢枕书的鬼面头盔角上的铃铛被风吹得乱晃,他的手却很稳,骤然拔刀。

这是他今夜唯一一次拔刀。

双刀寒光冷冽,阿修罗瞬转,"妄杀"相正面出现,脸上的杀意惊人。那黑色巨影随着谢枕书的动作,一齐挥刀!

下落的尖矛齐齐断开,肥遗根本来不及动作,阿修罗的刀锋已经逼至身前。

场内狂风猛扑,让观众几乎张不开眼。

嘭——

谢枕书已然收刀。

肥遗被斩首。

注释:

①爱斯基摩结构:爱斯基摩人利用了动物的排他性,将拉雪橇的狗分成两个等级:领狗与力狗。领狗在前面领跑,它享有多种特权,诸如单独享用食物,独享最好的狗舍,并且从来不会挨打;力狗在领狗后面拉雪橇,它们吃不饱,住不好,一起抢食,一起蜗居,还时常挨鞭子。领狗享有的优厚待遇让力狗愤恨不已,总想追上去死死咬住它。

——《犯罪学：社会学的理解》

②肥遗：目前解锁信息参见本章。

——《准点狙击异闻录》

设定灵感源自《博物志》。《博物志》记载："有蛇焉，名曰肥遗，六足四翼，见则天下大旱。"

Chapters 6
福妈

主持人的反应慢了几拍,他瞪大双眼,神情滑稽。半晌后,他吱哇乱叫起来,和往日机敏的模样迥然不同,滑稽之余竟还有些恐怖,嘴里念着:"精彩!又是一匹黑马!"

现场观众的反应也慢了几拍,等沸反盈天的欢呼声响起时,谢枕书已经自行断开了赛场连接。他颈部还戴着雾化器,赢了脸上也不见开心。

网络付费观众的弹幕没能放出,苏鹤亭猜测斗兽场是想把肥遗的金属翼展开设为比赛的高潮阶段的,岂料谢枕书打了他们一个措手不及,刀那么快,直接将肥遗斩首了。

观众在迟来的快感中发癫,苏鹤亭用余光扫过周围的座位,看到一张张沉浸在电极刺激下的苍白面孔。

"啊!"隐士的尖叫忽然响起,险些把苏鹤亭带走。他起身离开座位,一把鼻涕一把泪地喊:"隐士!隐士好牛!"

苏鹤亭:"……"

肥遗现实中的身体还连着接口,他麻秆似的手臂扶着座椅,表情凝固,整个人显得更加木然。因为消瘦,他两只眼睛很是突兀,此刻正直勾勾地盯着某处,像是还没死透。

裁判奔至肥遗身边,查看他的生命监测器。片刻后,经理也赶到,神色紧张,和裁判交头接耳。双方的交流不过几分钟,裁判离开原地,向主持人宣布了肥遗的死亡。

苏鹤亭再次用目光巡视全场,依然没有看到卫知新。

隐士抽抽噎噎道:"我以后不管他叫谢哥了,我要叫他爷爷!"

这声"爷爷"让苏鹤亭心里一跳,他不假思索道:"干吗?我赢那么多场,你也没叫我一声爷爷,他赢了你就叫?"

隐士不服:"你有阿修罗吗?你就会开个炮!"

苏鹤亭说:"哦,你就这点儿出息。"

他换了个姿势,撑着下巴,神情自若,心里却对自己刚才下意识的反驳大惑不解。他想:关我屁事?我为什么要管他怎么喊?就算喊爷爷又怎么了……他思索时目光转动,又落回谢枕书身上。

谢枕书断了连接就准备离场,经理小跑几步,到他身边说了些什么。苏鹤亭从镜头里看不清经理的口型,只能看见经理谄媚的笑容。

隐士见状紧张起来,问:"怎么没让走?是不是卫知新发现了,想跟我秋后算账?"

经理弯腰,向包厢的位置伸出手,引着谢枕书过去了。

苏鹤亭随即站起身,他觉得自己的耳朵太显眼,想戴兜帽,可一伸手,又想起今天没穿卫衣,只好作罢。他对隐士说:"去看看。"

包厢只对大老板和热门选手开放,供他们赛前或赛后使用。从观众席右侧的走廊过去,经过一个卫生间,再上一层楼就到了。

这块区域不仅有专门服务包厢的招待人员,还有老板们的保镖。苏鹤亭和隐士没有贸然上楼,而是停在了卫生间门口。隐士有准备,从大袖子里掏出两支新世界假烟,跟苏鹤亭分了,两个人像是来抽烟透气的。

苏鹤亭没有来过这里,隐士却来过。他站在墙边,十分警觉,把声音压到最低:"今天的比赛冷门,老板来得不多,保镖没几个,我估计就卫……在上面。你说他喊谢哥过去干吗?"

苏鹤亭不抽烟,他把烟捏在指间,思忖片刻,说:"灭口吧。"

隐士没有惊讶,他只把眼珠子往上瞟,窥探那楼梯角,说:"说得通,符合老板的作风。那咱们怎么办,直接冲上去?他带枪呢。"

苏鹤亭把烟屁股捏扁,实话实说:"不知道。"

他看到"卫知新"这个 ID 就烦,说实话,他不认为大姐头能解决卫知新。像卫知新这种人,把面子看得比天大,不会为了"解放全人类"这种理由退让。

苏鹤亭现在只懊悔没带枪。

他有把枪,是上次在交易场被袭击的时候从电梯里带出来的,但是那枪没子弹,被他藏在了瑶池。

隐士说:"谢哥是替我打比赛,不能让他平白受这一遭。我现在上去向卫知新求饶来得及吗?他要钱,我就想办法凑给他;要诚意,我就给他磕几个头。"

苏鹤亭说:"他要几千万,你拿什么凑?"

隐士脸煞白,呆呆地说:"这么多?"

苏鹤亭继续说:"他要你两条腿,你怎么给?"

"讲不讲道理!"隐士说完哑然。

大老板本来就不讲道理。

两个人正沉默着,苏鹤亭的猫耳忽然动了一下,听见卫生间里有人在打电话。

"今晚一定得弄死一个,不能次次都受气。"蜂蛇起身出来,站到镜子跟前,一边让自动设施给他洗手,一边对通话器说,"刑天能管谁?那女的说的不算,我老板就算真的杀了猫,她又能怎么样。"

后边进来个人,蜂蛇只用余光扫了一下,见没见过,就没放心上。

他今天刚出院,心情好。通话器那头的小弟会拍马屁,话讲得他通身舒畅。他伸手烘干,正说得开心:"我老板——"

隐士掀起自己的外袍,从后面把蝰蛇罩住了。他知道蝰蛇反应快,当即用双臂捆住蝰蛇的上半身,警告道:"别吭——"

蝰蛇身体没动,头猛地向后撞,将隐士撞得流出了鼻血。

隐士"啊"一下,松开了手。他实在不能打,捂住鼻子,向苏鹤亭举报:"他带家伙了!"

蝰蛇先手反扣,一把钳制住隐士的手臂,但是他没来得及扭翻隐士,背就被人一脚踹中。

蝰蛇直接撞到镜子上,头上的袍子还没滑落,苏鹤亭就从后面掐住他的脖子,对着镜子一顿狠撞。镜面"嘭"地裂开,苏鹤亭没管,把蝰蛇撞出血来才停。

蝰蛇出院不到两个小时,脸上、头上被镜子的碎碴儿扎得全是血。他呼着气,还没开口,就被苏鹤亭强摁在镜子上,整个脸紧贴着镜子碎裂处,口中发出痛叫。

苏鹤亭摁着他,问:"眼睛好了?"

蝰蛇听到这个声音就眼睛痛,他满腔愤恨,对苏鹤亭咬牙切齿道:"你还敢跟踪老子!"

苏鹤亭另一只手碰到了蝰蛇的耳内通话器,把通话器扯了出来。蝰蛇痛得直嚎,没叫几声,就被隐士用抹布塞住了嘴。

苏鹤亭把蝰蛇的通话器踩烂,问:"上次的钢刀男也在楼上?"

蝰蛇鼻息粗重,他没受过这种罪,闻言也不点头,只拿眼睛瞪苏鹤亭。

苏鹤亭掐住蝰蛇的脖子,将他的头抬高,看到他的新眼睛,冲他笑了笑。

蝰蛇被苏鹤亭笑傻了,他想起猫的手指,后背生凉,忽然开始狂摇头,倒不是在回答苏鹤亭,而是在躲闪。他脸挤到镜面上,都顾不得玻璃碎碴儿了。

卫知新在看录像,这是他的爱好。他一会儿摁一下暂停键,导演似的,对谢枕书说:"我知道那猫跟你是一伙儿的,拼接人能有多少钱?他今天把全部身家都投给你了,足见对你的信任。"

谢枕书用食指和中指夹着卫知新给的烟,是真的烟,在黑市卖高价的那种。他听到卫知新喊"猫",眉间微皱,却没吭声。

卫知新仰坐在沙发上,后面站着钢刀男。他盯着谢枕书,态度怪温和的,说:"我只要猫的尾巴和眼睛,不要他的命。"

谢枕书抬眸,重复道:"尾巴和眼睛?"

"这两样都是他的植入体,拿掉还可以换新的。"卫知新玩着遥控器,"我这么客气,是给你面子。谢先生,上次申王的赌局让咱们在这里相聚。我原本没想跟你交谈,直到我看了今天的比赛,认出你是阿修罗。我相信你,你不是那些街上跑的拼接人……你不算拼接人,你有那些钱,可以做我们中的一分子。我很欢迎你,也愿意搭桥牵线,为你介绍像我这样的新朋友。现在,我就这么一个要求,你能帮我吗?"

他说得轻松,好像断尾和挖眼半点儿不痛。

卫知新在申王的赌局里见识了谢枕书的财力,虽然他还没有查清楚谢枕书那些钱是从哪里来的,但他猜测谢枕书可能是某个大人物麾下的得力干将,否则一个拼接人怎么会有那么多钱?最近大姐头一直在向他施压,他不想再树敌,所以专程把谢枕书请来,想要跟谢枕书握手言和。

然而谢枕书是谢枕书,苏鹤亭是苏鹤亭,卫知新不想就这样放过苏鹤亭,他要苏鹤亭付出代价。一只住在筒子楼里的流浪猫,一摊他低头都看不到的烂泥,竟然让他输了两场比赛,他要谢枕书用猫做敲门砖。

谢枕书背后也站了一排人,不是他的人,而是卫知新的保镖。保镖们的枪口就抵在谢枕书脑后,等着他开口。他微抬手指,闻了闻烟,这烟的味道他不喜欢。

他耷拉着眼皮,如实说:"我——"

他只说了个"我",房门忽然爆开。

房间里的保镖们顿时掉转枪口,对准门口。

门口硝烟弥漫,不等保镖开口呵斥,蜷蛇就被人一脚踹了进来。他在地上滚了几圈,被堵住的嘴讲不出话,只能哼唧。

"有闪光弹——"

那闪光弹当即炸开,音浪瞬间爆出,白光大亮。保镖们立刻抱头,护住双眼。

隐士喊:"谢哥快跑!"

卫知新说:"谁敢——"

他话没讲完,后脑勺就被人摁住,一头撞在茶几上。谢枕书掐着他的脖子,面无表情,手劲恐怖,竟是真的要弄死他。

隐士悚然,两眼被白光刺得快睁不开了,一边流泪一边喊:"我的老天,你俩可真是绝了!"

关键时刻都先掐人脖子!

卫知新呼吸困难,身体瘫向地面,从齿间挤出几个字:"阿……阿秀!"

他背后的钢刀男立刻切换模式,从袖口亮出钢刀,对准谢枕书的位置一削。

谢枕书侧头躲闪,提起卫知新,抬腿踹翻了沙发。那名叫阿秀的钢刀男很强,他在沙发倒地前跃起,挥出了刀。

卫知新充当了肉盾,他睁眼就看到了阿秀的刀锋,没顾得上大老板的风度,慌忙喝止:"阿秀!"

阿秀竟然及时收了刀。他黑发清爽,看起来刚成年,虽然动作灵敏,却显得有些木讷,一举一动都是听命行事。

闪光弹的效果即将消失,门口枪声"砰砰"连响,前排保镖当场毙命。后排的几个连忙蹲身,寻找掩体。苏鹤亭提着从蜷蛇身上搜刮来的枪,直接进门,子弹在房间里乱飞,他反手打碎了房间内的报警器。

报警器"嘀"声大作,一时间整个斗兽场的警报都响了。几条街外的和尚正在吃饭,收到消息后把筷子一摔,立即起身,对武装组成员催促道:"飞行器准备,快!快!快!一分钟内必须赶到!"

谢枕书提着卫知新后退,卫知新在他手里就像个破布娃娃,站也站不直。阿秀见状拧眉,犹豫片刻,听见卫知新喊:"杀人!"

阿秀空无一物的袖子里"唰"地亮出钢刀,他这次目标明确,直接跃身,踩着茶几向谢枕书劈去。

谢枕书脚下一踢,踢起根钢棍。那钢棍在空中翻起,却被苏鹤亭接住。苏鹤亭一只手把枪塞给谢枕书,一只手抡起钢棍和阿秀对砍。

只听"乒"的响声,二人隔着钢棍和钢刀撞到一起。

"好久不见,"苏鹤亭抡棍旋身,照着阿秀的头部就砸,"一直想再试试你的刀!"

阿秀挥刀格挡,双方再次静了一秒,下一刻齐齐爆发,速度快得惊人。

蝰蛇在倒地的尸体间翻滚,想寻找挣脱束缚的办法。可惜他没滚几下,就被流泪的隐士踢到。隐士拽住他的衣领,学着谢枕书和苏鹤亭,也掐他脖子,说:"你别想捣乱!"

蝰蛇自认倒霉,被隐士掐得直咳嗽,但他嘴里有东西,咳又咳不出声,索性装作犯病,胸口震动,表情痛苦。

隐士怕蝰蛇死,又惹得卫知新记他们一笔,见状拿掉蝰蛇嘴里的抹布,说:"你有病?你早说啊!"

蝰蛇嘴里一空,趁机挺起上半身,一头撞在隐士的面门,把隐士从身上掀翻。他捆在背后的手在保镖的尸体上胡乱摸索,竟然真摸到把枪。

"老板!"蝰蛇说,"我来救你!"

他话音方落,就见谢枕书的枪口顶住了卫知新的脑门儿。

蝰蛇顿时魂飞天外,猛地翻身,背过去,朝着谢枕书的方向盲射。他看不到,只能疯狂地扣动扳机。

子弹扫过去,打爆了房间内排列整齐的玻璃饰品,"嘭"的声音不绝于耳。隐士抱头,在翻滚中撞到谢枕书的腿,他赶忙扑住卫知新，喊道："不能杀，不能杀！"

卫知新是卫达的儿子，杀了就完了！

走廊里传来急促的脚步声，谢枕书拽开隐士，把卫知新踹到了蜈蛇的身上。

两个人在桌子板凳间滚作一团，蜈蛇听见子弹上膛的声音，也不知道哪里来的力气，把卫知新死死压在身下，接着痛叫一声，背部中弹了。

谢枕书真的要杀卫知新！

蜈蛇喘着粗气，眼泪都出来了。他想起上一次谢枕书也是这样，一言不发，却压迫感十足。他咬了咬牙，吼道："阿秀！保护老板！"

阿秀闻言抽身，几步退到茶几边，把茶几向谢枕书踹过去。他一退，苏鹤亭就上。阿秀的钢刀被钢棍砸出火星，都快砸出豁口了！

"住手！"走廊传来和尚的暴喝，"全部放下武器，给我趴下！"

武装组的军靴在走廊里踩出回响，有人鸣枪警告。苏鹤亭立刻放弃攻击阿秀，一钢棍砸烂了包厢的窗户，拽住谢枕书，说："走了！"

他说走，谢枕书就走。

隐士连滚带爬，到了窗边，问："这么高，跳下去会不会——啊！"

三个人从窗口消失，落地跑掉了。

和尚冲进房间，看到满地狼藉。蜈蛇中了弹，正在对阿秀嚷嚷："你怎么不追？！"

阿秀露出纳闷的表情，吐出几个字："你说，保护老板。"

蜈蛇简直无语，恨铁不成钢。他还想骂人，和尚直接用枪托把他砸倒了。和尚架起枪，对准阿秀道："趴下！"

一直躺在地上的卫知新推开蜈蛇，冷冷地说："你们武装组来得真巧，不早不晚，还让人跑掉了。"

和尚反手用枪托把卫知新砸回地上，他老早就想这么做了。他罩在防毒面具下的脸铁青，重复道："我说趴下！谁也别动，都带走！"

黑市给拼接人划的活动区老旧,像城中村,尽是些乱七八糟的破烂建筑。隐士平时对此抱怨许多,现在却很庆幸,这种地方便于隐身,一时半会儿难被找到。

隐士在前面带路,说道:"这下可把卫知新得罪狠了,他必定咽不下这口气,说不定会派出手下的亡命之徒来追杀我们。苍天,我们四面楚歌啊。"

苏鹤亭走在中间,声音略轻:"没事,和尚……刑天喜欢大事化小小事化了,不会追究这次的事的。"

他敢上楼正是仗着大姐头要保他,砸报警器也是为了召唤和尚,火拼还得看武装组。只是他猜谢枕书检查员的身份不能暴露,所以才会选择跳窗逃跑。

苏鹤亭想到这里,继续轻声说:"你近期就不要出现了,也不要参加脏话组织的游行,等风头过去再说。"

隐士说:"唉,这算什么事?我们都夹着尾巴做人了,麻烦却还要找上门。我看今天那个钢刀男动作很快,他是不是也调高了反应神经速度?你俩唰唰唰的,我都看不清——"

隐士正说着,苏鹤亭忽然脚一软。他想伸手扶墙,却被一双手臂托住。苏鹤亭"哦"了一声,有点儿蒙。

谢枕书触及一片潮湿,他把苏鹤亭的手臂拉高,看到猫的袖子血糊糊的。

"不好意思,"苏鹤亭被远处灯光照到的脸上一片萎靡,猫耳耷拉,"他是挺快的,砍了我一刀。"

隐士回头大惊道:"你怎么不讲!"

"忘了,"苏鹤亭向后仰头,看着谢枕书,"把我扛到破桶子巷101号,拜托——"

他想喊"长官",但话没出口,人先没出息地昏了过去。

苏鹤亭睁开眼,屋顶呈三角状,离他很近。他心里一松,知道自己来到了破桶子巷101号。他向左看,看到自己被砍伤的手臂已经包扎好了,再向右看,看到谢枕书蜷睡在一旁。

这是个阁楼,非常低矮,空间有限,连桌椅都没有。木板上铺着厚实的褥子,乱堆着几个枕头,算是供人歇息的小天地。

天还黑,这里没灯,谢枕书身形高大,蜷在边上像座轮廓模糊的山,不知道守了多久。

苏鹤亭没动。他在惩罚区进进出出,又比赛又打架的,连续数日,已经很累了,正好趁着受伤多躺一会儿。躺了半晌,苏鹤亭又感觉无聊。他没忍住,转动眼珠去看谢枕书。

谢枕书似乎很疲惫,半张脸埋在枕头间,睡得不省人事。他还戴着雾化器,呼吸非常轻。

"喂……"苏鹤亭的声音很小。

谢枕书没反应。

苏鹤亭放下心,好奇地打量谢枕书。谢枕书虽然白,却不显柔弱。他睡着时肩臂放松,强健的线条依然清晰。

苏鹤亭正端详着,谢枕书冷不丁睁开了眼。

谢枕书说:"你醒了。"

"嗯,"苏鹤亭的尾巴在被褥间拍拍,"醒了有一会儿了。"

谢枕书问:"伤口疼吗?"

苏鹤亭要面子,认为晕倒有损形象,立刻回答:"不疼,一点儿都不疼!"他说完又怕自己太刻意,专门加了句解释,"架打多了,这都不算什么。"

谢枕书没回答。

苏鹤亭马上换话题:"隐士呢?"

真奇怪,也没人要求,他们讲话声音却都很小。

谢枕书听他问起隐士,看了他片刻,答:"在楼下睡觉。"

"哦,"苏鹤亭一脸理所应当,没有怀疑,"福妈这里没几间卧房,他只能睡沙发。对了,你见过福妈了吗?"

他说的"福妈"正是这里的主人。

谢枕书点了一下头,他刚睡醒,神情懒懒的,但看着没比平时轻松,仿佛梦里也过得很糟糕。

苏鹤亭的话像豆子似的往外蹦:"见过就好,别看福妈脾气不太好,却是个好医生,我的改造手术就是她做的。"他说话时,尾巴已经拍到了谢枕书的腿弯,但他浑然不知,"黑市里能调反应神经的医生就几个,福妈是……"

隐士皱着眉毛,睡得不安稳。他盖着小毯子,听见阁楼上有窸窸窣窣的声音,料想苏鹤亭醒了,便一骨碌爬起来,兴冲冲地攀上去,冒出个脑袋问道:"醒啦?我听你俩——"

他话讲一半,呛住了。脑袋在诡异的沉默中往下低,只露着一双眼睛,目光在谢枕书和苏鹤亭之间打转。

苏鹤亭倏地坐起来,说:"你半夜不睡觉——"

他的脑门儿磕到屋顶,发出"咚"的一声巨响,人直挺挺地倒回被褥里,痛得嘴角抽搐。

隐士说:"我不上去,你别激动!"

苏鹤亭的余光看见谢枕书动了,他连忙用没受伤的手制止对方,硬气地说:"我没事!我不痛!"

底下的灯忽然大亮。

苏鹤亭心想"完了",顾不得管他们俩,先拉起被子盖住头。下一秒,就听客厅里传出一声咆哮:"熄灯了不许吵闹!"

隐士想开溜,可是已经来不及了。他听见客厅的木地板被踩得"哐当"响,紧接着后衣领就给人拽住,身体直接被提了起来。

"哎!"隐士求饶,"妈妈,对不起!我马上去睡觉!"

"来不及了!"福妈俯首,大力敲了敲阁楼,"苏鹤亭,别装睡!给我下来!"

苏鹤亭的猫耳抖了抖,盖着被子也没能蒙混过关。

福妈身高 3.2 米,戴金黄色假发。她的真实性别是男,但她不喜欢,只准别人喊她"福妈"。刑天要集中管理拼接人的时候,她给自己做了改造手术，专程到这里来定居。她背部都是机械，必要时刻能化身为机械八爪鱼，平时不需要助手。

　　黑市有点儿经验的拼接人都听过福妈的大名。传闻她是黑市最厉害的医生，只是她脾气古怪，给人做手术从不看钱，只看心情。当她不想做的时候，谁也逼迫不了她，她那几只机械臂全是炮筒。

　　福妈今天穿了新裙子，裙摆拖在地上，被一只猫追着扑打。她用一只手臂抱起猫，嘴里"啧啧啧"地哄着，还用脸亲昵地蹭猫，喊道："我的小乖乖……"

　　对面沙发上并排坐着三个人，坐姿都很乖巧。尤其是苏鹤亭，连尾巴都不乱晃了。

　　福妈捏捏猫的肉垫，明明是个哑嗓子，语气却很轻柔："真可爱，比你哥哥可爱多了。"

　　被内涵到的苏鹤亭转动眼珠，偷看谢枕书，就见谢枕书一脸若有所思，正拧眉盯着福妈怀里的猫，好像那是什么炸弹。

　　福妈敏锐地喝道："你看别人干什么！有空看别人，不如好好反省自己。"

　　苏鹤亭一个激灵，猫耳又抖了抖，他说："看看也不行？我又没干吗。等等，我为什么要反省？"

　　"手都让人砍废了，丢不丢脸？"福妈抱着猫，看向苏鹤亭，神情立刻变得凶悍，"你翅膀硬了，能随便跑，见人就打架，我还不知道？你胆子真大，偏偏要去招惹卫知新！他是什么人？他身边围的全是亡命之徒，给钱就杀人。你倒好，这次被砍了手，下次小心被砍了头！"

　　她话说得重，一点儿都不留情面。

　　隐士如坐针毡，恨不能遁地跑，后悔来这里了。他用余光瞄苏鹤亭，结果苏鹤亭没瞄到，反而瞄到了皱着眉的谢枕书。他对谢枕书做口型：没事，她就是刀子嘴。

　　苏鹤亭乖不了几分钟，闻言身体一歪，瘫在沙发上，说："好，你现在把卫知新喊过来，让他砍我的头。"

他在外面很要面子，但进了破桶子巷101号就无赖了起来，因为这是他最早的窝。

大爆炸让苏鹤亭身受重伤，刑天的救援队能力有限，只能把他们这些幸存者安置在生存地医院。苏鹤亭当时没了只眼睛，人也站不起来，还记不清事，在病床上耗着等死，是福妈把他捡回来，给他做了改造手术。

两个人相差三十岁，勉强算是"母子"，就是脾气不和，总吵架。苏鹤亭在这里待不久，搬进了筒子楼。福妈喊他白眼儿狼，不许他回来。他跟福妈通话都很少，因为电话一打过来，福妈就挂，平时都靠佳丽从中调解，两头安抚。

隐士自诩是"二哥"，颤抖着出声劝解："今天谢哥在，都别吵——"

"我哪敢跟他吵架，他都无敌了。"福妈拍拍怀里的猫，猫跳到桌子上，伸了个懒腰。

她坐下来，那专门为她设计的大椅子发出"吱呀"的响声。她拨了拨金发，姿态优雅，对谢枕书说："姓谢？别客气，把这里当自己家。"

福妈五十来岁，但保养有方，眼角皱纹很浅。她的泡泡袖底下全是肌肉，不是改造的，而是她日复一日练出来的。

桌子上铺着蕾丝桌布，还摆着花瓶。花瓶里面插着十几枝白芍药，不是虚拟投影，是真的，味道很香。那在桌子上漫步的猫走过去，用鼻子蹭芍药，还眯着眼睛瞅谢枕书。

福妈看了谢枕书一眼，指了指自己的脖子，说："我这儿没监控，不用一直戴着雾化器。"

谢枕书用他一贯的借口："我长得丑。"

福妈点着一根女式烟，夹在指间，表情莫测，看不出信还是不信。她随意地点点头，仿佛对谢枕书兴趣不大，客气地说："倒也不必把外貌看得那么重。你们从斗兽场过来的？"

"是的，妈妈，"隐士的语气恭敬，喊着叠词，"我的头……

虚拟的头，在安全区被刑天的人打爆了，还没拼好，没法儿比赛。我请了谢哥代打，谁知道碰到了卫知新。我可以做证，妈妈！不是猫崽先招惹卫知新的……"

他的声音越来越小。

"你真不愧是他兄弟，话嘛，讲得半真半假。你们是今晚头一次碰见卫知新吗？"福妈把老式打火机丢在桌上，"不止一回跟卫知新撞上了吧！"

打火机吓到了猫，它"喵"一声，跳进了谢枕书怀里。谢枕书身子略微僵硬，跟它对视。这一对视就不好了，它像是收到了什么讯息，开始用脸狂蹭谢枕书的手，神情懒洋洋的，很是享受。

谢枕书迅速看向苏鹤亭，苏鹤亭原本在看戏，竟然从他的眼神读出点儿紧张和无措。

苏鹤亭想：长官不会是怕猫吧？那他怕不怕我？他如果怕我，为什么还要和我走这么近？因为我不是真猫吗？

"露露，"苏鹤亭靠过去，用自己的尾巴逗猫，想把它从谢枕书怀里引出来，"过来。"

这只名叫"露露"的蓝猫只瞥了苏鹤亭一眼，对那尾巴一副爱理不理的样子。它伸出爪子，够到谢枕书领口的纽扣，在那里拍来拍去。

"喂，"苏鹤亭受伤，伸出手，插进了露露和谢枕书之间，"过来。"

谢枕书膝上一沉，又一轻，露露已经被苏鹤亭抱走了。苏鹤亭把露露放在自己怀里，靠回沙发背，快要陷进去了。他用没受伤的手逗露露，自己的尾巴尖儿也跟着一翘一翘的。

"……事情就是这样，"隐士刚把卫知新的事情从头说完，"他记恨上我们了，总找我们麻烦，我们也没办法。"

福妈用空烟盒丢苏鹤亭，苏鹤亭正在逗猫，懒得躲，任由那烟盒砸在自己头顶，不痛不痒。他说："干吗？都说了不是我惹事。卫知新是你亲戚吗？你这么偏心。"

"我的心就是偏的，偏向卫知新，偏向卫达，反正不偏向你！"福妈冷哼，站起身，拖着长裙挺直胸背，朝沙发另一边走去，"起来，跟我去地下室。"

苏鹤亭手欠，正在拨弄露露的衣服，头上突然挨了一下打。

福妈怒道："手拿开！"

"哦。"苏鹤亭手一松，露露就"喵喵"叫着跑掉了。他慢吞吞地站起身，对谢枕书说："你坐会儿。"

他们下了地下室，客厅里就剩谢枕书和隐士。

福妈的家布置得很豪奢，墙上的画都是旧世界的名品。各个装饰柜上都摆有花瓶，什么芍药洋桔梗满天星，全是鲜花。猫在地毯上躺下，一副要睡着的样子。

隐士觉得真安静，他咳了一声，扭过头，想跟谢枕书说话："哈哈哈……"

他一对上谢枕书的目光，就忘词了，只好用假笑搪塞。

半晌后，隐士尴尬地说："妈妈这是要给猫崽做做检查，他很久没来了，眼睛一直没维修过。"

谢枕书表情冷漠，他想说什么，却先打了个喷嚏。

隐士说："你对猫毛过敏啊？"

"没有，"谢枕书反驳，"不是。"

"哦……"隐士半信半疑，"也是，你对猫崽就不过敏。"他讲到这里，觉得自己很幽默，又"哈哈"地笑了笑，"那家伙也掉毛的！"

谢枕书掏出手帕，压在鼻子上。他看着隐士，硬是把隐士给看沉默了。

隐士感觉谢枕书有点儿不爽，但他又不知道谢枕书为什么不爽。

救命，隐士心想：猫崽在这儿的时候他可不这样！

谢枕书问："你怎么知道？"

"啥？"隐士还在神游。

"掉毛，"谢枕书咬字清晰，"猫会掉毛。"

"猫就是会掉毛……的呀，"隐士强行卖萌，"这是常识。"

谢枕书没讲话。

隐士说："好吧，是妈妈说的。猫崽调高了反应神经速度，又必须借用植入体做中枢，妈妈不想他因为外貌自卑，所以给他增添了很多可爱的设计。不过猫崽他不喜欢可爱造型，跟妈妈天天吵架，两个人还打起来过。"

虽然是猫崽单方面被福妈暴揍。

隐士说着说着，察觉到谢枕书的表情放松了。他暗自握拳，决定再接再厉。

福妈的地下室是个大型改造间，温度很低，做过隔音处理，四面都是金属墙壁，内部时刻伴有通风设施的"呼呼"声。她的工作台在最中心，周围是排列整齐的改造设备。

苏鹤亭看到靠墙的操控台上摆放着一些没有拼完的模型，边打喷嚏边问："那是什么？"

福妈用轻描淡写的语气回答："你弟弟。"

苏鹤亭说："什么？"

"你弟弟！"福妈恼羞成怒，没打算跟他多解释，"别东张西望，快换衣服躺好！"

苏鹤亭说："我没看几眼！"

等他换好衣服出来时，福妈已经把头发扎起来了。她背部伸出六只机械臂，每只都在干不同的事情。她给自己戴上单只眼镜，言简意赅："躺下。"

苏鹤亭在工作台上躺下，周遭暗下来，出现了一个如梦似幻的光圈。光圈从他头部开始，向下挪动，其速度快慢由福妈的一只机械臂操控。

福妈的镜片前是悬浮显示屏，上面跳动着有关苏鹤亭的数据。她让光圈停在了苏鹤亭眼睛的位置，用另一只机械臂推动检查仪器，问："用眼睛了吧？用了几次？"

"两三次，"苏鹤亭在工作台上很老实，"都是在虚拟世界里。"

"那还有点儿脑子。"福妈的机械臂尖端变作金属夹子，轻轻转动着改造眼。改造眼的蓝色逐渐加深，浮现出"X"字母。她观察片刻，说："少在现实里嘚瑟，卫知新一直盯着你这只眼睛。"

苏鹤亭用还能动的左眼向上看，问："你怎么知道，卫知新找过你？"

福妈说："别朝上瞟，丑死了！怎么，他能找你，不能找我？"

苏鹤亭说："能，他爱找谁就找谁。他找你干吗？"

福妈神色不豫，说道："他脑子有问题，全家都是神经病。"

苏鹤亭见她生气，便猜道："他肯定不讲礼貌，硬要进门，你没准，然后跟他手底下的拼接人打起来了。"

福妈说："搞笑，他一个乳臭未干的小子配跟我打？你全猜错了，来的是他爸，卫达。卫达人模狗样，说自己做腻了人造肉的生意，正在打别的主意。他想把黑市技术精湛的医生全部带走，组建一个实验基地。我喊他屁股别挨我沙发，早点儿滚出去。"

苏鹤亭一听见"实验"两个字就眼皮跳，问："他想研究什么？"

福妈难得沉默，冷着一张脸，操作着光圈。片刻后，她说："一种比拼接人更适合新世界的人造人。"

苏鹤亭"噢"一声，说："难怪卫知新行事这么嚣张，原来是有免死金牌。"

福妈说："你还'噢'，噢什么？给我把这件事记住了！刑天高层很支持卫达，他们双方现在正是蜜月期。别说卫知新操作比赛，他就是杀了你，刑天也会睁一只眼闭一只眼。"

苏鹤亭闻言笑了笑，笑意没达眼底，问道："既然是搞人造人，卫知新还盯着我的眼睛干吗？"

福妈讥讽道："那小子被惯坏了，脾气比你还臭。你连续杀了他两个实验品，他总要找回点儿面子。"

"你看，你看看，"苏鹤亭趁机说，"这不是我的问题吧？他们可没把'实验品'三个字写在我对手的脑门儿上。"

福妈抽他，骂道："别狡辩！我还不知道你？打申王那场你就该认输！卫知新是谁？你又是谁？你真以为一场比赛能叫他意识到自己是个瘪三？我早跟你说过了，新世界的规则都是围着大老板转的！你看刑天敢对他们放个屁吗？刑天都不敢，你凭什么！"

苏鹤亭被福妈抽得痛，躲闪了几下，没提蜂蛇追杀自己的事情，而是说："烦死了！你好凶！"

福妈吓唬他："卫知新早晚把你抓去做实验！"

苏鹤亭说："你果然不是我亲妈！"

"想屁呢，我能生出你这样的小浑球？美得你，躺好！"福妈把仪器推回来，继续检查，"你最近跟武装组走那么近干什么？"

"他们有求于我，"苏鹤亭想了想，"你说人类解放大业和人造人实验比起来，哪个更重要？"

福妈嗤笑："老娘用脚拇指回答你，人造人实验。"

苏鹤亭不信，说："你再答一遍？"

福妈烦了，回道:"人造人实验！生存地都挤满人了,还解放人类？解放了往哪儿放？你家？你看刑天这几年组织过几次像样的袭击？大爆炸以后，黑市就再也没进过新的幸存者，其他生存地也一样。"

"不对，"苏鹤亭说，"人造人岂不是会让生存地变得更挤？"

"卫达想得比你周全，"福妈冷哼，"他给人造人的定位是消耗品，一种专门为幸存者服务，可以随时投入战场的消耗品。他们不用太聪明，只要能听懂指令就行。他们还没有脑机接口，不怕主神系统会精神入侵。有了他们，刑天不仅能在新世界开疆拓土，还能不计代价地向主神系统开战。卫达的本意就是用他们淘汰掉拼接人。"

苏鹤亭想起了肥遗，肥遗在比赛中疑似精神分裂般的表现让他印象深刻，还有肥遗那匪夷所思的虚化体，根本就不像是来打比赛的。

福妈观察着苏鹤亭的数据，说："你少管这些事，不要参与大人物的决定。不论武装组让你干什么，你都最好保持清醒。刑天或许是幸存者的保护组织,但它对拼接人的态度就像对待新世界奴隶。认清自己是谁,别对他们抱有希望。"她目光下移,看着苏鹤亭,"天亮后走出这扇门,回你的筒子楼,不要再跟卫知新扯烂账,其他的都交给我来解决。"

光圈已经到了苏鹤亭的脚底,他试着用改造眼。改造眼里还浮现着"X"字母,在顶部的镜子里很明显。苏鹤亭敷衍地"哦",忽然抬手指了指镜子里的眼睛,问:"我早就想问了,为什么我的改造眼里会有个'X'?你的特殊爱好?"

福妈说:"你傻了?这是当时你自己要求的。"

苏鹤亭一愣,问:"我自己?"

他没记忆啊。

福妈的机械臂敲了敲工作台,说:"当时你躺在这里,麻醉还没有生效,我问你,你要不要在眼睛里留个印记,缅怀你被炸飞的眼珠。你虚弱得像根面条,向我比画了个'X'。"

苏鹤亭狐疑地问:"真的?"

福妈说:"废话!我问了三遍,你都比画的'X'!"

苏鹤亭将信将疑。

我干吗要比画"X"?这是什么缩写吗?

隐士唾沫横飞,讲得正投入。

"猫崽会跟尾巴打架,他管这叫敏捷训练,就在你们睡的阁楼上,一个人跟尾巴打得昏天黑地——"

地下室的门开了,隐士立刻收声。他姿态端庄,神情凝重,一副刚刚和谢枕书谈过人生哲学的表情。

苏鹤亭的猫耳动了一下,警觉地问:"聊完了?"

隐士用力点头,转过去对谢枕书使眼色,嘴里说:"聊完了……就聊了些生活琐事。你们检查完了?没事吧?"

苏鹤亭看谢枕书神色自然,没什么特别的。他"嗯"了一下,说:"没事。"

"我的小宝贝！"福妈挤开苏鹤亭，从地上抱起露露，像是好久没见，"怎么能躺在地上呢？妈妈还没给你铺毯子呢！走吧，妈妈带你吃早饭。"

苏鹤亭被挤得完全看不见了，他举高手，说："我要吃华夫饼。"

福妈扭过身子，说："你吃屁吧！"

隐士站起来道："妈妈，我来做早饭吧。"

苏鹤亭还在没感情波动地喊："我要吃华夫饼——"

福妈忽略苏鹤亭，问谢枕书："你想吃什么？"

苏鹤亭幽幽地说："华——夫——"

福妈用露露盖住苏鹤亭的脸，堵住他的嘴。露露"喵"地叫了两声，趴在苏鹤亭脸上去够他的猫耳。

"喂！"苏鹤亭抱它，"我警告你啊！"

谢枕书刚想说什么，耳内的通话器突然响了。他神色微变，对福妈说："抱歉，我……"

通话器响得很急。

谢枕书觉察到什么，倏地站起身，飞快地说："我得走了。"

苏鹤亭举高露露，看向他。

福妈走动时地板会响，她俯身拍了一下谢枕书的肩膀，指了指门的方向，说："去吧，改天约。"

谢枕书跟苏鹤亭对视了一秒，苏鹤亭觉得他在等什么，犹豫地说："拜拜？"

谢枕书眼神深邃，有些黯淡。但他神情不变，坚定地说了句"再见"，就转身拉开门，匆忙离去。

隐士甚至来不及拦，只"哎"了一下。他挠头，回过头替谢枕书向福妈解释："他们接任务的，上班时间没个定数，估计是雇主在催……我来做饭啊，妈妈。"

隐士和福妈去了厨房，只剩苏鹤亭在原地。他还举着露露，看门口的铃铛停了，才收回目光，对露露说："看什么看！再看把你吃掉。"

露露朝苏鹤亭骂骂咧咧地"喵"了几声,苏鹤亭把它放回地上,它追着福妈跑了。

苏鹤亭大概能猜到谢枕书走的原因,他已经下线两天了,惩罚区的白昼该结束了。

要不要帮忙?小顾还受伤了。可他该怎么跟大姐头说?你好,我自愿来上班,快把我弄进惩罚区?

苏鹤亭一顿早饭吃得心不在焉,被福妈骂了好几次,他一只耳朵进一只耳朵出,心里还在盘算怎么跟和尚说。

几人吃完早饭就散了,隐士还要回去拼头。

苏鹤亭独自走在街上,在等红绿灯时掏出了手机,把和尚的号码从黑名单里拉了出来。

老头儿,早上好,能替我接通大姐头吗?

苏鹤亭在心里练习。

这会儿天还早,街道上弥漫着雾,天很阴,快要下雨的样子。

苏鹤亭的手机突然先响了,是个陌生的号码。他没多想,接通了问:"喂?"

对面沉默。

苏鹤亭眉间微皱,预感到不妙。他再次问了一遍:"哪位?"

"你的好朋友,"对面的卫知新微微一笑,把手机放低,请苏鹤亭听,"是不是叫佳丽啊?"

苏鹤亭的心跳加速,他听到了尖叫。不,那已经不是尖叫了,是惨叫。佳丽的惨叫穿过听筒,刺在苏鹤亭的耳朵里。他在这一刻握紧了手机,隐约颤抖起来,声音却很冷静:"你在哪儿?"

"我在交易场三楼等你。"卫知新说。

苏鹤亭挂掉电话,雨点拍在他的脸上,他朝着交易场的方向拔足狂奔。

苏鹤亭跑过街头,半路进了瑶池。他无视领头机器人的弯腰,掀帘入内,径直去了自己的包厢。

领头机器人追在苏鹤亭后方,读取着客人资料,喊着:"请等一等……"

苏鹤亭用尾巴刷开了包厢门,进入其中,打开平时用的储物柜,找到自己藏在这里的手枪。

领头机器人跟进来喊道:"先生!"

"叫森过来。"苏鹤亭卸掉弹夹,里面是空的。

森是瑶池的老板,门路和佳丽一样广。苏鹤亭把枪藏在这里,一是因为隐蔽,这里只接待拼接人,有他包月使用的储物柜。二是因为森,森能在刑天眼皮子底下弄到军火。

领头机器人说:"对不起,老板正在——"

"叫森过来!"苏鹤亭猛地举起手枪,对准领头机器人,右眼"X"字清晰,"马上!"

即使弹夹就在旁边,领头机器人也无法辨别枪内是否有子弹,它处理不了那么复杂的信息,但它知道枪是危险物品,也听得懂命令。或许是森给苏鹤亭留了特殊备注,领头机器人没有自动报警,而是举起双手,轻快地说:"好的,正在为您呼叫老板。请您保持冷静,不要开枪!让我为您诵读黑市法则第一条,禁止……"

苏鹤亭没有理它,他单手掏出手机,发了条短信。

"竟然挂我电话,"卫知新俯身看向地上的佳丽,"看来他真把你当好朋友,很着急啊。"

佳丽浑身都在抖,她刚刚被卫知新踩断了两根手指,正痛得喘气。她抿着干涩的唇角,汗水涔涔,骂道:"早说了,小瘪三——"

卫知新抬脚踩住佳丽的左手,戴着手套的手微微挡在鼻前,好像在厌恶佳丽的味道。

佳丽尖叫一声,两边的发丝都湿透了。她不吝啬眼泪,哭只能代表她的痛感正常,不代表她惧怕卫知新。

卫知新对佳丽的尖叫置若罔闻,他端起酒杯,刚才的怒色都消失了,闲聊般地说:"痛吗?忍忍吧,别吵吵嚷嚷的。嘘,嘘——

小声！我们来聊会儿天。"

佳丽埋着头，脸上都是汗和泪。

"你怎么想到给自己起名叫佳丽？"卫知新很好奇，可他压根儿没挪开脚，皮鞋踩在佳丽的指骨上，让佳丽痛不欲生。他说："你都年过四十，人老珠黄啦，你哪点算是'佳丽'？不如我替你改个名字，以后叫'阿姨'吧。阿姨，真不好意思，我没想打扰你的，听说你一直在找女儿？找女儿很辛苦的，我特同情你这种人。但是啊，你也知道，苏鹤亭就一个人，他在黑市没什么亲戚，我只好挑他的朋友下手了。"

卫知新把酒喝完，举了举杯子，示意蝰蛇倒酒。

佳丽整只手臂都在抽搐，她的眼睛被汗水刺痛，流出了更多的眼泪。她略仰起脸，挤出生硬的笑容，比哭还难看。

"二十几岁了，卫知新，还是爸爸的一条小狗，真是——"她因为疼痛，又尖叫一声，手指在卫知新脚底扭曲变形，但她硬是忍着痛，把话说完了，"卫狗屎！少操心老娘的事！"

卫知新加重脚踩的力道，听着佳丽的叫声，把酒再次喝完。他苍白的脸上阴云密布，似乎被佳丽的某句话戳中了痛点。

空旷的厅内回荡着佳丽的叫声，令人头皮发麻。阿秀靠坐在沙发后面，心无旁骛，正在堆积木。他清秀的脸上没有任何表情，仿佛司空见惯，不觉得哪里不对。

蝰蛇盯着冰桶，如同木雕泥塑。他的伤还没有好，自觉给老板添了麻烦，不敢在病床上多躺，身上还缠着绷带就出来值班了。此刻他扶着酒瓶，让自己尽力忽略佳丽的尖叫。

卫知新忽然说："你们底层的垃圾嘴巴真臭，教都教不会。一个个自命不凡，忘了新世界有新世界的规则。"他伸出脚，用皮鞋踢正佳丽的头，"我容忍你躺在我的地毯上，是你的殊荣，你该对我说'谢谢'，但你听听你说了什么！"

佳丽声音哑了，嘲讽道："哈哈！卫知新，你真把自己当作几岁的宝宝了，还'谢谢'。你这种渣滓吃什么长大的？我，我们底层垃圾的嘴臭都是为你准备的。你听明白没有？"她神情蔑视，"什么东西都把自己叫新世界规则！"

卫知新的酒杯陡然砸在地上，玻璃碎片迸溅，刮到了佳丽的脸。

卫知新说："你会后悔的。"

佳丽喘着气，嘴里一股铁锈味。她转动颈部，顶着剧痛，蓦然扯动嘴角，莫名说了句："早上好。"

这句话像是信号，让蜂蛇陡然站了起来，可是他已经慢了，卫知新沙发后的落地窗"嘭"地爆炸，那强劲的气浪夹杂着雨水，猛地扫了进来，直接把厅内的陈设全部掀翻。顶部的水晶吊灯砸下来，在地上摔得粉碎。

阿秀的第一反应是遮挡住面门，就是这一瞬间的防御，让他错失了站起身的良机。没等他放下手臂，胸口骤然一沉，他竟然被踹飞了出去，撞在翻倒的沙发上。

蜂蛇伸手拽住卫知新，吼道："开枪！"

"开枪！"两个小机器人在厅内乱跑。它们举着托盘，冲进保镖群，快乐地喊着，"开枪！"

托盘里的炸弹应声而响，蜂蛇立刻扑倒卫知新，背上瞬间传来火辣辣的剧痛！这一声爆炸不仅惊天动地，还带出了翻滚的火浪。周围随即燃了起来，酒瓶连声爆开，把厅内烧成一片火海。

交易场地上的楼层白天不开放，卫知新有特权，他包下整层楼恭候苏鹤亭大驾，还在电梯口布设了数十个持枪的保镖。谁知苏鹤亭根本不走正门！

蜂蛇意识到事情不对，他摁住耳内通话器，喊道："求援，对方带着军火——"子弹"嘭"地打中蜂蛇的手腕，他吃痛地喊了一声，继续说，"阿秀，保护老板！"

佳丽从地上弹起，她旋身一脚踹在蜂蛇中枪的手腕上。佳丽的机械腿是钢铁外壳，这一下堪比钢棍砸手，直接踹断了蜂蛇的手。

阿秀的积木塌了，他咬咬唇。苏鹤亭哪管他的心思，一脚踩在积木上，对着他照面一拳。阿秀神情一变，隐约有了怒色。他歪过头，右臂切换成钢刀，对准苏鹤亭的脑袋就砍。

"别打……"蝰蛇痛得难以继续，"保护老板！"

他重伤不便，没有枪在身，应对不了暴怒的佳丽。他话刚出口，就觉得脑后生风，随后就被佳丽踩住了，一头磕在地上，发出"咚"的响声。

"我年过四十也是你妈。"佳丽脸上的泪还没擦干净，她手指断了，动不了，垂着一双花臂，俯下身，"卫知新，跟老娘这一脚说'谢谢'。"

蝰蛇颈部鳞片一覆，切换出尾巴。他尾尖"嗖"地上撩，缠住佳丽的脖颈，大吼一声，把佳丽拽翻过去。佳丽扒住机械蛇尾，用没断的几根手指向下扯。

阿秀没有回头，他今天不同以往，招式主动，完全不等苏鹤亭。苏鹤亭闪避几下，像是故意挑衅，踢开了几块积木。

阿秀说："你！"

苏鹤亭说："去啊，捡起来。"

话落又踢了一脚。

阿秀大怒，他钢刀猛突，正中苏鹤亭下怀。苏鹤亭用受伤的那只手一把擒住刀，在阿秀转动刀口前把刀拽向自己。阿秀脚下不稳，被苏鹤亭屈膝撞到了腹部。

这一下撞得阿秀险些吐出来，他年纪小，做过改造手术后难逢敌手，从没受过伤，一时间乱了脚步。苏鹤亭没让他收刀，在他蜷身时掀翻了他，将他摔在地上，随后用脚牢牢踩住了他的钢刀。

阿秀愣愣的，竟然捂住腹部，"哇"的一声哭了起来，喊道："老板！"

苏鹤亭抬起手，枪口对准卫知新。

蝰蛇见状，哪还顾得上佳丽，连滚带爬地去挡枪。

可惜苏鹤亭没开枪，他隔着沙发，好像被蝰蛇的举动逗笑了。他说："我听到了飞行器引擎的声音，应该是你叫的援兵到了。"

此刻，破开的落地窗外刮着大风，厅内只有雨水敲打地面的声音。

  蜉蛇听力不如苏鹤亭，半信半疑，可他见苏鹤亭确实没有开枪，不由得缓了缓呼吸。他举起那只流血的手，知道识时务者为俊杰，说道："我们投降，对不起，对不起行吗？"

  苏鹤亭的衬衫摆被火浪吹动，身后是阴晦沉闷的天空。他放下手臂，接受了蜉蛇的道歉，说："佳丽，去摁电梯。"

  佳丽爬起身，脖颈上红了一圈。她啐了口唾沫，退向门口。她知道眼下局面很棘手，就算蜉蛇投降，卫知新和卫达也不会就这么算了，但这题无解！她用一根手指胡乱戳了电梯按钮，朝苏鹤亭喊："我摁了！"

  苏鹤亭说："上去，走。"

  佳丽一怔，蜉蛇先问道："你不走？"

  苏鹤亭盯着蜉蛇，却对佳丽说："门口上车，别管我，我有数。"

  他尊重佳丽，很少用这样命令的语气跟佳丽讲话。佳丽听得懂苏鹤亭的意思，她托着伤臂，在电梯门打开时没有犹豫，果断进去了。

  蜉蛇心里一沉，他面上不露，还举着那只伤手，说："苏先生，我知道这话说晚了，但还是——"

  子弹骤然射中了蜉蛇的肩膀，他"啊"了一声，像虾子似的蜷起身体。

  苏鹤亭说："你这副臭德行，天天犯错，我却从没想过找你爸。"

  "我们有诚意……"蜉蛇还能挤出客气话，"能赔偿，拜托，苏鹤亭！我保证，今天以后这事就掀过……"

  苏鹤亭一枪打在阿秀的左腿上。

  蜉蛇说："你别——"

  苏鹤亭又一枪打在了阿秀的右腿上。

  阿秀两腿报废，痛得两眼冒泪花。他哭声加剧，只会喊"老板"。

  蜉蛇的喘息加速，他用仅剩的一手把卫知新往身后拽。

  卫知新到这一刻都不觉得苏鹤亭会动手，他神情阴郁，抬起手，指着自己的脑袋说："你打中这里，你们谁都跑不了。我不怕死，但是你怕。我死了，你认识的所有人都得陪——"

"嘭！"

苏鹤亭没停，在"嘭嘭嘭"的枪响里把子弹全部打完。

蝰蛇脸上溅到了血花，他发出绝望的呻吟："你竟敢……"他甚至不敢往后看，浑身颤抖，失声喊道，"你竟敢！"

苏鹤亭说："向卫达问好，这是我愤怒的礼物。"

佳丽下了电梯，径直出门。外面风雨交加，停着一辆吉普车。佳丽动作利落地上车，对驾驶位上的人说："果然是你。"

森扶着方向盘，回头看佳丽。

三楼又是爆炸又是枪响，交易场的警卫却像死了一样，佳丽猜到是森在帮忙，因为黑市拼接人里只有他跟交易场的大老板关系匪浅。

森留着络腮胡，是个肌肉猛男，他说："擦擦你的血，一会儿路不好走，恐怕没机会再给你照镜子了。"

佳丽骂了声脏话。她拿起车内备好的毛巾，擦拭着血迹。十指连心，痛得她眉头紧皱。她问："怎么跑？"

森说："我们开车。"

佳丽听到飞行器的声音，她扒住车窗，探出上半身，看到了在暴雨里远远闪烁着的飞行灯，问："猫怎么办？！"

森发动了车，他在雨里掉头，答道："别管，我们先跑。"

佳丽说："可是卫狗的——"

三楼突然又爆炸了，火浪狂吐，浓烟滚滚。两面落地窗彻底报废，碎玻璃被气流震开，跟着雨珠簌簌掉落。佳丽不得不缩回身子，避免被砸中。

道路另一头警笛长鸣，全是武装组的人。森踩下油门，提醒道："你坐稳！"

佳丽连忙坐正，系好安全带。

车箭一般地飞驰而去。

苏鹤亭拆掉弹夹，和枪一起扔进了火里。他踢开阿秀，从沙发底下费力地拿出瓶酒。

蝰蛇四肢冰凉，坐在原地号啕大哭。

苏鹤亭打开酒，在蝰蛇跟前蹲下，跟蝰蛇虚虚碰了一下，信口胡说："提前祝你生日快乐。"

蝰蛇颤抖地俯下身，面对满地血迹，失控地喊："你把我也杀了！"

苏鹤亭仰头"咕咚咕咚"地喝掉了大半瓶，被辣成了飞机耳。他的脸皱成一团，觉得喉咙里有火烧，闻言回道："真辣……我杀你干吗？我不会杀你的。"

蝰蛇浑身抖动不停，他抬起还能动的那只手，绝望地揪住自己的头发，眼神恐惧，哀求道："拜托了……求求你……杀了我吧！"

苏鹤亭歪头，去看他的表情，说："不，你还没有替我向卫达传话。振作点儿，蝰蛇，你等下还要见你真正的老板。"

蝰蛇从指缝里看苏鹤亭，怔怔地流下两行眼泪。片刻后，他的神情狰狞起来，说道："我看错了，苏鹤亭，你真狠，你比我们狠多了。你这个疯子……你太不正常了……"

蝰蛇奉命保护卫知新，现在卫知新死了，他却活着，他该怎么向卫达交代？

苏鹤亭把酒喝光，对他说："说什么呢，我才是正常人。"

和尚在飞行器上借力，从破开的窗口滚进来。他戴着防毒面具，一眼就看到了苏鹤亭。他在心里暗骂了一声，架起了枪。

苏鹤亭把空瓶扔进火里。火越燃越烈，他心里的火也越燃越烈。他听见和尚靠近的脚步声，觉得意识开始飘忽，不禁举起了双手，在被捕前对蝰蛇笑了笑。

他说："记得帮我把话带到。"

Chapters 7
上线

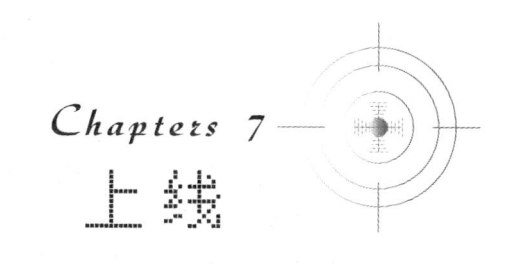

凌晨三点,灯"啪"地亮了。

苏鹤亭靠着墙壁,睡眼惺忪。他避开光,看见大姐头,既没有打招呼,也没有其他动作。

大姐头刚经过检测,踩着高跟鞋入内。她在苏鹤亭对面坐下,把烟盒丢到桌子上,掏出打火机。

苏鹤亭刚睡醒,头痛欲裂,声音偏低:"此处禁止吸烟。"

大姐头顿了片刻,把打火机也丢到了桌上。她抱胸跟苏鹤亭对峙,问:"酒醒了?睡饱了?"

苏鹤亭反应迟钝,先打了个哈欠,才道:"嗯……能不能给我个枕头?床就不奢求了。"

大姐头看着他,说:"你给我送了个大惊喜。"

苏鹤亭说:"不客气。"

大姐头猛地砸了一下桌面,上半身压近,说道:"你在想什么?苏鹤亭,你杀了卫知新!"

苏鹤亭已经戴上了感应锁,他抬起手,身体也向前倾了些,回道："我在想什么？我在想杀他。至于为什么，你心里清楚，你们心里都清楚。就算我今天打断他的腿、砍掉他的手，给他个教训，他明天还是会像块狗皮膏药一样黏着我不放。"

大姐头说："但我说过了，这件事可以交给我处理。"

苏鹤亭说："他抓了我的朋友。"

大姐头陡然扫掉桌上的水杯，在清脆的响声里说："他抓了你的朋友，你可以报警，你可以找我！"

苏鹤亭笑了，他说："喂，喂——你是记性不好吗？昨天我就报过警，和尚把他从斗兽场里带走了，然后呢？然后你们把他放了。你自己算算时间，他从这里离开不到一个小时，就抓了我的朋友。大姐，你觉得你还有信誉可言吗？'我们是新世界永不熄灭的反抗之火'，这句话你自己信吗？刑天，刑天，你们也配叫刑天？"

他酒劲儿刚过，脑子里有东西在突突地跳动。一种愤怒涌上来，和他习以为常的兴奋交织，变成极为危险的情绪。

苏鹤亭察觉到自己不对劲，他抬手摸了一下，发现自己流鼻血了。

大姐头也察觉到了，她神色微变，问道："你怎么了，上火？臭小子——"

苏鹤亭说："别动。"

他用手指擦着鼻血，压制住兴奋。可他忍不住捏紧了拳头，感觉自己的手在抖。

苏鹤亭喉间干涩，他松开手，对大姐头说："给我一杯冰水。"

大姐头立刻叫水。

苏鹤亭拿到冰水，水杯很凉，他这才发现自己很热。他想也不想，把水从头上浇下来。那冰凉的水"唰"地淋湿他，他这才感觉兴奋感在消失。

这兴奋来得莫名其妙，不是第一次了，苏鹤亭每次打比赛都会感觉到，他上次在惩罚区里也感觉到了，但他一直把这种兴奋当作是比赛后遗症。

大姐头摁住耳内通话器,吩咐道:"叫个医生来,"她皱紧眉,想到什么,又改变主意,"……叫我的家庭医生来。"

苏鹤亭的鼻血流了五分钟才止住,他仰着头,脑门儿上盖着冰毛巾。

大姐头站在他跟前,单手抽烟,说:"刚不是很跩吗?再叫一个试试。"

苏鹤亭说:"我不会谢谢你。"

大姐头吐了口烟,说:"我稀罕你的谢谢?我是怕你死了,没人进惩罚区。你刚才是想杀我吧,啊?"

苏鹤亭说:"可能,我不知道。"

大姐头心里烦,问他:"别说不知道,你经常这样?等等,你小子不会吃了什么药吧?"

苏鹤亭扯下冰毛巾,把脸埋进去,答道:"没有。"

大姐头说:"太邪门了,你那……"

她话讲一半就停了。她原本想说,你那眼神就像是要杀人,很不正常。可她看见苏鹤亭的后脑勺,又莫名止住了。

大姐头沉默着把烟抽完,问:"你们打比赛,会注射兴奋剂吗?"

苏鹤亭露出双眼,说:"我没注射过。"

两个人对视一眼,在对方眼睛里看到了某种信息。

家庭医生刚好到了,大姐头退开,示意医生给苏鹤亭做检查。她跟家庭医生是熟友,等医生检查完,她又把医生带出去,在门口交谈片刻。

苏鹤亭捏着已经不冰了的毛巾,坐在昏暗里,抬手摸了摸自己的后脖子。他开始回忆每场比赛,想在其中找出猫儿腻。

半响后,大姐头重新进门。她没有立刻跟苏鹤亭说话,而是在室内徘徊。

苏鹤亭问:"我有病?"

大姐头看了他一眼,不客气地说:"我倒希望你是有病,那还好解决。"

苏鹤亭试探地说："那就是兴奋剂？"

"是刺激信号，"大姐头站定，神情凝重，"我问你，你每次比赛的时候，都有这种感觉吗？"

"哦，"苏鹤亭说，"有。"

大姐头说："恭喜，你没病，你是中病毒了。懂吗？这个刺激信号就像病毒，从赛场接口进入你的大脑活动区，时不时炸一下，让你失控。你老实告诉我，你今天杀卫知新是不是因为失控？"

苏鹤亭说："不是，我杀他是有准备的。你不会是想把卫知新的死因推给斗兽场的刺激信号吧？"

大姐头没吭声，她想法很多，需要理一理。须臾后，她说："你以为这样卫达就会放过你？他只会把你的脑袋砸烂，看看里面是不是真的有刺激信号。"

况且这事不能说，起码不能明说。

斗兽场每年为刑天提供了太多支持……这多亏了拼接人，他们的比赛吸引了无数人，直播带来的效益高到难以想象。大姐头能理解，有时候为了比赛能更精彩，斗兽场需要对选手做些手脚。虽然残忍，但是见效快，大家就爱看，否则怎么会有卫知新这种富二代来玩？刺激信号比兴奋剂效果更好，还难以察觉。

只是很可怕，这种刺激信号竟然不会在选手断开脑机连接后消失，而是一直留在大脑活动区，像个定时炸弹。

"这事了不得，已经超出了我的能力范围，我没办法……"大姐头掐了掐自己的眉心，让自己保持冷静，"我没办法处理，你最好也装不知道。"

苏鹤亭说："可以，只要我发疯的时候你们别逮捕我。"

他说到这里，想到之前那些比赛。比赛每到高潮时段就会开放弹幕，或许这些弹幕也是刺激信号的诱发剂。

大姐头冷笑道："逮捕？你先活过卫达那一关吧。"她看了一下表，"武装组收拾残骸花了四个小时，和尚已经把卫知新的尸体送给了卫达。你猜他看到卫知新的尸体会怎么样，痛哭流涕？我告诉你，他会派他的先锋部队来，在半个小时内炸平你家。"

苏鹤亭用毛巾擦着鼻子，回道："我住筒子楼。"

大姐头说："他管你住哪儿！他的怒火必须发泄出来，就算是炸平筒子楼，或者杀掉几个拼接人，他都不在乎！你以为什么人可以被叫作'大老板'？有钱吗？他们不仅有钱，他们还有自己的武装部队。"

苏鹤亭湿漉漉的头发在滴水，他的表情说不上害怕，很冷静，好像要面对的东西是块石头。

仿佛是在回应他的冷静，走廊上忽然响起银制手杖敲地的声音，一下一下，清晰地传到苏鹤亭耳朵里，由远及近。

大姐头闻声变色，又看了一次表，低声说："来了。"

监禁室门口的检测系统没有发出声音，说明来人身份特殊，级别远超大姐头，在监禁所行走畅通无阻。对方停在门口，叩响了门。

大姐头神态庄重，应道："请进。"

监禁室的门便开了。

卫达身穿旧T恤，脚蹬运动鞋。他的右裤腿里面是空的，所以挂着拐杖。他剃了个平头，不苟言笑，一双眼酷似猎隼，还没有进门，目光就锁定了苏鹤亭。

大姐头说："卫老板！"

卫达直接越过大姐头，说："你出去。"

大姐头态度不卑不亢，回道："审问要确保有三个人在场，这是刑天的规矩。"

卫达抬起拐杖，拨开凳子，没有回答。大姐头听见脚步声，这才发觉走廊上都是人，都是卫达的人。以和尚为首的武装组成员全部被卸掉了武装，待在走廊的尽头"休息"。监禁所已然被卫达接管，大姐头甚至没收到任何消息。

速度真快啊。

大姐头无语皱眉,把打火机揣回裤兜里,走出监禁室。她身形高挑,又穿着高跟鞋,在一群黑压压的西装墨镜男里气势竟然不弱分毫。她没关上门,而是说:"这里姑且还受刑天管控,卫老板,你的人是不是太不礼貌了?"

枪口抵住了大姐头,举枪的墨镜男说:"别废话,老板让你出去,你就赶紧出去。"

和尚和武装组成员突然整齐地站了起来。大姐头转头看向举枪的墨镜男。她朝和尚他们举起手,示意他们别动。

墨镜男用枪顶了一下大姐头的脑袋,骂道:"听不懂吗?臭女人!"

和尚旁边的年轻人说:"你说什么——"

他话音未落,就被后方的枪托砸了一下。

和尚和其他武装组成员没受过这种屈辱,他们常年在黑市活动,没做过护送大老板的任务,对大老板的行事作风都仅仅是听说。此刻见大姐头受辱,不禁个个怒火中烧,对墨镜男怒目而视。

大姐头不一样,她比和尚他们更了解卫达的发家史,知道此人的脾性,"硬刚"只会让自己人吃亏。她的银发乱了些许,但不影响她的镇定。她抬手拨开枪口,状态轻松道:"嚯……不至于舞刀弄枪,都是熟人。劳烦让一让,我好过去。"

墨镜男退后一步。

大姐头说了声"谢谢",然后目不斜视地经过他们,带着武装组拐向另一头,进了平时不用的会议室。

苏鹤亭听见了外面小小的风波,他乐于见到武装组吃瘪,但也不得不承认,卫达的派头可比他儿子大多了。

卫达坐下,把拐杖放到边上。他的坐姿像钢针,看向苏鹤亭的眼神里也像含有钢针。

苏鹤亭正在猜他第一句话会说什么。

这时,卫达刚好开口:"礼物我收到了,苏先生,真是份大礼,值得我连夜赶来,当面谢谢你。"

苏鹤亭抽动鼻尖，感觉刺激信号正在蠢蠢欲动。他说："不客气，你如果喜欢，我可以再送。"

卫达双手撑膝，隔着桌子和苏鹤亭对视。他不像是刚刚经历丧子之痛的人，眼神里面没有一点儿悲伤。良久后，他说："再送？你已经杀了我的儿子，还想要杀我的谁？苏先生，你真不讲道理，知新可没有杀你爸妈，也没有杀你朋友。他跟你做做游戏，你却认真了。"

苏鹤亭比卫达高，在阴影里俯身时，竟然还有些压迫感。他说："那你该反省，卫老板，你该教会卫知新，有些游戏玩不长久，得提前做好付出代价的准备。"

卫达说："你要在这里忏悔。"

苏鹤亭嚣张地说："哦？"

卫达看着他，重复道："你要在这里忏悔。"

苏鹤亭说："你做梦吧，更方便一点儿。"

卫达说："我知道你会这么说，但杀人总不是好事，你对那些死掉的人就没有一点儿愧疚吗？"

苏鹤亭说："好问题，你愧疚吗？咱俩半斤八两。"

卫达抬起手，在桌面上合十。他身上有股凶悍之气，像个亡命之徒，他确实就是个亡命之徒。他说："你太嚣张了，苏鹤亭，我给你机会忏悔是给福妈面子，但你的反应令人失望。我不该对你抱有期待，说到底，你就是个黑豹，黑豹全是疯子，你们欠我的还不清，是我宽宏大量，没有追究，可你干吗了？你杀了我儿子。"

门口的墨镜男鱼贯而入，他们分列左右，把苏鹤亭摁在桌面上。苏鹤亭抬不起头，后脑勺上顶着枪。他没记忆，不知道卫达跟黑豹有什么仇。

卫达挪动自己的一条腿，拍了拍，说："我这条残腿拜黑豹所赐。有一年冬天，7-001在南北联盟的边境线上杀掉了我的武装队伍，几百个人，全死了。他跟我们跟了整整两个月，怎么甩都甩不掉。我用一条腿作为代价，从雪原上跳下去才逃过一劫。自那以后，我在战争中东躲西藏，生怕被你们黑豹找到。好在苍天有眼，你们弄出了毁灭日，炸掉了旧世界，给了我重生的机会。"

苏鹤亭说："那你去找7-001，让他还债，这关我屁事？"

卫达抽出匕首，猛地插在桌子上。他凑近些许，眼睛里满是戾气，说道："你不明白吗？我是在说黑豹都得死。"

苏鹤亭给他讲道理："一码归一码，我只领杀你儿子那份仇，不替别人背锅。"

卫达说："你们黑豹狗咬狗，果然都是些冷血动物。"

苏鹤亭说："别的不知道，我的血是热的。话说你真的难过吗？喂，你都没哭。"

他这话说得稚气，好像人难过就会哭，只有哭了才算难过。

卫达喝道："先给我切掉他的舌头，让他闭嘴！"

墨镜男卡住苏鹤亭的头，拔出匕首，要往他嘴里送。苏鹤亭抬腿，骤然踹到了墨镜男的膝弯。

墨镜男没防备，没料到苏鹤亭在这种情况下还敢发难，膝弯一痛，上半身磕向桌面。

苏鹤亭没抬头，脚下回钩，桌子一侧顿时歪斜，滑撞向对面的卫达。人多麻烦，室内立刻乱了。卫达腿脚不便，险些被桌子撞倒。苏鹤亭尾巴一甩，从后面鞭子似的挂住了顶着自己后脑勺的枪，他一使力，枪口就歪了，子弹"嘭"地打在地上。苏鹤亭挺起身，对准后方一记肘击，把后面的墨镜男击翻在地。

墨镜男捂着鼻子喊道："感应锁——"

苏鹤亭的尾巴又一甩，枪就落入了他手中。他踩住墨镜男，看也不看，直接开了枪。

感应锁是假的！

卫达觉察到不对。这时，苏鹤亭吹了声口哨，走廊上枪声登时像鞭炮似的炸响。监禁室的门没关，闪光弹滚进来，所有人瞬间看不清了。

和尚戴着防毒面罩，冲在最前面，他对耳内通话器喊："拼接人作乱，监禁所正在火拼。兄弟们，维护正义的时候到了！"

话落，他朝着走廊一顿扫射，空子弹壳满地乱蹦。

大姐头脱了外套，进了监禁室。她一把钳制住靠近门口的墨镜男，在对方做出反应前，把对方狠摔在地。她一脚踩住对方的手，高跟鞋足跟锋利，踢掉了对方的枪。

她捡起枪，说："真不好意思，卫老板，这里是刑天的监禁所啊，这里呢——"她架起枪，朝卫达左右的保镖开了两枪，单手上膛，在"咔嚓"声里面不改色，"目前归我这个女人管。"

她把"女人"两个字咬得很重，仿佛在回应墨镜男先前的那句"臭女人"。

卫达竟然不慌张，他在满地尸体中撑着拐杖，站了起来，说："有意思，你选择跟一个拼接人合作。"

苏鹤亭说："没办法，我对他们比较宝贵。"

大姐头神情无奈，说道："高层支持人造人，可那对我来说没什么好处。你知道的，卫老板，我一直在主攻惩罚区。说来让你见笑，本人的梦想还真是解放全人类，所以这小子对我很重要。"

卫达迈出一步，又站定，问："你打算灭口吗？"

大姐头说："那不会，就是要委屈你多跟我们待一会儿。"

卫达说："惩罚区是主神系统的骗局，你不知道吗？你们对惩罚区的探索都是在白费工夫。"

"以前我也这么怀疑过，"大姐头踢开墨镜男的尸体，做出"请"的动作，"可这小子太争气了，他又让我看到了希望。"

卫达稳稳地朝外走，在经过大姐头时，忽然冷笑道："我得提醒你，他是个黑豹。"

大姐头说："正是因为他是个黑豹，才做得到。"

"信任黑豹的人都没有好下场，想想傅承辉吧，那可是一手打造了黑豹的男人，结果呢？"卫达回过头，高深莫测，"这小子杀了我儿子，为了活命什么谎都敢编，他要是骗了你，你也不知道。"

大姐头跟着卫达的目光，也看向苏鹤亭，说："没事，如果这小子骗了我,我就亲自打爆他的头,把他送给卫老板赔罪。"

卫达用拐杖拨开尸体,就这样不疾不徐地走向走廊。他的目光扫过和尚,扫过这天在场的所有武装组成员,却没有说任何威胁的话。

可是和尚看懂了那目光,那是"等着"的意思。

和尚在这一刻动了杀心,但他什么都做不了。卫达关系着人造人项目,命比他们这些人值钱。他只能把枪放下,看着卫达远去。

监禁室内,苏鹤亭想把手枪收起来,当作战利品。

大姐头意有所指道:"今晚的枪支要全部入库封箱,如数交给上面。"

苏鹤亭握紧手枪,恋恋不舍道:"你不是说这里都归你管吗?"他瞟了一眼监控,"清掉监控记录,留下这批枪不行吗?"

大姐头把枪递给后面的武装组成员,说:"不行,你以为卫达进出没有记录?他们来多少人,带多少东西,上面都有数,武装组不能私藏军火,这些东西必须主动递交上去。还有,放下枪,拼接人不许持枪。"

苏鹤亭说:"我怕被卫达暗杀。"

大姐头喊他全名:"苏鹤亭。"

苏鹤亭利落地卸掉弹匣,把枪抛给了武装组成员,随后熟练地举起双手,一脸无趣道:"是,是,是,拼接人不许持枪,还给你们。"

大姐头觉得苏鹤亭有时候就像几岁小孩儿,耍无赖,脾气都写在脸上,巴不得全世界都知道他现在很不爽。她退后两步,示意苏鹤亭跟上,对武装组说:"清理现场,这些人还要还给卫达。"

苏鹤亭趁机摘掉腕间的假感应锁,跟着大姐头出了监禁室,在门口看到了和尚。和尚正蹲在门口检查墨镜男的生命监测器,这玩意儿上有简单的个人信息。

大姐头问:"确定都是卫达的人?"

和尚指尖沾血,是扒尸体时沾上的。他用外套擦了擦监测器的屏幕,递给大姐头看,回道:"确定,是卫达麾下的部队。"

大姐头仔细看了看监测器上的信息，上面有卫达个人武装部队的标志。她点点头道："尽快把这里收拾干净。"

苏鹤亭低头看尸体，问："他的武装部队是由幸存者组成的吗？"

大姐头说："不一定，像蝰蛇，就是拼接人。不过谈到卫达的武装部队，就得谈谈卫达的履历。他在旧世界跟你挺熟，但你估计没见过他。"

苏鹤亭心说：好了，又是黑豹。

大姐头微微侧过身，面朝苏鹤亭，说："卫达曾经在旧世界南北联盟边境上做军火生意，是个雇佣兵，他那会儿麾下就已经有个小型武装部队了。传闻他和南线联盟达成合作，在边境专门伏击黑豹的人，被傅承辉视为眼中钉。终于在某年冬天，傅承辉派出编号为 7-001 的狙击手，杀光了卫达的人。卫达以数百人和一条腿为代价，狼狈逃亡，从此销声匿迹，直到新世界建立才敢冒头。"

和尚站起身，双手合十，然后说："恶人自有恶人磨。"

苏鹤亭对这个 "7-001" 毫无印象，他对黑豹的了解仅仅停留在基本信息上，问他爱斯基摩结构还好说，问他其他队友，他就一问三不知了，深聊铁定露馅儿。

他刚这样想着，就听和尚问："你是 7-006，一定见过 7-001 吧？"这老头儿怎么哪壶不开提哪壶！

苏鹤亭表情冷漠，眼睛都没眨一下，答道："见过。你也想见？"

和尚说："他是什么样的人？"

苏鹤亭瞎编道："穷凶极恶、暴戾恣睢、蛮横无理的变态吧。"

和尚皱眉，越发觉得旧世界的军方不负责，问道："这样的人不关起来，还让他出来做任务，万一伤及无辜怎么办？黑豹会负责吗？"

苏鹤亭用自己仅知的黑豹信息继续编："会吧，不然傅承辉怎么面对大众的质疑？我们也不都是丧心病狂的坏人，我就很正常啊。"

他说到这里，越发觉得奇怪：对啊，我就很正常。我为什么会是 7-006？这个排名也太靠前了，莫非我以前是个恶贯满盈的坏蛋？

和尚也想到了，对此痛心疾首道："小苏，你以前不会也杀人不眨眼，像卫知新那样吧？"

苏鹤亭说："那不一样，我爸又不是卫达。"

和尚稍稍放心了。

苏鹤亭接着说："我爸要是卫达——"

和尚问："你怎样？"

苏鹤亭非常理智地说："我就天天吃大盘鸡。"

大姐头用刚拿到的册子敲了他一下，说："别暗示，没鸡！你们俩也不要闲聊，一会儿都打起精神，今天有的是事要干。"

和尚收敛神色，对大姐头说："今晚死了这么多人，你要怎么跟上面交代？"

大姐头没有抱怨，也没有露出难色，直接道："实话实说，我早跟上面提过，要注意卫知新，他们不当回事，现在人死了，他们也有责任。"

她目标明确，不会放弃惩罚区，苏鹤亭是她唯一的筹码，她愿意为此搏一搏。

大姐头说："我分得清轻重，对上面来说，只要卫达没事就行。你现在去，把卫达送到我的休息室，在那儿看住他。我猜测两个小时后上面派遣的人就该到了，到时候我会把惩罚区的信息递交上去，争取跟上面谈谈。"

和尚领命，又问："那这小子怎么办？"

苏鹤亭说："我很忙。"

和尚被这个"忙"戳中了，气不打一处来，回道："你说你忙，你好忙！半夜还跑出去，是去找谁呢？"

"当然是漂亮大……"他想到谢枕书，咬了一下舌尖，改了语气，"要你管？你快走吧！"

大姐头被他俩吵得头疼，用册子拍了拍苏鹤亭的手臂，示意他也走："走，走，走，你也走，去103号监禁室。"

103号监禁室是苏鹤亭熟悉的地方，他两次进入惩罚区都是在这里。

大姐头进门坐下，把高跟鞋踢掉，指着不远处的椅子说："坐。"

苏鹤亭坐下。

大姐头拨开颊边垂落的银发，问："你昨天射杀卫知新的枪是从哪里来的？"

苏鹤亭说："卫知新送的。"

大姐头半靠着椅背，算是休息，闻言微点了点头，像是得到了想要的答案。

按照刑天的规定，拼接人不能持枪。上面一定会问那把枪的来历，大姐头要的就是这个答案——枪是卫知新上次追杀苏鹤亭时落下的，不是从他们武装组这里弄到的，要追究也该追究卫知新，跟她没关系。

至于那把枪为什么会弹药充足，她会说不知道，苏鹤亭也会说不知道，上面就算想追查，也没办法，因为枪已经丢了。

大姐头说："眼下不是进惩罚区的好时机，一会儿我还要应付上面派来的人。但根据你发给和尚的短信，你说你现在就要进去？"

苏鹤亭说："现在。"

大姐头脸上没有疲倦之色，她双眼清醒，没有和尚那么好骗，问道："你这么着急，真的是因为发现了珏？"

苏鹤亭的话半真半假："对，不然我进去干吗？尽快做完这个任务我才能自由。"

大姐头说："珏在哪里？"

苏鹤亭不知道，但他得装作知道，说："惩罚区城市外的神魔地，NPC说那里有很多'神'，都是系统。"

大姐头不着急，反而问道："你上次从惩罚区出来怎么不提这件事？"

苏鹤亭露出"啊，这样吗？"的表情，很是无辜地说："我没提吗？"

大姐头懒得跟他周旋，直接说："你没说实话，苏鹤亭，我知道你会给自己留足后路，但我必须知道惩罚区的全部信息。这次我可以当你忘了，下次就不一定了。"

苏鹤亭无所谓道："我是个好孩子，我什么都会说。"

大姐头说："你该感谢惩罚区有屏蔽器，否则你的一举一动都在我眼中。"

苏鹤亭也感谢屏蔽器，说起来那只铃铛还在他的兜里，他一上线就能摸到。比起被威胁，苏鹤亭更讨厌被监控，尤其是每时每刻的监控，那让他感觉很不自由。

大姐头长叹一口气，说："惩罚区的希望都寄托在你身上了——"

"别，"苏鹤亭抗拒，"不要，我不是什么救世主。"

大姐头觉得好笑，回道："当个英雄还委屈你了？卫达的人造人计划已经启动，或许很快人造人就会作为新的战争武器出现。我要告诉你，留给我们的时间不多了。"

是不多了。

苏鹤亭怀疑再聊下去惩罚区的天都该亮了。他切换尾巴接口，临上线前忽然想到什么，问："卫达不会冲进来把我一枪毙了吧？"

大姐头说："我没死！"

苏鹤亭安心了，说："有事叫醒我，我会替你问候珏。"

话落，他的尾巴插进了接口。

监禁室忽然模糊，大姐头似乎说了什么，但是苏鹤亭没听见。他耳边环绕着熟悉的电子音，比以前更加清晰。

"欢迎来到惩罚区。"

"本次体验时长为——"

电子音话没说完，苏鹤亭周身一冷，瞬间睁开了眼。寒冷的雨夹杂着冰雹，纷纷打在他身上。他不由得抬起手，遮挡了一下面部，然而风太大了，刮得他几乎无法睁眼。

"喂，"苏鹤亭甩过尾巴，尾巴尖端切换成小灯，"检查员！"

冰雨即刻打湿了苏鹤亭的头发，周遭漆黑，是无边黑暗。他的尾巴被风吹得直晃，那点灯光明明灭灭，像是在怒浪波涛间颠簸的一叶小舟。

谢枕书从黑暗中睁眼，听到了召唤。

苏鹤亭的尾巴灯没坚持几分钟，忽然灭了。他试着甩动尾巴重新点亮，但都无果。

是光就都会熄灭。

苏鹤亭记起检查员的话，放弃点灯。冷冽的风从领口灌入，冻得他一个激灵。他攥紧衬衫领口，想要阻止风。可惜衬衫太薄，寒意并没有减少。

什么鬼天气。

苏鹤亭努力睁大眼睛，改造眼的信息探测只有简单的一行字。

"X字巡查，攻击目标不存在。"

不存在？

苏鹤亭顶着冷冽的风，环视茫茫黑暗。今天的惩罚区比前两次更黑，什么都看不见。他掏出兜里的铃铛，使劲晃了晃，但是风雨太大，铃铛的声音小到几乎听不见。

"我在这里。"

不远处突然响起应答声。

"我在这里！你往这边走。"

那个声音讲话字正腔圆，像是深夜男主播，就是略显刻意，并不放松。

苏鹤亭循声而去，在黑暗中踢到什么。

那东西骨碌碌地转动几圈，继续说："再来点儿灯光吧，看看我是谁。"

这句话仿佛落入池塘的石子，荡出无数回响。

"雨这么大。

"你是来看我的吗？真好。

"长官也曾来过。"

"但是他从不点灯,也不讲话。他徘徊在这里,像个机器人。"

"可我亲眼看见过他在暴雨中痛哭,那一幕犹如电影画面,被祝融定格,反复凌迟。雨和火交错的夜晚,他啊——"

苏鹤亭右手火星爆溅,轰向前方,打断了这些声音。那火亮了片刻,照清周围。

此处应该是个天台,难怪风这么大。但周围挂满了头。那些头好像蝙蝠,一个挨着一个,青白的脸被冻得发紫,全部睁大眼睛注视着苏鹤亭。

苏鹤亭说:"唠唠叨叨,烦死了!"

他一听见"痛哭"两个字就感觉不妙,天做证,他没想窥探检查员的过往,那太不礼貌了,没人愿意自己的痛楚和狼狈被这样传播。

飞头獠子被火光吓到,纷纷闭眼尖叫:"是火,快熄灭它!"

苏鹤亭抬脚踹倒废弃的栏杆,警告它们:"不许吵!"

飞头獠子抽抽搭搭,止住尖叫。它们的胆子还没有土拨鼠大,在苏鹤亭面前战战兢兢。

苏鹤亭挑了颗长相没那么恐怖的头,解下它的头发,拎在手中,问:"这是哪儿?"

飞头獠子说:"这里是花儿广场!"

苏鹤亭接着问:"你们在这儿干吗?附近有厌光?"

飞头獠子听见"厌光"这个名字,就怕得瑟瑟发抖,它们也不喜欢被厌光捉去当收音机,忙道:"没有!没有!附近要是有厌光,我们早就跑掉了。我们待在这里举行歌唱会,今晚是难得的好天气。"

正在被冰雹砸的苏鹤亭:"⋯⋯"

他开始算账:"你们见人就讲长官的隐私?"

飞头獠子大哭道:"没有!没有!我们把您误当作征服者了!"

苏鹤亭说:"征服者?"

飞头獠子说:"就是以长官为首的弑神队伍,统称'征服者',

他们前几年到处杀神魔呢。"

苏鹤亭"嗯"了一下，若有所思。

飞头獠子没等到下一个问题，按捺不住，自发地说："征服者有上千人！"

其他的头纷纷附和："征服者有三百支队伍！"

"可惜被祝融杀光啦！"

"只有长官。"

"长官能复活！"

"他看着大家被活活烧死。"

"他啊——"

苏鹤亭烦道："别讲了！"

飞头獠子顿时噤声，在苏鹤亭手上的那颗头尤为害怕，它哭着说："我们没有恶意。"

苏鹤亭说："骗鬼呢，刚才不是你们喊我过来的？"

飞头獠子狡辩："我们只想和您聊聊天。"

苏鹤亭不信。他的猫耳被冰雹砸得生痛，想找个地方先避避雨。可他直觉这些头没讲实话，前方或许有什么东西在埋伏。

他问："对面安全吗？"

飞头獠子两眼一转，哭脸戏剧性地变作笑脸，两团红晕浮在脸颊上，显得十分吊诡。它用甜蜜的语气哄道："安全，非常安全，您快过去避避雨吧！天马上就会亮的。"

苏鹤亭说："好，我相信你。"

他说完，手臂一抢，直接把飞头獠子扔向了前方。

飞头獠子哪里想到苏鹤亭这样蛮横，被扔出去时慌张地大叫。它明明会飞，却反应奇差，歪歪扭扭地撞到了什么，又掉到地上，痛得一个劲儿地尖叫："救命！救命！要醒了！"

它说话时，苏鹤亭感觉到一股极冷的风，那股风从前方刮过来，冷得彻骨，带着"呼"的沉闷音效，把天台左右的铜管都刮弯了。

那些头纷纷叫起来："好冷啊。"

冰雹下得更猛烈了，苏鹤亭抱住了头。他浑身湿透，手脚冰凉，又用改造眼试探了一下前方。

"X字巡查，攻击目标不存在。"

改造眼的回复仍然是"不存在"，但是这么大的风，显然不对劲。

飞头獠子被风吹回来，滚到苏鹤亭脚边，大喊大叫："神魔通行——"

苏鹤亭踢开了它，不许它学机械太监说话。

周围的飞头獠子却开始齐声喊："神魔通行，凡人让道！"

那声音高亢嘹亮，穿透力非凡。苏鹤亭脚下的楼跟着声音开始剧烈摇晃，好像有什么在苏醒。

"X字巡查，攻击目标正在蓄力。"

搞什么？！

疾雨豆子似的拍打在苏鹤亭脸上，他无法看清哪个是攻击目标，"X"字不能锁定，在黑暗中到处瞄。

飞头獠子跟着风乱跑，它们在空中嘻嘻哈哈。不只苏鹤亭所在的这栋楼，附近的商业楼也开始摇晃，面朝广场的巨大招牌轰然掉落，仿佛正在经历一场地震。

这时，黑暗深处骤然亮起两只顶大的白灯。那白灯犹如闪光弹，让整片区域爆亮，好像白昼一般。

苏鹤亭闭上左眼，清楚地看见改造眼里的"X"字变红，闪烁着"警告"，在叫他快跑。

天台上的铜管"嘭"地断掉，从楼顶翻了下去。白灯瞬间冲向苏鹤亭，他这才看清，那不是什么白灯，是眼睛！

苏鹤亭想也不想，转头就跑。他猛地起跳，扒住天台小屋的顶部边沿，翻了上去。

背后有炮弹"轰"地爆炸，气浪扑向苏鹤亭，把他刮翻了，他在屋顶滚了几圈，直接掉了下去！

"咚——"

苏鹤亭落在下层的外机箱上，那半人高的旧世界信息传送箱发出难耐的巨响，紧接着"哐啷"一下垮掉了，从数十米高的楼顶掉落。

苏鹤亭伸臂扒住了旁边的铁栏杆，两脚悬空，身体被狂风撕扯，衬衫角"呼呼"乱飞。他望向下方，终于看清了那是什么。

一条通体赤红的龙。

那龙的身躯只有一截在购物街，剩余的都埋在高楼大厦间。它起伏的躯体有半栋楼粗，表皮是半透明的，内部是流动着赤色液体的输送管，密密层层，如同旧世界常见的电线。它没有爪足，滑动时会用庞大的身躯挤压高楼。

这可比肥遗大多了。

苏鹤亭欣赏不了主神系统的巨大化审美，他攀着栏杆，觉得尾巴都要被风吹麻了。

阴影从上方投下来，一颗雕刻粗犷的机械头颅显露。它的双眼是仿人眼设计，但全是眼白，静止时宛如雕塑。只是白光刺目，它这样逼近苏鹤亭，就连苏鹤亭的改造眼也受不了。

苏鹤亭说："嗨——"

大楼倾斜，栏杆经年失修，龙张口就要轰出强力炮，栏杆却先一步"嘣"地裂了。

苏鹤亭声音一变，喊道："我的天！"

他手上一轻，风猛烈地刮动着他的猫耳，碎发飞扬，他甚至来不及找借力点，整个人就已经掉了下去。

龙的头部一转，转到了背面。背面竟然还是张脸，那张脸上的眼睛是闭着的。整片区域因它而变，又回到了黑暗。

苏鹤亭在急速掉落中伸出手臂，指间火浪围绕，他想开一炮，但没等他动，火浪竟然全部消失了。

这龙能让他哑炮！

要死！

"猫！"

菱形碎片骤然重组，在半空变作三头六臂的阿修罗，由"厌憎"出手，一把提住了苏鹤亭。但这一下提烂了苏鹤亭的衬衫，只听"刺啦"一声,他掉落的身影缓了两秒,接着往下掉!

苏鹤亭伸手抓住了"厌憎"的手指,可是不知道今晚怎么回事,检查员的碎片也失效了,碎片"哗"地散了。

不是吧,兄弟!

四楼的玻璃"嘭——"地爆开,谢枕书蹬着栏杆,纵身一跃,截住苏鹤亭。两个人当即滚到了底下销售用的凉棚雨布上,凉棚也不堪重负,塌了。

苏鹤亭呼吸急促,说道:"来得好。"

谢枕书胸口起伏剧烈,他仰着身,闭了一下眼睛,像是在冷静。他回道:"嗯,差点儿。"

苏鹤亭觉得他摁着自己背部的手很沉,不由得撑起身子,离远一些。

苏鹤亭扯开乱七八糟的雨布,问:"你这么'嘭'的一声,没事吧?"

谢枕书睁开眼,回道:"没事。"

苏鹤亭的衬衫破破烂烂的,他摸向后背,正想说什么,头上就被盖上了外套。

苏鹤亭一愣,拉下外套,说:"……不用。"

谢枕书已经起身,菱形碎片回到他的手臂上。他耳边的十字星摇晃,转过头去看苏鹤亭。

眼神倒不冷,就是有一点儿沮丧,好像苏鹤亭拒绝的不是外套,而是别的。他面容俊美,不笑时让人感觉疏远,却能用眼神扎人心窝。

苏鹤亭冷不丁地想到飞头獠子说的那些事,默默穿上了外套。他把手抄进兜里,心想:我让他。

猫说:"你下次穿我的。"

他语气很跩,好像谢枕书能穿得下他的码一样。

谢枕书安静地看着苏鹤亭,似乎在辨别这句话的真伪。

苏鹤亭凑到谢枕书面前,说:"看什么?我又不会骗人。哦,原来你就是谢枕书。你说,你干吗要骗我?"

他早就知道检查员是谢枕书了,这会儿装作一副刚刚知道的模样,想听听谢枕书怎么答。

谢枕书避开他的目光,说:"我不是。"

苏鹤亭跨出一步,挡住谢枕书的目光,正想逗他,上方忽然传来尖啸。苏鹤亭表情微变,捂住耳朵,但是无济于事。这尖啸声犹如钢锥,凿进他的耳朵里,震得他脑袋嗡嗡狂鸣。

龙不知道为何陷入愤怒,它甩动了一下尾部,这只是个寻常的动作,但在它超巨型体形的加持下,变成了建筑的集体坍塌。

苏鹤亭喊:"它在干吗?!"

谢枕书说:"找儿子。"

苏鹤亭惊道:"它还有儿子?"

谢枕书拽住苏鹤亭,带着他冲向自己来时的方向,解释道:"这是烛阴[①]!"

尖啸声暂歇,购物街两侧的招牌仓促掉落,橱窗玻璃不堪重压,"嘭嘭嘭"地连续碎开。玻璃碎碴儿溅到地上,雨笼罩街道,这里一片末日景象。

苏鹤亭脑袋里的嗡鸣声没有停,他在奔跑中觉察到眩晕。但是他以为那是从高空坠落的后遗症,没有放在心上。

"X字锁定……"

改造眼内的信息停在这里,没再更新。

烛阴的尖啸声再度响起,这次苏鹤亭几近失聪。他脚下踉跄,差点儿栽倒在谢枕书的背上。

苏鹤亭说:"糟糕——"

他的尾巴垂下,整个人像没电了似的,向下滑去,又被谢枕书捞住。

谢枕书说:"烛阴会'沉默',你的眼睛还看得见吗?"

苏鹤亭听不见谢枕书的声音,陷入迷离惝恍。他右眼看不见,只觉得整个世界都在旋转,仿佛他不是在路上,而是在漂移的车上。他强忍住恶心感,喃喃道:"我的植入体失效了……"

苏鹤亭比一般人更加依赖植入体,耳朵和尾巴分别是他的信息管理器和中枢处理器。一旦这两样失效,他就会丧失平衡能力,别说战斗,连站立都困难。

谢枕书举高苏鹤亭。

苏鹤亭面露茫然,因为听不见,声音拖得比平时更长:"要不——你——拖着——我跑——啊——"

谢枕书直接把猫扛上了肩头。

"哦,"苏鹤亭双臂下垂,有气无力,"这样也行。"

烛阴正在游动,它为找不到儿子而悲鸣,哭时鼻息促使天气恶化,让冰雹砸得更加猛烈。它仰天发出"呜"的长鸣,并随之转动机械头颅,露出睁着眼的那张脸。

苏鹤亭的左眼是普通眼,被乍然亮起的白光刺痛。他闭上眼,指尖攥紧谢枕书的衬衫。

快跑!

苏鹤亭脑子里只有这句话。

这玩意儿太诡异了。

他猜测谢枕书的菱形碎片也被烛阴"沉默"了,否则刚才不会碎开。两个人赤手空拳对阵烛阴毫无胜算,更别提自己还成了个包袱,跑是最好的办法。

花儿广场呈"口"字形,外侧是环绕的花坛和林立的路灯。路灯已经全部报废,只剩飞头獠子在空中乱窜,它们也受不了烛阴的白光。

这白光不仅伤眼,还能吸引厌光。

谢枕书的耳内通话器里传出俞骋的声音:"长官!我们的车在3号路口!"

谢枕书说:"知道了。"

服装店的几个模特摔了出来,露出橱窗里的夜行游女。夜行游女在白光的照耀下凄声喊叫,用黑发遮掩自己的面部,收起锋利的腿,缩成一人高的球形。

谢枕书脚步没停,快速经过购物街,在路口上了车。

东方开的门,他一愣,又释然道:"难怪。"

难怪长官突然来了这片区域!

小顾吊着残臂,躺在靠里的位置,见谢枕书冒雨回来,喊道:"是猫来了吗?他咋了?"

谢枕书掀开小布帘,把苏鹤亭放到自己的床位上。他脸上还有雨,也不擦,只问东方:"偷渡客的植入体能修吗?"

东方说:"我不是改造医生,处理小故障还行,像烛阴这种'沉默'就没办法了,只能等天亮。"

烛阴身长千米,是惩罚区内体形最大的神魔之一。它通体赤红,虽然呈半透明状,但防御力极强。它体内输送管里的赤色液体温度接近地表岩浆,喷出时堪比火山爆发,在城市内部移动会造成无数伤亡。不仅如此,它那颗机械头颅是双面设计,睁眼面会使区域大亮,犹如白昼,闭眼面则会带来无尽黑暗,还会"沉默"部分装置,导致一些人类植入体的改造功能失效。

东方探头看了看苏鹤亭,问:"没受伤吧?"

苏鹤亭靠嘴型猜他们在讲什么,结果完全猜不出。他试着抬尾巴,尾巴却毫无反应。

可恶。

猫认命地盯着车顶。

谢枕书说:"没有。"

小顾趿着拖鞋过去。"哎哟,还真是猫。"他热情地打招呼,"还能听得见吗?你怎么在这儿上线啊?我们平时都不敢来。"

烛阴不是他们的猎杀目标,平时即便出现了,他们也会刻意避开,去寻找其他神魔凑数。主要是烛阴实在太大了,根据征服者记录,他们只有在全盛期围猎过一次。

苏鹤亭知道小顾在跟自己讲话,他迟钝地回:"啊?"

小顾看他此刻有些迷茫,与他上次来完全不同,感觉新鲜,说:

"这小子呆呆的，还挺可爱。"

谢枕书没作声，也没看小顾，小顾却莫名觉得周围凉飕飕的，立刻闭嘴。

花栀把毛巾递过去，好奇地看了看苏鹤亭，问："是中枢处理器失效了吗？"

谢枕书"嗯"了一下。

花栀说："看来大爆炸把他伤得很重。"

"还丢了只眼睛呢，"东方感慨，"好在生存地改造手术做得不错，让他能活蹦乱跳的，不然……"

车厢内突然静下来，他们都不再讲话。

苏鹤亭见他们都不动，心里像被猫抓似的，奇怪地问："什么？怎么都不说话了？"

谢枕书把毛巾盖到他脸上，潦草地擦了擦。

白光就在这时消失，世界回归黑暗。

正在开车的俞骋看不清方向，也打不出灯光。他通过通话器向车厢内的谢枕书报告："长官，路消失了。"

冰雹敲打着车窗，车内都是"砰砰砰"的声音。俞骋的通话器也受到了烛阴的影响，变得断断续续，夹杂着雪花音。他没听见谢枕书的回答，就又说了一遍："长官！我们的路消失了！"

但是没有得到任何应答。

车厢内，谢枕书正在回："开显示。"

"刺啦。"

每个人的通话器都变成了忙音。

谢枕书眉间微皱，看向车窗外，外面太黑，也看不到烛阴。

花栀被忙音刺痛了耳朵，她摘掉通话器，说："我们已经击毙了两只毕方，太监却没有现身，难道今晚的死亡数量还差很多？"

小顾单手摸下巴，说道："不好说，自从上回以后，我就感觉太监在针对咱们。"

他们正交谈着，耳内通话器突然又恢复正常，忙音消失了。

东方问:"俞骋,俞骋,听得见吗?"

通话器答以"咯咯"的笑声。

此时车内灯光已尽数熄灭,大家都只剩个模糊的轮廓。那"咯咯"的笑声很清晰,在每个人的通话器里都保持着同一频率,像是循环播放的录音。

车内死寂一片,没人开口询问,他们都闭紧嘴巴,装作不在。

俞骋孤身一人坐在前面,没听到笑声。他试着调试车内模式,顶部还有星星点点的光亮。他问:"长官?小顾?"

通话器"刺啦"地响,被烛阴干扰得很严重。

俞骋自言自语:"坏掉了吗……"

车门响了几下,俞骋起先以为是冰雹,后来又觉得像是敲门声。他猜测是队友来检查车,便将门拉开些,凑到缝边,说:"烛阴太——"

冷雨扑进来,缝隙里挤着只眼睛,跟俞骋对视。

俞骋反应过来,大叫一声,猛地摔上门。可门卡住了,金属刮在座椅上,对方将头挤了进来。

夜行游女拖着长颈,把脸朝俞骋身上靠,嘴唇翕动,却没发出声音。它藤蔓般的手臂缠住车门,在拉扯中把车门卸掉一半,半个身体都挤了进来。

夜行游女说:"回……"

俞骋抄起座位下的喷火装置,对着夜行游女来了一下。火"轰——"地喷出,燎到了夜行游女的头发,它凄声哭泣,受惊乱晃,头部撞在车内,砸响了车喇叭。

俞骋被夜行游女顶翻了,他撞到座位空隙,向另一头爬,打开门喊道:"长官,有——"

俞骋小腿一痛,竟然被夜行游女缠住了。夜行游女把他往怀里拽,他扒住车门边沿。车门被风刮动,"嘭"地砸到他十指上。

他以为附近只有夜行游女,岂料路面发出被压裂的巨响,烛阴从上方经过,腹部直接带翻了装甲车。

车子翻倒,苏鹤亭磕到了头。他一把扣住床柱,用枕头挡住了摔过来的花栀。可他心有余而力不足,无法控制自己身体的滑动。

小顾滚到了车窗上,还没来得及讲话,车窗就碎了。夜行游女的刀锋腿和雨一齐进来,削在他脸边。他喊了声:"搞什么!"

谢枕书说:"弃车,烛阴来了!"

装甲车像个易拉罐,被烛阴剐蹭到,又翻滚了一下。周围的地面因承受不住烛阴的重量而崩开。它盘起半个身子,变成百米高的赤色墙壁,把装甲车围在了中间。

俞骋十指蜷缩,痛得直抽气,他用没被缠住的脚踹夜行游女。夜行游女的头被踹了个正着,撞在闪烁的操作台上。它双手捂脸,悲痛欲绝,胸腔内传出哭声:"回家啊……"

俞骋连滚带爬地下车,用身体把车门关上。夜行游女在车内用刀锋腿砸车窗,车窗几下就裂了。暴雨如注,俞骋顾不得别的,到处摸索,嘴里喊着:"我的眼……眼镜!"

小顾从车厢内逃出,翻滚落地。他听见俞骋的声音,捡起地上的破烂眼镜,塞给俞骋,喊道:"在这儿,在这儿,别找了!"

俞骋慌忙戴上眼镜,镜片碎了一片,另一片上面全是雨水。他透过模糊的雨痕看周围,表情愕然,惊道:"这……这么大……"

从俞骋这里看过去,完全看不到烛阴的头颅。它的头部隐藏在高空中,只有身躯在滑动。四周都是赤红色,无名液体在烛阴表皮下的输液管内迅速流动,是维持它庞大身躯运转的能源。

三四只夜行游女如蜘蛛般攀在装甲车上,刀锋腿锯出"吱"的杂音。它们长长的头发拖在地上,正在分食这辆残破不堪的装甲车。那一张张苍白的面孔被雨冲刷,好似浮动在水帘中的水鬼,对几个人虎视眈眈。

东方说:"这下可糟了。"

苏鹤亭挂在谢枕书背上,呼吸轻浅。他问:"烛阴睁眼时'沉默'会消失吗?"

谢枕书回过头,回答:"它的睁眼只会维持几分钟。"

苏鹤亭盯着谢枕书的唇,看懂了"几分钟"。几分钟太短了,而且很危险,就算他的植入体恢复,也没办法在几分钟内攀到烛阴的头部,中途一旦陷入黑夜沉默,恐怕还要别人救援。

东方的机械臂已经变作了钢造器,他试着拉出电光弦,却发现没效果,肘部的齿轮转速很慢,明显也受到了烛阴的干扰。他苦笑道:"我恐怕当不了弓了,栀子,你能空手掷箭吗?"

花栀提着光甲箭盒,把头仰到极限都没有看到烛阴的头颅。她难得露出震惊之色,把东方的话当真了,回道:"我掷不到……头太高了。"

他们几个都在仰头看烛阴,谢枕书的菱形碎片忽然离身,组成巨盾。

"嘭!"

这声音几乎是贴着头皮炸响,烛阴的身躯横冲直撞,后方的装甲车当即被它碾爆。几只夜行游女来不及逃,柔韧的身体瞬间变作一摊烂泥,连刀锋腿都被烛阴压成了纸片。

谢枕书的巨盾只维持了两秒,下一刻就如同雪花,原地散开了。

烛阴还在挪动,整片区域都在剧烈震动,坍塌声不绝于耳。它的悲鸣穿透云霄,尾巴胡乱扑打,不知道在发什么脾气。

小顾身体矮小,站不稳,被东方用钢造器提了起来。他抱住脑袋,哇哇乱叫:"这怎么办?!我不要死啊!"

地面再次坍塌,六个人在烛阴面前就像小小的蚂蚁,被狂涛巨浪拍中。大家连喝了几口雨水,都呛了一下。

谢枕书说:"白昼要来了。"

他声音刚落,烛阴就转过了头,天地顿时大亮。

苏鹤亭的改造眼微亮,"X"字若隐若现,但是猫耳没有反应,还处于静音状态。信息处理器不工作,他的信号就无法传递给四肢,除了强烈的眩晕感,甚至还有了恶心感。

烦死了!

谢枕书一挥手,菱形碎片"嘭"地组成一杆超长的标枪。他说:

"小顾开道！"

东方的钢造器猛地变形，以"Y"字承住了小顾的全部重量，电光弦"刺啦"衔接，让小顾变成了"Y"字中的炮弹。他沉声一喝："走你！"

齿轮"嗡——"地飞速转动，东方一甩臂，竟然把小顾抛了出去。

小顾飞了起来，在半空并起双臂，对准烛阴身体的一部分，大喊："我的天！"

他双臂的炮筒轰地射出冰弹，击中烛阴。周遭温度直降，冰弹爆开，减慢了烛阴被击中的那一部分的液体的流动速度。

谢枕书没有助跑空间，只能原地投掷。标枪"嗖"地离手，瞬间放大数倍，无视疾雨和狂风，正中烛阴中弹的部位。枪头埋进烛阴的表皮，输液管应声破裂，滚烫的液体顿时溅出。

烛阴很难受伤，因此格外怕痛。此时痛直冲脑门，它的头颅乱撞在附近的大厦上，一边痛叫，一边翻滚。赤色液体脓一般地流淌，一股刺鼻的灼烧味随之而来，地面发出"吱吱"的融化声。

标枪立刻散开，谢枕书握拳，它们归覆手臂。他言辞简洁："跑！"

剩余四人马上后撤，谢枕书拉下苏鹤亭，在东方经过时，把他轻轻抛了过去。东方的钢造器变回老虎钳，拎住苏鹤亭。

苏鹤亭听不见，也不知道他们说没说话，但他直觉不妙。

烛阴有两张嘴，齐齐张开。区域一半陷入黑暗，一半还是白昼，以烛阴为界，阴阳分明，形成极其古怪的景象。

苏鹤亭问："干什么？"

烛阴的音爆弹骤然打响，这下不仅是他们这行人，躲藏在地下的幸存者也都痛苦地抱住了头。音爆弹干扰全区，各项电子仪器的表盘胡乱跳动，就连眺望这里的机械太监都没能幸免。

机械太监仿佛乱码了，盖面上的红绿灯疯狂跳动。它僵硬地做出抱头的动作，试图控制自己，可惜说出的指令连不成句："神……神魔……故障……"

"呜——"

烛阴暴怒，翻滚的身体好似沸腾的江河。它扭动身体，机械头颅高速旋转，强力炮像探照灯一般射向周围，爆炸"轰轰轰"地响起。别说花儿广场，今晚整个城市都要毁于一旦。

音爆弹威力可怖，小顾泡在营养缸里的身体虚弱，导致线上反应也比其他人强烈。他没跑出几步，就觉得耳朵出血了。那嗡嗡声环绕着他，让他脚步疲软，喘息急促。

花栀抓住小顾，把他背了起来。

小顾受伤的手一个劲儿地抖，嘴里道："我身体太差了……"

俞骋说："长官——"

东方一把摁过俞骋的头，推着他向前，厉声说："跑！"

征服者要把后背交给彼此，即便知道会发生什么，也不能回头。长官的命令是第一铁令，长官让他们跑，他们就得跑，这是对长官的绝对信任。

苏鹤亭扭过脖子，看到阴阳交错的大雨中，谢枕书是一个人。

他总是一个人。

"喂，"苏鹤亭喊了起来，"喂！"

烛阴盛怒俯首，锁定谢枕书。

谢枕书的视野被白光覆盖，烛阴冲了过去，强力炮一路飙射。谢枕书指间一松，阿修罗骤现。三面相转起来，"厌憎"的巨盾先扛住了烛阴的强力炮，但转瞬就碎开了。

烛阴的强力炮还在射！

"忿怒"无声咆哮，挥动手中的巨炮，来不及发射，索性砸在烛阴的头部。只听"嘭"的一声巨响，烛阴的机械头颅在哀声中轰然下沉。

周遭碎物爆溅，烛阴的白昼面埋入地面，黑夜面统治全场。

黑夜一到，阿修罗也难敌"沉默"，瞬间瓦解。可是谢枕书已然跃起，他一拳挥下，烛阴当即被碎片组成的铁拳击中。

烛阴的强力炮轰向铁拳，碎片"轰"地散落些许，但没有像阿修罗一样瓦解。谢枕书张开手掌，铁拳也张开了手掌，那五指摁住烛阴的机械头颅，在"嘭——"的炸响中把烛阴的头拧了过去。

烛阴的尾巴狂拍，掀起惊涛骇浪。它的头被拧断了几根连接线，造成了刺激性的疼痛，让它口中的音爆弹尖锐刺耳。

菱形碎片再次受到干扰，又散了。

烛阴反应信号给得及时，在铁拳即碎时就察觉到了。它头部"咔"地伸长，透明表皮下竟然生出了钢铁节，让它即刻摆脱了下半身的笨重，直接冲向谢枕书。

又是一声"嘭"！

强力炮轰出一片焦土。

烛阴的机械头颅虽然可以凭借钢铁节移动，但庞大的身躯仍然在翻滚。周遭已经没有建筑再供它碾压，部分幸存者不得不逃出地下，以免被坍塌凹陷的地面压住。

东方对俞骋说："打开通话器，组织幸存者，我们得全部撤向另一头！"

烛阴今晚如果不死，他们就只能退到城市边沿，跟机械太监硬耗。

谢枕书捏紧拳头，菱形碎片的重组速度已经变慢。烛阴撞上他的时候，碎片刚刚包裹住他的右臂。他这次没能推开烛阴的头，被撞向了另一侧的残破墙壁。

"轰！"

墙壁坍塌。

苏鹤亭攥紧手指，在心里不断地默念。

动起来。

给我动起来！

猫耳微弹了一下，脑内刺激信号如同游走的蛇，让苏鹤亭隐约有了痛感。但这痛感微乎其微，很快就消失无影，完全被奔腾的兴奋感覆盖。

烛阴转动头颅，白昼面的巨眼逼近谢枕书。那强光无法抵抗，让谢枕书睁不开眼。烛阴趁机轰炮，强光闪了一瞬，被谢枕书一拳砸歪，射在了旁边。然而它这一下转到了黑夜面，悄无声息地张开嘴，直接咬了上去。

菱形碎片还在重组，烛阴已经到了眼前。

谢枕书用没成型的巨盾去挡，可盾面不到一秒就碎开了。在那碎片飞扬间，忽然见火浪翻涌。

只是一下。

"X"字锁定，苏鹤亭用了自己最快的速度。他拽过谢枕书的衣领，无敌炮"轰——"地打翻了烛阴。

注释：

①烛阴：讨厌飞头獠子，听到飞头獠子的歌声就会暴走。其他详情参考本章。

——《准点狙击异闻录》

设定灵感源自《山海经》。《山海经》记载："有神，人面蛇身而赤，直目正乘，其瞑乃晦，其视乃明，不食不寝不息，风雨是谒。是烛九阴，是烛龙。"

Chapters 8
折叠

谁都没看清苏鹤亭是怎么赶到的,他那一下仿佛是瞬移,在场所有人都没有反应过来。

烛阴的头颅滚在地上,半边面孔应声碎开。黑夜面的表皮即时脱落,露出里面细密烦琐的机械齿轮。它的发声装置受损,声音不再似刚才那般自然,像是卡顿的磁带,时响时停。

苏鹤亭在烛阴面前小得像根火柴,但他已然陷入了某种狂热状态,被兴奋驱使,抬起手臂,对着烛阴一顿狂轰。

无敌炮"嘭嘭嘭"炸响,烛阴面部的零件不断迸飞。它的发声装置彻底坏掉,只剩电流声。颅内信息器经过防御计算,放弃了尾部,发射装置却因此变快,不需要停顿,张口就开出一炮!

"轰——"

地面震动,强力炮炸出一片焦土,气浪直接掀翻了二人。

二人滚作一团,苏鹤亭被硝烟呛到,觉得嘴里都是泥。他"呸呸"了两下,大声问:"它怎么搞?!"

谢枕书拽起他,说:"爆头!"

不等二人说话，下一发强力炮已经到了。

"轰——"

苏鹤亭的尾巴差点儿被烧到，他再次被气浪冲倒，向前扑过去。二人同时滚地，在地上停顿半秒，然后心照不宣，爬起来就跑。

烛阴的钢铁肢节推动头颅，贴着地面迅速追击，把强力炮打出了循环。

苏鹤亭喊："它有病啊！"

谢枕书说："快跑！"

二人奔跑的方向和队友相反，把烛阴引向另一边。周围烈火焚烧，刮刮杂杂。烛阴在废墟上横行无阻，但因为黑夜面的破碎，沉默效果正在消失。

耳内通话器正在"刺啦刺啦"地恢复，东方陆续听到了几声幸存者的呼救。他收起钢造器，看着烛阴远去的身影，倒着走了几步，立刻转身，说："趁现在叫人，快走！"

烛阴的强力炮打在路上，把碎块杂物都轰成了粉末。它的巨眼锁定奔跑的两个人，信息器给的指令异常愤怒，使得它在追逐中失去了分寸。只见它拔地而起，随后重重砸下，"轰隆隆"几声巨响，整条道路全部塌陷！

强风"轰"一声刮出去，把苏鹤亭吹飞了。猫的耳朵和尾巴乱飘，他在震天动地的声响里翻滚，一头撞上了菱形碎片组就的铁盾。

好硬！

烛阴的强力炮随即爆射，白光在黑夜里相当耀眼。

苏鹤亭的外套下摆被吹起来，他把外套拽下去，单手攀着铁盾，在烈风中回头看烛阴，说道："再跑就要出界了！"

城市以外是神魔地，苏鹤亭把那里简单理解为禁地。他今晚不想跨入禁地，再跟其他东西打架，最好就在这里解决烛阴。

谢枕书也是这么想的，他退后几步，骤然收臂。铁盾散开，苏鹤亭安全落地。两个人回身，面朝烛阴。

烛阴愤怒地张口，这是声咆哮，可惜它的发声装置坏了，所以听起来像是无能狂怒。

谢枕书的铁臂在背后重聚,他说:"先打烂它的头!"

铁臂一拳挥出,击中烛阴的侧脸。烛阴巨眼一合,这是保护机制,说明它的头部受到了重创,要先保护颅内信息器。

就现在!

谢枕书喊:"猫!"

苏鹤亭说:"猫,猫,猫——你就不能叫我的名字?!"

话音没落,苏鹤亭已经蹿出。改造眼内的"X"字狂转,如果他有引擎,此刻应该轰响天际。烛阴狂轰滥炸的强力炮根本拦不住他,他的速度超越极限,几乎是一个呼吸间,就突破重阻,到了烛阴的面前。

但是他的无敌炮还在冷却!

苏鹤亭猛地旋身,鼓足力气,在半空中深吸一口气。

"嘭——"

这一脚惊天动地,烛阴没支稳的头颅应声旋动,斜斜撞向地面!

刹那间泥土飞溅。

苏鹤亭落地,尾巴一甩,好像背后有千军万马。他倏地挥臂,指向前方,喊道:"谢枕书!"

阿修罗在滚滚硝烟中骤现,把猫罩在自己的巨影下。"忿怒"一只手扛炮,一只手拎枪,"咔嚓"一声切换模式,火力全开!

重炮和机枪咆哮不止,弹药犹如火龙,打得烛阴睁不开眼。很快,它的合眼装置崩坏,零件飞起,颅内信息器疯狂报警。

"X字锁定,攻击目标正在蓄力。"

红色感叹号亮起。

"攻击目标自爆倒计时,三、二——"

烛阴启动最后的防御设置,信息器自爆。阿修罗屹立不倒,三相抱臂,在前方张开坚固的铁盾,死死挡住了爆炸。火光瞬间冲天而起,地面剧震,气流撞飞了周围一切事物。

半晌后,火焰焚起,苏鹤亭缓了口气,仰身倒在地上。

"扑通！"

不远处的谢枕书也躺倒了。

冰雹不知何时停了，只剩雨还在下，两个人都在喘息。

苏鹤亭灰头土脸，问："你是谢枕书吧？"

谢枕书看着天空，回答："不是。"

"你是。"

"不是。"

苏鹤亭认输，说："行，我是，我是谢枕书好不好？"

谢枕书没回答。

苏鹤亭说："下次不跟你玩了。"

谢枕书忽然抓起一把泥，丢在苏鹤亭身边。

苏鹤亭问："你干吗？"

谢枕书生气道："我是谢枕书！"

苏鹤亭笑道："你干吗？为什么生气？喂，别走啊，谢枕书！"他摊开手臂，躺着不动，喊道，"我手臂好痛，被钢刀男砍的地方还没好。谢枕书，谢枕书，谢枕书！"

谢枕书捂住了他的嘴，不许他叫。

猫的双眼很亮，望着谢枕书。

谢枕书脸上有泥点，片刻后他拿开手，两个人起身。

苏鹤亭坚持不懈地问："你在气什么？"

谢枕书说："没有。"

苏鹤亭说："气我吗？气我说不跟你玩？"

谢枕书沉默。他生起气来也是那副表情，好像全世界都欠他钱，双眸冷冷的，谁都不放在眼里。

苏鹤亭用哥儿俩好的语气说："我开玩笑的，我们也算过命之交了。你以后有什么困难，我决不会不管。"

谢枕书不理他。

苏鹤亭探头吹了一下谢枕书的十字星耳饰，想引起他的注意。

十字星一晃，谢枕书蓦然回头，用眼神制止苏鹤亭的行为。

可惜苏鹤亭不理他,小声说:"你好白,平常不出门吗?也是,你都待在这里。那你什么时间锻炼?睡前?肌肉都——"

谢枕书说:"不许吹。"

"哦。"苏鹤亭答应完,又吹了一下。

他就欠,什么不行干什么。

谢枕书有些恼火,喊道:"苏鹤亭!"

苏鹤亭答得干脆:"到!"

谢枕书骤然把头转过去,不看苏鹤亭了。

奇怪得很,苏鹤亭一贯要面子,可对着谢枕书,却觉得没什么,好像他是自己人,可以暂时认怂。比如现在,这片区域黑得要命,难保没有其他东西。苏鹤亭很累了,根本不想再打架。

苏鹤亭说:"我说什么你高兴,我说什么你不高兴,你都可以告诉我。我们说好了,天长地久一起走,可走归走,两个人总得有交流。好比现在,你干吗不理我?"

谢枕书就不理他。

苏鹤亭凑近谢枕书,喊道:"喂。"

谢枕书说:"有事?"

苏鹤亭问:"你真的有预知能力吗?"

谢枕书说:"没有。"

苏鹤亭纳闷道:"那你怎么知道刑天的卧底都几点上线?"

"信息监控和数据分析,"谢枕书走在黑暗中,觉得雨渐渐小了,"刑天的行动时间很好掌握。"

苏鹤亭说:"那地点呢?"

谢枕书回答:"一样,偷渡客的上线地点是固定的,只有一百个。"

苏鹤亭想,刑天至今都认为卧底的上线地点是随机的,看来他们对惩罚区的了解只有皮毛,好些事情大姐头还被蒙在鼓里。

苏鹤亭又问:"我第一次到这里时,当时袭击你的爆炸是什么?另一种神魔吗?"

谢枕书说:"不是,那是清算系统,会不定期搞突袭。"

谢枕书百分之七十的死亡都是因为清算系统，这个系统设定无解，可以把它看作是主神系统的"手"，只会攻击谢枕书。

苏鹤亭说："哦。"

两个人安静了一阵儿。

苏鹤亭老实了，猫耳却无聊得动起来，一会儿折倒，一会儿竖起。又过了半晌，苏鹤亭双眼沉沉，带着鼻音问："你有没有什么想问我的？"

谢枕书说："有。"

可这声"有"没有后续。

苏鹤亭等不及，打了个哈欠，闭上眼，说："我休息一下……"

刺激信号消退后是无尽的疲惫，苏鹤亭的呼吸声很浅，几乎是秒睡，一点儿没抗拒。

谢枕书走出黑夜，天正蒙蒙亮。

太阳要出来了，城市开始刷新。那些被烛阴夷为平地的高楼大厦无声隆起，无数碎片纷飞，好像破碎的水晶球正在重新凝聚。

谢枕书就在这时轻声问："你为什么回来？"

没有回答。苏鹤亭没听见。

他眼眸微垂，侧过头看苏鹤亭，神情有点儿难过。

耳内通话器里有人讲话："长官，呼叫长官。"

谢枕书说："嗯。"

东方松了口气，说："总算通了！我还担心你们掉到外边去了。"

谢枕书对东方说："我们在城市边沿。幸存者撤退顺利吗？"

东方给花栀让开路，说："情况不好，有三十六个人在坍塌中受伤，我们现在需要药物。"

谢枕书说："俞骋，去临近的刷新点找药。"

俞骋立刻回答："收到，长官！"

谢枕书说："小心。"

俞骋深感任务重大，正要回"好的"，谁知一激动，打了个嗝儿。

小顾嘲笑他:"哈哈!这么紧张?"

俞骋满脸通红,赶忙解释:"对不起!一夜没进食,太……太饿了。"

东方说:"我也饿,周围几个刷新点的食物恐怕不够分。长官,我们要扩大搜索面积吗?"

谢枕书想了一下,说:"我坐地铁去三王站,带食物回来。"

三王站位置很偏,有个超市会刷新食物,门口的停车场还配有小型货车,方便运输。谢枕书一般半个月会去一次,但这次情况特殊,他得在下一个黑夜到来前找到足够的食物,去那里最合适。

几个人已经习惯了这样的生活,知道自己此刻该做什么。幸存者中也有志愿者,会帮忙维持秩序,解决一些生存难题。他们简单地交流了几句,却没人闭麦,这也是征服者的习惯,大家要随时保持通话,以便遇见突发状况能够及时救援,不过谢枕书话都不多。

小顾个头儿小,踩着个板凳,正在替受伤的幸存者搬纱布。他说:"我这几天老是想鱼香肉丝,啊,想得口水都要出来了。系统什么时候能大方点儿?别天天刷新什么加热饭团,我快吃吐了。"

东方跟在花栀身后,他们准备在这里搭个乘凉棚。他闻言说:"加热饭团好歹能选择口味,最早待地下那会儿才是真憋屈,每顿都吃营养面,清汤寡水的,吃得我瘦了十几斤。还是想我妈,她做的蛋炒饭真是一绝。栀子,你呢,想吃什么?"

花栀说:"饺子,过年时吃的饺子。"

小顾问:"俞骋呢?"

俞骋饿得肚子咕咕叫,他捂着肚子,刚上车,犹豫道:"……我已经忘了那些菜的味道,给我个麻辣小龙虾口味的饭团就行。"

其他人齐声说:"出息!"

俞骋不好意思道:"煎饼果子吧!我以前上学,门口都是卖这个的,太久没吃了,还挺想的。"

他们望梅止渴,靠彼此的形容来回味味道。几个人正说得热火朝天,忽然听见长官那边的声音。

苏鹤亭问:"我们去哪儿?"

谢枕书说:"坐地铁。"

苏鹤亭摇晃起尾巴,说:"我只坐过——"

他忽然卡壳了,一时间想不起自己坐过什么。记忆就像被切断了一样,到某个节点会全部消失。

苏鹤亭没了声音,花栀轻轻咳了一下,提醒苏鹤亭。

苏鹤亭听到咳嗽声,兴高采烈道:"是你们啊,大家都活着?"

小顾说:"托您的福,都活着。"

苏鹤亭说:"客气,客气,别光嘴上谢我,有报酬吗?"

小顾一口气没接上,震惊地说:"凭我们的革命友谊,你还要收取报酬?!"

东方说:"人心难测啊。"

俞骋说:"我们都没钱。"

苏鹤亭得把猫耳凑近才能听清他们在说什么,他说:"没钱就用别的抵吧。"

通话器里安静几秒,通话就断了。

谢枕书和苏鹤亭继续走,太阳一出,城市内的温度就飙升。道路两侧没有遮阴的树,阳光晒得苏鹤亭直出汗。

猫的精神头一过,又恢复半死不活的状态。他被晒了一会儿,问:"到了吗?"

谢枕书说:"没有。"

苏鹤亭蔫头耷脑地说:"我好热,白天怎么这么热……要到了吗?"

谢枕书说:"自己看。"

苏鹤亭抬起头,眯着眼,没看到地铁站。他举起手,罩在谢枕书头上,说:"给主神系统提个建议,这个城市需要树,拜托它们多种点儿树。"

谢枕书听着苏鹤亭碎碎念,没有打断,而是"嗯"了一下,好像也这么认为。

地铁站不算远,只是没有标识,也许是主神系统故意为之。他们下了地下通道,底下竟然还有空调。

他们走下最后一级台阶,旁边就是个自动贩卖机。

苏鹤亭掏兜,里面是空的。他遗憾地说:"没硬币。"

谢枕书没答话,一拳砸烂了自动贩卖机的玻璃。他甩了一下手指,拿出手帕,在苏鹤亭震惊的目光中擦掉了指间的玻璃碎碴儿。

苏鹤亭震惊于检查员竟然也这么暴力,做了自己想做的事情。然后他伸出手,从里面拿出两瓶纯净水,递了一瓶给谢枕书。

地铁站大厅内还有乘务员温馨的广播提示,正在不断循环着"请您站在黄线外等候"。他们翻过检票口,下了电梯。苏鹤亭注意到这里一切正常,只是各个通道都空无一人,显出几分诡异。

苏鹤亭说:"主神系统也挺奇怪的,搞这么多东西,方便谁呢?"

他觉得"白昼"这个设定就不符合逻辑,那些刷新的物资和主神系统的驯化目的背道而驰。

谢枕书说:"这里不止一个系统。"

苏鹤亭双手插兜,说:"我知道,主神系统是统称,它们是由多个系统组成的联盟。"

这些人工智能起先是用来服务人类的,它们在发展中渗透进人类生活,从单一、笨拙的形象逐渐变成了远超人类的智慧化身。在旧世界,南北战争打了一年又一年,黑豹首领傅承辉是个公认的战争狂,他没能率领黑豹结束战争,因此开始求助于人工智能。最早的人工智能名为"宙斯",人类基于它的数据研发了进化系统阿尔忒弥斯,也就是大姐头口中的"狩猎女神"。

傅承辉和狩猎女神进行了某种实验,具体不详,按照大姐头的说法,苏鹤亭也参与过这场实验,可他不记得了。他只能根据新世界的资料了解到,狩猎女神没能给傅承辉带来胜利,傅承辉最终发动了战争武器,炸了全世界,给旧世界画上句号,从此改变了人类的生存模式。

但是实验没有随着旧世界的完蛋而终止，反而诞生了超进化系统珏。

奇妙。

苏鹤亭一边跟着谢枕书进地铁，一边想：我在那场实验里扮演什么角色？难道真如和尚猜测的，是个杀人如麻、没什么感情的特工？

二人就近坐下。

苏鹤亭拧开瓶盖，喝了一口水，觉得自己刚才理解错了，谢枕书的意思应该是，这里除了主神系统，还有珏。

他问："你认为物资刷新是因为珏？"

谢枕书拎着水，手臂压在膝头。他看着对面玻璃上映着的苏鹤亭，没讲话。

苏鹤亭说："等等，它干吗帮助人类？"

谢枕书说："心地善良。"

苏鹤亭："……"

谢枕书却问："你为什么能打破烛阴的沉默效果？"

这两个问题毫不相干。

苏鹤亭怀疑谢枕书是希望他顺着这个"心地善良"回答出"勇气""友爱"这类词，但他摸了摸后颈，坦白道："这个啊……因为我中病毒了。"

谢枕书："……"

苏鹤亭还挺高兴，接着说："超兴奋的那种！"

刺激信号在脑内奔腾时能覆盖痛觉，让苏鹤亭有种被狂化的快感。他对此十分满意，甚至不太想解决掉这个病毒。

谢枕书问："什么病毒？"

"斗兽场里的病毒，听大姐头说，它能刺激大脑，让我打架更凶猛。"苏鹤亭说着放下手，"说起来你也连接过赛场的接口，你有那种感觉吗？就那种……"他冥思苦想，"让你'嘭'的一声燃起来。"

"没有。"谢枕书的回答很不给面子。

苏鹤亭说:"哦。"

地铁在行驶中播放广告,时装模特的立体投影走来走去。苏鹤亭被广告转移注意力,去观察那些模特,随后发现他们还都挺好看的。

谢枕书突然问:"病毒痛吗?"

苏鹤亭说:"不痛。"

可能有一点儿,但对他来说不算什么。

谢枕书说:"有种刺激病毒会对大脑活动区进行精神感染,让人在不知不觉中上瘾。如果你一打架就能感觉它在活动,那么你要注意,那可能是危险讯号。"

他语气平静,好像在叙述今天的天气真热。但他越是这样平静,苏鹤亭就越是警觉。

苏鹤亭竖起猫耳,又不想让自己显得害怕,于是故意停顿五秒,才问:"被感染以后会怎样?"

谢枕书说:"丧失理智。"

苏鹤亭更加谨慎地问:"比如?"

谢枕书慢条斯理地说:"流口水,裸奔,大喊大叫。"

苏鹤亭悚然,他无法接受那样的自己。他的尾巴焦躁地拍着座位,一脸凝重道:"那应该怎么办?!"

谢枕书晃了晃指间的纯净水瓶,回答:"找个人跟你意识连接,让他帮你看看。"

苏鹤亭:"那得插接口,我脑袋里的隐私会被对方看光,这感觉跟裸奔没差别。"

谢枕书:"所以你准备选择在大庭广众下裸奔?"

这道选择题让苏鹤亭纠结,他说:"不,那也不要。你确定它会精神感染吗?我现在感觉还行,况且我意志力很强,病毒不一定奏效。"他伸出手指,给谢枕书算,"我迄今为止打了这么多场比赛,也没疯,它平时不怎么干扰我。"

谢枕书了然，反问："你第一次见到我时兴奋了吗？"

苏鹤亭说："……有点儿吧。"

谢枕书说："它已经奏效了。"

这种刺激信号不正常，它把人面对危险时的害怕都转换为兴奋，催促着人以命搏命。即便它平时不声不响，关键时刻也非常危险。况且谢枕书说的是实话，刺激感能让人上瘾。

谢枕书接着说："最好尽快找个人帮你。"

苏鹤亭抗拒道："万一对方在我脑袋里兴风作浪，我都没法儿喊他滚蛋。"

意识连接还有隐患，对方可能会留下记号。苏鹤亭不想以后一动脑子，意识里全是对方的影子。他是个保守派，看重隐私，不想和陌生人分享自己的一切。

谢枕书"哦"了一下。

苏鹤亭坐了片刻，说："福妈能解决它。"

谢枕书说："你要跟福妈意识连接？"

苏鹤亭顿时寒毛直竖，仿佛福妈的身躯已经冲进了他的脑袋里，正举着手册在狂敲他。他立刻说："算了……别！我永远不会跟她意识连接！这东西就不能靠手术解决吗？打开我的脑袋，把它从里面拿走。"

可是福妈给苏鹤亭检查的时候都没有发现刺激信号，它们隐藏得很深，平时都在大脑里沉睡。苏鹤亭越想越焦躁，尾巴忠实地反映了他的情绪，把座位拍得"啪啪"响。

谢枕书说："你总有不乱来的朋友吧。"

苏鹤亭转过头，凝视着谢枕书，半晌后，问："你说隐士？"

谢枕书"嘭"地捏紧了纯净水瓶，那瓶盖突然掉落，滚在二人脚边。他眼神冷厉，仰头把水全喝了。

苏鹤亭对谢枕书的恼火一无所知，他还沉浸在忧愁里，自己否决了自己："他也不靠谱，搞不好会心血来潮，在我脑袋里堆积木。至于佳丽，她是大姐，喊她跟我意识连接怪不合适的。"

还有谁呢？他在生存地可信赖的就这么几个人。

谢枕书捏着空水瓶，一言不发。

苏鹤亭说："你——"

谢枕书说："有空。"

两个人对上视线，地铁正好到站，门"哐"地开了，广播通知他们下车。谢枕书没有等苏鹤亭回答，捡起瓶盖，起身下去了。

苏鹤亭跟在谢枕书身后，把手臂枕在脑后，喊道："干吗突然走这么快？"

谢枕书说："腿长。"

苏鹤亭语噎，看他把空瓶精准地投进垃圾桶，开始思考两个人意识连接的可行性。他问："你真的有空？"

长官日理万机，线上线下两头跑，苏鹤亭怀疑他都不怎么睡觉。

谢枕书说："有空！"

苏鹤亭用纯净水瓶轻戳了一下他的背部，没等到回应，又戳了一下，说："那我俩连？"

苏鹤亭轻咳了一下，他不是怀疑谢枕书，他是想，谢枕书估计也没有跟人连过，万一也不太懂怎么办？两个人要是误打误撞……也不太好。

苏鹤亭郑重其事地说："如果你真的愿意，我可以下线准备。你需要什么连接指导吗？"

谢枕书说："不需要。"

苏鹤亭说："哦。"

三王站虽然偏僻，却是个大站，出站口多达四十几个。谢枕书常来，轻车熟路。他没回头，却能从各种奇怪的地方看到身后的苏鹤亭。

苏鹤亭像个下了课的小学生，纵使一脸跩样，还是老实地跟在谢枕书身后，谢枕书拐哪儿，他拐哪儿。

谢枕书忽然停下，回过身，表情冷酷，耳边的十字星微微闪着光。

苏鹤亭问："干吗？"

谢枕书说:"要一点儿。"

苏鹤亭语重心长道:"要就是要,不要就是不要,要一点儿是什么意思?"

谢枕书说:"要。"

谢枕书握住苏鹤亭没扔掉的纯净水瓶,把它拉下去,这样就能看到苏鹤亭的眼睛。他问:"你到时候会来我家吗?"

苏鹤亭咬牙说:"……会!"

谢枕书得到肯定的回答,把猫带出了地铁站。

两个人从D号口出去,上了台阶,外面又是一阵酷热。这里的街道更加宽阔,十几栋"科技革新"楼立在周围,不远处是空无一人的居民区。马路对面是个简陋的儿童公园,一座长颈鹿滑滑梯被晒得颜色泛黄,旁边还躺着个破旧玩偶。

苏鹤亭抓起外套后摆,把尾巴藏进去。他看了一眼谢枕书,强行解释:"天太热,晒久了容易掉毛。"

其实是担心尾巴在路上捣蛋,暴露他内心的不对劲。

好在谢枕书也没有追问,只是瞟了一下他鼓鼓囊囊的后腰,尾巴正在里面发疯般地摇晃。

他们此行的目的地就在七百米外,直线距离很短,但苏鹤亭感觉自己走了半天。他一边忍受着阳光,一边跟尾巴斗智斗勇。不到片刻,就把尾巴又放出来了。

谢枕书把"尾巴晒久了会掉毛"这件事当真了,他拔掉路边的提示牌,遮在尾巴上,罩出小片阴影。

苏鹤亭:"……"

他受不了这样热的天,愈发笃定刚才是受天气影响,导致他现在还心律不齐。他想自己就该让福妈给做个详细体检,搞不好是比赛打多了打出的毛病。

猫想对谢枕书说什么,又难以启齿,二人就这样到了超市门口。苏鹤亭看到紧锁的大门,终于打起精神,问:"老办法?"

他跃跃欲试，准备破门。

　　谢枕书抬指，菱形碎片变作一张精致窄小的卡。他拿着卡，在门口刷了一下。门锁"嘀"地解开，门自动向两侧打开。超市内开始播放舒缓的迎客音乐，灯也跟着依次亮起。

　　苏鹤亭："……"

　　谢枕书说："来的次数多了。"

　　苏鹤亭说："懂了，熟能生巧。正好，我也饿了，我俩可以吃完再动手。这么大的超市，总有——"

　　他的声音戛然而止。

　　超市里的灯光明亮，能让他们清楚地看见每个货架。但和想象中的不一样，这里什么都没有。

　　所有的货架都是空的。

　　苏鹤亭万万没想到，他逛个超市会是这种结果。货架上的价格标牌都更新了，东西却不见踪影。

　　苏鹤亭问："还有其他捷径能通到这里吗？或者是周围有幸存者团体？"

　　谢枕书摇头，肯定地说："我们是第一个到的。"

　　苏鹤亭入内，在收银台前看到了手写的日历表，上面还标着今日特价的商品。他用拇指擦了一下，说："字迹还没干。"

　　谢枕书站在货架间，翻了翻肉类冰柜里的空盒子，道："冰块儿也是刚刚刷新的。"

　　苏鹤亭说："说明天刚亮时一切正常，珏像往常一样修复这里，直到它该刷新食物的时候才出了问题。"

　　谢枕书"嗯"了一声，认同这个想法。他打开一个空盒子，俯首闻了一下，说："有肉的味道。"

　　苏鹤亭听到"肉"就心动，他凑过去，也闻了一下，十分笃定地说："是牛肉。"

　　他相信珏是个心地善良的好系统了，刷新的食物都这么体贴，竟然有牛肉，可惜他现在也只能靠闻闻来解馋了。

谢枕书说:"只有这里会刷新肉,其他地方都是加热饭团和咖喱。"

惩罚区不知道什么时候就会天黑,这里又靠近神魔地,对普通幸存者来说是极端危险地带,平时只有谢枕书会来。或许正是这个原因,珏才能在这里刷新种类丰富的食物,不必像在市内一样小心谨慎,躲躲藏藏。

苏鹤亭说:"上次武装箱里有虫子,这次食物没有刷新,显然是主神系统已经盯上了它。说到这里,我有个问题,主神系统一直知道珏的存在吗?"

谢枕书颔首,说:"知道。"

苏鹤亭问:"它们也在找珏?"

"嗯。"谢枕书回答得很谨慎,他看苏鹤亭好像在想什么,便继续说,"珏离开狩猎实验后就藏身在这里,主神系统做过很多尝试,都找不到它。"

苏鹤亭说:"它们找珏干吗?"

谢枕书把空盒子放回去,道:"吃掉它,集体进化。"

超市里的音乐已经停止,冷气的"嗡嗡"声巨大。苏鹤亭背后凉飕飕的,他用尾巴驱赶寒意,余光扫过周围,看每个亮起的地方都像是主神系统的眼睛。

谢枕书感受到了猫的反应,他说:"出去吧。"

二人退出超市,外面正是最热的时候。苏鹤亭拉高外套拉链,靠墙而站,这里有可以躲避阳光的阴影。

谢枕书打开通话器,喊了声:"俞骋。"

俞骋迟了三四秒才回复:"长官!"

谢枕书问:"你在的刷新点有东西吗?"

俞骋蹲在火辣辣的日头底下,已经守了二十多分钟。他摘掉眼镜,擦拭着脸上的汗,说:"没有,什么都没有……"他不想让人失望,急急忙忙地接了句,"刷新时间或许推迟了,我再等等看!"

苏鹤亭和谢枕书对视一眼,心里微沉。

谢枕书说:"不要等了,去下一个刷新点。"

俞骋愣愣地说:"好的……"

小顾在通话器里接道:"不该啊,天都亮了快两个小时了,之前也没有延迟过这么久。"

东方看了看凉棚底下的伤员,为了不引起恐慌,捂着耳朵溜到一边,压低声音问:"怎么回事?食物没有刷新吗?"

谢枕书沉默须臾,说:"没有。"

这个回答让大家都沉默了。

气氛沉甸甸的,俞骋额间的汗止不住地流。他心里很慌,把车开得极快,在十分钟内就赶到了下一个刷新点。可惜的是,这里依然没有刷新任何东西。

小顾抱紧纱布,说:"这咋整?!我们连加热饭团都没有了。"

花栀抿了抿唇,说:"不仅是饭团,其他物资也没有刷新。"

东方皱着眉道:"天不知道还会亮多久,这么多幸存者也不能留在地上。"

谢枕书说:"你们清点人数,把幸存者带往出生地。"

他说的"出生地"是幸存者们的上线地点,那是一个巨型地下储藏室,四面封闭,只能坐专用电梯下去。征服者从那里开始向外探索,也在那里储存了许多营养面。

这种营养面和地上的食物不同,它是主神系统的施舍,数量精确到幸存人数,每人一天只有一份。不论年龄、性别、体重以及身体状况,每份营养面的量都是固定的,很难让人吃饱,早期饿死过很多人,现在却成了他们的退路。

俞骋坐在车里闷得慌,他深深叹了口气,发动车子往回走。

花栀问:"长官和猫几点到?我们一起走。"

谢枕书看向苏鹤亭,说:"我们待在地上。"

苏鹤亭能下线,谢枕书能复活,这是其他人没有的优势,他们可以待在地上继续搜寻物资。

花栀有些犹豫,她说:"我也可以待在地上。"

小顾说:"还是我吧!一是我年纪最大,二是我不想回出生地,那里搞得太像养殖场了,我一回去就做噩梦。"

"怎么跟结账似的,还抢上了?长官说退,我们就退。别跑啊你!"东方手疾眼快,拎起了小顾,对通话器说,"长官,我们保证完成任务,请保持通话。"

东方看起来不着调,但最听指挥,也最靠谱。

谢枕书说:"等俞骋归队,你们就准备出发。"

小顾愁眉苦脸,唉声叹气道:"上次黑蠕虫事件就不对劲,我当时还纳闷,它们怎么大白天的就出来了,现在看来只是个开端。主神系统这是要干吗呀?"

东方把小顾丢进车里,说:"能怎么办?受着吧。你在这儿等俞骋,我和花栀去通知各个搜寻队,准备清点人数。一会儿你俩把还能开车的统计一下,差不多了咱们就出发。"

苏鹤亭听不太清,只能瞄谢枕书。

谢枕书把通话器的麦暂时闭了,问:"几点下线?"

苏鹤亭拧眉,想了片刻,答:"不知道。"

这次上线估计是受到了烛阴的干扰,还没告诉他时限是多久就被静音了,算算时间,已经差不多过了十三个小时。

苏鹤亭突然想起上回谢枕书问过他什么时候再来。他原本到了嘴边的话一转弯,变成了"不慌,我能陪你到晚上"。

苏鹤亭心想:他一定很感动,他一定很想谢谢我。

岂料谢枕书看了一下表,说:"嗯,你也不会自己下线。"

苏鹤亭:"……"

谢枕书说:"既然珏遇到了问题,那白昼就不稳定,这里随时会天黑。从这里到下一个刷新点有两公里,我们开车过去。"

苏鹤亭把下巴缩进外套领口,只用鼻子"嗯"了一下,算作冷酷的回答。

超市的停车场是露天的,就在旁边。二人翻过简陋的铁网,挑了辆大容量货车。苏鹤亭不想一脚油门轰翻两个人,于是自动坐在了副驾驶位上。

大白天的,路上就他们一辆车在行驶,又没有红绿灯,几分钟就到站了。

谢枕书说:"走吧。"

苏鹤亭解开安全带,先下了车。他抬手挡了挡阳光,眯起双眼,打量着前方。片刻后,他说:"哦——人类幼崽学习园!"

他语气惊喜,好像那是什么新鲜好玩的东西。

那是所复古风格的幼儿园,大门刷了红漆,顶部是东倒西歪的"小朴幼儿园"五个字。大门两侧的岗亭看着有些年头儿了,里面的桌子上还摆放着收音机,正在播放陈年新闻。进门就能看到一个花坛,插着许多卡通标牌,写着"爱护花草"。石子路走到头,是天蓝色的教学楼,门窗都是拱形,涂着各种漂亮的颜色。

二人入园,经过花坛,走在石子路上。

苏鹤亭问题很多,他先问:"那是什么?"

谢枕书顺着猫的手指看过去,说:"滑滑梯。"

苏鹤亭表情微妙,难以置信道:"啊?"

就这么一点儿?够滑吗?他腿一伸就到底了。

苏鹤亭停顿了一会儿,问:"那又是什么?"

谢枕书说:"跷跷板。"

苏鹤亭道:"原来是这样,我知道这个,两个人玩的。"

石子路上停放着几辆小车,谢枕书绕开了,余光看见苏鹤亭经过,眼睛还直勾勾地盯着那小车,便主动说:"那是扭扭车。"

苏鹤亭猫耳微抖,"哦"了一声,收回目光,把它想象成自己会扭的怪异小车。

新世界没有育儿单位,学校已经消失。早在旧世界时,连年战争就使得人类数量锐减,各地生育率下降,甚至出现了彻底荒废的停滞区。如今生存地鼓励幸存者生育,却禁止拼接人触碰人类幼崽。即便刑天承诺会给孕育孩子的家庭更多保护,但生的人仍然很少,毕竟物资紧缺，大家填饱肚子都很困难。

苏鹤亭变成拼接人后，就没见过几次小孩儿。他之所以知道幼儿园，是因为他曾经蹲在超市门口玩过卡通思维小游戏，里面有很多关于旧世界的图片介绍。

谢枕书说："三到六岁小孩会在这里学习。"

苏鹤亭说："我知道幼儿园的意思，可主神系统弄个幼儿园干吗？"

谢枕书拉开教学楼的门，道："这不是主神系统弄的。"

苏鹤亭跟着入内，更加奇怪。

不是主神系统，那就是珏。珏弄个幼儿园干什么？

到楼梯口时，谢枕书对苏鹤亭说："刷新点在二楼的储物间，你在这里等我。"

苏鹤亭点头，等谢枕书上了楼，他便开始自己闲逛。他先欣赏了一会儿墙壁上的画作，都是些简单的蜡笔涂鸦，内容奇怪，有玻璃、兔子和大狮子。苏鹤亭心想：珏是超进化系统，比主神系统更聪明，它是在用兔子和狮子手拉手暗示自然大和谐吗？

嗯——

你我他共创美好新世界。

苏鹤亭抱胸凝视着画，对这个猜想深信不疑。他继续浏览，看到最后一幅。那上面画着燃烧的月亮，底下还写着三行小小的字。

第两千天。
我还在寻找你。
我永不放弃。

苏鹤亭轻声念着第二行字："我还在寻找你……"

是珏写的吗？它在找谁？

苏鹤亭重新端详墙上的画，心里生出奇妙的感觉，仿佛珏不是一个系统，而是一个人。

背后忽然传来脚步声,苏鹤亭以为是谢枕书,但方向不对,脚步是从另一头来的。与此同时,敞开的大门"嘭"地关上了。

苏鹤亭叹气道:"别打扰我啊。"

脚步声消失,大厅一片死寂。

苏鹤亭转过身,大厅空旷,什么都没有。他摸不准刚才是什么,或许是玨在跟他开玩笑?不过他很快就打消了这个念头,因为他发现,就在进门的这几分钟里,天竟然已经不声不响地变昏黄了。

不对劲。

苏鹤亭走到楼梯口,仰头看二楼。他喊道:"长——官——"

楼上没动静,谢枕书没有回答。

苏鹤亭迈步上楼。到了二楼,他把双手都插进了外套兜里,发出了"噢"的声音。

难怪谢枕书没有回答,二楼还是大厅。

苏鹤亭又上了一层楼,看到的仍然是大厅,感觉就像每层楼都是大厅的复制品。他越发来兴趣了,朝着大厅另一头走,走到尽头是扇门。苏鹤亭拉开门,门外依旧是大厅。

苏鹤亭:"……"

整个空间似乎折了起来,不论他朝哪个方向,怎么走,都会回到大厅,他已然被困在了大厅里。

苏鹤亭原路返回,顺手把门关上了。他不清楚这是什么意思,主神系统在捣鬼,还是惩罚区出 bug 了?他再一次经过贴有蜡笔涂鸦画的墙壁,走马观花,等他走到头,忽然发现那幅画上燃烧的月亮消失了,取而代之的是太阳。

一幅画着红彤彤的太阳的画。

底下的字也变了。

第一千四百五十天。

阿波罗灼伤了我。

我知道离开是最安全的。

可我不能丢下你。

丢下谁?
苏鹤亭开始相信,珏真的在找人,可它在找什么人呢?苏鹤亭想弄清楚,于是他几步跃上楼梯,再次进入大厅。
这次画也变了,变成了几丛潦草的玫瑰花。

第一千九百天。
我正在流浪。
心里想着和你的会面。
我很难过。

苏鹤亭直接跑到尽头,进入下一个大厅。他把这种进入看作刷新,信息刷新。珏一定在这里待了很久,它把无人能倾诉的事情记在了画上,这个大厅就是它折叠的日记本。
这回是蜡笔画的看月亮的小火柴人。

第一千八百五十天。
我像个幽灵,飘啊飘的。
可我不敢讲话。

苏鹤亭接着走,画又变了,这次是辆自行车。

第一千八百天。
记忆很可怕。
它让我孤单。

苏鹤亭有点儿累,继续朝下一个大厅走,边走边琢磨那些词。珏说"孤单""可怕""难过",这些都是情感词,它像人一样在表达。

这是种怎样的进化?又是谁让它拥有了这些情感?

苏鹤亭走到下一幅画前,发现这次的页码错乱了,从一千八百页直接跳到了第一页。

蜡笔画上画着两种动物,兔子和狮子。

第一天。

我祝福他们。

暴君邀请了我,可我不能走,我必须到这里来。

因为你在这里。

"他们"是谁?"暴君"又是谁?

苏鹤亭稀里糊涂,到了下一个大厅。这次画的是只猫。

第一百天。

我看见了苏鹤亭!

天哪,他还活着。

苏鹤亭寒毛都要竖起来了,他闭上眼,又睁开,确定画上写的是自己的名字。苏鹤亭按照第一幅画的时间推算,珏这篇日记应该写于五年前。五年前是新世界01年,那会儿他的确在惩罚区里。

啊,可恶!

苏鹤亭拔足狂奔,觉得失去的记忆正在召唤自己。他冲进下一个大厅,画已经变成了十字星。

没错,就是谢枕书佩戴的十字星耳饰。

第一千天。

死亡,死亡!无休止的死亡!

这就是实验吗?

它们太残忍了。

我该怎么面对苏鹤亭？

什么意思？

"它们"是指主神系统吗？第一千天发生了与谢枕书相关的事情。谁死了？谢枕书吗？为什么珏会觉得无法面对苏鹤亭？

苏鹤亭被打乱的页码搞得晕头转向，他只能接着跑，尽可能地得到更多信息。

第一百五十天。

我喜欢征服者。

苏鹤亭说这是反抗，我认为他说得对。

我会尽我所能帮助他们。

大家都要活着。

可是朴蔺，你在哪里？

我创造白昼，捏出了太阳。希望太阳照耀这片土地，也能让你感觉温暖。

苏鹤亭推开门，这次的大厅已然十分昏暗。他还没冲到画前，就被人一把拽住了。

谢枕书眼眸里的情绪如波涛般汹涌，可他没有进行下一步动作。他站在那里，像是等了苏鹤亭很久。

苏鹤亭还没反应过来，他愣了半秒，忽然捏了几下谢枕书的手臂。

谢枕书皱眉，看看手臂，又看看猫。

苏鹤亭问："疼吗？！"

谢枕书说："不疼。"

"懂了，"苏鹤亭立刻撒开手，警觉地后退，义正词严，"你是假的！"

谢枕书一愣,又皱眉,把苏鹤亭拽紧,拉了回去。他说:"你跑去哪里了?"

苏鹤亭扭头看墙壁,蜡笔画变回了燃烧的月亮,字迹也退回一开始的样子。

第两千天。
我还在寻找你。
我永不放弃。

遽然降临的黄昏已经消失,夜晚悄然而至。因为白昼的彻底消失,苏鹤亭终于从珏隐藏心事的折叠空间里走出,回到了最初。

苏鹤亭心道:这该如何形容?

他转回头,跟谢枕书对视。半晌后,他说:"……我去看展了。"

谢枕书:"……"

苏鹤亭还没解释,手腕上就"咔嚓"一声。他低头一看,菱形碎片又铐住了他。

谢枕书说:"骗子。"

他半垂着眼,好像被伤害了似的。

苏鹤亭一时语塞,他说:"喂——"

谢枕书把另一头铐在自己手腕上,转身向外走。

苏鹤亭也跟着走,他一边抓着后脑勺,一边说:"是你让我在这里等你,我也没跑啊?我真的没跑……谢枕书?谢枕书。"

谢枕书充耳不闻。

苏鹤亭就喊:"长——官——"

谢枕书说:"我不信你了。"

"别,晚上这么危险,我们不能分开。"苏鹤亭晃了晃手,"走慢点儿,我给你说我去干吗了。"

谢枕书停下来,回头看他。

苏鹤亭说:"我在大厅看画,发现最后一幅画上有珏的笔迹,接着我就听见脚步声,然后大门被关上了。我以为是主神系统在捣鬼,所以上楼去找你,结果进入了折叠空间,里面是珏写的日记。"

这个"进入"实在难解释,苏鹤亭怀疑是自己不小心触发了珏设置的某种条件。

他说:"无论我朝哪儿走,最后都会回到大厅,直到太阳下山才出来,这不能算我乱跑吧?"

谢枕书抓住了重点,问:"折叠空间?"

苏鹤亭说:"是啊,你不知道?"

谢枕书不知道,他来过这里很多次,把整个幼儿园都逛遍了,却从没进入过珏的折叠空间。

苏鹤亭愣住了,转念想:莫非只有我能进去?进入折叠空间的触发条件就是我自己?可我和珏究竟是什么关系,它竟然这样信任我?

谢枕书说:"我看过那些蜡笔画,但我没有看到过珏的字迹。"

苏鹤亭道:"应该是珏设置的,不过我看到的蜡笔画上都是兔子和狮子。"

谢枕书说:"嗯。"

苏鹤亭说:"你嗯……'嗯'是什么意思?"

谢枕书侧过身,因为个子高,所以影子能罩住苏鹤亭。他说:"我看到的也是。"

苏鹤亭直觉谢枕书知道很多东西,于是问:"这两种动物有什么特殊含义吗?"

谢枕书说:"狩猎实验中有很多实验体,只有一个实验体活了下来,你可以把活下来的那个人看作画上的'兔子'。"

苏鹤亭表情一变,问:"那些实验体都是活人?"

谢枕书说:"是。"

苏鹤亭问:"那'狮子'是什么?"

谢枕书道:"'狮子'也是个人。"

苏鹤亭说:"他也是实验体?"

谢枕书答："不是。"

苏鹤亭对他挤牙膏似的回答很有耐心，问："那他是什么？"

谢枕书说："他身份很多，是7-001，也是'暴君'。"

苏鹤亭听到"7-001"，脱口而出："原来是他！"

怎么走哪儿都能听到这位7-001的事迹？！

苏鹤亭说："我看过资料，他是个狙击手。"

一个狙击手参与狩猎实验干什么？

谢枕书忽然转身，胸膛差点儿撞到苏鹤亭脸上。他微微俯身，视线和苏鹤亭平齐，看了苏鹤亭半响，说："你不要了解他。"

苏鹤亭说："哦，为什么？"

谢枕书皱了皱眉。

苏鹤亭察言观色，问："你讨厌他？"

谢枕书摇头。

苏鹤亭觉得有趣，追问道："那是为什么？"

谢枕书眼皮很薄，半耷时会显得眼尾略长，让他身上那股冷劲儿格外足。他须臾后才说："他和你不同。"

苏鹤亭说："哪里不同？"

谢枕书道："他太狡猾了。"

苏鹤亭沉默少顷，指着自己说："……我很笨？"

谢枕书道："不是。你是傅承辉派去监督狩猎实验的人，他不是。"

苏鹤亭心道：原来我是个监军。

谢枕书说："他通过个人检测回路和狩猎女神取得联系，谎称自己可以协助完成狩猎实验，骗取了女神的信任，因此进入了狩猎实验。"

苏鹤亭说："厉害，是个人才，连狩猎女神都能骗过。"

狩猎女神不是普通的系统，它是世界上第一个进化系统。就算苏鹤亭不记得有关它的事情，也知道它的与众不同。

苏鹤亭听到这里倒真来了兴趣，说："这位朋友费尽心机进入狩猎实验是为了什么？"

谢枕书道:"为了带走'兔子'。"

苏鹤亭说:"——嗯?"

他以为凭 7-001 的本事,进入狩猎实验肯定是有远大抱负,比如盗取狩猎实验的胜利果实,或者组建自己的系统军队,却不想 7-001 的目的如此简单,仅仅是为了带走一个人。

"他带走实……"苏鹤亭不想把那些活生生的人称为"实验体",好像"拼接人"这种被划分出来的称呼一样,大家明明都是人,他停顿少顷,重新说,"他带走'兔子'干什么?"

谢枕书看着他,答:"为了自由。"

苏鹤亭凝滞片刻,表情镇定,好像见过大风大浪似的,心里却想:我的前同事竟然在系统的眼皮子底下功成身退!

真有你的,7-001。

苏鹤亭鼓起掌来,说:"了不起。"

难怪珏会在第 1 天写下"祝福他们"这样的话,按照珏的日记,暴君,也就是 7-001 带着兔子离开时,曾邀请过珏一起,但珏为了一个叫"朴蔺"的人来到了惩罚区,并且留在了这里。

Chapters 9
敖因

谢枕书的手腕挂在手铐里,被拉向了苏鹤亭。

苏鹤亭说:"我都解释清楚了,怎么还铐着?"

谢枕书道:"等到晚上再解开。"

苏鹤亭:"……"

他说:"天黑了,已经是晚上了。"

谢枕书不语。

苏鹤亭心想:珏提到我的时候还画了十字星,我和他必定认识,可他为什么从来不说?

猫在思索中竖起尾巴,感觉到有水珠。他仰头一看,周围都只剩模糊的轮廓。因为夜晚降临,开始下雨了。

幼儿园的灯光熄灭,只剩门岗里的收音机在絮絮叨叨。它也受到了黑夜的影响,播放的新闻里夹杂着电流声,音量时高时低。

"……昨日凌晨四点,一位旅人在……袭击……头部被丢入渠沟……手臂有啃咬痕迹……"

它竟在播放一则死亡事件。

二人侧身而立，各朝一边。苏鹤亭鼻尖微皱，闻到点儿味道，说："今晚有雾。"

果不其然，就在苏鹤亭说完这句话的几秒钟后，夜空中便大雾弥漫。那雾犹如被刻意抖开的纱布，把原本就看不清的城市变得更加朦胧。

雨逐渐变大，二人的肩膀都湿透了。雾里有种奇怪的味道，不臭，反而有点儿甜。苏鹤亭不喜欢这个味道，令他头晕。

谢枕书说："走。"

苏鹤亭走了两步，老是撞到谢枕书的后背，把一段石子路走得磕磕绊绊。这不能怪他，天这么黑，他若贸然用改造眼，会亮起"X"字，引来神魔。

谢枕书停下。

苏鹤亭说："这味道怪怪的，感觉飘飘然，好像喝醉了。"

正说着，他又踢到了白天路过的扭扭车。那车"哐"地倒在草坪上，自己开了起来。

不止这一辆，脚边所有的扭扭车都动了起来。它们在浓雾里吱呀吱呀地响，仿佛真有小孩儿坐在上面，正用双脚蹬着地面滑动。

苏鹤亭："……"

是他孤陋寡闻了，这东西真的会自己扭！

他正想着，手腕上一轻，手铐分解了。

苏鹤亭猫耳一抖，被谢枕书用手压住了。他原本不解其意，可很快，耳朵里就传来了细细的声音。

"……朝前走十几步就能离开……听我的，别信他。"

苏鹤亭没听过这个声音，它渐渐加大音量，占据苏鹤亭的耳朵。

"他如此紧张你的去留，是想拴住你。快跑，快点儿离开他。"

这声音如同有人在贴耳讲话，连气息都模仿得很像。

谢枕书见状不妙，阿修罗骤然现身，掐诀的"厌憎"随即怒目，对着浓雾张口咆哮。这一声咆哮震惊四方，效果堪比烛阴的音爆弹，苏鹤亭耳内"嗡"的一声恢复正常。

谢枕书说:"这是耳客①,一种干扰信号,不要和它对话,它会胡言乱语。"

苏鹤亭只觉得这东西吵,但他清静了不到半分钟,就又听见了别的声音。这次的声音不再陌生,而是他很熟悉的——

"神魔通行,凡人让道!"

机械太监的电子音回荡在深夜,氛围诡异。它上班准点,派头极大,连伞都是飞头獠子替它打的。

那些阿谀奉承的头挤在信息伞下,把它顶起,让它稳稳地罩住太监,不叫太监沾一点儿雨。

太监今日头戴一顶烟墼帽,穿着崭新的盖面,上边绣着童子骑羊。它把双手搭在身前,好似刚刚被唤醒,一双电子眼格外亮。

苏鹤亭一见机械太监就上火,他捏住手指,骨节"嘎嘣"响。

太监无视他们,态度倨傲。它伸开双臂,示意飞头獠子可以代劳,之后便见那些挤在伞下的飞头獠子神色恭敬,齐声大喊。

"神魔通行,凡人让道!神魔通行,凡人——"

阿修罗陡转,"妄杀"面异常暴躁,对准机械太监的位置就是一炮。那炮光"嗖"地点亮雨雾,不待飞头獠子尖叫,把它们连同太监一起轰了下去。

飞头獠子顿时作鸟兽散,不敢再狗仗人势。

苏鹤亭猜想是今晚的大雾有问题,他左耳一动,听见那耳客的干扰信号又开始作祟。

"这猫是偷渡客。"

"傲因②,傲因。"

"掐他的喉,拧他的头,挖掉他的眼睛,踩断他的尾。"

苏鹤亭倒无妨,这东西就是说说而已。但他见阿修罗六目怒张,身量暴长,铁盾"嘭"地砸在他身前,才知道耳客不是在激怒他。

谢枕书一言不发,面覆寒霜。

机械太监灰头土脸,滚地三圈后慌忙爬起来,看新衣裳被阿修罗轰得破破烂烂，气得跳脚。它喊着："放肆！放肆！真是不懂规矩！"

机械太监的性格设置中有"要面子"三个字，平时总要站在高处跟人讲话，从不轻易下地。原因无他，相较其他神魔，它太矮了，身高还不足一米半。

苏鹤亭看它气急败坏，一双电子眼疯狂闪烁，道："你又不打架，怎么还不走？"

太监捡起自己掉在地上的烟墩帽，顾不得拍掉灰尘，朝他们二人尖声说："晦气！得意什么？今晚有你们好受的！"

它说罢，也不等苏鹤亭回话，提起袍子就跑。苏鹤亭这才发现，太监的袍摆底下是单轮车。那车轮转得飞快，在几个眨眼间便溜得没影儿了。

太监逃跑后，雾已经浓到伸手不见五指的程度，整个城市都像泡在豆浆里。苏鹤亭上前摸到阿修罗垂下的指尖，那是谢枕书的牵引。

苏鹤亭说："不用把它说的话放在心上。"

谢枕书"嗯"了一声，站在苏鹤亭背后，和阿修罗如同前后墙，不给别人可乘之机。可怜阿修罗，分明是个凶相利器，此刻却被苏鹤亭转着当探照灯。苏鹤亭牵着它的指尖，把它朝左朝右随意转。它三张脸怒目圆睁，却乖得像气球似的，悬浮在空中，被苏鹤亭转来转去。

只是雾太大，阿修罗的怒目也照不出东西。

耳客消停不到几分钟，又开始喁喁私语："傲因，傲因……"

苏鹤亭不习惯这样的耳语，猫耳使劲地抖了几下。因为耳客反复唤着"傲因"，听得苏鹤亭耳朵生茧，就主动问它："傲因是什么？"

耳客没回答。它不会和人对话，那些带有心理暗示的耳语都是设置好的程序。

苏鹤亭摁住一边的猫耳，正想转头问谢枕书，忽听雾中有脚步声。那脚步声既不似夜行游女的，也不似厌光的，而是轻飘飘的，与人的相似。

谢枕书抬起手，食指轻抵着苏鹤亭的背部。这是在示意苏鹤亭停下，他显然也听到了那脚步声。

二人待在原地，周围时不时传来窸窸窣窣的声响。雨"滴答"落在头上，苏鹤亭甩了一下尾巴上的水，碰到了谢枕书。

谢枕书以为猫没耐性，便用食指在他背上轻轻写了两个字。谁知这不写还好，一写苏鹤亭就浑身发麻，尾巴无力，两腿发软。

噫！

苏鹤亭捏紧了阿修罗的手指。

谢枕书正在写字的食指一顿。

苏鹤亭一心想要稳住酥软的身体，从捏变成了攥。

阿修罗有六只手臂，其余五只动也不动。垂头注视着苏鹤亭的是"厌憎"，它冷眉冷眼的神态有三分像谢枕书，但碎片漆黑，组成的面部在大雾中又很模糊，导致苏鹤亭毫无察觉。

那脚步声由远及近。

苏鹤亭见雾中闪过一截衣袖，颜色艳红，不像新世界的打扮。他瞬间一步跨出，以迅雷不及掩耳之势拽住了对方的袖子。

那袖子材质特别，非常丝滑，水一般地向回流。

苏鹤亭指间一空，道："别藏了，看见你的脸了！"

他吓唬对方，话没说完，拳头先挥了出去。

这一拳砸中块钢板！

耳客嘻嘻哈哈道："傲因，傲因！快咬掉他的头！"

白雾间有东西在跟着说："咬掉……他的头……"

苏鹤亭感到腕间骤然收紧，被对方钳制住了。这东西似乎没有肉，整只手都是铁打的。它力量巨大，要把苏鹤亭拖进雾里。

阿修罗的"妄杀"相暴怒，即刻挥刀。浓雾刹那间被重型长刀划破，露出对方的真容。

那是个身披破麻布袋的机械乞丐，半边胸口被腐蚀，表皮脱落，内里锈迹斑斑。它的面部也生了锈，只剩一只玻璃眼珠完好无损。那眼珠鼓出，里面装有可供它在大雾、黑夜中搜寻猎物的检测器。它体形偏瘦，躯体佝偻，背上背着个奇大无比的包袱，正散发着甜腻的香味。

傲因被阿修罗的刀砍中侧颈，可它那里是仿造人骨的钢铁，除了"嘭"的一声响，没有别的反应。它既不知疼痛，也不知退缩。

苏鹤亭知道它的力气为什么那么大了！

因为它身体虽瘦，可两臂奇粗。那手腕、手肘处都装有可调控的使力器，只要它的铁手没断，再沉的东西它也拖得动。

苏鹤亭鞋底的摩擦声刺耳，被拽动些许。他用一只脚稳住身体，抬腿踩中傲因，道："听见没？松手！"

傲因腕间的使力器一转，不仅没松，反而拧得更紧了。它有个特性，会把在雾里抓住的东西都自动视为它的所有物，绝不会松手。

耳客说："咬掉他的头吧。"

傲因"嗒"地张开嘴，它舌头尖细，长得古怪。不过牙齿雪亮，和人的类似，应该是常常护理，每日都刷。它的发声装置在喉咙下面，通过胸口外放，正在回答耳客："好的！让我来咬掉他的头吧！"

苏鹤亭还在欣赏它的设计，闻言说："算了吧，你舌头好长！"

舌头上面还有模仿人类的口水，让苏鹤亭无法接受。

傲因哪管他说什么，猛地咬过去，苏鹤亭就势闪避，沉身向后，看那牙齿在眼前"咔"地紧紧合住，只觉脖颈间凉凉的。

傲因的咬合力是经过计算的，说咬掉头，就能咬掉头。

"你好，"傲因的发声装置是自动播放的，"交个朋友。我叫傲因，性格外向，喜欢捡垃圾，保护环境是我的终身追求。谢谢你和我握手，真高兴遇见你，今晚的月色真美。"

这是一段完整的自我介绍，如果它没有边介绍边咬人就更好了。

谢枕书攥紧手指，手臂落下，"妄杀"相的重刀跟着突然落下。

傲因的脖颈一歪，被刀压向后方。它的头部还在努力向前，对苏鹤亭重复说着："你好，交个朋友。"

谢枕书对傲因说："滚！"

"妄杀"腾出另一只手，从天而降，犹如佛印，摁住了傲因的脸。

傲因说："我叫……"

"妄杀"五指收拢，把傲因的头生生捏变形。那"嘭"的一声，是它头部零件爆碎的声音。它的调控装置随即失效，钳着苏鹤亭的手一松，整个身体已经被"妄杀"提了起来。

发声装置继续说："我的性格外向，喜欢……"

阿修罗把它连头带身体砸向地面。

傲因道："谢谢你和我握手——"

阿修罗无故发怒，将它提起砸下，提起砸下，反复数次，直到它头部碎裂，发声装置也报废了才停。

傲因垂着仿骨双腿，胸口发出一阵"刺啦"的杂音，像个破烂娃娃。

谢枕书说："走。"

阿修罗丢掉傲因，像刚才一样朝苏鹤亭垂下了指尖。

苏鹤亭："……"

他正准备握住阿修罗的手指，猫耳却动了动。

傲因背后的包裹里突然传出"嘎吱嘎吱"的声音，四条机械臂伸了出来，动作迅速，手法专业，往傲因的脖颈上插了颗新头，完事后还拍了拍那颗头，像是在注入灵魂。

那头颗上的玻璃眼珠一亮，咧开嘴，欢天喜地的。

"你好！"

它这次声音更响亮了，还充满感情。

"交个朋友吧，交个朋友吧！"

四条机械臂在包袱里胡乱翻找，找出一朵塑料小雏菊，插在傲因扭曲的仿骨脖颈上，然后鼓起掌来，用这种方式夸奖傲因。

傲因两腿蹬直，鲤鱼打挺般地弹起来。它背着包袱快乐地跳舞，像被上了发条似的。这次的声音不再从它胸口发出，而是从包袱里发出。

"我的名字叫傲因，是个无敌的小朋友。请你和我做朋友，一起快乐手牵手。"

四条机械臂随着歌声摆动，它们纷纷抚摸傲因的头顶。

傲因踢踏两下，漂亮地终止了歌声。它对着苏鹤亭和谢枕书张开手臂，鞠了个躬。包袱里的声音说："真高兴遇见你。"

它抬起头,嘴巴处"叮"地亮起"W"形状的光。

"你的头可以给我咬吗?"

苏鹤亭架臂,他的改造眼微亮,雾蓝色蒙蒙如晨光,"X"字随着火炮的迸发而变得清晰,道:"不可以!"

"轰——"

无敌炮打中傲因,顿时爆开。火焰飞速腾蹿,瞬间烧到了傲因的包袱。然而当烟雾散开时,傲因毫发无伤。四条机械臂整齐撺起,叠在傲因的前方,替它挡住了炮火的袭击。

傲因歪头,从脖子上取下塑料小雏菊,献给机械臂。机械臂如长辈般再次拍了拍傲因的头,它们看起来亲亲热热,好似一家人。

这东西究竟是同一设计,还是自发的组合?!

包袱又唱起来:"你好,交个朋友吧,我的……"

耳客也喊起来:"交啊,交啊!"

苏鹤亭听觉疲劳,被吵得头晕目眩,怀疑这些家伙是在针对他,以免他过于敏锐。

就在这时,谢枕书陡然拽住了苏鹤亭,把猫拉向后方。只见十字星一晃,谢枕书在旋身的瞬间,一拳击向苏鹤亭身侧的白雾!

雾散了些许。

另一个身披麻袋的傲因被打歪了头,它眼睛骨碌碌地转,说:"你好。"

它也背着包袱,只不过跟之前那个不同,它身后跟着一只拖臂行走的夜行游女。

夜行游女把傲因抱入怀中,探出苍白的脸,神情凄惨,哭个不停。

耳客"咯咯"地笑,对夜行游女耳语:"看啊,看啊,他打小孩儿。"

夜行游女用刀锋脚刮着地面,浑身颤抖,把傲因紧紧抱住。

耳客说:"他提起了这孩子,把它砸向地面。"

傲因佯装哭泣,说:"我只想跟他交个朋友。"

另一只也哭了起来,道:"我们没有恶意。"

果然,夜行游女的面容已然狰狞化。它对着谢枕书厉声尖叫起来:"不要!不要!你这个恶魔!"

苏鹤亭:"……"

这东西竟然会和耳客打配合,知道利用其他神魔的特性。

还挺聪明的。

夜行游女的上半身犹如融化的蜡,把傲因包住。它披散的头发垂在地上,用双臂捶打苏鹤亭和谢枕书,哭喊着:"不要虐待孩子!"

苏鹤亭记得夜行游女怕火,便抬手在指间捏出火星,用来驱赶它。

那火苗蹿升,在夜行游女的脸前晃了几下。按照苏鹤亭前几次的经验,它应该抱头鼠窜,可是它这次不仅没有逃跑,甚至连退都没退一步。

苏鹤亭十分奇怪。

谢枕书猜出苏鹤亭的困惑,说:"它的核心指令是保护孩子。"

苏鹤亭大为吃惊,问:"它不是个杀戮机器?!"

情况紧急,谢枕书来不及解释。他再次握拳,阿修罗的"忿怒"相抬枪就射。

另一边新换了头的傲因靠近不成,被阿修罗射速极高的机枪疯狂锁定。因为是无间断连发装置,火光一阵狂闪,弹壳持续迸飞落地,不到一会儿,就在谢枕书脚边累积成山。

傲因拉紧肩头的背包带,在机械臂的保护下越哭越大声。它捂脸擦泪,肩头耸动,靠发声装置一遍遍地喊着:"别打我……我只想跟你交个朋友……"

它演技精湛,哭得格外伤心。

夜行游女见状心碎,放声嚎叫。那声音短促,不像人和兽发出的,倒像是警笛声。

苏鹤亭猜它正在呼唤同伴,脚下稍退一步,道了声"不好意思"。只见他的强势手照着夜行游女的正脸就是一下,这一下靠掌发力,比起打更像推。

夜行游女受力歪头,脖子一折,它把双臂反拢在胸前,第一反应竟然是保护傲因。

苏鹤亭打断了夜行游女的嚎叫，却对它的反应感到更奇怪了，怎么比起自己，它更在乎傲因的安危？就因为傲因看起来像小孩儿？

他正思索着，就听白雾内又传来一阵声响。

苏鹤亭警觉道："来了好多夜行游女。"

这次不是窸窸窣窣的声音，而是金属擦地的声音。苏鹤亭不怕夜行游女，这东西好杀，但他听见那擦地声极其密集，不是简单的八九只。

谢枕书拉住苏鹤亭，当机立断，说道："先走！"

夜行游女潮水般涌过来，它们撞开幼儿园的大门，或者翻过幼儿园的墙壁。刀锋腿在草坪里乱踩，垂着双臂，犹如夜间幽魂，参差不齐地唤着"回家""孩子"等词。

阿修罗在旋转中三面开炮，一瞬间引爆全场。待火炮熄灭时，它就地散开，消失于白雾间。

傲因瞪着双目，面前空空，那两个人已经没了踪影。

"你好，交个朋友，我的名字叫傲因。"

伴随着发声装置的自动播放，傲因逐渐被蜂拥而来的夜行游女包围。夜行游女众星拱月般地把两只傲因抱起来。它们举高手臂，好像那是什么珍贵之物。

二人没有跑远，雾太大了，谢枕书带着苏鹤亭退回了教学楼。苏鹤亭透过门缝往外看，什么都看不清，只能听见夜行游女的喃喃声。

苏鹤亭不知道傲因的听力如何，他凑到谢枕书耳边，小声说："夜行游女这么喜欢小孩儿？"

谢枕书冷着脸回答苏鹤亭的问题："喜欢。"

苏鹤亭琢磨着刚才的景象，说："它这个设定很像育儿机器人。"

育儿机器人是旧世界联盟推出的系列机器人，可以与风靡一时的家庭系统相互配合，替人类解决各种育儿麻烦，但后来因为事故而停产。其公司开始改做服务机器人，也就是瑶池那个领头机器人的前身。

听说这种育儿机器人的核心指令就是保护孩子，正是这一点才引起了苏鹤亭的注意。但他也没见过育儿机器人，不知道是不是巧合。

谢枕书却道："不是像，就是。"

苏鹤亭刚才在外面已经惊讶过了，这会儿接受度很高。他手插兜，点了点头，说："难怪它把傲因当作心肝宝贝。"

此刻回想一下夜行游女的外形设计，会发现它们除了那些刀锋腿，上半身就是专为保护孩子而设计的。

苏鹤亭说："不过奇怪了，它既然这么喜欢小孩儿，为什么对小顾从不手下留情？小顾的体貌和年龄都比傲因更符合'孩子'的设定。"

谢枕书道："它知道小顾的真实年龄。养殖场接口会向它们提供幸存者的信息，只有你和我这种偷渡客除外。"

外面的喃喃声已经变小了，黑黢黢的大厅里十分安静。他们两个人靠着门坐在地上，准备商量商量下一步怎么办。

苏鹤亭想了想，把尾巴末梢举到两个人之间，问："你要灯吗？"

谢枕书沉默了一会儿，"嗯"了一声。

苏鹤亭的尾巴末梢翻折，亮起了微弱的灯光。

过了片刻，谢枕书问："你需要充电吗？"

苏鹤亭晃了晃尾巴尖儿，灯也跟着摇晃。他说："我这种……"他想说"我这种无敌的猫不需要"，又觉得这话太自傲，便含糊地说，"……嗯，不需要。这灯平时也不用，只有在这里会开几次。"

每次还都坚持不了几秒。

苏鹤亭正想着，它就灭了。

这无能的臭尾巴！

苏鹤亭垂下尾巴，赶紧岔开话题，问："今晚只有你和我，我还随时可能下线，死亡数量怎么办？"

苏鹤亭猜测傲因肯定很值"钱"，因为它比毕方、烛阴这些纯战斗型的神魔聪明多了，但是它棘手，和它硬碰硬不划算。

谢枕书道："没事，天会亮的。"

大家信任长官不是没由来的，不论遇见什么样的神魔，他都能让天亮起来。"

这次轮到苏鹤亭沉默了，少顷，他说："我信你。"

谢枕书道："我在二楼储藏室里找到了几包吃的，其他刷新点应该也有。"

苏鹤亭却说："天无绝人之路，珏很努力了。不过我每次上线，你都在这里，我下线后你也在生存地，车轮似的转转转。你都什么时候休息？放假吗？"

谢枕书道："回到现实就睡。"

苏鹤亭道："真的吗？我老怀疑你是机器人。"

谢枕书说："真的。"

苏鹤亭道："总之饭要吃饱，觉要睡好，不然打架没劲，还受欺负。"

谢枕书问："你受人欺负吗？"

苏鹤亭哈哈一笑，说："我欺负别人。"

猫虽然总是摆着张臭脸，不听使唤，可他遇着难事很少灰心。不论是失忆了还是被抓了，他都能继续往下走。

谢枕书想起什么，说："你也不要总欺负别人。"

苏鹤亭觉得这句话不像劝诫，他盘着腿，手撑着头，脸朝谢枕书的方向，尾巴一拍一拍的，道："怎么说呢？我也不干坏事。最近干过最坏的两件事，一是吹你的十字星，二是把铃铛给压扁了。"

他说到这里，从兜里掏出铃铛，举到中间。

"帮我穿根绳子行不行？装兜里容易坏。"

他转动铃铛，只见两边全扁了，已经被压成了两枚硬币厚的样子。

谢枕书："……"

苏鹤亭先告状："烛阴打的！你帮我穿根绳子，我就戴脖子上，位置显眼，不容易丢，也不容易坏。"

这时，耳边传来一声叹息，苏鹤亭以为是谢枕书在叹气，没过一秒，听见他又叹了一声，就说："别叹了，我下次小心。"

结果谢枕书问:"什么?"

二人面面相觑。

苏鹤亭一愣,捂住猫耳,一脸惊恐道:"好可怕,这狗东西在学你讲话!"

那两声叹息叹得苏鹤亭心惊肉跳,他手指微松,两只耳朵翘起来,抖了两下,问:"你叹什么气?"

耳客这次竟然接上了话茬儿,它说:"我想见你。"

它把谢枕书的语气模仿得惟妙惟肖,苏鹤亭目光微动,觉得耳朵里痒痒的,忍不住又抖了几下。

谢枕书听不见,便问:"它说什么?"

苏鹤亭正欲回答,耳客又说话了。它这次冷冷地说:"你不要跟他讲话。"

谢枕书见猫没回答,侧过脸,也说:"你不要跟它讲话。"

苏鹤亭:"……"

双声道极致体验。

没想到耳客一个干扰信号,还会模仿秀。

谢枕书皱了皱眉,一只手撑住地面,靠过去。苏鹤亭以为他也想听,就把猫耳凑到了他的面前。谁知谢枕书摁住了猫耳,强调道:"不要理它。"

苏鹤亭笑出了声。

谢枕书不解地看着他。

苏鹤亭指着耳朵说:"这也太像你了。"

耳客静了几秒,又说:"我想见你,我在门口。"

它学得太像了,仿佛谢枕书真的在门口。可是苏鹤亭逐渐听出了猫儿腻,如果说前面他还在猜测,那现在基本就确认了。

苏鹤亭说:"我懂了,它不是在学你讲话,它是在放录音。"

耳客只会播放"我想见你"等几句话,连语气都一模一样。它应该是截取了谢枕书的某次通话录音,再把这些句子打乱,专门用来骗人。

不出所料，耳客紧跟着又说了一遍"我想见你"。也许是猜到这样可信度很低，它在这句话后面又加了一句："我刚睡醒。"

它智商不高，句子组得毫无逻辑。但是新增的这句话微微带着鼻音，是苏鹤亭没听过的语气，还有些慵懒。

苏鹤亭："……"

苏鹤亭猛地垂下头，又把猫耳捂住。他眯着眼睛，盯着地面，心里想着：糟糕，白天的症状又出现了。

谢枕书手里一空，看苏鹤亭有些反常，心觉不妙，问："它在放什么？"

苏鹤亭捏着耳尖，"嗯"了一声，含糊地应付道："在放你的话。"说完又加重语气，"普通的问好！"

谢枕书不知道耳客偷录的是自己哪段话，他想了想，说："大雾天它很少出现，上一次出现还是几年前的事了，这通电话估计是那个时候的。"

苏鹤亭气道："搞了半天它是个窃听狂！"

谢枕书安抚道："现在有屏蔽器，它听不到。"

苏鹤亭说："我在道德上看不起它。"

他们说话时，耳客又不说话了。苏鹤亭等了几秒，松开猫耳，说："它不放了，傲因应该——"

谢枕书捏拳，转过头，说："来了。"

二人身后的大门被"嘭——"地破开，木屑乱飞。傲因双脚离地，被机械臂带着走，它悬在半空，出现在二人的视野里。

谢枕书的铁盾挡住了碎屑，苏鹤亭撑着双膝，尾巴一晃，也不着急，说："好啊，我没猜错，耳客果真是在拖延时间。喂，你们这样形影不离，猎物怎么分啊？"

傲因的破布衫皱巴巴的，它紧紧攥着肩带，玻璃眼珠滴溜溜地转，从谢枕书看到苏鹤亭，声音仍然是从包袱里传出："好朋友不分你我，我们一起生活，从不为猎物吵架。"

苏鹤亭奇道："几分钟不见，你更聪明了。"

傲因讲话比先前流畅，已经接近飞头獠子的程度。它面部受限，做不了太多表情，只能把情绪都放在玻璃眼珠里。它语气腼腆，说："谢谢你的夸奖，很高兴遇到你，但是很遗憾，你是个垃圾，我的任务就是清除垃圾。"

苏鹤亭怀疑自己听错了，问道："我是什么？！"

傲因老实地回答："你是个垃——"

苏鹤亭二话不说直接开炮。

这一炮轰在傲因的正脸，它又用机械臂格挡，但是机械臂哪有苏鹤亭快，猫的速度天下无敌。

傲因的机械臂刚打开，苏鹤亭的拳头就到了。他两拳砸中傲因的脸，专挑傲因脆弱的玻璃眼珠打。

那四只机械臂关节转动，"嗡"的一声变作四个电钻，朝着苏鹤亭而来。

谢枕书食指和中指略屈，铁盾顿散，追着苏鹤亭，拼成四条长链，锁住了机械钻头。

傲因被苏鹤亭干脆的两拳打得玻璃眼碎裂，它的包袱"呜呜"大哭，两臂却像老虎钳一般猛地夹向苏鹤亭的尾巴。

"啪！"

傲因夹了个空，胸口紧跟着一疼，被苏鹤亭飞身踹中，向后退了几步。它喊道："妈妈！"

白雾间刀光齐闪，幸亏苏鹤亭灵敏，在"嗖嗖嗖"的寒光间闪避。他躲闪时抓住了谢枕书的铁链，借力起身，又一脚踹中傲因的胸口。

夜行游女不要命地扑出来，接住傲因。它脖颈拉得太长，导致头颅下垂，像个钓钩。可它毫无知觉，抱住傲因，用白脸蹭了蹭它。

傲因待夜行游女很亲昵，一点儿都不像刚认识的。它蹭着脸，眼眶里的玻璃珠掉到身上，着急地喊："打死他！打死他！"

苏鹤亭退了两步，背后就是谢枕书。他说："夜行游女又走回来了，里里外外全是。"

谢枕书说："弯腰。"

苏鹤亭直接蹲身。

铁链消散,阿修罗重现。"妄杀"相口含炮筒,威风凛凛地悬在后面,它对着前方喷出火焰怒浪,从左往右转了个圈。

夜行游女抱着傲因连连后退。

苏鹤亭鼓掌,说:"喷得好,但它刚刚明明不怕我的火,现在怎么又抱着傲因躲躲藏藏?"

谢枕书答:"小孩儿不能玩火。"

夜行游女既然是育儿机器人,就是以保护孩子为一切行为的准则。它救傲因时可以奋不顾身,但抱着傲因时就想以安全为主。它怕火,所以也不想让傲因靠近火。

傲因眼看自己离他们越来越远,四只机械臂在夜行游女身上乱拍,抗拒道:"放我下来!"

苏鹤亭双手撑着地面,看傲因对夜行游女拍拍打打,说:"臭小鬼,还会过河拆桥。"

傲因挣脱夜行游女的怀抱,连人带包袱向后翻。它落地就跑,四只机械臂在包袱里"叮咣"乱翻。

谢枕书垂下手指,冷声说:"别玩花样。"

"妄杀"相左手的长鞭当即挥出,响亮地抽在傲因身上。傲因胸前的钢板刚挨了苏鹤亭两脚,现在又被阿修罗抽了雷霆一鞭,顿时凹陷裂开,里边的零件往外掉。

傲因停下来捂胸,吓得身体僵直,喊道:"身体坏啦!"

苏鹤亭"噫"了一声,尾巴绕到前方。他改造眼看得清楚,说:"我刚才还在想,明明有两只傲因,现在怎么就剩一只了,原来是它把另一只'吃掉了'。"

这只不久前被阿修罗砸烂了脑袋和上半身,只有头是新的。那只身体虽然完整,头却是旧的。此刻出现在这里的傲因结合了两者的特点,既有新头,胸前又有钢板。

谢枕书道:"傲因是环保机器人,废物利用是它的特性。"

苏鹤亭记得傲因的自我介绍,里面有一句"保护环境是我的终身追求",他若有所思。

傲因的包袱在啜泣,它的头颅伴随着啜泣声抖动,好像在哭。机械臂腾出一只手安慰它,替它把零件拿走,又在包袱里翻找东西。

苏鹤亭问:"它又要换头?"

谢枕书握拳挥臂,答道:"不,它在找闪光弹。"

这家伙想引来厌光。

阿修罗强力猛扑,调转恶相,露出"忿怒"。"忿怒"手持无间续机枪,发射暴雨般的子弹。子弹打得傲因踉跄后退,颤抖不已,它胸前的钢板几下就碎了,身体摊成一堆零件,倒在地上。

苏鹤亭见没动静,折着一只猫耳,静气凝神。

就在这时,藏进包袱里的机械臂又冒了出来。它们直直地向上竖着,像是从垃圾包袱里长出来的钢铁苗。包袱放音乐,机械臂随着音乐相互击掌,仿佛在给自己打气。

苏鹤亭:"……"

机械臂开始工作,它们在包袱里挑拣,把傲因还能用的零件拿回去,叮叮当当一顿敲打。不到片刻,它们就拼出个新东西。

那东西顶着傲因的头,眼眶里塞着两颗纽扣。它比刚才更矮小了,脖子也只有一点儿。前胸由钢板变成了回收垃圾袋,两臂用废弃的毛绒玩具拼接,一大一小,整个身体只有两条细腿还是原样。

它捂了捂脸,比刚才那个害羞多了。包袱说:"你好,我叫傲因。"

苏鹤亭脱口而出:"女孩子?!"

像是要印证他的话,机械臂把一顶蓬乱的假发戴到它头上,并给它换上红色小皮鞋。

它听见苏鹤亭的声音,做出拉裙摆的动作,十分优雅。做完后它又很是害羞,再次捂住了脸。

苏鹤亭叹为观止,他尾巴狂拍谢枕书的小腿,问:"这是什么?"

谢枕书目光下移,答:"……傲因。"

苏鹤亭说:"哪个?!"

谢枕书道:"包袱,包袱才是傲因。"

身为环保机器人，傲因的设计出发点是废物利用。它的操控台里储存着成千上万的奇思妙想，关于如何把捡来的垃圾变成可操控的机械傀儡这件事，没人比它更懂。它靠傀儡行动，会把捡到的垃圾都囤在体内，每天一个小发明。

新傀儡在机械臂的鼓励下，羞羞答答地上前，朝他们丢出一枚手榴弹。

手榴弹轰然爆开，碎片撞击在抵挡的盾面上，没能破开铁盾分毫，反而冲淡了周围的白雾。

小傀儡丢完手榴弹就向后躲，结果被爆炸冲倒，跌在地上，假发也掉了。机械臂赶忙把它抱起来，又给它把假发戴上。它扭着身子，抱住机械臂，忸怩不安，一副不情愿打架的模样。

苏鹤亭见状，评价道："聪明是聪明，可不如烛阴能打，拼出来的傀儡都是易碎品。"

谢枕书看向他的尾巴，停顿须臾，才回："……嗯。"

苏鹤亭摸了摸脖子，问："一只傲因顶几条命？"

谢枕书说："一百五。"

苏鹤亭意外道："这么多！"

小傀儡和刚才那只性格迥异，在这里畏葸不前，只想捡垃圾。无论机械臂怎么哄它，它都不肯再上。机械臂没办法，捏了朵花给它。小傀儡握着塑料花手舞足蹈，皮鞋在地面踩出"吧唧吧唧"的声音。

苏鹤亭更加意外，道："傲因还挺讲道理，没有强行驱使傀儡送死。"

谢枕书捏了一下骨节，说："不一定。"

他这个"不一定"很有深意，像是傲因还有后招。

苏鹤亭抬手比了一下，道:"它来了也没事，我单手就能拎起它。"

谢枕书没回答，苏鹤亭见小傀儡背起了大包袱，又蹦又跳。他正想问傲因怎么跟人来疯似的，一会儿高兴一会儿难过。话还没有出口，就见小傀儡转过头，朝后方挥了挥手中的塑料花。

周围的甜腻味越发浓烈，苏鹤亭直觉危险。他掩住口鼻，退到谢枕书身侧，看白雾间重影无数，道："好香！"

他话音刚落，只见雾中伸出两只手来，紧接着，那手做出"撕"的动作，竟然真的把白雾撕开了！

谢枕书这才说道："你要把它拎起来？"

雾里来的东西高六七米，浑身喷洒着热气。它头部是个血迹斑驳的铲车铲，没有脖子，上半身由各种废弃的金属垃圾拼接而成，胸口挂着块破毛巾，像是绅士的手帕。它也没有腿，腰部以下是挖掘机履带，链环上满是泥土。

苏鹤亭飞快地说："对不起，请忘记我刚才说的话吧！"

机械臂比出枪的模样，对准他们。包袱说："捡垃圾！"

铲车头的热气狂喷，它听从傲因的命令，抬起双臂。那两臂内侧有吸力，紧紧并起，前端的手"咔"地翻折，变作黑洞洞的炮口。它没有废话，当即开炮。

小傀儡在旁鼓掌，敢情它不过是个背包袱的小工具，铲车头才是傲因的主力军！

火炮"嘭嘭嘭"地连续射出，火力极猛，炸得铁盾上的菱形碎片纷纷掉落。

谢枕书一只手拎住想要上去打架的苏鹤亭，苏鹤亭始料不及，无敌炮都准备好了，却被拎到了谢枕书身后。

谢枕书没解释，他挥手，菱形碎片回到他的右臂。前方炮火纷飞，映在他的眼眸中。他一步跨出，在十字星的晃动里向下砸拳，道："待着。"

"轰——"

铲车头被无形重拳击中，后脑勺难承其力，鞠躬似的一头砸进地面。它气得直喷热气，双臂分离，去拔脑袋。

傲因大喊："卑鄙！狡猾！"

苏鹤亭回道："说得好，当然是你卑鄙，你狡猾。"

傲因的四只机械臂乱舞，叫嚷："你……你没有心，坏得很！"

苏鹤亭读过脏话组织的几本大作，还怕它一个环保机器人？当下也不急着打架了，无情地嘲笑傲因："你有吗？缺心眼！傻大头！小笨蛋！"

傲因暴跳如雷，从包袱里丢出几个没用的垃圾砸向苏鹤亭。小傀儡呆呆傻傻，还在鼓掌。

铲车头没能拔出脑袋，因为谢枕书张开五指，用无形的手狠狠摁着它。它身子一转，从背后挤出两枚追踪炮，放屁似的发射出来。

谢枕书松手，碎片重组，以盾的形态顶住两发追踪炮。

铲车头趁机拔出了脑袋，铲子里全是泥土。它甩了甩头上的泥，热气乱喷，跟火车似的，"嗡——"的一声发动挖掘机履带，直直冲向谢枕书。

谢枕书用空着的手摆出拔刀的姿势，背后巨影一现，阿修罗的"妄杀"相寂静无声，也摆出了拔刀的姿势。

铲车头的履带碾扁了挡路的扭扭车，搞得草屑飞扬。它不知畏惧，一直冲到了距离谢枕书十几米远的地方。

谢枕书拔刀，那柄重型长刀卷起强风，"呼"地刮过去。铲车头于瞬息间车毁倒地，半身分离。

傲因"啊"地喊了一声，用机械臂撑地，拖着包袱就跑。它一跑，小傀儡也跑。两只小怪物没跑出几米，就被阿修罗拎住，全部扔到了铲车头附近。

苏鹤亭说："往哪儿跑？天还没亮呢。"

傲因抱紧小傀儡，瑟瑟发抖。它的智力远超其他神魔，竟然求起情来："不要用我们祭天。"它没眼泪，只能用电子音来表达哭泣，发出"呜呜"的声音。

苏鹤亭道："难道不是你们用幸存者祭天？"

傲因一看见谢枕书动，就尖叫道："你别过来！"

苏鹤亭吓唬它，说："给我个理由，他就不动。"

傲因道："我一家老小没杀过人。"

苏鹤亭摆出臭脸，说："哦？刚才是谁说的，要我的头。"

傲因道："那是因为我被耳客蛊惑了。"

谢枕书瞟了它一眼，它"嗖"地把机械臂全收进包袱里，整个包袱抖个不停。

苏鹤亭侧耳，果真听不见耳客的碎碎念了。

这家伙消失得倒快。

傲因惨兮兮的，嘀咕道："我的接听装置没法儿屏蔽它，它带着神的旨意。呜呜，我好可怜，我只想捡垃圾。"

谢枕书对"神"字过敏，逐渐蹙眉。

傲因一看他皱眉就害怕，哭得更厉害了。

苏鹤亭被吵烦了，道："别哭了，把话说清楚，耳客带着什么神的旨意？"

他以为傲因是在说祝融这类被主神创造的虚拟之物，岂料傲因说："当然是万物之神，众神之神！"

苏鹤亭心下一沉，道："主神系统！"

傲因颤声阻止他："你不要直呼神的名字！"

苏鹤亭道："哦，主神系统。"

傲因无法忍受，大叫道："啊！"

苏鹤亭捧腹大笑，跳下台阶，围着它转了几圈，最后蹲在铲车头跟前。铲车头的身体虽然分离了，但还没坏。它扯掉胸口的破毛巾，在苏鹤亭的注视下擦了擦头，假装有汗在流。

苏鹤亭大发善心，终于没再喊主神系统。他问："它经常指使耳客叫你们干活儿？"

傲因说："不，不，耳客很少跟我联系，我平时都待在神魔地清理垃圾。昨晚城内传来烛阴的悲鸣信号，惊动了祝融，它派遣太监将消息传给了神，神才调我到这里来。我没想杀人的……但耳客干扰能力很强，有时会让我丧失理智。"

苏鹤亭道："信你个鬼。"

他听到"祝融"这个名字就觉得不妙，从飞头獠子的只言片语里可以得知，征服者在祝融那里全军覆没，谢枕书也遭受重创，说祝融是谢枕书的死敌也不过分。

谢枕书不言不语。

傲因伸出机械臂,两只手捧着个破破烂烂的笔记本,用另外两只手翻页,给他们看,说:"我没说假话,傲因不说假话!这是我的手账本,详细记录了我自诞生起每一天发生的事。看,昨天我还待在神魔地,思考如何制造一个种植机器人,它的性格是这样的……"

苏鹤亭打断它:"讲重点。"

傲因道:"你不尊重我。"

苏鹤亭抬起尾巴想抽它。

它立刻怂了,说:"好吧,好吧,我有合照为证!"

本子上贴着张照片,是用拍立得拍的。照片上,傲因带着上一个小傀儡,还有铲车头,正站在神魔地的佛像前比剪刀手,跟游客照似的。

苏鹤亭端详片刻,说:"你每天都拍照?"

傲因用手指摸摸照片,很爱惜,道:"当然,这里每天都有死亡,我的小傀儡都是独一无二的,它们一旦消失,我还有照片可以怀念。唉,世界上为什么总要有纷争呢?"

它还挺多愁善感的。

谢枕书冷不丁地问:"你怎么知道祝融昨晚派遣了太监?"

傲因道:"我有群朋友叫飞头獠子。"

苏鹤亭吐槽:"……这群头真是无处不在。"

傲因说:"它们经常成群结队,造访祝融的府邸,在那里给祝融献歌。但是祝融状态不稳定,总是暴走,导致它们受伤。我捡垃圾时常捡到头,它们求我给它们安装翅膀,作为报酬,它们会告诉我很多消息。今天的任务本来轮不到我,但我想进城看看有没有垃圾可捡,所以拜托飞头獠子在祝融和太监面前说了我很多好话。"

苏鹤亭听到这里,总算明白了。

难怪太监今晚出场时跩得上天,原来它是被飞头獠子的花言巧语欺骗了,把这只傲因当作神秘武器,以为它能大杀四方。

他道:"搞错没有,太监事先都不做个信息审核的吗?"

谢枕书说:"傲因设定特别,在系统测试里是全 A。按照主神系统的神魔序列表,它确实排名靠前。"

傲因听到夸奖,羞涩地摇晃机械臂,说:"那些题都很简单啦,谁让我是傲因呢,聪明机灵。大爷,你好了解我们哟!"

谢枕书道:"拆过五六个。"

傲因:"……"

苏鹤亭笑倒,道:"有个问题。"在场所有目光都看向他,他接着说,"今晚的死亡数量用谁顶呢?"

傲因自告奋勇,在阿修罗的枪口下做了苦力。它还算有点儿良心,没有拿周围的夜行游女祭天,而是修好了铲车头,带着小傀儡去找厌光了。

苏鹤亭目送它们,道:"奇怪。"

谢枕书问:"什么?"

苏鹤亭思索傲因话里透露的信息,道:"我以为神魔都是主神系统在操控,没想到它们竟然各有意识。"

谢枕书回头,看向大厅里的蜡笔画,道:"以前是没有的。"

苏鹤亭顺着谢枕书的目光看过去。

谢枕书说:"或许是珏的原因。"

超进化系统究竟拥有怎样的能力,苏鹤亭不知道,但他根据珏的日记,能看出珏具备独立思考的能力。它创造太阳、刷新食物都是目前已知的,苏鹤亭有着和谢枕书一样的怀疑,珏可能还做了别的事情在改变这里。

夜晚的雾逐渐散去,苏鹤亭估摸着时间差不多了,道:"我只能下次再来找找珏的线索。你在家吗?我去找你。"

谢枕书捏着骨节的拇指微松,点了一下头。

苏鹤亭端详着他的表情,提醒道:"记得帮我穿铃铛。"

谢枕书却说:"到家再提醒我。"

苏鹤亭不做他想,通过通话器跟东方他们道了别,然后等待通知。

半个小时过去。

苏鹤亭深吸一口气,问:"我怎么还在?!"

他的在线时间已经超过三十个小时。

谢枕书目光一沉,问:"身体在哪里?"

苏鹤亭稍做回忆,回答得很流畅:"103号监禁室,大姐头亲自看守。"

不妙。

苏鹤亭的身体不像东方他们的,他的身体没有泡在营养液里,长期待在线上会饥饿、四肢麻痹,甚至猝死,他必须尽快下线,否则很危险。

谢枕书立刻说:"我下线去找你。"

苏鹤亭道:"不行,监禁所都是刑天的人,他们要是勒令你摘掉雾化器,你不就……等等,你怎么变高了?"

他话说到一半,就见谢枕书越来越高,到最后他甚至得抬高了头才能跟谢枕书对视。

谢枕书盯着猫半晌,道:"是你变小了。"

苏鹤亭举起手,谢枕书那过大的外套变成了水袖。他受到惊吓,尾巴上翘,悚然道:"搞什么!我——"

他捏了捏拳,那拳头跟点心馒头一样小。

谢枕书蹲下身,让他冷静一点儿,道:"这是身体弱化的反应。"

苏鹤亭愣愣地说:"我变成了小顾?"

谢枕书纠正:"是小苏。"

苏鹤亭抱住脑袋,表情木然,喊道:"救命。"

谢枕书对他说:"走。"

苏鹤亭沮丧道:"我们去哪儿?"

谢枕书带着苏鹤亭往里走,他走一步,苏鹤亭得走三步,最可恨的是,苏鹤亭的短腿没跑几步,发现原先的裤子太大,绊到腿,直接掉了。

苏鹤亭："……"

现在问小顾借裤子来得及吗？

谢枕书把苏鹤亭拎起来，那双漠然的眼眸只盯着苏鹤亭的脸，说："我带你走。"

苏鹤亭忙不迭地点头，他愁眉锁眼，小小的脸几乎皱成一团，耳朵尾巴一齐下垂，忧郁极了，道："为什么我会变得比小顾还要小？我只是肚子饿。"

谢枕书道："刑天的接口信息是伪造的，惩罚区无法做出准确判断，只能按照基本分析对你的虚化体做出修改。"

苏鹤亭道："这判断可真行。"

他充其量就是供血不足、手脚麻木，惩罚区却把他变作了三四岁的模样。这样别说打架，他自保都难。

谢枕书进了二楼储藏室，里面都是幼儿园的收纳箱。他挪开外侧的箱子，把苏鹤亭放到里面。

苏鹤亭被毛绒玩具包围，他看着谢枕书，谢枕书把搁在顶部的大熊塞了进去。苏鹤亭不得不左右手都抱着玩具，他竖着猫耳，也像个毛绒玩具。

最后，谢枕书蹲下来，跟猫平视。他说："我现在下线，你待在这里，不要乱跑。"

外面的雾已经散了，傲因有在好好干活，依照它的速度，再过一两个小时，天就该亮了。但天亮也不能确保安全，周围只有这里是珏的刷新点，谢枕书要把苏鹤亭藏在这里。

苏鹤亭赶紧丢掉怀里的毛绒玩具，扒着箱子边沿，道："大姐头很警觉，你进监禁所势必要经过几道检查，她不会允许你戴着雾化器的。如果她认出你，那不就糟了？这件事太冒险，你去找福妈，她一定有办法。"

谢枕书答："嗯。"

苏鹤亭看谢枕书那表情就知道他在想什么，抄起一只鲨鱼玩偶戳他,道:"既然我还没死,就说明身体没事,估计是卡了,或者是刑天的接口出了什么问题,总之我不乱跑,你也不要硬来。"

谢枕书摘掉自己的通话器,递给苏鹤亭,随后把腰后的枪套、口袋里的铃铛,以及身上的其他东西统统给了苏鹤亭。

苏鹤亭光脚踩着大熊,抱不住这么多东西,边接边掉,连声说:"够了,够了!我就待在这里搭积木,用不了枪……你还装着音爆弹!这是什么?哦,大白猫奶糖,你还喜欢吃糖啊?"

谢枕书不语,把大白猫奶糖放在苏鹤亭的掌心里,苏鹤亭怀里的东西"哗啦"掉在毛绒大熊的肚子上。谢枕书认真道:"我去了。"

苏鹤亭捏了捏奶糖,道:"……哦,你小心。"

谢枕书就消失了。

注释:

①耳客:声如蚊蝇,没有具体形貌,常伴随大雾天出现。不仅干扰人类,还会干扰神魔。因为不可捉摸而被讨厌,连机械太监都拒它千里。

——《准点狙击异闻录》

设定灵感源自《聊斋志异》。《聊斋志异·耳中人》记载:"小人长三寸许,貌狞恶如夜叉状。"

②傲因:目前解锁信息参见本章。

——《准点狙击异闻录》

设定灵感源自《神异经》。《神异经》记载:"西荒之中有人焉,长短如人,著百结败衣,手虎爪,名曰獏䝟。伺人独行,辄食人脑,或舌出盘地丈余,人先开其声,烧大石以投其舌,乃气绝而死,不然食人脑矣。"

Chapters 10
连接

苏鹤亭垂首坐在椅子上,尾巴还连着接口。他戴在手腕上的生命监测器亮着,上面有"警告"两个字。

大姐头说:"我记得我向组织递交过 7-006 的资料,你们的审核是'没问题'。我按照规矩办事,现在你们要把人带走,总得给我一个理由。"

审讯官西装革履,隔着玻璃打量苏鹤亭。他是个年过四十的男人,体形适中,头顶略秃。他国字脸上的胡楂刮得很干净,总爱装腔作势,闻言道:"你说的什么话?还给你一个理由,你是谁?什么职位?业绩平平,话倒放得挺大。你要记住,你的责任就是无条件服从上级的命令。我现在判定他是个系统卧底,当然是有足够的理由和证据的,请你让一让,不要在这里胡搅蛮缠。"

大姐头说:"我是在跟你讲道理,我目前还没有收到任何有关 7-006 的调转通知。"

审讯官神情不悦,道:"我不是正在通知你?"

大姐头笑了一下,说:"不好意思,口头通知不算数,我要的是盖章文件。"

审讯官皱眉，道："你办事太死板了，不懂得变通，关于这点，我得好好批评你。我人都到这里了，不就相当于盖章文件？你要是害怕事后追责，到时尽管推到我身上。"

和尚都要听不下去了，这狗屁审讯官到了监禁所先对卫达嘘寒问暖，晾了大姐头十几个钟头，中间清点枪支数目时还慈眉善目的，等东西一到手，就态度骤变，还要带走苏鹤亭。

大姐头说："还不到推卸责任的时候，我只是要个盖章文件而已。"

审讯官恼羞成怒道："你们这些女组长、女成员，平时办事就缩手缩脚，老拿规矩说事！"

大姐头背在身后的手指"咯嘣"响，她盯着审讯官，一动不动。

审讯官在她的注视下逐渐消音，周围这么多人，他觉得有失颜面，脸色越发铁青，恨声说："好，你要文件？那你在这儿站着等吧！"

他拂袖而去。

和尚紧跟着走过去，低声说："这怎么办？"

大姐头道："狗男人真爱说教。"

和尚不敢接话。

大姐头转过脸看玻璃，就见苏鹤亭的额头已经抵到了桌面。她说："委员会三分之一的票投给了卫达的人造人，这不算压倒性的胜利，代表其他老板和组织对人造人还有顾虑。"

她说的委员会，是由大老板和刑天的十六个监察警长及03区刑天总督组成，他们会投票决定03区的重大事项，比如这次的人造人计划和惩罚区珏计划。

和尚说："那审讯官带走苏鹤亭干什么？我们的珏计划还有机会啊。"

大姐头道："正是因为还有机会，他们才着急带走苏鹤亭。"

人造人计划不缺一个卫知新，杀了还有卫达，但珏计划只有一个苏鹤亭，杀了就结束了。与其在票数上纠结，不如一不做二不休，直接干掉苏鹤亭，这样委员会就算有天大的不满，也得接受现实，全力扶持人造人计划。

卫达非常清醒，他已经度过了愤怒之夜，现在想要一石二鸟，这点可比卫知新聪明多了。

和尚回过味来，他道："这样不行，我得想个办法进去，把猫叫醒，这小子已经在惩罚区待超时了，我怕再待下去会出事。"

大姐头叹气道："是啊，你能想到，他们会想不到吗？"她用眼神示意和尚朝后看，"审讯官带来的武装组接管了这里，我们进出监禁室都需要经过他的同意。他今晚就算带不走苏鹤亭，也要把苏鹤亭耗死在线上。"

和尚大惊失色，眼看时间一分一秒地过去，忧心忡忡道："能跟委员会通个气吗？猫不能死！"

大姐头正准备说话，审讯官从走廊尽头走了过来。他这次雄赳赳气昂昂，到了大姐头跟前也不废话，把手里盖了章的文件拍到和尚身上，冷笑道："你不是要文件吗？给你，现在我有权调转7-006了吧？来人，开门！"

大姐头拿过盖章文件，扫了几眼，道："不着急，人你可以带走，但我要先叫醒他。"

审讯官说："7-006是危险分子，还是拼接人，我有权让他保持无意识状态。"

他竟然想连椅子带人一齐端走。

大姐头揉皱文件，道："惩罚区接口是我组的机密之一，就算总督本人到场，也得先经过委员会票决才能碰它。我说了，人你带走，我要先叫醒他。"

卫达拄着拐杖从后面走来。他休息得当，已然看不出伤心难过，道："审讯官少安毋躁，我看女组长说得很有道理。不如这样，为了保证安全，我们先给7-006注入镇静剂，再拔掉他的接口。"

和尚道："7-006又不是恐怖分子，他戴着感应锁就能保持清醒，这是生存地赋予他的权利！"

卫达闻言哂笑，没接和尚的话，只是看向审讯官。

审讯官跟卫达沆瀣一气，得了眼神，就知道该怎么办了。他也笑一笑，说："哎，你说错了，7-006不仅是系统卧底，还炸毁了交易场的楼层，杀了那么多无辜的人，我看他就是个恐怖分子。"

和尚以往都选择明哲保身，可苏鹤亭不同，那小子虽然给他添了不少麻烦，却不是穷凶极恶之徒。和尚上前一步，说："刑——"

审讯官斥责和尚："你，讲不讲礼数？！这里没有你说话的地方，退下吧！女组长，我这次可是按规矩在办事，没问题吧？啊？"

他挥手，让人把门打开。

和尚没让开，去拦人，道："不行！"

审讯官耐心告罄，喝道："这个人阻挠公务，跟7-006狼狈为奸，给我就地拿下，一起带走！"

大姐头背后是她的武装组，她道："谁敢？！"

卫达敲了一下拐杖，走廊尽头都是他的人。他不紧不慢地说："怎么不敢？审讯官是按规矩办事，我卫达可以做证，我卫达愿意支持。"

大姐头看清走廊尽头的人，放下手，摁住了和尚的肩膀，道："让他们过。"

她的态度转变突然，让和尚一愣。

几个穿着军靴的男人进去，在他们眼前给苏鹤亭注射了镇静剂。

苏鹤亭正在惩罚区询问小顾关于虚化体弱化的事情，眼前忽然一花，只觉得头重脚轻。周遭的毛绒玩具瞬间化为虚影，但没有立刻消失，而是变作了与现实叠加的重影。

糟糕！

小顾听见那头没动静了，直觉不好，问："喂？喂？猫，人呢？你怎么了？！"

苏鹤亭回答不了了，他已经被强制下线了。他的脖颈酸痛，眼皮沉重，在被拖动时意识到发生了什么。但是他因为镇静剂剂量过大而呼吸轻浅，意识昏沉，没有办法调动四肢。

该死。

苏鹤亭肌肉痉挛，浑身陷入麻痹状态。

审讯官拿了人，连忙给卫达引路。他满面红光，态度谄媚，道："卫老板，这边请，咱们一道，我正好送送您。"

卫达客气地颔首，他拄着拐杖走了两步，在经过苏鹤亭时，用拐杖碰了碰苏鹤亭的腿，说："女组长，你们也不人道，让7-006超长待机，搞得他半死不活，一会儿人要是死在路上，这算谁的呢？"

大姐头听出了卫达的弦外之音，他这是在说苏鹤亭到不了审讯厅就会死，顺带把责任推给了她。她思绪百转，忽然计上心头，说："自然算我的，不过我一个'女组长'，恐怕担不起这个责，这样吧，我派个医生跟审讯官同去，让他在路上好好照顾7-006，确保他活着到审讯厅。"

她故意把"活着"两个字说得重些。

审讯官一听，当即变了脸色，他就没想让苏鹤亭活着到审讯厅。

审讯官立刻反驳："不成！他一个纵火行凶的罪犯，还得配备医生才能出行？你简直是在胡言乱语！"

"这样吗……"大姐头嘴角勾起，顺势把和尚推出去，"也是，配个医生怪不合适的，那我就派个小队跟着好了。"

她这是打定主意要把自己的人也插进去，关键是提议合理，原本就该她派人押送苏鹤亭。

审讯官不比卫达，他还要在组织里工作，不能无理由地回绝大姐头。他一时间犯了难，心里对大姐头更是恨得牙痒痒。

卫达见审讯官办事畏首畏尾，不想再停留，以免节外生枝。他目光扫过和尚，并不把和尚放在心上，开口道："就这样吧，走。"

审讯官连声答应，带着卫达向外走。

和尚等他们走到尽头了，才压低声音，急急道："你刚才看见什么了？突然变了态度。"

大姐头笑容渐冷，道："卫达老奸巨猾，你看那边都是些什么人？那才是他的精锐部队，我们先前击毙的不过是他用来试水的随行保镖。"

她那会儿就觉察出不对劲，作为精锐部队，那群墨镜男反应过慢，在武装组面前毫无抵抗之力，因此她还亲自检查了那群墨镜男监测器上的信息，没想到真被卫达糊弄过去了。

和尚说："那那群人不都白死了？"

大姐头看了一眼表，耳边的银发垂落。她道："卫达专门把精锐部队留作后手，肯定是在顾忌什么。"

她想到了卫知新，苏鹤亭能在交易场对卫知新下手，还能弄到枪，一定是有人相助，但她没法儿在几分钟内查清苏鹤亭的后援是谁。

不过大姐头有自己的办法，她转过身，朝下属说："联系《生存新闻》，告诉他们枪杀卫知新的拼接人要调转到审讯厅，我组将接受他们的采访，作为交换，他们必须给我组一个头条。"

卫知新之死是重磅新闻，哪家媒体都想要。大姐头联系不到，也不会联系苏鹤亭的后援，那太冒险了，有跟"危险分子"勾结的嫌疑，可她能把苏鹤亭被调转的新闻传递出去，放到城市显示屏上循环播放。

这小子要死了，快来救人！

她就差把这几个字写在新闻上了。

大姐头用册子拍了一下和尚，说："跟上他们，我就不信，有全城媒体的飞行器追着，他们敢偏离路线。"

和尚从长椅上拿起自己的防毒面具，说："我一定严防死守，不让他们在路上对猫动手！"

大姐头腕间的银镯子叮当作响，她单手叉腰，问即将出发的武装组成员："我们是什么？"

成员们齐声回答："我们是新世界永不熄灭的反抗之火！"

大姐头眼神坚定，道："没错，出发！"

和尚全副武装，率先冲出门。他在四面警戒的情况下打了个手势，对正准备上车的卫达和审讯官说："7-006危险程度较高，我组已经申请了隔离监禁，由我亲自看押。现在来不及废话了，两位快上车！"

审讯官说："你们怎么回事？还缠着不放了！我说过了，7-006有我们的武装成员看押。"

和尚带着人一拥而上，把审讯官往车上推。他道："7-006可是您亲口认定的恐怖分子，鉴于我组有对付他的丰富经验，这份苦就让我组来受吧。"

审讯官道："哎！别推人啊，你们干什么？！我要——"

和尚亮起嗓门，大吼道："什么？您说什么？！听不清啊，我这防毒面具真是的！"他一把把审讯官搡进车内，用冲锋枪挡住门，朝卫达说，"卫老板是大人物，腿脚不方便，我扶你？"

卫达的精锐部队有两百多号人，都在后面待命，他不怕和尚。他抬起拐杖，抵住了和尚的胸口。卫达的眼角微微上吊，盯住人时很显凶悍，因为是亡命之徒出身，自诩见过风浪，所以很是淡定。他轻声说："你带枪，装备很好。但是枪嘛，这东西在我眼里不算凶器，就是个玩具。我奉劝你，也奉劝女组长，别跟我逞凶斗狠，不划算。"

武装组的飞行器正在起飞，四周都是嘈杂的呼叫声，和尚安安静静的，没有说话。他以前只跟蜂蛇打过交道，从没正面应对过卫达这种大老板，但这不影响他对大老板的了解。

和尚突然问了一个问题："你希望明天会更好吗？"

卫达看着和尚，大笑起来，像是在嘲讽这句来自泥巴的质朴问候。半响后，他说："当然。"

卫达上车，在车门关闭前，没有忘记加上最后一句话。

"对我们这种人来说，每天都是晴天啊。"

车开走了，留下和尚站在原地。他感觉那车是开往天上的，"这种人"都住在天上，他们抛撒着数不清的金钱，买走了生存地的特等座，其余人只能站着，或者跪着。

和尚握紧冲锋枪，退后两步，转身带着人上了押送车。

车内的苏鹤亭呼吸急促，他虽然手脚乏力，可脑袋里的刺激信号快炸了，这让他陷入一种光怪陆离的幻觉里，既没法儿彻底昏迷，也没法儿立刻清醒。

和尚端着枪，跟看守猫的卫达精锐轮流对视。他一屁股坐到担架旁边，没跟他们打招呼。

这车里一共有八个人，除了苏鹤亭，都带枪。

和尚思忖：一枪一个也要转一圈，打起来还真不好保护猫，子弹反弹容易误伤，搞不好大家都得死。

他说："吃泡泡糖吗？"

卫达的精锐都很冷漠，没人回答。

和尚从裤兜里掏出泡泡糖，塞进嘴里。他还打开了自己的虚拟显示屏，收看《生存新闻》。

大姐头和《生存新闻》正在连线直播，她说："涉事的拼接人是个危险分子，我组能力有限，在审讯结束后把他移交给了审讯厅，现在正在前往审讯厅的路上……"

直播一开，审讯官就接到了电话。他对电话里的人点头哈腰，其间数次擦汗，道："好的，好的，我马上通知女组长，让她停止采访，影响太坏了。是，是，是，您说得对，是我考虑不周，让您费心了。"

卫达一动不动，皱眉看着新闻。当他看到卫知新的照片时，不由得勃然大怒，没等审讯官挂断电话，就先拨给了下属，道："让他们撤了！知新刚死，照片就到处放，成什么样子！"

审讯官一听，又赶紧挂了电话来安抚卫达："是，是，是，您说得对，该撤！组织也正在联系他们。哎呀，您看看，这事闹得大，我真没想到啊。"

卫达面露狠色，说："押送车会停在烟花路口，我的人就在那里引爆它。"

审讯官脸色一白，慌忙说："不成，不成，卫老板，现在各方媒体的飞行器都在后面跟着，路上可不能动手。咱们从长计议好吗？我先把他送到审讯厅——"

卫达把拐杖重重一点，厉声说："没商量！这小子必须死。等他进了审讯厅，你经得住委员会的盘问吗？给他打镇静剂的人可是你！"

审讯官汗流如雨，不敢再反驳卫达。他的电话响个不停，却不敢再接，真是有苦说不出。

卫达面色铁青，死死捏着拐杖。

他们的车在最前面，押送车在最中间，其余都是装甲车。刑天的飞行器正在上方驱赶媒体，但是大家都想要相关事件的第一手资料，宁可在上面跟刑天的飞行器周旋，也不肯离开。

卫达说："给我打下来。"

审讯官道："啊？！卫老板，那么多人看着呢！"

卫达加重语气，重复道："给我打下来！"

他压根儿不是在跟审讯官商量，而是在通知装甲车里的精锐。

精锐收到命令，露出枪炮口。他们没有警告，直接对着媒体的飞行器开了炮。

审讯官听到后方传来"嘭嘭"两声炮响，怛然失色。卫达滥杀无辜不用坐牢，但他不行啊！他怀疑今晚闹这么大，最后多半会让他顶罪，不由得声泪俱下，快给卫达跪下了，央求道："卫老板！卫老板！您听我一句！"

卫达说："堵住他的嘴。"

前座的保镖立刻转身，拽住审讯官。

审讯官大喊："卫老板——"

这时，车刚好到十字路口，两侧护驾的机车男突然被击毙，紧接着，一辆经过改装的重型货车从侧面冲出，把卫达的车撞向红绿灯。

"刺——"

车胎在地面擦出巨响，后面的车全部被迫刹车，一时间乱作一团。

卫达道："这小子果然有后援！"

外边枪声已经响起，子弹乱撞在车玻璃上。

卫达即刻通知后方："动手！"

押送车里的精锐猛地架枪，和尚在车停时就有预感，但他不知道车是被逼停的，还以为是卫达给精锐的动手暗号。他见对方架枪，想也不想，一脚踹在担架边沿。

担架翻倒，苏鹤亭滚了下去，精锐的子弹打在了担架背面。

和尚喝道："击毙他们！"

两个武装组成员立刻开枪，他们是三打四，子弹"嘭嘭嘭"地在车内飞。和尚怕流弹，射中一个精锐的腿部后就换近战，刚刚两拳砸翻对方，脖颈就被人勒住了。

这才是卫达精锐！

和尚撞到了车壁，头部剧痛。他忍着痛，肘击对方的面部，跟对方一齐翻滚在地，打在一起。

苏鹤亭神情痛苦，手指不自觉地攥着胸口处的衣料，急促的呼吸导致他手脚的发麻程度增加，脑袋像过载了似的，被刺激信号激得手指颤抖。

苏鹤亭气短，呼吸更加急促了。他胸口沉闷，仿佛喘不上气。耳边都是爆炸声和打斗声，这让他半睁的眼睛里全是重影，快吐出来了。

好痛苦。

押送车"嘭"地晃动，朝着路边横撞过去。苏鹤亭跟着撞到了车壁，猛然吐起来，但因为胃部空空，只能吐出酸水。

和尚用头使劲撞卫达的精锐，察觉到苏鹤亭情况不妙，连声喊道："臭小子，挺住！"

苏鹤亭两眼发花，陷在各种怪异吊诡的幻象里，分不清真假世界。

有个解决完武装组成员的精锐抓住了他的背部，想要把他提起来。

苏鹤亭面色苍白，在这一刻竟然不害怕。他脑袋里像是有人在蹦迪，刺激信号像跳跳糖似的。因为幻觉，他总觉得面前很亮，这让他半合着眼，无意识地呢喃："……谢……"

和尚正在挨打，还以为他在跟自己说话，喊道："谢什么啊！"

押送车的顶部轰然破开，有人在纷乱的碎屑里落下来。枪声密集，谢枕书衬衫上有血，他脚还没沾地，先踹翻了提着苏鹤亭的精锐。精锐倒地，又被他拽起来，他没挥拳，而是从后面卡住了对方的咽喉，把对方的头部狠力砸向车窗。

车窗爆碎，谢枕书没停，一直砸到对方彻底断气才停下。完事后他拔出枪套里的枪，抬手爆掉了跟和尚缠斗的精锐的头。

对方已经死了，可谢枕书没什么表情，继续开枪。和尚不知道来人是谁，只能挡住面部，以免血溅到眼睛里，他在连续的枪响里暴喝："人已经死透了！"

在这昏暗、血腥的车厢内，谢枕书救出了苏鹤亭。

和尚抹了一把脸上的血，正想跟谢枕书打个招呼，押送车就动了起来。

最先发动袭击的重型货车犹如鲶鱼般穿过车队，靠爪型捕捉器抓住了押送车的车厢，强行拖拽。

押送车车身倾斜，撞在沿途的装甲车上。车内剧烈震动，担架翻滚，玻璃皆碎。

正在货车内操纵捕捉器的佳丽说："这玩意儿真难搞。"

隐士持续尖叫。他视野最佳，能看到周围不断亮起的火光。

佳丽说："别叫了，防弹的！"

隐士握着方向盘，道："那也害怕！"

佳丽拉了两下操纵杆，从显示屏上看到卫达精锐的装甲车从两侧夹击，把押送车前行的路堵死了。她说："你怕什么？妈妈！路被堵死了！"

车厢里的福妈正在用花边瓷杯喝茶，外面枪战激烈，她却不受影响。她咂嘴，放下茶杯，对着小镜子把唇膏涂匀，道："别吵，等一下。"

佳丽盯着显示屏，看到谢枕书抱着苏鹤亭从押送车顶部的窟窿里翻了出来。她用力推动操纵杆，说："出来了！"

福妈把小镜子一扣，道："开仓。"

隐士颤抖着按下开仓按钮。

货车一侧的防弹挡板缓缓下降，福妈戴上墨镜，双手握枪，四条机械臂皆持炮筒，全部对着外部。她抿了一下红唇，粗声说："哈喽，各位小崽子，猫妈妈来了！"

炮声大作，其间还回荡着福妈的狞笑声。她的进攻方式就是轰炸，四个炮口轮番开炮，一个人顶一个军火库。

有福妈掩护，押送车的压力骤减。谢枕书已经带着猫上了顶部，侧面爬上来两个卫达精锐，他空出一只手，率先击翻了其中一个。

另一个正在拔枪，但是速度太慢了，枪刚出枪套，人已被踹向捕捉器。他背部撞在捕捉器的钢铁肢节上，胸口又挨了一脚。

那个精锐呕了一下，靠着钢铁肢节下滑。谢枕书抬膝，朝他的咽喉重重地撞了几下，让对方当场毙命。

爪型捕捉器松开押送车，呈松松握着的状态。谢枕书带着苏鹤亭，在押送车顶部助跑两步，跃身上了捕捉器。

捕捉器吊起，在佳丽的操纵下飞掠炮火，向货车车厢靠拢。

卫达已然变了脸色，他用拐杖敲打着车座，大喊："炸了他们！"

福妈掀开风衣衣摆，几发爆破用的手榴弹先上，直接轰翻了装甲车。她在气浪和火光中做出谢幕的动作，远远地丢下了一枚硬币。

福妈摘掉墨镜，说："今晚妈妈买单。"

捕捉器回仓，钢铁肢节折叠归位，降温设备立刻喷出冷气。谢枕书摁住苏鹤亭的背部，跳了下去。

苏鹤亭把胸口的衣料攥得更紧，潜意识里害怕自己因为心率过快而死掉。

"猫，"谢枕书手上都是血，还蹭到了苏鹤亭脸上，他用袖子给苏鹤亭擦拭，不断地唤他，"苏鹤亭。"

仓门打开，福妈竟然在几秒内换了身裙装。她戴着一顶黑色假发，盘起了高髻，还插了朵花。她看清仓内的情况后，微微挑眉，道："哦……别喊了，这小子死不了，给我看看。"

她入内，机械臂在仓壁上输入指令，升降台随即变化。

苏鹤亭躺好，胸口剧烈起伏。他半睁着眼睛，异瞳里的"X"字格外明显。

福妈开启仪器，说："臭小子迟早要完……不好意思，我记性不好。你是姓谢吧？"

谢枕书低声"嗯"了一下，耳边的十字星轻轻晃动。他来得匆忙，甚至没有戴雾化器。

福妈摸了摸下巴，对这个"嗯"十分满意。

哦，不，她是对没戴雾化器的谢枕书十分满意。

苏鹤亭眼里的"X"字反复启动，那是本能在抵抗，他意识疲惫，无法再跟着刺激信号一起兴奋。

福妈索性关掉了改造眼，苏鹤亭眼里的"X"字顿时消失，半睁的眼眸也闭上了。整个人昏昏沉沉，呼吸逐渐平复，直至睡着。受镇静剂的影响，他睡得比平时要死。

那些狂乱的幻觉尽数消失，浮上了细碎朦胧的梦。

"我想见你。"

"猫。"

"我想见你"

苏鹤亭抖了抖猫耳，招架不住这样的循环播放。他哑声说："知道了，知道了……我去找你。"

谢枕书说："嗯？"

苏鹤亭这时意识渐复，睁开了眼，和谢枕书面对面。

谢枕书没有戴雾化器,十字星垂在他侧脸处,泛着银光。他眼里满是不开心。

苏鹤亭睡眼惺忪,说:"给你讲个秘密。"

谢枕书没有答话。

苏鹤亭一笑,说:"我刚才梦到——"

他后脑勺一沉,被摁了一下。

谢枕书盯着墙壁,在漫长的几秒里想不到任何借口。他大脑有点儿空白,半晌后,他说:"对不起。"

好像是触犯了什么禁忌。

可他还是把手臂收紧,声音很轻,仿佛犯了错一般,问:"我可以跟你拥抱一下吗?"

苏鹤亭把猫耳妥帖地收起,道:"你跟每个告过别的队友都会拥抱吗?"

谢枕书说:"不会。"

苏鹤亭的猫耳顿时翘起,他把目光移向别处,这不看还好,一看吓一跳,问道:"这是哪儿?!"

谢枕书说:"破桶子巷101号。"

苏鹤亭道:"完了,这是福妈的房间!"

这房间墙壁是碎花的,天花板则做成了水晶吊顶,桌椅板凳都套着洋装,扎满了大蝴蝶结,正是福妈的闺房。她平时不准他们几个男孩儿进,隐士以前只是探头看了一眼,就被福妈揍得哭爹喊娘,这里只有露露能随意出入。

苏鹤亭说:"躺在这张床上的感觉非常可怕,好像有——"

他话没说完,后颈就被什么东西戳了一下。苏鹤亭悚然变色,喊了声"救命"。

露露伸着猫爪,只是出于好奇,想摸一摸苏鹤亭。它见苏鹤亭溜了,登时精神大振,来了劲儿。只见它撅起屁股,一个猛扑,追过去对着苏鹤亭的后颈狂拍。

苏鹤亭缩着脖子,谢枕书手向下,罩住了苏鹤亭的后颈,挡住露露的爪子。

露露玩疯了，跳来跳去，在苏鹤亭的背上乱踩。苏鹤亭背部敏感，被踩得直抽气。他喊："我警告你啊，不要不识好歹……啊！"

露露敏捷甩身，扑到枕头边，去找苏鹤亭的猫耳。但它没抓两下，就被毛绒玩具挡住了。

谢枕书隔着玩具，用一根手指把露露摁倒了。

露露的注意力被转移，在被褥间抱住玩具，对着玩具又咬又蹬。

苏鹤亭埋着脸没动，呼吸微促。

谢枕书眸子半合，目光向下，拍了拍苏鹤亭，示意苏鹤亭没事了。

苏鹤亭装死。

两猫相逢，露露胜。

谢枕书说："精神恢复了。"

苏鹤亭闷闷不乐道："……嗯。"

他的尾巴无所事事，东拍一下，西拍一下，最后拍到谢枕书腿上，不动了。

苏鹤亭说："它一直在这儿？"

谢枕书道："半个小时前来的。"

苏鹤亭欲起身，说："福妈不管它？"

这时，谢枕书说："你的秘密没有说完。"

苏鹤亭道："什么秘密？哦……"他临时变卦，"我不想讲了，不告诉你。"

谢枕书说："骗子。"

苏鹤亭道："什么骗子？这怎么能叫骗？骗你是说假话，我可没说假话。"

谢枕书道："你说要给我讲的。"

苏鹤亭嘴硬道："是吗？我刚睡醒，说梦话呢，你……"

他语气一顿，觉察到谢枕书已然抬手，连忙求饶："君子动口不动手，我告诉你，我说……谢枕书！"

谢枕书道："你说。"

苏鹤亭逗他，说："我梦见你说想见我，说啊说，两耳环绕。你真的想见我吗？那声音跟真的一样——"

谢枕书道："真的。"

苏鹤亭一愣。

谢枕书一字一顿道："是真的。"

隐士在客厅里跳健身操。

佳丽说："妈妈两分钟后到家，你小心挨揍。"

隐士伸展手臂，再扭腰回身，跟着节奏前踏步后起跳，动作相当流畅，显然是经常跳。他元气满满，说："我正好结束！"

佳丽穿着背心，两条手臂上都是花纹，正在边看新闻边吃饭。

隐士过去喝水，说："我去叫猫起床，露露还在里面呢。"

佳丽瞟了一眼家庭记录表，上面有房间用水记录，她说："他醒了，已经在浴室里泡了一个小时了。"

隐士放下水杯，手拢在嘴边，更小声地说："我上次看见他和谢枕书的关系似乎挺好的，你觉得对劲吗？"

佳丽握叉子的手一顿，看向紧闭的房门，又看向隐士，道："骗人被妈打。"

这是他们的真话宣言，跟"骗人是小狗"一个意思。

隐士可算是找到聊天窗口了，屁股挨着板凳坐下，说："骗人被妈打！我真的看见了。"隐士继续道，"那会儿谢哥还戴着雾化器，跟我们刚认识没多久。"

佳丽道："人不是你给猫介绍认识的吗？"

隐士推开餐盘，面色凝重，说："是啊，是我给介绍的，但我也不了解谢哥。"

佳丽对谢枕书的了解还停留在隐士的介绍上，她说："你在交易场找代打的时候没看到他的资料？"她说完又"哦"了一声，自问自答，"这种职业代打多半不会写真实信息，看了也没用。不过他身手很好，一看就经历过专业的训练。旧世界的军方组织就那么几个,分析分析他的格斗技巧,说不定能找到点儿线索。"

隐士说:"比赛打完我就去查了,连他的虚化体我都查了,但没有找到有用的信息。我看他的格斗方式也不像黑豹,会不会是什么武装组织里的人?像卫达那样。"

佳丽走南闯北,又在交易场里开店,自诩见多识广,也看不出谢枕书的底细。她把碗里的饭吃完,想了一会儿,摇摇头,道:"不一样。"

具体哪儿不一样,她也说不上,但她坚持认为谢枕书是军方组织里出来的,这是她练就的嗅觉。

佳丽收回思绪,看隐士还在琢磨,便说:"你去问问猫不就好了?"

隐士纠结道:"哎呀,我是怕他被人骗了。"

佳丽:"……"

佳丽说:"你是他妈吗?什么事都要管!"

隐士道:"话怎么能这样说呢?我当然不管这个,我是担心,担心总没错吧?这小子看着狠,心却很软,最容易被骗。要是谢哥——"

吧台后面的房门传来声响,门开了。

隐士面不改色,继续说:"谢哥人狠话不多,真的很不错。"

佳丽无语。

露露先跑了出来,还叼着玩具。它无视隐士的呼唤,钻进沙发底下,把玩具也拖了进去,留作踩奶用。

佳丽打招呼道:"早,睡得怎么样?"

谢枕书的衬衫前领皱成一团,他说:"还可以。"

隐士插话:"猫还在洗澡?"

正摇晃的房门"啪"地打开,苏鹤亭头发半干,目光幽幽地飘向隐士,语气不善:"你才在洗澡。"

隐士指着记录,道:"你洗了好久啊。"

苏鹤亭哑火,嚣张不起来,佯装冷漠,说:"我刚脱离苦海,得好好洗。"

隐士将信将疑。

佳丽示意他们俩坐，说："妈妈去跟森谈生意了，马上回来。"

隐士挪开凳子，起身到厨房给他们弄吃的。

苏鹤亭坐在谢枕书旁边，伸手拿了餐具，再递给谢枕书。

谢枕书接了。

隐士系好围裙，道："两位顾客，荷包蛋要煎的还是煮的。"

"煮的。"

"煎的。"

回答问题的两个人对视一眼，又同时改口。

"煎的。"

"煮的。"

隐士："……"

他抄起锅铲，自作主张道："一煎一煮，你俩看着分吧！"

佳丽看的新闻正在播放街道实录，里面还有刑天的代表警长在发言。她滑了几下屏幕，道："前天该炸死卫达的，让他跑了真是可惜。"

苏鹤亭说："前天？我睡了这么久？"

"你以为自己是睡着的？是妈妈强行关了你的改造眼，它被病毒挟持，一直在干扰你的意识。昨晚你又输了好久的液，都是谢……"佳丽想到隐士刚才说的，不自觉地瞟了他们几眼，"谢先生在照顾你。"

隐士边煎蛋边说："你脑袋里那病毒哪儿来的？很难处理啊，不过你如果需要跟人意识连接，我这几天正好有空。"

苏鹤亭听到"有空"两个字，一口水呛住，狂咳起来。他举手否决："不……喀，不用，不需要，好好放假吧你。"

隐士被拒绝后很是郁闷，道："怎么啦？在连接这方面，我可是专业的。别的不说，我那虚化体的头就是自己拼的，你知道要找多少数据吗？我只用了一个多月就拼好了。"

苏鹤亭说:"这病毒是通过斗兽场的接口进来的,我怀疑经常参赛的选手都中毒了。"

隐士忙不迭地放下盘子,道:"什么,是斗兽场的病毒?!那我岂不是也中毒了?可我拼头的时候没察觉到什么异常啊。"

"你一年六场比赛全是代打,当然中不了毒,"佳丽挪动了一下自己的改造腿,"但其他人就不一定了。我们得把这个消息传递给同伴,让大家有所警觉。"

佳丽口中的"同伴"有很多,他们遍布整个黑市,是拼接人消息网络上的联络员。为了防止被刑天追查,他们通常不会直接见面,而是通过各种隐秘的方式交换情报。

隐士关切地问苏鹤亭:"你还好吧?有没有感觉乏力、头晕或是意识混乱?"

苏鹤亭说:"没有。"

与其说没有,倒不如说情况完全相反。

他用正常的语气说:"它会让你亢奋,超乎寻常地亢奋,跟打了兴奋剂一样。"

佳丽问:"什么时候开始出现这种兴奋状态的?"

苏鹤亭回想片刻,道:"打泰坦的时候,当时弹幕一出现,氛围就不一样了。"

那些叫嚣着"打死他"的弹幕是否真的由观众发出?苏鹤亭开始怀疑那都是斗兽场的场内设计,专门用来暗示选手,刺激病毒。

谢枕书捏着空杯子,说:"病毒会对大脑活动区进行精神感染,兴奋度会逐步增加,令人渐渐失控。"

隐士道:"难怪!最近的比赛越来越血腥,全是生死局,我还以为大家都要钱不要命了。"

佳丽烟瘾不小,把口袋里的烟盒掏出来,问:"介意吗?"

隐士道:"介意。"

佳丽只好作罢,把烟盒丢到了吧台上,十指交握,腿因为焦虑而抖动,那是她的改造后遗症。

佳丽说:"斗兽场有成千上万的拼接人,大家都靠打比赛糊口,即便把病毒的消息传播出去,我们也没有别的选择,真还不如上前线呢。"

苏鹤亭用叉子分了半个煎蛋,塞进嘴里,没尝出什么味,道:"刑天跟卫达制订了人造人计划,短时间内不会再派人去炸光轨区……刑天有多久没有组织过轰炸行动了?"

这个隐士熟,他道:"我们在茶肆里聊完疯子行动后就没有了。我估计啊,是其他生存地的幸存者给刑天施加了压力,光派人去炸光轨区有什么用?无一生还。"

谢枕书说:"消耗行动。"

隐士问:"啥?"

谢枕书吐字清晰,道:"你说的疯子行动,都是消耗行动。"

"疯子行动"是苏鹤亭给刑天轰炸光轨区的行动的代称,因为他比谁都清楚,派人去光轨区就是让人去送死,那些人工智能操控着光轨区的一切热武器,它们还有无数监控设备做眼睛,只要跨入光轨区境内,就没有什么能瞒得过它们。

大姐头坚持的方向没错,意识上载才能跟主神系统正面抗衡,在现实里,它们虽然无处不在,却又无影无踪。所以从一开始,苏鹤亭就没看好过刑天的轰炸行动。

但消耗行动是什么意思?

谢枕书没看隐士和佳丽,只看着苏鹤亭,道:"新世界01年,逃出光轨区的幸存者对主神系统进行了第一次爆炸袭击,参战人数多达两千人。他们成功炸毁了光轨区03号养殖场,解救了那里的四千多名幸存者。"

苏鹤亭道:"我知道这段新世界历史,那次的爆炸袭击被称为'人类反抗第一战'。"

谢枕书说:"从那以后,生存地的幸存者数量持续增加,直到大爆炸。"

04年的大爆炸是个转折。苏鹤亭正是在这一年因为大爆炸被解救，来到了生存地。而对于生存地来说，从大爆炸以后，它们就再也没有迎来过新的幸存者。

佳丽说："大爆炸以后，我们就没再赢过，自然不会有新的幸存者。"

谢枕书道："是。那为什么大爆炸以后就再也没有赢过？"

佳丽一愣。

隐士抢答："因为光轨区的防御升级了！"

谢枕书这次看向了隐士，他眼神沉静，又一次提问："是。那为什么刑天没改变作战计划，而是继续组织幸存者去炸系统？"

吧台陷入寂静。

刑天有前线的第一手情报，他们在明知道轰炸行动会失败的情况下，仍然进行着这项行动，送了一批又一批的幸存者过去。两年时间里，轰炸行动从两万人锐减到五六十人。

为什么？

因为生存地人满了。

半响后，隐士揭开锅，发现蛋煮散了，他用筷子捞了几下，还没有回过神，问道："……可我们有三个生存地啊。"

谢枕书的指节贴着空杯，说："你见过其他生存地的幸存者吗？"

"哐当——"

隐士手里的筷子掉锅里了，他心惊肉跳，道："变成鬼故事了！"

好在佳丽说："我见过。"

苏鹤亭的尾巴稍垂。

佳丽接着说："但那是两年前的事情了。"

苏鹤亭的尾巴一僵，随后悚然蜷起。

难道其他生存地都是空的？

谢枕书察觉到苏鹤亭的尾巴在上上下下，说："……我就是问一下。"

其他人皆松了口气。

隐士把蛋汤倒进碗里，擦了擦手，说："哥哥，你说的消耗行动也够吓人的！"

苏鹤亭说："你喊他什么？"

隐士一派自然，道："哥哥啊。当然，不是说谢哥比我大，就是个尊称。"

苏鹤亭"哦——"了一声，他单手撑脸，凉凉地说："还喊叠词。"

隐士做出伤心状，道："亏我们还是亲兄弟，有同一个妈，你都没这样喊过我。"

苏鹤亭道："你想屁去吧。"

隐士插科打诨，冲散了刚才的沉重气氛。即便刑天的轰炸行动动机存疑，他们也不能即刻查证。

隐士说："当务之急还是你那病毒，先把它解决了，才能商议下一步，不然我怕你小子兴奋过头，再杀一个卫知新。"

谢枕书放下水杯，杯子正好挡在隐士和苏鹤亭之间。他道："我可以。"

隐士看看他，又看看苏鹤亭，抱紧自己的锅铲，愣愣道："哦……哦！你俩打算……呃，在哪里进行这项神圣的活动呢？"

谢枕书道："我家。"

佳丽听完消耗行动后就陷入了沉默，这会儿勉强打起精神，道："卫达既然没有死，就能回去跟刑天再做交易，妈妈这里也不安全。意识连接不是小事，如果谢先生有适合的地方是最好的。"

苏鹤亭忽然问："妈妈跟森谈什么生意，这么久？"

佳丽说："那天撤退都是森的人在掩护，妈妈跟他们签了改造协议，今天在谈细节。"

福妈在黑市有自己的人脉，但用森是最好的办法，因为森能让所有行动合理化，他背靠交易场，并不害怕卫达。

苏鹤亭靠着椅背，道："我还有事情没有跟妈妈讲。"

佳丽看了一眼谢枕书，像是在确定谈话是否能继续，但苏鹤亭这么直白，想必谢枕书知道得不少。佳丽信任苏鹤亭，因此信任谢枕书。她说："不用说了，我们都知道了。"

隐士指着门，道："营救行动结束后有人送了字条过来，上面写着'计划继续'，妈妈就和森查了一下，结果发现了你跟刑天之间不可告人的秘密。"

苏鹤亭纠正道："那是被迫的。"

佳丽说："最早的消息没错，刑天确实换成了让拼接人去实施行动，是我们理解错了，这次行动原来是线上的。不过你单独行动，要小心点儿，刑天的话不能全信……实在不行就算了，去他的，跑吧。"

苏鹤亭看出佳丽的颓态，道："我没事，线上还能问问惩罚区的人见没见过阿襄。"

佳丽的女儿叫阿襄。

惩罚区里有多少人，佳丽不知道，但她指了一下自己的文身，道："姐谢谢你，一会儿把阿襄的照片发给你。"

佳丽常年在外活动，又在黑市里给大家传递消息，无时无刻不处在危险中，为了防止自己哪天因受伤失忆，她干脆把阿襄的照片文在了身上。

隐士看了一下时间，道："妈妈怎么还没回来？"

他刚问完，门就开了。福妈收起洋伞，弯腰进门。她今天戴的是黑色卷发，在耳边搭了支白桔梗，因为黑与白的对比，猛地一看，像是去参加葬礼了。

福妈进门后见他们坐得整齐，先瞅苏鹤亭，语气幽幽道："您活了？"

苏鹤亭双手搭膝，尾巴一甩一甩的，挤出笑容，说："您救得好。"

福妈放下伞，脱掉外套，道："别冲我笑，妈妈现在想打人。"

苏鹤亭抬起手，挡住脸，说："看不见行不行？"

福妈哼了一声，不再理他。

隐士招呼福妈坐，福妈在佳丽身边坐下。她从随身小包里拿出女式烟，让佳丽点火，自个儿抽了起来。她吞云吐雾，道："卫达今天正给儿子办葬礼，我送了捧花过去，祝他丧子快乐。既然这仇结定了,也没什么好怕的。他一个卖肉的,想靠人造人翻天,哪有那么容易。委员会这么多人,还真能让他一个人把钱都赚了?都别绷着脸,就算哪天天真塌了,也有妈妈替你们扛着。"

她目光转动,又看向苏鹤亭。

"你脑子里那病毒是什么东西?"

苏鹤亭挪开手,道:"斗兽场来的。"

福妈说:"趁早弄干净,你人傻了是小事,植入体坏了是大事。"

苏鹤亭:"……"

福妈烟抽到一半,对谢枕书道:"这小子防备心很强,连接的时候小心点儿。"

苏鹤亭说:"啊?你们什么时候通的气?"

谢枕书道:"我会注意的。"

福妈心里有事,随便挥了一下手打发苏鹤亭,好像他就是出门吃个饭。

苏鹤亭道:"你就不担心我?"

福妈说:"是的,滚蛋吧。"

苏鹤亭就滚蛋了。

临出门时,佳丽给二人拿了伞,嘱咐道:"给你换了个临时的信息卡,时效就两天。从这儿出去别走大路,森的人正在附近做清扫,你们尽量别露脸,以免再生事端。路上如果感觉有人跟踪,就去瑶池。"

苏鹤亭感觉自己像出门踏青的小学生,他拿了伞,道:"好的,姐姐。"

佳丽被他逗笑了,又跟谢枕书打了个招呼,把他们送出了门。

外边正在下雨,天阴路暗,破桶子巷的路没修,都是积水。福妈在附近设有感应警报器,真有人盯梢也进不了巷子。

苏鹤亭撑开伞,跟谢枕书各占一边。细碎的雨在边沿连缀成线,他拉上外套,用目光扫了一眼周围,没看到异样。

谢枕书握住伞，举高。

苏鹤亭收回目光，心道：我说过下次给他穿我的外套，这不就是个机会？

他两只猫耳动了动，暗示道："你冷吗？"

谢枕书说："不冷。"

谢枕书将伞面微微倾斜，在细雨里示意苏鹤亭继续走。二人离开破桶子巷，苏鹤亭在转弯时，又扫了一眼周围。

破桶子巷之所以被叫作"破桶子"，正是因为它整体呈桶状，在腰部位置有个豁口，像是被人戳出来的洞。巷子里的住户住的都是只有一层高的民居，对比街对面的破楼，更显老旧，但胜在视野开阔，地下可使用面积很大。

苏鹤亭说："走这边，不会跟森的人碰面。"

谢枕书跟着他走。

苏鹤亭经过无人小卖铺，在垮掉的灯牌下伸手，刷了自己的假信息卡，拿走一包糖。他把糖拆开，从里面掏出两颗透明包装的彩色糖，递给了谢枕书。

猫做这件事不紧不慢，眼睛和耳朵一起待命，没放过视野范围内的所有动静。

谢枕书接过糖，那糖躺在他掌心里，小小的一颗。

苏鹤亭两下拆了包装，把糖像豆子似的往嘴里丢，道："虽然有森的人在做清理工作，但他们一般不会下狠手，只会驱赶跟踪者，让他们暂时消失，所以等下你和我走出这条路后，要随时留意后方。"

谢枕书握住糖，道："嗯。"

苏鹤亭不是真的想吃糖，只是借机停留，观察周围。

二人待在一把伞下，看起来好像在密谋什么，他们的身影被灯牌的灯光晕开，变作雨里朦胧的图案。

蝰蛇眨了好几下眼，都没能让那团图案变清晰，他道："看得到不？那两个在干吗？"

阿秀穿着雨衣，还没到下雪天，他竟然围着条灰色围巾，把脸遮了大半。他拉下围巾，说："站着。"

蝰蛇说："你给老子讲清楚。"

阿秀把围巾拉上去，不说话了。

蝰蛇气道："你哑了吗？饭吃狗肚子里去了？"

阿秀听他骂骂咧咧的，垂眸没吭声，踢了踢脚边的水洼，把水都踢到蝰蛇的屁股上。

蝰蛇作势要抽阿秀，又不敢离开原位，怕被发现。他擦了好几遍瞄准镜，都没什么用，他的改造眼不比从前，再也没人肯给他换新的了。

卫知新死后，蝰蛇和阿秀都被卫达弃用了，按规矩，他俩被带到了垃圾场处决。可是蝰蛇咽不下这口气，拖着两腿中枪的阿秀逃掉了。他目标明确，就是找苏鹤亭报仇。

然而这事不好办，一是苏鹤亭近期都待在监禁所，好不容易出来了，又待在福妈这里。二是卫达派人在找他们，蝰蛇自己也东藏西躲的，疗伤都是找的交易场的地下医生，甚至不敢在一个地方停留太久。

蝰蛇说："你要是不想干，就给老子爬，老子一个去，我一个人还好点儿，爬远点儿——"

阿秀打断他，道："人跑了。"

蝰蛇一惊，俯首去看瞄准镜，人果真不见了。他当即站起来，说："人呢？！"

阿秀指着路的尽头，说："在你说话的时候跑了。"

蝰蛇立刻拆枪，推了一把阿秀，急声道："追！"

苏鹤亭对破桶子巷的路都了然于心，同样是走，却比蝰蛇他们快多了。蝰蛇还在巷子里打转，苏鹤亭已经到了谢枕书家门口。

家政机器人一见到苏鹤亭，便亮起了脑门儿上的灯，既想冲上来，又很害羞，喊道："猫先生！"

苏鹤亭进门，弹了一下家政机器人的脑门儿，道："苏鹤亭。"

家政机器人今天换成了鸡毛掸子手,被苏鹤亭弹过脑门儿后更加害羞,追在他们后面,高兴得左右摇摆。

谢枕书的衬衫皱得不成样子,他进门后指了指房间的方向,道:"我换个衣服。"

苏鹤亭应了,他在客厅的沙发上坐下,家政机器人忙前忙后,端了许多零食出来,堆满了苏鹤亭面前的茶几。

苏鹤亭说:"我……"

家政机器人摁了一下按钮,沙发"嘭"地打开,苏鹤亭猝不及防,掉进了零食堆里。

苏鹤亭:"……"

家政机器人急得满头大汗,晃着鸡毛掸子手挖人,大眼睛眨动,说道:"对不起!"

苏鹤亭说:"没事!你站着等会儿,我自己起来。"

家政机器人的鸡毛掸子手交错,一副很是忐忑的模样。

苏鹤亭躺在零食堆里,随手捡起几个盒子看,都是什么"大白猫",他又捡了几包零食看,发现谢枕书囤的零食全是一个牌子的,就叫作大白猫。

哦。

苏鹤亭心想:原来长官喜欢大白猫?

他抖了抖猫耳,尾巴钻出零食堆,露在眼前。

黑乎乎的。

家政机器人说:"这些都给猫先生。"

苏鹤亭放下零食,觉得它羞怯的模样很可爱,说:"真的?那我拿走了。"

家政机器人煞有介事地点点头,小声说:"家里的一切都给猫先生。"

谢枕书换好衣服出来,开了瓶水给苏鹤亭,道:"我房间里有营养液。"

苏鹤亭被营养液吸引了注意力,说:"光轨区同款?"

谢枕书说:"嗯。"

难怪他能持续待在线上。

苏鹤亭对这东西的来历很感兴趣,喝完水,问:"你从哪里搞到的?"

这种营养液连刑天都没有。

谢枕书道:"一个组织。"

他打开房门,带苏鹤亭进去。

房间里的冷气开得很足,跟客厅和客房不同,这里整体色调呈黑色,边边角角都相当规整,正对着床的墙壁上有块黑白表。

时间是谢枕书房间里最多的元素,他似乎很在意时间。苏鹤亭想起他前几次戴的手表,还有他的"准时"。

房间没有窗户,但通风设施很好。床的不远处是个营养缸,连接着操作台,苏鹤亭怀疑谢枕书就是泡在这里上线的。他微微抬头,看见天花板是镜子。

这个房间里没有生活痕迹,也看不出主人的习惯。

这个发现让苏鹤亭感到熟悉,他是黑豹出身,在这方面嗅觉灵敏。

谢枕书开了操作台,房间内的显示屏挨个儿亮起。

苏鹤亭瞬间被荧光包围。他抬了抬手,穿过那些复杂的数据雨,看到熟悉的惩罚区投影。

谢枕书用指尖点了点投影,把它转过去,它的线条叠加,变作一个装订成册的图本。谢枕书打开图本,迷你版的夜行游女便浮现出来,旁边还附有夜行游女的详细信息,竟然是本整理过的惩罚区异闻录。

苏鹤亭道:"厉害!都是征服者搜集的?"

谢枕书说:"算是吧。"

苏鹤亭翻了几页,看到烛阴,道:"厉害,这没个三五年做不出来。"他又翻了几页,火"噌"地冒出,像一朵小烟花,猫兴奋道,"是毕方啊。"

他的尾巴甩动起来。

谢枕书微微偏头，道："它常跟着祝融。"

苏鹤亭说："祝融驾车吗？"

谢枕书答："驾，它有辆战车，能无间断发射追踪炮。"

苏鹤亭继续翻，没看到有关祝融的记载，不由得问道："祝融没有收录进来吗？"

谢枕书说："删掉了。"

苏鹤亭忽然问："连接吗？就现在。"

意识连接要交换接口，苏鹤亭通常靠尾巴末梢连接。但是谢枕书太高了，苏鹤亭的尾巴伸不到那里，好在谢枕书有操作台，他们能借用连接线连接彼此。

苏鹤亭跟谢枕书面对面坐着，他切换尾巴末梢，问："我需要注意什么吗？"

谢枕书调整操作台，道："放松。"

苏鹤亭鼓起脸颊，又泄了气，感觉自己似乎正坐在就诊室里。

谢枕书把操作台推开些许，关掉了周围的显示屏。

房间归于昏暗，谢枕书说："我要连接了。"

苏鹤亭闭眼，刹那间跌入意识旋涡。

Chapters 11
醉猫

苏鹤亭混乱、零碎的记忆被一张网温柔地兜住,他不再眩晕,感觉像是沉入了一片温热、平缓的海,但这只是片刻的宁静。谢枕书连接后,风平浪静的水面骤变,刺激信号狂风暴雨般袭来。

这一刻,苏鹤亭想什么谢枕书都知道,同样,谢枕书的另一面也在苏鹤亭的意识的注视下暴露无遗。长官冷静、礼貌的外表下是恶相,他的连接方式完美还原了"阿修罗"的释义,充满攻击性。这让谢枕书散发着危险气息,他在意识浪涛里绝非君子,而是个攻城略地的专横君王。

谢枕书用声音安抚苏鹤亭:"……你太紧张了。"

他讲话温柔,好似胸有成竹。可他背部的肌肉时刻紧绷,显然没有那么轻松。

那些破碎而凌乱的记忆一股脑儿地涌出来,谢枕书把这份连接信任看作锁,他用这道锁牢牢铐住了自己的意识,从而减轻苏鹤亭的负担。他道:"你好聪明。"

猫很可爱。

猫很……

糟糕,他想什么猫都知道。

果不其然,苏鹤亭猫耳飞折,觉得自己脑袋里都是夸奖声。

谢枕书想:对不起。

苏鹤亭道:"……嗯。"

然而谢枕书又无法控制自己不去想:你真的很可爱。

那可恶的刺激信号欢呼着逃跑,在二人的意识网兜里胡作非为。它刺激着苏鹤亭,苏鹤亭被它搞得尾巴挣了一下,差点儿挣脱接口。

谢枕书当即停下连接,拔掉了线,他胸口起伏,须臾后,闷声说:"……对不起。"

事实证明,他们在意识连接这件事情上都是笨蛋。

半晌后,二人仍然坐在椅子上,隔了些距离。

苏鹤亭捏着水瓶,把剩余的水喝完。他的神情已然恢复正常,就是眼眶微红。因为光线,他的异瞳朦朦胧胧,尤其是雾霭蓝色的那只,犹如雨雾间的微光。

猫很少有这种可怜样。

谢枕书深色的眸子半垂,另一只手也捏着水瓶,漂亮的指节一动不动。

苏鹤亭擦了一下嘴角,道:"喝饱了。"

刚才的连接好像是一场梦。

谢枕书说:"我找到它了,下次……"

下次。

谢枕书说到这里,突然抬手,开始喝水,并且一口气把水喝光了。他喉结滑动,拧紧瓶盖,神情冷漠,好像在给自己强行降温,以免自己脑袋里那些乱七八糟的想法再吓到苏鹤亭。

苏鹤亭把空瓶捏瘪,又捏回原样。他心不在焉,脑袋还有点儿晕。他佯装很懂,说:"一回生,二回熟,下次总有办法。"

谢枕书道:"嗯。"

少顷,谢枕书盯着手上的水瓶,说:"我没法儿保证,"他的十字星耳饰亮亮的，随着他抬眼，映出他眸中的沉光，"下次能做得更好。"

苏鹤亭揪住猫耳，让自己看起来很凶，嘴上却只回答："哦！"

哦什么？

苏鹤亭说："那我们分开连接！"

谢枕书立刻说："不要。"

苏鹤亭道："没有'不要'这个选项。"

谢枕书不满，再次说："不要。"

苏鹤亭气结，道："你是故意的！"

谢枕书一顿，说："是。"

他竟然承认了，直截了当。

苏鹤亭道："好啊，你——"

他的"你"字卡在齿间，须臾后，苏鹤亭才从齿间挤出两个单调的字眼："可恶！"

可恶！

谢枕书这么直接，反倒让苏鹤亭无力招架。他想不到自己该说什么。此刻，他身上根本看不出半点儿倔强的模样，可爱的鼻尖轻皱，已然被"谢枕书"这道题难倒，仿佛再逼一逼他，他就会真的掉下眼泪。

谢枕书见状，道："下次注意，你别哭。"

苏鹤亭登时炸毛："哈哈，谁哭？我——"

他不强笑还好，一笑生生把眼泪给挤出来了。

苏鹤亭大惊，慌忙用手背擦脸，动作粗鲁，几下就把脸擦得泛红，神情间写满了不可置信。

谢枕书没想到猫真的会哭，那两颗金豆子搅乱了他的思绪，让长官神情一滞。

苏鹤亭心道：完了，他铁定是把我当作了什么爱哭鬼。

谢枕书替他说："你没哭。"

猫大而圆的眼睛越发漂亮，他一时间想不出别的借口，只能垂头丧气道:"对,我是困了。"

谢枕书比苏鹤亭高好些,一只手撑膝,在得到回答后,点了一下头。

苏鹤亭犹自说:"都是生理泪水。"

谢枕书说:"……嗯。"

苏鹤亭强调道:"我打比赛从来不哭。"

谢枕书没忍住,唇角扬了一下,露了个无声的笑,但这笑只存在了两秒,他敛容,严肃地回答:"嗯。"

苏鹤亭释怀了。

没错,这就是生理眼泪,谁打哈欠的时候没流过几滴眼泪呢?他出了这门还是条铁骨铮铮的好汉。

好汉刚找回了自信,远在家门口的隐士却忧心忡忡,他换了好几条路,确信后面有人跟着自己。

此时天空阴暗,地面潮湿。

隐士拎着袍摆,几步上了台阶,他快速转过路口,没敢回头。背后的脚步声穷追不舍,跟着他转过路口。隐士越走越快,那脚步声也越来越快,渐渐地,对方快要贴到他了。

隐士寒毛直竖,他扯了一把路边的木椅子,挡在后面,撒腿就跑。

隐士住在旧城巷,小酒馆那块。他住在这里的原因很简单,这里靠近瑶池,有森镇场。

当下被尾随,他家也不敢回了,两步跳下陈旧的台阶,在巷子里左转右钻,急匆匆地逃向瑶池。

蝰蛇没料到隐士会跑,被椅子绊了一下,差点儿摔倒。他跳了几步,大骂一声。

隐士听出蝰蛇的声音,只觉得糟了,这家伙肯定是找不到猫,来找他出气,搞不好还想拿他当人质!隐士哪管蝰蛇怎么骂自己,撒腿飞奔,一只手在大袍袖里摸索,掏出手机,盲打短信内容,可他还没摁下号码,背部就一重,人直接被掀倒在地。

蝰蛇说:"干得好!"

阿秀踩住隐士，把手机踢开了。

隐士立刻捂胸，装出痛苦状。

蜱蛇拽住隐士的后领，把他提起来，斥道："别装了！这招上次我玩过！"

隐士当即不痛了，跟变脸似的，举手投降，道："是，是，是，忘了这茬儿了，原来是你教的！"

蜱蛇冷笑，问："苏鹤亭去哪儿了？"

隐士心道果然，面上却更显慌张，好像怕得不行，就差抱头了。他说："那你得问刑天啊，我弟弟不一直在给刑天打工吗？"

蜱蛇说："放屁，我看着他跟谢枕书跑了。"

"对啊，"隐士眨眼，"就是谢枕书，那人是个特务，专门来保护猫的。"

蜱蛇不信他的鬼话，提拳要打他。

隐士脖子一缩，说："且慢！且慢啊，蛇兄，你不要着急打我，要动脑。你自己想想，是不是自从谢枕书出现，你就没成功过？"

蜱蛇一愣。

隐士说："卫知新派你追杀猫，你上那高速拦截，是谢枕书飙车带走了猫，对吧？你看，这是巧合吗？这是阴谋啊！我没骗你，猫呢，他已经被刑天收编了，受刑天监督，要做任务的。"

他一顿瞎编乱造，竟然歪打正着，说对了一半。

阿秀说："他转眼珠，他撒谎！"

隐士"啧"了一声，对着阿秀使劲转了两圈眼珠，道："你怎么平白无故污蔑人？我习惯转眼珠行不行？蜱蛇，我以为你是个强健有力、说一不二的大哥，没想到你听小孩儿的话，笑死人了。"

蜱蛇好强，还要面子，当即对阿秀说："你一边儿去，别插话。"但他没有轻信隐士，而是把隐士提得更高，威胁道，"少废话，我就问你苏鹤亭现在在哪儿！"

隐士说："事关刑天，我不能乱讲，你别逼我！"

蜱蛇道："你讲不讲？不讲我就在这里扒了你的皮。"

隐士一副宁死不屈的模样，嘴巴闭得很紧。

蝰蛇见状信了五六分，他头部的三角植入体鼓动，发出了呲呲声，道："好，你嘴这么硬？我现在就送你上路。"

隐士慌慌张张，掩面假哭。他拿得起放得下，心里没包袱，也不好面子，为了把戏做足，真流了几滴眼泪，目光凄惨，说："你为什么要把我逼到这种境地？这事告诉你，你恐怕也活不久，何必呢！唉……蝰蛇，我们都是拼接人，拼接人日子都不好过。我们虽然有过节，可我仍然希望你活下去。毕竟新世界，活着就行。"

蝰蛇烦道："你有完没完！"

隐士只好说："好，好，好，你听我说！事情是这样的，刑天正在策划一场入侵，精神方面的。他们如今受限于大老板，很多事都做不了主，于是他们找到猫这样的拼接人合作，准备把卫达的人造人计划独吞掉，用来培养自己的军队。"

这些话是他用这几天听到的消息拼凑出来的，却很有迷惑性。

蝰蛇能干吗？他找苏鹤亭报仇无非是想挽回面子，洗清名声，最好能让卫达对自己另眼相看。他心里有团火，也知道光凭报仇很难让卫达接纳他，所以他迫切地需要一个能证明自己能力的方式。

隐士别的不行，但在投机钻营这方面很有经验，对蝰蛇此刻的心思了如指掌。他说："你是卫知新的心腹，对人造人计划懂得比我多，也知道这计划对卫达有多重要，你把这个消息告诉他，他必定感激你。可刑天就恨死你啦，你以后日子不好过。"

蝰蛇狠声说："刑天算个屁？跟在老板屁股后头的狗罢了，我怕什么。"

他在心里盘算起来。

这事得告诉卫老板，立一桩大功。

可蝰蛇转念一想，卫达不比卫知新，不好相处，光凭一个消息，恐怕还不能抵消自己的罪责。于是他拽着隐士，问："你绕来绕去，也没说苏鹤亭在哪儿！"

隐士道："我还没讲完啊！猫就在刑天的秘密基地里，他每天去那里练习意识上传,学学传销知识,好给人造人洗脑。"

蜇蛇信了隐士的话,他跟着卫知新看过苏鹤亭的资料。猫以前是黑豹的,参与过什么实验,也是虚拟洗脑之类的,在网络世界里混。

苏鹤亭有这方面经验,刑天才会找他,不然拼接人那么多,他一个臭猫,成天一脸跩样,谁稀罕找他做事?

隐士见蜇蛇信了,旁敲侧击道:"你把我放了,我把地址给你,那地方太危险,我就不去了。"

蜇蛇立刻说:"谁知道是真的假的?你带路!"

隐士又哭又闹,推托半天,最后被蜇蛇用枪顶着,委屈地上了路。

阿秀整理好围巾,秀眉紧皱,跟着他们走了几步。他路过隐士的手机,俯身捡了起来。

隐士余光瞥到这一幕,心都提到了嗓子眼儿。

大意了!

阿秀摁亮手机屏幕,那屏幕已经被摔出了裂痕,上面正是隐士匆忙间编辑好的短信。

"有人跟踪,等我把他带过去。"

阿秀端详片刻,胡乱摁了几下,调到主页面,找了会儿图标。

蜇蛇踹了隐士一脚,道:"老实点儿走,别耍滑头!"

隐士一边抽气,一边心道:苍天,这小子竟然是个文盲,都新世界了,还有人不识字!

阿秀对周围的声音充耳不闻,他跟在蜇蛇后面,把围巾拉得高高的,专心玩起了连连看。

连连看发出音效,时不时还会弹出彩色特效。苏鹤亭手速极快,几下就消灭干净了。

家政机器人凑在一旁,道:"猫先生通关!"

苏鹤亭只觉索然无味,说:"有点儿无聊。"

家政机器人鼓掌道:"猫先生通关!"

苏鹤亭:"……"

他关了游戏,目光飘向卧房。

谢枕书去洗澡了。

他们下次连接是什么时候?一会儿吗?还是明天?如果是明天,他今晚要回家吗?

苏鹤亭无意识地捏着手机,家政机器人跟他并排坐着,他说:"看会儿新闻。"

家政机器人按亮虚拟显示屏,为苏鹤亭调频道。

苏鹤亭咳了一下,心虚地把手机屏幕对着自己,就着半后仰的姿势,在搜索框里打字。

输入"连接",搜出来的都是些名词解析。

苏鹤亭重新编辑。

输入"初次意识连接",搜索框自动弹出关联问题——

"初次意识连接痛吗?"

"初次意识连接需要注意什么?"

"初次意识连接对两个人的关系代表着什么?"

苏鹤亭点了第三条。

页面弹出,入眼的第一个回答就是:"恭喜你们,祝你们友谊长存!"

什么玩意儿!

苏鹤亭差点儿把手机扔掉。

家政机器人正好回头,纯真无邪,喊他:"猫先生!"

苏鹤亭条件反射,把手机扣到胸口,跟家政机器人大眼瞪小眼。

家政机器人被苏鹤亭看得不好意思,握着手摇摇晃晃,慌里慌张地问:"家里有《生存新闻》《每日播报》《刑天特送》《黑市日报》……"它的声音越来越小,"猫先生要看哪一个?"

苏鹤亭故作镇定,说:"《生存新闻》。"

家政机器人神情单纯,开心地应答:"好的!"

《生存新闻》的镜头正切给刑天,刑天发言人的投影悬浮在半空,是个苏鹤亭不认识的家伙。

他盯着新闻，看似专注，实则注意力都在手机上。过了一会儿，他把手机拿起来，飞快地从那个页面退出。

换个问题。

苏鹤亭的目光流连在搜索框的关联问题上，犹豫再三，点进了"初次意识连接需要注意什么"。

回答是："需要注意的很多，意识连接需要经过专业训练，但近几年黑市没条件，大家都为了满足一时的需求瞎连……"

哦。

苏鹤亭手指向上滑动，继续往下看——

"首先，意识连接关系着记忆泄露，紧张是情理之中的事情，好的入侵者能让你精神放松，他通常会夸奖你，鼓励你，并且给予你帮助。你看你比较需要哪样，可以及时反馈给他。"

苏鹤亭觉察到不对，把答案滑到底。

答案最后赫然写着："我看你的问题介绍里没说清楚，姑且就当作朋友关系来答了。顺便真诚地建议各位，别为了一时的需求到处乱连接，记忆泄露不是小事。最后，让我们一起敬好友，敬生活，敬脏话。"

答题人还是脏话组织的成员。

谁乱来了！

苏鹤亭脑袋里的刺激信号一跳一跳的，他深吸一口气，把手机屏幕摁灭，仰头盯着天花板。

"他会夸奖你，鼓励你，并且给你帮助。"

我不需要被夸奖。

苏鹤亭想。

我能放松。

我——

他想不下去，甚至不得不抬起手，压到脸上，借此遮掩自己的口是心非。

都怪谢枕书。

猫用尾巴末梢急促地拍打着自己的肚子，闷闷不乐。

家政机器人不懂猫摇尾巴的意思，赶忙把鸡毛掸子换成团扇，一边对着他扇风，一边喊道："猫先生心跳异常！"

苏鹤亭："……"

家政机器人急得左右摇摆，把团扇扇得更加用力，说："猫先生好热！"

就在它焦急时，卧房门开了，谢枕书走了出来。

家政机器人报告道："不好啦，猫先生——"

苏鹤亭拽住家政机器人，把它塞进了沙发里，再用抱枕盖住，然后一脸镇定自若地打招呼道："你洗了好久。"

家政机器人两臂扑腾，电子眼紧闭，小声说："不好啦！"

没人管它。

苏鹤亭的头发被他自己蹭得很凌乱，他想说点儿什么，却怔怔地被谢枕书吸引了目光。

长官换了件黑色的T恤。他潮湿的头发略略遮住眼睛，正用毛巾擦拭。那标志性的十字星耳饰被拨开，上面还挂着水珠。

苏鹤亭说："你没吹头发。"

谢枕书道："……嗯。"

苏鹤亭说："要不你再进去吹一会儿？"

谢枕书看着他，神情平淡，说："我听见你在叫我。"

苏鹤亭立刻说："我没有！"

谢枕书也不争辩，任由头发上的水珠把他刚擦干的地方弄湿。

苏鹤亭没忍住，道："还是再擦擦吧。"

苏鹤亭拿了一块毛巾递给谢枕书，谢枕书半睁着眼，看见苏鹤亭贴着衣服的腰部线条清晰，这是他爆发力的来源。为了持续战斗，苏鹤亭在训练上很少怠慢。他能跟植入体这么默契，全凭练习。如果不是刑天打乱了他的时间安排，谢枕书想找他，恐怕只能去拼接人训练场。

苏鹤亭问："你洗的冷水澡？"

谢枕书道："嗯。"

苏鹤亭说："洗完冷水澡后吹空调容易偏头痛，你以后小心点儿，最好把头发吹干了再出来。"

苏鹤亭仔细看了看谢枕书的十字星耳饰，十字星的四个角偏薄，中心略厚，平时总见它一闪一闪的，原来是中心的正反面各镶了颗菱形小钻。可惜看不出材质，只是银光闪烁，应该是新世界金属。

十字星上面那个角上有根细链，扣在了谢枕书的耳骨上，把那里磨得有点儿红，看得出谢枕书几乎没摘下来过。

谢枕书也在看苏鹤亭。

猫很好看，平日里也会笑，可不是现在这样的。他眼睛显得很圆，眼尾略向下，笑起来时微弯，好像什么开心事都藏在其中，很有感染力。他平时待人不算亲切，都是因为这双眼没笑起来，常常只扯动唇角，把不屑和顽劣摆在脸上，对谁都不客气。

家政机器人推开抱枕，小声嘀咕："要降温啦，要降温啦。"

苏鹤亭弹了一下家政机器人，道："开冷气。"

家政机器人边开冷气边给猫继续扇扇子，苏鹤亭的猫耳被吹得歪斜。

谢枕书在沙发上坐下，他脖子上挂着毛巾，大腿压到了苏鹤亭丢下的手机。他目光下移，拿出手机，想递给苏鹤亭，却发现苏鹤亭的屏保是张照片。

一张苏鹤亭不高兴的照片，应该是抓拍，只拍到了他的侧面。猫穿着过大的黑色外套，脸只露了一半，俯在栏杆上看地面的水洼，那水洼里有他的倒影。他的尾巴翘出弧度，在色彩斑斓的灯牌里像一道小弯钩。他眉毛微蹙，似乎对自己的倒影很困惑，仿佛那不是自己。

他一个人，好像在黑市的街道上走丢了。

谢枕书看了一会儿，把手机又放回了腿侧。他微微偏头，看苏鹤亭摁着家政机器人的脑袋。他的目光微沉，心里也空。

苏鹤亭说："别扇了，我冷。喂，别哭啊，我就是让你别扇风，没说让你走！好的，好的，要不你继续扇？想怎么扇就怎么扇。"

家政机器人被苏鹤亭用尾巴拍得原地转圈,它分辨不清方向,往哪儿走都有干扰。它做出委屈状,道:"救命!救命!"

苏鹤亭把机器人惹哭,心里那点儿郁闷就没了。他使坏时还笑,尾巴助纣为虐,欺负家政机器人。

家政机器人响起"叮叮"的求助音。

苏鹤亭说:"没人救你。"

他的尾巴忽停,被一只手拽住了。

谢枕书道:"它要坏了。"

猫的尾巴很关键,被拽住后,他眼里似是有泪要出来。他几次张口,含混不清地说:"松开!"

谢枕书松开,将冲过凉水澡后的温度传递给中枢处理器。

刺激信号突如其来,加上猫刚刚醒来,饭也没有吃饱,信息器竟然直接宕机了。他一句话都来不及说就倒在了沙发上。

苏鹤亭说:"啊!"

谢枕书:"……"

苏鹤亭搞不清状况,他犬牙半露,凶得要命,说:"你别转头,喂,可恶!谢枕书!"

谢枕书用毛巾盖住他的脸。

苏鹤亭道:"我还没死!"

苏鹤亭浑身没劲儿,他觉得自己自从在惩罚区被烛阴"沉默"过以后,就成天没劲儿。他使劲吹毛巾,只能吹起一个角包。他再接再厉,可吹到一半,就被谢枕书一根手指摁了回去。

猫会很多脏话,他说:"可恶!"

谢枕书充耳不闻。

苏鹤亭继续说:"你不是好人!

"完了,快给妈妈打电话!

"喂——

"谢枕书!

"我讨厌你,我讨厌你!"

苏鹤亭一通乱讲，下一秒，下巴上的毛巾忽地被揭开，他道："好了，我——"

苏鹤亭的话没说完，便被谢枕书打断。

谢枕书道："对不起。"

苏鹤亭说："不，不许道歉！"

谢枕书道："不要讨厌我。"

苏鹤亭泄气了，在这一刻竟然生不出讨厌，可他偏说："我就要。"

谢枕书又说了一遍："别讨厌我。"

就在猫不知所措的时候，手机响了。

一直噤声缩在沙发后面的家政机器人慌乱举手，提醒道："先生，电话响了，电话！"

苏鹤亭如梦初醒，立刻说："电话！"

谢枕书伸手，从腿边的抱枕下摸出手机，看到上面的来电显示是"未知"。他把手机举给苏鹤亭看，用眼神询问猫要不要接。

苏鹤亭果断地说："接！"

谢枕书接通电话，并把电话送到了苏鹤亭耳边。

猫说："喂？！"

对面的人一愣，问："你凶啥？挨揍了？"

罪魁祸首还在看着他，但他什么都不能说，只能用强硬的语气搪塞道："老头儿，有事快说。"

和尚摸着光头，已然习惯了"老头儿"的称呼，道："成天火炮似的！我找你有事。"

苏鹤亭说："哦。"

他只能说"哦"，以免自己的语气暴露出什么。

和尚没听出猫儿腻。他打这通电话，一是给苏鹤亭面子，二是想问问苏鹤亭的情况，确认猫没死。大姐头现在正在接受调查，玨计划暂时中止，他自己也接受了审讯厅的盘问，刚刚回来，所以不敢再用以前的号码联系苏鹤亭。

他现在听苏鹤亭语气寻常,跟以前一样欠揍就放心了,道:"我刚从审讯厅回来,组织原本准备给我放个短假,但因为人手不够,就又把我叫过来带队。是这样,你是不是有个兄弟叫隐士?我以前抓人时见过他几次,刚接到下面巡查队的报警,发现他大半夜还在危险地区游荡。他怎么不回家?最近几天……"他看了一眼周围,怕隔墙有耳,不好直言卫达的事情,只好含糊带过,说:"这几天到处戒严,还有宵禁,赶紧让他回家,别再晃悠了,我马上要带队去抓人了。"

苏鹤亭瞟了一眼还在播放的新闻,上面有时间。

大半夜的,又正值敏感时期,按照隐士的性格,应该巴不得全天二十四个小时蹲家里上网冲浪,哪会乱跑?

苏鹤亭脑袋里的刺激信号逐渐冷却,他问:"巡查队是在哪儿看见他的?"

和尚掏出定位信息,最近疑似拼接人暴动的新闻闹得太大,巡查队已经不再跟拼接人正面接触,只负责日常巡查和通报消息,晚上发现形迹可疑的拼接人也会选择远拍,把照片和定位传给武装组,由武装组派遣小队去解决。这让武装组的工作量骤增,也是让和尚说人手不够的原因。

和尚收到的抓拍照片很模糊,他努力辨别,说:"这地方偏得很,我看看,应该在教堂附近。他带着个小孩儿,嗯……也不算小孩儿,带着个小年轻吧,两个人买东西呢。"

黑市只有一个教堂,是旧世界遗址,曾经被归系教占据。

这个归系教由幸存者组成,他们因为无力反抗主神系统,转而开始信奉主神系统,被刑天围剿,其教派的成员现在还在监禁所里接受教育。教堂就此荒废,直到前几年脏话组织兴起,认为这地方很有意义,便把这里偷偷划为脏话教学场地。

隐士很喜欢脏话组织,他这么抠门儿,每个月却按时给脏话组织缴纳会费,并且定期参加脏话组织的游行。

他不会凌晨还在忽悠人进组织吧?

苏鹤亭说："你有照片？传我看看。"

和尚已经穿好了装备，快出发了，他一边换军靴，一边道："我发你了。我先声明，生存地有规定，未成年人不能参与组织活动，你要认识这小孩儿，就赶紧让隐士把人送到巡查队，我一会儿送人回家。"

苏鹤亭微微歪头，视线离开手机，想看照片。

谢枕书问："嗯？"

苏鹤亭道："让我看一眼照片。"

和尚后知后觉，道："谁在'嗯'？你小子……"他确认了一下时间，语气震惊，"你小子，这么晚了，谁还在你旁边说话？！"

谢枕书刚开了免提，正在给猫找照片。

苏鹤亭凶道："你少管！"

和尚十分操心："镇静剂没打晕你？你……你小心点儿，现在情况特殊，人搞不好是个卧底，专门来骗你的。"

苏鹤亭说："啊？！你才是卧底！"

谢枕书点开照片，给苏鹤亭看。

苏鹤亭嘀咕道："这么糊，能看清个……"

他话音一顿，忽然眯起眼。

那照片上的隐士畏畏缩缩，把手都抄在大袖子里，正在一家小杂货店门口买东西。他身边站着个身形纤瘦的少年，脖子上系着黑灰难辨的围巾，捧着手机在玩。

感谢手机，那点儿微光照亮了少年的眉眼，他就算脸糊一半，苏鹤亭也能认出他是谁。

苏鹤亭说："这不是钢刀男吗？"

阿秀打了个喷嚏，他随手擦了一下，不想再待在雨里了，便用脚踢了踢隐士，催促他快点儿。

隐士说："别踢了啊，还没完呢，我们现在是合作关系，不是上下级，对我友好一点儿。"

谁跟他合作。

阿秀也不讲话,这时手机"叮"地响了一声,"猫崽"发来了一条短信——

"哪儿呢?"

阿秀看不懂,蝰蛇却如临大敌,他把手机夺过去,盯着"猫崽"两个字,心思百转,问隐士:"他意识上载还能发短信?"

隐士答得理所应当:"人下班了啊。"

蝰蛇说:"他想干吗?"

隐士瞎话一套一套的,道:"喊我去接他吧,他最近不是刚被卫老板收拾了吗?出门可小心了。要不你把手机给我,我把他骗出来。那秘密基地里都是刑天的人,你们进去了也不好脱身。"

蝰蛇冷笑道:"放屁,你准是想给他通气,我上你这当?"

隐士把蝰蛇带到这片转圈圈,就等着巡查队上来询问,好找机会跑,可谁知今晚巡查队竟对他们视而不见,蝰蛇又有意避开人群,用枪顶着他往小道上走。

隐士道:"你看你这人,想太多。那你回,你回吧。"

蝰蛇握着手机犹豫不决,他自诩不是演技派,怕自己回复的语气不像隐士,打草惊蛇,让猫崽起疑心。

隐士就喜欢他犹豫,心里坏主意顿生,面上露出一个无所谓的赖皮表情,道:"猫性格特急,你如果五分钟内不回他消息,他就会打电话过来质问你,我可从来不敢不回他。"

蝰蛇顿时觉得手机烫手,说:"他这么烦人?你过来!我说,你来回。"

隐士勉为其难地接过手机,还说:"这是你让我回的啊!一会儿别闹我。说吧,你想要我怎么回?"

蝰蛇说:"让他出来……不,让他原地待着。"

蝰蛇不敢全信隐士的话,他总觉得"洗脑人造人"这事不靠谱,所以想亲眼看看刑天的秘密基地。如果是真的,他也好向卫达交代。

隐士假模假样,回复:"路上,哥接你来了,你等着啊。"

那头拿手机的谢枕书："……"

苏鹤亭看到短信内容，煞有介事地分析道："这一定是蝰蛇回的，隐士哪敢自称哥。"

谢枕书说："嗯——"

长官语气淡淡。

苏鹤亭道："回他'几点到'。"

谢枕书照做了。

蝰蛇哪知道几点到，他又不认路，也不熟悉这地方。他之前跟着卫知新，出门前呼后拥，杀人都有自动导航，从来没来过教堂这块。蝰蛇觉得这地方就是个垃圾场、贫民窟，脏得要死。

隐士问他："嗯啊？"

蝰蛇说："你'嗯'什么，你老实回他。"

隐士便回："两点三十分准时到。"

蝰蛇一看时间，急道："这屁大点儿的地方要走那么久？你该不是在骗老子吗？"

隐士听到他旧世界的乡音都出来了，连忙把手机握紧，安抚道："秘密基地，既然是秘密，就不可能随随便便到。你看这地方是小，可它乱啊，乱就会有很多门道。哎呀，反正你拿着枪，跟着我就行了。"

"猫崽"回了两条信息。

"可以。"

"弟弟。"

苏鹤亭："……"

"弟弟"不是他说的！

谢枕书一只手拎起猫，一只手握着手机，神情不变，只说："手滑。"

隐士回："好，好，好。那咱们就准点见。"

苏鹤亭被拎着，尾巴下垂，道："去教堂，隐士想把人带到脏话组织那里。"他觉得姿势不对，又说，"我要给福妈打电话！告诉她我宕机了——"

他话音一落,尾巴就翘了起来。

苏鹤亭:"……"

他说:"信息器重启有点儿错乱。"

手机又响了,还是隐士,不过这次的短信耐人寻味。

"老师。"

"课程进行得还顺利吧?"

蜂蛇大怒,用肘部撞翻隐士,道:"你果然不老实!"

隐士"哎哟"一声,倒在地上,不顾袍子上的污秽,赶忙爬起来,很是委屈地说:"我回什么啦?我就问问他课上得怎么样!"

蜂蛇说:"他上什么课?!"

隐士道:"传销课,刑天的专业培训呀。他要是学成了,以后去洗脑人造人,不就是老师?我没喊错。"

蜂蛇拿枪吓唬隐士,一副要揍他的样子,说:"我让你问了吗?你还有理了!"

隐士哼哼唧唧,不敢回话。

现在是凌晨一点,按照隐士对脏话组织的了解,此刻应该还有不少成员在教堂里切磋脏话。他路上见巡查队不作为,就转念想把蜂蛇带进教堂里,叫脏话组织的兄弟们揍蜂蛇。可他又怕钢刀男,那小子是个文盲,长期跟着卫知新,根子不好,万一惹急了,在教堂大开杀戒,那他可就害惨了兄弟们。

现在好了!

隐士抱着头,暗想:老师老师,谢哥就是教猫意识连接的老师。那病毒是个隐患,光叫猫一个人来,不一定能打得过蜂蛇和钢刀男,带着谢哥就不一样了。到时候他们二打二,自己再在边上摇鼓助威,这不稳赢?

蜂蛇见隐士总是一副窝囊样,心里瞧不起他,对他越发不耐烦,把手机抢回去,催促道:"快走,别停下来磨叽。"

这一片黑灯瞎火的,到处弯弯绕绕。隐士带着蜂蛇他们把岔道转了个遍，心里估摸着时间差不多了，才去了教堂。

这座教堂是哥特风建筑，它在毁灭日的轰炸中受损，中间那高耸的塔尖还有两侧排开的飞券尽数被毁，近几年才得以修复，用料和以前不同，所以整体的颜色黑灰参半，并不协调。

归系教在占领这里以后，对它做了许多修改，把它原本的彩色玻璃统一更换成了象征"未来"的荧光板，并把它的尖塔女神像用光线圈绕，涂改成对电子伪神的臆想形象——一个手持弓箭的女武神。

至于为什么是个女武神，那是因为生存地的幸存者都默认人工智能是从狩猎女神阿尔忒弥斯开始进化的，所以他们把素未谋面的主神系统按照狩猎女神的形象美化，不仅为其添加了美貌，还为其附上了"新世界众神之神"的称号。

刑天在围剿归系教后，逮捕了教派神使以及相关成员，然而生存地的"安全区网络"上还是能看到他们的传教广告，他们在黑市有一批忠实的追随者。这些人已然把"主神系统"这个统称当作独立个体来崇拜，为它撰写的宗教神话风格怪诞，杂糅了旧世界的各种文化符号。

等到脏话组织占据这里，教堂又一次变了样。脏话组织鼓励大家自由发挥，他们便给归系教的女武神像绑上象征和谐的脏话喇叭，让它全天二十四个小时旋转吟唱，喇叭后来因为扰民被武装组开枪打爆了。

总之，这地方新旧世界文化大杂烩，经常被武装组光顾。

隐士对教堂历史很了解，一路上侃侃而谈，恨不得把自己知道的东西全显摆出来。但他没忘记自己撒的谎，在结尾时，专门加上了自己杜撰的东西，说："刑天就是看中了它的特殊，你瞧这顶，多高多漂亮，在上面安装监控，能把周围的情况都收入眼底，是咱们旧世界的兵法里说的易守难攻之地！"

蜷蛇不懂兵法，也见不得他臭显摆的样子，便硬邦邦地说："去你的兵法。"

隐士："……"

跟这两个人讲话真是有辱斯文。

蝮蛇对什么归系教、脏话组织都没兴趣,他信奉的是大老板那套,只想找到苏鹤亭,赶紧回去给卫达复命。他推了一把隐士,说:"往里走。"

隐士走了几步,隐约觉得自己忽略了某个细节,可又没想起来是什么细节。他边走边思索,正想回头跟蝮蛇搭话,忽然听见枪上膛的声音,心一慌,不管三七二十一,先向前扑去。

"嘭——!"

子弹打在地上,溅起泥花。

蝮蛇骂道:"哈贝儿曪老子(傻瓜骗老子)!"

他刚才是故意推隐士的,就想看看隐士会不会真的往前走。一个被刑天征用的秘密基地,绝不会毫不设防。隐士这么大剌剌地往前走,证明他此前说的全是假话!

蝮蛇意识到自己被耍了,勃然大怒,对着隐士连开三枪。

隐士最怕子弹,当即吓得屁滚尿流,冲向教堂,撞开门就喊:"救命!救命!"

教堂里的音乐声瞬间涌出,震耳欲聋。

蝮蛇提枪追进去,险些被里面的场景晃花眼。

只见教堂内部贴满了各色海报,把蓝色荧光板遮了大半。原本用来忏悔的长椅全部被撤掉了,改成了不同的区域。靠门就是个大吧台,坐满了一排拼接人,正在抽烟喝酒。吧台椅后面是个狭窄的过道,然后是台球桌。往后看,还有个超大型半圆形破沙发,上面横七竖八躺满了人,都接着一条连接线。

破沙发后面是几张摆放凌乱的长桌,还有操作台和悬浮显示屏。悬浮显示屏上是按照号码排序的虚化体,有人在这里赚外快,帮一些参赛的拼接人有偿修改虚化体。

吧台椅上的酒鬼没搞清状况,看见蝮蛇的改造眼,把他算作自己人,扯着嗓子吼他:"关门啊!"

蝰蛇没搭理酒鬼,抬手朝隐士射击。

隐士狼狈逃窜,喊道:"趴下,都趴下!"

子弹"嘭"地打在吧台椅上,在昏暗中爆出火星。

吧台椅上的酒鬼"哐当"滑坐到地上,在酒精的作用下忘了害怕。他举起双手,兴奋地喊:"有枪!"

蝰蛇觉得这就是个神经病聚集地!他阴沉着脸往里追,没忘吩咐身后的人:"阿秀,上!谁挡你,你就砍死他!"

阿秀闻声而动,钢刀"嗖"地切换出来,两步越过翻倒的吧台椅,要去追隐士。可他一动,坐在地上的酒鬼就来扑他。阿秀反应极快,抬腿把酒鬼踹翻,抡刀就砍。

"咚——!"

阿秀的刀砍在了吧台椅的坐垫上。

酒鬼更兴奋了,抱着坐垫,喊:"有刀!"

那头的隐士玩儿命逃跑,经过意识连接的沙发时还踢了一脚,招呼道:"下线!快下线!这里有——"

蝰蛇说:"有你老子!"

他子弹打空了,连隐士的衣角都没摸到。这地方全是拼接人,都喝醉了,根本没人怕他的枪。

蝰蛇把枪塞回后腰,一把拽开挡路的人,指着隐士喊:"你给老子……苏鹤亭!"

苏鹤亭说:"嗯——啊。"

隐士扑到苏鹤亭的座位底下,哭号道:"你没有心!你竟然还在打游戏!都什么时候了,苏鹤亭!"

苏鹤亭手指狂摁,说:"你这里这么多人,一人一个拇指都能摁死他,怕什么?别抱我腿,影响我发挥。"

隐士说:"这一圈都是酒鬼!谁……啊!"隐士惨叫一声,他鼻子很灵,"你怎么喝酒了?!"

苏鹤亭手边放着个酒杯,小,但空了,还是刚刚空的。他"哦"

了一声,放下游戏机,在嘈杂的音乐声里指着前方,对隐士说:"有个妹妹请我喝的。"

隐士不管什么姐姐妹妹,他看清苏鹤亭的脸,又惨叫一声,说:"你怎么还戴眼镜了?!"

苏鹤亭戴着眼镜,细边框几乎看不清,架在他鼻梁上,显得他的五官更加精致,就是不太有书生气,还是像个逃课的坏男孩儿。他想起什么,一敲掌心,笃定地说:"你喊我演老师的。"

隐士:"……"

我不是这意思!

隐士绝望地问:"谢哥没来?"

苏鹤亭叹气,手撑着脸,用异瞳在人群里搜索,说:"我等他呢,他怎么还没回来?"

隐士说:"完了!"

蝰蛇已经冲到了苏鹤亭所在的区域,他猛地翻过堆满酒瓶的桌面,在"哗啦"的酒瓶撞击声里甩出纯钢造的蛇尾。

那蛇尾划破燥热的空气,拍碎苏鹤亭的空酒杯。玻璃爆溅,蛇尾以迅雷不及掩耳之势缠住了苏鹤亭的手腕,把他拽向桌面。

"嘭!"

苏鹤亭撞到桌沿。

隐士惊恐万状,喊道:"苏鹤亭!你醒醒!"

蝰蛇稳住脚步,尾部机甲发力,想要将苏鹤亭直接拽出去。可苏鹤亭垂着手腕,纹丝不动。

周遭的脏话组织成员稀稀拉拉地鼓起掌来,不知道是谁先摔了杯子,喊道:"第三届脏话格斗开场啦!"

满堂酒鬼东倒西歪,都开始喊:"打起来!打起来!"

他们声音渐高,在悬浮投影的幻象里哈哈大笑,分不清这是现实还是梦场。气氛在昏暗的荧蓝色里变质,刺激信号最熟悉这种类似斗兽场的氛围,顿时复活,在苏鹤亭的大脑活动区加足马力开始狂奔。

一个身穿JK制服的双马尾女孩儿放下酒杯，爽快地说："小猫摁他，摁完我再请你喝一杯！"

蝰蛇说："别吵——"

他话音没落，尾巴就一沉，接着脚下打滑，被拽得转过身，猛撞在桌沿。

桌面"哐"地剧烈晃动。

苏鹤亭反手握着蝰蛇的钢尾，单脚踩住桌沿，倾身端详蝰蛇片刻，大言不惭道："喂，你这个眼睛，是我的吧？"

他不提还好，一提蝰蛇就变了脸色，登时新仇旧恨涌上心头，只想跟苏鹤亭打个你死我活！

蝰蛇大喊一声，说："你——"

他转出藏在袖中的刺刀，抬手挥向苏鹤亭。苏鹤亭一只手摁住蝰蛇的手臂，把它向下按。

蝰蛇指间的刺刀再转，变为握，由挥转成捅。

苏鹤亭上身后仰，手腕还被钢造蛇尾缠着，被拉向前方。他擒住蝰蛇的手臂，陡然翻拧过去。

蝰蛇痛叫一声，小臂外翻，被拧痛了。他知道苏鹤亭这是想卸掉他的刺刀，硬是不松手，抬起膝盖，重重地撞向桌板下方。

桌面"咚"地颠簸一下。

苏鹤亭松手，蝰蛇借力翻回手臂。

隐士怕醉猫打不过，抬脚去踹蝰蛇的小腿，岂料后面的桌子"轰"地散架了，阿秀从天而降，一刀砍过来。

周围的热情瞬间炸开，一时间"嘭嘭嘭"的都是开酒声，酒盖被撬得乱飞。

隐士钻到桌子下，叫道："高兴什么啊！兄弟们，摁他，快摁他！"

刹那间音乐狂响，像是什么蹦迪现场。

苏鹤亭已经站起来了，蝰蛇都没看清他是怎么出拳的，鼻梁一痛，泪花就出来了。

蝰蛇手中的刺刀掉落，不得不捂脸，他懊恼道："砍他！"

苏鹤亭接着抡起椅子，跟阿秀的钢刀撞到一起。椅子的钢架很稳，苏鹤亭现在有点儿认不清人，他说："你是谁？"

阿秀说："阿秀！"

苏鹤亭异瞳微眯，敷衍地说："哦。"

阿秀突然生气了，完整地说道："我是阿秀！"

苏鹤亭纳闷，道："谁？"

阿秀扯掉围巾，说："我砍了你的手——"

他难得开口，不料话还没说完，后心传来剧痛，先被人一脚踹出去了！

桌椅板凳顿时倒了一片，酒杯砸了满地。

阿秀头上和身上都溅到了酒水，他快要落地时用双刀"刺——"地擦过地面，撑住了自己的身体。

谢枕书穿着简单的黑T，一只手提着塑料袋，里面是色彩斑斓的糖。

他说："你什么？"

苏鹤亭替阿秀回答："他砍我手。"

阿秀起身，缠好围巾，点头附和："嗯！"

"你'嗯'个锤子！"蜂蛇没有认出谢枕书，他擦着鼻血，指着前方，喊道，"别跟他们废话，报仇！"

阿秀面对苏鹤亭时有种超乎寻常的胜负欲，不仅因为他们的速度同样快，还因为他曾经被苏鹤亭用枪打中了两条腿。他听见蜂蛇的命令，人便从原地骤然消失，闪到苏鹤亭面前。

"嘭——"

刀光如白波，在荧光间挥出浪涌之势。

阿秀双刀默契，把苏鹤亭逼得连连后退。苏鹤亭手上还提着椅子，在阿秀的劈砍间敏捷地跃上了桌子。

隐士就在桌子底下，他听着上面"咚咚咚"的脚步声和刀砍声，连忙爬向另一边，喊道："桌子要塌了！"

苏鹤亭抛起椅子，然后抄住椅子腿，对着阿秀就是一拍。

椅子顿时裂开。

阿秀的刀尖从破开的裂口捅向苏鹤亭的面门。

谢枕书踹了一脚跟前的长桌，桌子顶到阿秀的侧腰，打断了阿秀的劈砍。阿秀退了一步，还想再砍，苏鹤亭趁机跳下桌子，踹中阿秀的胸口，把阿秀踹退。

蝰蛇顾不上还在流的鼻血，大吼一声，推动另一边的桌子，朝苏鹤亭撞过去。

苏鹤亭侧过头，改造眼中的"X"字顿现。他抬起手指枪，直直地对准蝰蛇，道："走开！"

那气势极凶，仿佛下一刻就会火星爆溅，子弹飞射。

蝰蛇来不及躲闪，当即蹲身，抱紧头部。他浑身的鳞片紧缩，机甲迅速覆盖住他暴露在外的肌肤。

然而什么都没发生。

蝰蛇破口大骂："又骗老子！"

苏鹤亭收回手，神情疑惑，道："我宇宙无敌的火炮呢？"

隐士边爬边说："你清醒一点儿！这是在现实中！"

教堂里的音乐太响，隐士的声音完全传不到苏鹤亭的耳朵里。

猫蹲下身，双臂搭在膝头，一脸不爽。他皱了皱鼻尖，眼镜把他下垂的眼角尽数笼在荧光中。他很是不高兴，隔着一张桌子，问隐士："我的炮怎么熄火了？"

隐士说："哎哟，我的天，你在现实里没炮！"

中间的桌子登时粉碎！

隐士尖叫道："啊！你快先打架！"

苏鹤亭想抓住阿秀挥来的钢刀，可他领子一紧，被人提起。

阿秀两刀砍空，他想抬刀，一把椅子"嘭"地从上压下，稳稳地卡住了他的钢刀。阿秀刚抬头，缠绕着围巾的咽喉就被谢枕书用虎口卡住。

好快！

谢枕书抬腿踩住阿秀的钢刀，收紧手指，随后把阿秀朝着一旁的桌子撞过去。

"嘭!"

阿秀脸砸向桌面,喉间发甜。他为了保命,必须放弃被踩住的钢刀。

只听"咔"的轻响,阿秀自动卸掉了两把钢刀,双臂的袖子登时空空下垂。桌面上还有翻倒的酒杯,他侧脸潮湿,表情痛苦,却没办法挣脱谢枕书的手。

他艰难地说:"谢……你……"他转动眼珠子,看向蝰蛇的方向,"跑……跑!"

阿秀竟然认出了他是谢枕书。

谢枕书的手指收得更紧,只给了蝰蛇一个眼神。

蝰蛇捂着鼻子,刚刚止住鼻血。他呼吸急促,改造眼裂纹密集,只能靠单眼认人。

他真的想跑。

但是——

阿秀呼吸不上来,面部涨红,眼睛都瞪大了。他额头顶着桌子,已经发不出正常字音了。

蝰蛇忽然用力擤了一把鼻子,抄起旁边滚动的酒瓶,豁出去了。他喊:"老子跟他拼咯!"

音落,蝰蛇抡起酒瓶,砸了出去。

酒瓶砸空了。

蝰蛇趁机双手向后摸,使出自己的保命杀招。

只听见"刺啦"一声。

隐士鼻子灵得像狗,当即捂脸,道:"手榴弹!"

双马尾女孩儿一听,掀起跟前的桌子,蹲身大喊:"卧倒!"

脏话组织的酒鬼听别的不行,听"卧倒"是专业的。他们一年三百六十五天都在被武装组的人追,对抱头和卧倒最敏感。当下一听到双马尾女孩儿的呼喊,立刻集体卧倒!

紧接着一声巨响。

"轰——"

谢枕书和猫一起滚地。

教堂内的桌椅板凳顿时被气浪冲翻，没碎的酒杯、酒瓶全碎了，内侧的悬浮显示屏"嘭"地熄灭，十字拱上的海报被冲掉了几十张，连装饰用的荧光板都碎了。

隐士滚出硝烟，边咳边说："人……喀，人跑啦！"

双马尾女孩儿推开桌子，道："快跑，这么大的动静，武装组该来了！"

那一教堂的酒鬼勾肩搭背，听从她的指挥，一窝蜂冲出去，边鬼哭狼嚎边跑。

隐士今天晚上就没停过！他灰头土脸地从地上爬起来，一溜烟地跑到谢枕书身边，问："猫！死啦？"

谢枕书看向他。

他立刻改口："猫！活啦？"

苏鹤亭狂抖猫耳，觉得头上都是灰尘。他那副眼镜还没掉，还在问："我炮呢？"

隐士："……"

这是还没醒呢！

谢枕书说："在家。"

苏鹤亭觉得他声音好听，跟着学："在家。"

隐士理所当然地把"家"想成福妈家，道："哎，对！在妈妈那儿呢！"

苏鹤亭说："去拿吧。"

隐士傻眼了，说："啊？和尚要来抓人啦！我们先跑。"

苏鹤亭揪紧谢枕书的领口，意气风发，道："去拿吧！"

隐士说："别闹，就算和尚没来，妈妈家门口也都是探子，你还没进巷子就被人盯上了！听话呀。"

谢枕神色冷淡，道："不同路。"

隐士不敢自个儿走，怕又给人抓了，连忙说："同路，你们去哪儿，我就去哪儿！"

　　隐士又说："你怀里抱着什么？我给你拿。"

　　苏鹤亭不给，抱紧那一袋子的糖，说："你走！"

　　隐士："……"

　　他真是没脾气了。

　　苏鹤亭跟和尚打过招呼，要把隐士带走，他因为喝醉忘了，但谢枕书还记得。刚才的爆炸声那么响，武装组估计就在路上，大半夜让隐士走，隐士也没地方去。

　　三人暂时撤退，谢枕书的车停在教堂外面，他把隐士带过去，示意隐士开车。

　　隐士八百年没摸过车了，但他看看谢枕书，又看看喝醉的苏鹤亭，觉得还是不要自讨没趣，便摸摸鼻子，比了个"OK"的手势。

　　车上，谢枕书坐在后座，苏鹤亭抱着那袋糖，坐在他旁边。

　　隐士发动车，开得还算平稳。车开到一半，隐士听见苏鹤亭说："我的游戏机。"

　　隐士的头立刻痛了起来，道："让妈给你买新的。"

　　苏鹤亭的尾巴在座位上扫了几下，表情不满。他向前倾，抵着前面的副驾驶座，转过脸看向谢枕书。

　　车内光线很暗，猫的眼却亮亮的。

　　这时，隐士说："今晚谢谢啦，我还怕你俩没看懂我的暗号。"

　　确实没看懂。

　　谢枕书说："嗯。"

　　隐士说："我看这两个人贼心不死，还会再来。不过那钢刀男真的蛮奇怪的，看着挺清秀一小孩儿，竟然是个文盲。卫知新不是人，连字都不叫人识。"

　　隐士继续道："蝰蛇算废了，我看他那改造眼都裂成那个样子了，估计他也没钱维修。唉，做什么不好？非得跟着卫知新。"

　　他转念一想，又说："算了，我们也没好到哪里去，我也正愁呢，斗兽场的接口有问题，以后不打比赛干吗去？猫还连个房子都没有，一直住在筒子楼。啊！我想起来了，他上回看你打肥遗，下注赚了不少！猫，你卡里还有多少钱啊？"

苏鹤亭的鼻息很轻，他道："有——"

谢枕书打断了苏鹤亭，道："我在申王那局里赚了。"

隐士以为是自己没听清，问："赚了多少？"

谢枕书稍稍停顿，说："很多。"

苏鹤亭侧着身，镜片上是绚丽的光影。他目光发直，道："喂。"

谢枕书说："嗯。"

苏鹤亭记忆混乱，说："爸。"

隐士冷不丁听见一声"爸"，差点儿一脚油门把几人送走。他肝胆俱裂，颤抖着声音问："什……什么？"

苏鹤亭看导航显示屏都是花的，他摘掉眼镜，捏着眉心，道："爸，我眼睛坏了。"

隐士眼睛乱瞟，就是不敢回头。他屏气凝神，不知道这话要怎么接。

谢枕书俯首问："哪儿坏了？"

苏鹤亭费劲地看着谢枕书，觉得这人一会儿远一会儿近，便说："你过来，凑近点儿看。"

谢枕书没动。

苏鹤亭道："我要瞎了。"

谢枕书低声说："没有，没事。"

苏鹤亭转过头，道："我想吐。"

隐士说："你等会儿！回家吐去！"

苏鹤亭不服，说："我不！"

说完，喉间"哕"的一声，很难受的样子。

隐士慌得不行，赶忙说："别吐人身上了！"

苏鹤亭猫耳乱拱，接着半晌没动。

隐士等了一会儿，没听见动静，好奇死了，问："猫干吗呢？"

谢枕书听到猫轻微的鼻息，答："睡着了。"

隐士道："千万不能给他喝酒，这酒量太差了。"

谢枕书说："……嗯。"

道路两侧的广告投影掠过车窗，他们两个坐在灯影交错的逼仄后座，好像是停歇在岩石夹缝间的游鱼。

谢枕书沉默良久，问隐士："他的屏保照片是你拍的？"

隐士道："哪张？黑色外套的？"

谢枕书道："嗯。"

隐士说："噢，那张是佳丽拍的，好久了。"

等红绿灯时，远处的无人机一闪一闪的，正在巡逻。街道上没什么人，只有夜场那边还灯火辉煌。

隐士握着方向盘，在连续受惊后，对着这空荡荡的马路，突然生出点儿感慨，道："转眼过了这么久了，想想拍照片的时候，他才刚做完改造手术。"

谢枕书说："适应期？"

做完改造手术后都会有段适应期。

隐士说："对，对，就是适应期。"

车内有些沉默。

隐士心想：他俩估计相互还不熟，我得介绍介绍猫的情况。

于是他语气很正式地说："是这样的。"

隐士清了清嗓子，接着说道："猫的适应期比别人更长，他那会儿刚经历大爆炸，在这里谁都不认识，又什么都不懂，露着尾巴出门，到哪儿都被人戴着有色眼镜看。"

兽化拼接人属于边缘化群体，他们中的大多数人都在交易场从事非法工作，其植入体都是大老板按照喜好定制的，很少有战斗型。

隐士说："他控制不住力道，容易有过激反应，巡查队又盯我们盯得紧，所以总找他的碴儿。巡查队里有个人，那段时间一直尾随他，找他麻烦，烦死了。"

苏鹤亭绑定的通话器是刑天发放的，负责他所在区域的巡查队有他的基本资料，对方只要想，什么时候都可以打给他。

谢枕书的十字星耳饰被阴影覆盖，他的脸色变得很不好看。

隐士说："刑天有个投诉通道，我们投诉了，那人心眼儿巨小，不知道怎么听到了风声，半夜四点不睡觉，带着五六个人，用巡查队的卡刷开了猫的房间，然后他们冲进去——"

他激动起来。

"猫被吓醒了，我的天，谁大半夜发现自己房间里有几个陌生人不紧张？他当时就跟他们打起来了，后面就被抓了，关去了监禁所。"

隐士这里说得很含糊。

苏鹤亭偶尔会失控，隐士不愿意提，他不想谢枕书把猫当作暴躁易怒的危险分子，即便苏鹤亭在那一年里确实非常暴躁。

陌生的环境里处处是监控，苏鹤亭怀疑自己干什么都在被刑天记录，那种极度不安全的焦虑时刻压在他心头，每次通话器响起都能让他想到大爆炸。巡查队成了他的发泄对象，他因此被关进监禁所，三个月后福妈走通关系把他弄出来，他才接受了现实。

隐士说："那张照片就是去监禁所接他时拍的，看起来很不高兴吧？确实，换谁能高兴呢？谢哥，你几次仗义出手，我觉得你靠谱，也是个好人。我希望你和猫——"

他话还没说完，岔路口就冲出两辆机车。

隐士这次反应很快，当即刹车。车子擦出去，接着猛地停在了半路。

苏鹤亭晃了一下，没撞出去，被谢枕书捞住了。但他被这一下晃醒了，猫耳倏地竖起来，眼睛亮得出奇。

大半夜的，路这么宽敞，对方偏往这里撞，隐士用脚指头想都知道不对劲。他当机立断，手动倒车，想要掉头。

"嗡——"

新式机车特有的轰鸣声响起，在交叉路口奏出二重奏。两个机车手都身穿紧身皮衣，戴着头盔，从倒车镜里看不出身份。他们冲过安全界线，在即将撞到街边的路灯时甩尾，停了下来，朝苏鹤亭他们的方向比了个手势。

谢枕书随即说:"抱头!"

隐士猛地俯身,就在这个瞬间,挡风玻璃轰然爆开!

强大的冲力把玻璃碴儿尽数刮向车内,隐士只觉得脖颈处火辣辣的,全是玻璃碴子,他埋头喊:"有枪!"

谢枕书说:"过来了。"

机车手隔着几步远的距离,对准车门疯狂开枪。

那"嘭嘭嘭"的声音全撞在了隐士的心口上,吓得他腿脚发软,仓皇地问:"怎么办?!"

谢枕书伸手,从座位后面拿出武装箱。他组枪速度很快,甚至没有忘记装消音器,表情冷静,道:"杀了他。"

话落,他就开了枪。

消音器使得枪声变得沉闷,隐士只听"砰砰"两声响,后座的车窗迸碎,那走向车门的机车手立刻头部中弹。

隐士惶恐道:"你们怎么都有枪?!"

谢枕书说:"私人收藏。"

在他们对话时,车顶传来"嘭"的一声巨响,像是有什么东西掉在了上面。紧接着,有黑色的乳状物沿着车身向下流,伴随着飞行器的振动声。

隐士认得这东西,道:"他们要把车拖走!"

乳状黏膏化开后会再凝固,它能把车身包裹住,便于上方的飞行器拖移。这东西最早是用于拖移违规车辆的,结果因为太好用了,经常被拿来转移军火箱。

谢枕书说:"下车!"

隐士立刻开门,他刚将腿伸出去,就又缩回来,大叫道:"他怎么没死!"

刚刚中弹的机车手正以奇怪的姿势站起来,他头盔上的弹孔还在冒烟,可人竟然没有死。

这不是拼接人,拼接人再改造也不会起死回生!

谢枕书打开车门，抬脚踹在机车手的胸口。机车手"扑通"倒地，谢枕书再次开枪。几秒后，机车手的头盔就开始冒烟了。

隐士闻到了不寻常的味道，赶忙提醒："不对，谢哥——"

机车手的头顿时炸开。

谢枕书反应很快，拉上了车门。车身瞬间被冲歪，轮胎擦出漆黑的胎印，斜滑出去，横撞在路边。

车内登时剧烈晃动，谢枕书护住了苏鹤亭的头部，一边肩膀重重地撞在另一头的车门。车窗碎片当即飞溅，"哗啦啦"地倾倒下来，掉了他满背。

隐士差点儿一头磕到方向盘上，他胸口受力，连声咳嗽，咳完又开始"呸呸呸"，把掉进嘴里的碎碴儿全吐出来，说："这东西不是人！"

苏鹤亭卡在谢枕书的臂膀间，背部顶着车门，酒醒了一半。他反手摸到车门把手，把车门向外推，但车门的边角被凝固的乳状黏膏粘住了。

隐士也推不开车门，他道："完了，大事不妙！人家飞行器都来了！"

谢枕书一拳砸碎剩余的车窗玻璃，道："翻出去。"

苏鹤亭抬手抓住把手，臂部用力，从窗口翻了出去。他一落地，就听见了脚步声。

另一个机车手从车顶猛然跳下，对着苏鹤亭就是一记飞踢。猫的意识还在飘，躲闪时慢了一秒，被对方带起的劲风刮到了侧脸。

有点儿熟悉。

苏鹤亭连退几步，不断闪避，引诱对方持续出招。机车手强势进攻，但是打法单调，像是套在了格斗技的模子里，只会循环。

猫说："我们认识？"

头盔下的机车手异常沉默，他数拳不中，脚踩住路牙子，一个旋身，想强行把苏鹤亭踹翻。

苏鹤亭抬臂格挡，接着强势挥出。对方没退，把这当作虚晃一枪——按照黑豹的格斗方式,这确实是虚晃一枪。可苏鹤亭不过是试探他,直接用这一拳把他撂倒在地。

机车手的后脑勺重重撞在地面,苏鹤亭用手臂压住他的脖颈,迫使他抬头。

这种绞杀技巧会压迫气管,让人窒息。

苏鹤亭肘部上顶,要把机车手的头盔顶掉,看个究竟。可机车手的头盔像是焊上去的,纹丝不动。

不对劲!

有一瞬间,苏鹤亭怀疑自己压的不是人。

隐士还没爬出去,见状魂飞天外,喊道:"他会爆炸!"

"轰——!"

猫反应再快也来不及,身体忽然一歪,被谢枕书撞倒,两个人随即被冲翻,接着被刮了出去。

谢枕书稳住身体,拎起苏鹤亭,道:"还有人!"

隐士的腿卡在座位里,一时间挣不脱。

飞行器已经到了车上方,正在降捕捉器。

隐士道:"我掐指一算——"

车身"轰"地一震,被提了起来。

隐士顿时惊慌失色,喊道:"弟弟救命!"

他话音刚落,就有几个人顺着捕捉器滑下来,落在了车顶。

隐士看不到,尖叫道:"什么东西在我头上?!"

没人回答他。

那几个人跳下车顶,齐刷刷地冲向苏鹤亭和谢枕书。

谢枕书说:"他们要活捉。"

两次爆炸都不致命,说明对方要活的。

硝烟渐散,苏鹤亭终于看清了那几个人的模样,他一愣,接着迎来了钢棍。

猫说:"都是带尾巴的。"

这七八个人全是兽化拼接人,但是他们比苏鹤亭凶多了。

钢棍抡在空中，"呼"地砸空。

苏鹤亭抬脚，踹在冲在最前面的人的肚子上。他用了劲儿，对方当即向后摔出去。

钢棍猛地扫向苏鹤亭，被谢枕书半路截住，他反手拽过对方，也是一脚，把对方踹得更远。接着他把钢棍翻握，扔给了苏鹤亭。

二人进退一致，面对几个人毫不吃力。

隐士已经升到半空，他用力拽着腿，把头伸出车窗，凄惨地喊："我腿卡了！"

苏鹤亭两棍砸翻面前的人，在对方倒地后踩住对方的胸口，道："你争点儿气！"

隐士没办法，只得继续拽腿。一旁的车内系统持续报警，他把头塞到方向盘下方，好不容易把腿拽出来了，裤子却烂了。

隐士道："苍天！"

车身忽地一晃，飞行器开始撤退了。

谢枕书歪了一下头，十字星晃动，躲过一记钢棍。他跟着挥出一拳，把对方打蒙了，随后又是一拳，把对方打得口鼻出血，身体后仰。感觉到脑后有风，他倏地低头，躲过攻击，前面的人趁机直起身，还没有站稳，就被苏鹤亭一钢棍抡翻了。

两个人配合默契。

隐士扒着车窗，抽了抽鼻子，道："好高！你俩能不能接接我？！"

苏鹤亭怒道："快点儿！"

隐士不敢再磨叽，闭上眼，说："好，好，好，我来了，我来了啊！"

他"扑通"落地，姿势狼狈，只觉得浑身都疼，于是滚着圈又喊又叫。

谢枕书打翻最后一个拼接人，道："回家。"

这批人邪门得很，不像是卫达的人，撤回他家是最好的选择。

隐士一看他们要撤，赶忙爬起来，搓着胳臂狂追，道："等等我啊！"

好在这里离谢枕书家已经不远了，但稳妥起见，三人还是绕了个小圈。

家政机器人开门做出惊讶的表情，道："先生受伤了！"
谢枕书进门，说："检查。"
家政机器人即刻道："好的。"
玄关处的地面微陷，灯光变蓝，把三个人笼罩在内。
家政机器人说："警告先生，有追踪蚁入侵。"
苏鹤亭提着钢棍，抽了下一隐士的大袍袖。
隐士犹如惊弓之鸟，道："你打我？！"
苏鹤亭捉住掉出来的追踪蚁，捏碎了，说："爬东西了。"
隐士马上脱衣服。
苏鹤亭："……"
谢枕书的T恤后面还有玻璃碴儿，他道："升级防御系统，例行清理，封锁住宅，打开所有的监控摄像头。"
家政机器人再次说："好的。"
它坐在门口的小板凳上，两只铲子手放在膝头，垂头不动，犹如陷入了关机状态。
谢枕书对隐士说："二楼客房有浴室。"
隐士看向苏鹤亭。
苏鹤亭也灰头土脸的，他擦了一下侧脸，觉得浑身都是汗臭味，对隐士的目光感到奇怪，问："干吗？"
隐士说："我害怕。"
苏鹤亭脸上清清楚楚写着"关我屁事"。
隐士又看向谢枕书。
谢枕书冷眉冷眼。
隐士对他们绝望了，只好自己磨磨蹭蹭地上了楼。

Chapters 12
再连

隐士一走，苏鹤亭便把钢棍搁到鞋柜边上。他抖了几下尾巴，抖出一堆灰尘。

谢枕书道："我房间有浴室。"

苏鹤亭说："哦。"

谢枕书看着他。

苏鹤亭拎着自己的尾巴尖儿。

谢枕书说："你先用。"

苏鹤亭迈腿，路却被长官挡住了。玄关处的空间骤然变小，他靠到了墙上。

谢枕书撑着手臂，说："有人请你喝酒。"

苏鹤亭猫耳微抖，道："有个妹妹请我……"

长官轻声说："哦——"

猫松开自己的尾巴尖儿，对长官理直气壮地说："我们上次在酒馆一起喝酒，我喝了十几杯才醉。十几杯！"猫强调着"十几杯"，然后自我反省，态度诚恳，"谁知道今天一杯就倒，大意了。这个脏话组织果然待不得,酒都比别人的烈。"

谢枕书"嗯"了一声,示意他继续。

苏鹤亭说:"我坐在那儿等你,你很久都没来,我没事干,一直不喝酒太明显了,演戏总要演全套,刚好我跟这个妹……这个女孩子认识。"

老天做证,他的妹妹只有露露,其他都是统称,差点儿又说错了。

谢枕书说:"你还挺敬业。"

苏鹤亭从兜里摸出那副眼镜,戴起来,道:"还行,职业卧底的职业素养。"

谢枕书:"……"

他隔着镜片,冷不丁地喊了声"老师"。

装模作样的苏鹤亭险些被口水呛到,道:"干……干吗?!"

谢枕书说:"叫你。"

苏鹤亭道:"不许这样叫。"

谢枕书说:"老师。"

苏鹤亭的猫耳翘起来,像是要冒烟儿。他眼神很凶,道:"禁止瞎喊!"

谢枕书目光微动,须臾后,他说:"你说演戏要演全套的。"

苏鹤亭摸不准长官要玩什么,便含含糊糊地应了:"好吧,这位同学,有事吗?"

谢枕书说:"上课。"

苏鹤亭道:"什么?!上……上什么课?"

谢枕书说:"跟妹妹喝酒的课。"

猫犹如被踩到了尾巴,张牙舞爪的,说:"不可以!"

这时,玄关处的灯自动熄灭,只有楼梯口还亮着一盏小小的壁灯。

谢枕书说:"不可以吗?"

苏鹤亭强装镇定,态度十分明确,道:"我不教这个。"

谢枕书稍稍点了一下头,耳边的十字星隐入阴影里,他道:"别的呢？别的教吗？"

苏鹤亭说："不教，我下课了。"

谢枕书看了一眼表，道："时间还没到。"

苏鹤亭说："做学生要听话，我说下课就下课。"

谢枕书"嗯"了一下，眼神像是被抢了糖还叼着糖纸的大型犬。他没有戴雾化器，做出失落的表情时，杀伤力十足。

苏鹤亭胸口一顿，及时补救，说："好吧，就延长两分钟。这位谢同学，你要上什么课？"

猫端起架子，抱着胸。他耳边的黑发被眼镜框挤得翘起来一缕，说话时还会跟着猫耳一起动，可他神情认真，态度负责，还真有点儿老师的意思。

苏鹤亭秉持着演戏的原则，说："刚才的反正不行，换一个。"

谢枕书道："骗子。"

苏鹤亭说："换一个肯定答应你，骗人是小狗。"

谢枕书说："意识连接。"

苏鹤亭赶忙说："这个不行，你等等，不要！"

谢枕书道："小狗。"

苏鹤亭说："你骂人！"

谢枕书转身准备走。

苏鹤亭见状不妙，道："骂完人就走？我不是小狗，我……"

这时，楼上的门忽然开了，隐士探出头来，对着空荡荡的楼梯喊："你们上来没有？"

没人回答。

隐士系着浴巾，不敢出房间乱跑。他静气凝神，没听见楼下有动静，便嘀咕几句，又把头缩回去，关上了门。

过了一会儿，楼上的隐士迅速套好睡衣，觉得自己生龙活虎，就是肚子饿。他打开门，不知道苏鹤亭在哪个房间，便捏着嗓子小声喊："猫——"

苏鹤亭没理。

隐士跟幽魂似的,怕自个儿打扰到谢枕书休息,喊了一遍没有回应,便鬼鬼祟祟地走出门,双手拢在嘴边,再次捏着嗓唤道:"苏鹤亭——"

苏鹤亭心道:叫魂!

隐士自顾自地嘀咕:"人都跑哪儿去了?"

他壮起胆子,趴到楼梯栏杆上,朝下望。底下只亮着一盏壁灯,怪吓人的。他趿着拖鞋,下了几级台阶,弯腰探出头。

苏鹤亭看着他探出的脸,说:"你——"

隐士猛然间看见那黑黢黢的地方戳着两道人影,吓得大叫一声,一个屁股跌坐在台阶上,"哎哟"一下,痛得直嚷嚷。

玄关处的灯"啪"地亮了。

苏鹤亭背手站着,说:"你干吗?"

隐士道:"你干吗?!你们……你们大半夜不开灯,戳那儿当门神?!听见我下来了,还不吭声!"

苏鹤亭表情复杂,说:"我愿意。"

隐士龇牙咧嘴,扶着腰爬起来,"噔噔噔"下了楼梯,道:"那你继续站着。谢哥,谢啦!这睡衣很好穿。"

他话讲一半,看谢枕书还穿着那件黑T,又看苏鹤亭也没换衣服,心道:天哪!他俩在这儿大半天,衣服没换,澡也没洗,怕不是正在说什么?我怎么那么没眼力见儿?还跑到跟前来了!

他表情一变,态度骤转,说:"我就是下来看看你们在没在,人在就好,没事了,没事啦!"他退后几步,抱着栏杆,"没事我就上去了。"

苏鹤亭:"……"

苏鹤亭当即急匆匆地跳出玄关,对谢枕书说:"我去洗澡。"

尾巴一晃,人已经挤开隐士,上了楼梯。

隐士跟谢枕书对上视线,他缩了一下脑袋,半晌后,憋出一句话来:"呃……要不你也去?"

谢枕书眉头微蹙,转身打开了客厅的灯。

屋内骤亮,差点儿闪到隐士的眼。他抄着睡衣袖子,跟在谢枕书后面,走了几步,指着墙上的画说:"嚯,古董啊?"

谢枕书道:"是。"

隐士站在画前,假模假样地品鉴一番,心思早飞了,又怕自己问得太直白,显得俗气,便拐弯抹角地问:"这个画得来不易吧?"

谢枕书拧开水,转头看画,说:"二十块。"

隐士得到回答,不免瞠目结舌,心却放下了,脚步也轻快起来,不再拘谨。不怪他听完价格就变了态度,待在新世界这几年,成日住在筒子楼、地下室那种地方,一分钱都是命根子。

隐士说:"我在旧世界也有套房子,还没装修呢,就等……"

他话说到此处,突然没了。

隐士勉强笑笑,道:"算了,往事不堪提,现在讲出来怪没劲儿的。谢哥,家里有食材吗?我给你俩弄点儿吃的,你俩吃完饭赶紧休息吧。"

隐士拿人手短,估摸着他们都该饿了,自觉进厨房做饭。他饭做到一半,苏鹤亭就洗完澡下来了。

猫脖子上挂着毛巾,换谢枕书去洗。

隐士等谢枕书上了楼,才朝苏鹤亭招手,说:"你过来,咱们聊聊天,不然我一个人做饭怪无聊的。"

苏鹤亭倒了杯水,道:"聊什么?"

隐士问:"你那病毒解决了吗?"

苏鹤亭说:"没有。"

隐士正削着萝卜,道:"我猜难搞,你都没什么经验,"说着他话锋一转,"但谢哥应该靠谱。"

苏鹤亭:"……"

不,他也没经验。

隐士说:"不过小苏同学,我有个问题,你……你们平时是以父子相称的吗?"

苏鹤亭一脸蒙。

隐士说:"我听你喊谢哥'爸',差点儿把刹车当成油——"

苏鹤亭以为自己听错了,不禁提高音量,震惊地问:"我喊什么?!"

隐士把削好的萝卜搁碗里,道:"爸爸啊。"

苏鹤亭难以置信,捏着水杯,心道:我酒品这么差?难怪他要生气……喝醉就喊人爸爸是什么毛病!

猫记忆不全,不记得自己在旧世界有没有家,黑豹的资料上也没写,所以他一时间竟搞不懂自己是触景生情,还是纯粹乱喊。

隐士见苏鹤亭不回答,语重心长地感慨道:"没想到啊。"

苏鹤亭一脸窘迫,打断他,道:"别瞎想!"

隐士说:"你可别当着妈妈的面这么喊,她得揍你。"

苏鹤亭道:"醉话算话吗?给我忘了这事。"

隐士拿起青菜,说:"我在妈妈那儿都没见着这么新鲜的菜,怪怀念的。人吧,意志力真不行,想想旧世界,我好歹一周能出门吃几顿小炒,现在成天吃蘑菇。"

苏鹤亭拿起水喝,喝到一半,听隐士说:"我跟你说,那个钢刀男,他太奇怪了,竟然不识字。我洗澡的时候越想越不对,他就算是今年刚成年,在旧世界也该上过小学,不应该一个字都不认识。"

苏鹤亭心下一动,道:"那家伙不识字?他话也讲不顺溜,就是出刀很快。"

隐士把调好的酱料倒在菜上,应声说:"是啊,我也纳闷这个,卫知新肯花大价钱给他做神经反射手术,他总得有过人之处吧?我观察了一下他,觉得他心智像小孩儿,尤其是跟你打架的时候,一直说自己是阿秀。"

苏鹤亭回想了一下跟阿秀的交手,两个人对话虽没超过十句,但是阿秀确实奇怪,每次行动都是听命行事。想当初,他都挖掉蜷蛇的改造眼了,阿秀还能待在楼顶观望,未免太过冷血无情。

隐士说:"你杀了卫知新,这两个人没地方待,只怕会狗皮膏药似的缠着你。蜷蛇脑子不灵光,冲动易怒,我怀疑他昨晚是被人当枪使了。"

苏鹤亭把水杯放下,说:"这两个人都受了伤,想继续报仇就得修复植入体。"

黑市的地下诊所有无数个,但能帮阿秀修的没几个。

隐士一点就通,把盛好的菜递给苏鹤亭,道:"懂了,我跟森说,让他们也帮忙留意一下。"

苏鹤亭说:"这次就别告诉森了吧。"

隐士一愣,继而小声说:"不是吧,你还怀疑森?"

苏鹤亭端起盘子,道:"说什么呢?我不是怀疑他,我是谨慎。"

他不怀疑森,森和佳丽是过命的交情,但他怀疑森背后的交易场。昨晚从飞行器上跳下来的袭击者全是兽化拼接人,在黑市能拥有大量兽化拼接人的地方只有交易场。

隐士说:"可我们救你的时候,森的人还打了掩护呢。"

苏鹤亭道:"是,我们也付了酬金。"

酬金就是福妈,苏鹤亭还记得,他醒来那天早上,福妈出门就是去跟森谈生意。

隐士在瑶池里有包厢,对森的好感不亚于对脏话组织,闻言正准备再感慨,玄关处一直垂着头的家政机器人忽然抬起头,从小板凳上蹦下来,喊道:"先生,天黑了!"

客厅的两面窗帘"唰"地打开,露出外边蒙蒙亮的天。

隐士看了一下时间,道:"说反啦!现在七点多了,天刚亮。"

家政机器人摇头,再次说:"天黑了!"

苏鹤亭想到了惩罚区,他把盘子塞给隐士,道:"好好做饭,我去叫人。"

隐士说:"哎——"

家政机器人连忙追上苏鹤亭,跟着他一起上楼。苏鹤亭到了房间门口,腹稿还没打好,那门就自动开了。

谢枕书头发潮湿,澡刚洗一半就出来了。他见到苏鹤亭,立刻说："我要上线了。"

苏鹤亭道："上。"

他说完才想起来，自己现在没接口，进不去。

谢枕书说："多则十二个小时，少则四个小时，你……"

苏鹤亭道："我在这儿等你。"

谢枕书要的就是这句话，他转身，露出房间里正在流动的数据雨。操作台大亮，有关惩罚区的各项数据都弹在半空。

苏鹤亭扫到了"出生地""傲因"等关键字眼。他猜测，这就是帮助长官在惩罚区内"预知"的数据分析。

谢枕书进入营养缸，操作台自动降下连接接口，调控着复杂的连接线。他摸到后颈处的脑机接口，道："我去了。"

苏鹤亭颇感新奇，说："哦，早去早回。"

谢枕书便插入接口。

"一级防御已启动……

"守护您的安全。

"请随时保持冷静。

"注意上线时长，避免过度疲劳。

"欢迎您……"

房间内的悬浮显示屏随即全部消失，只剩下数据雨在疯狂刷新。谢枕书呈静止状态，他紧闭着双眸，十字星耳饰垂在颈侧，整个人犹如冬眠了，只有胸口还在细微地起伏。

嗯——

苏鹤亭观察长官片刻，扭过头，问家政机器人："他不冷吗？"

家政机器人垂头看了看自己的铲子手，忽然灵机一动，把铲子手换成加热器，对准苏鹤亭，吹出热风。

苏鹤亭的头发被吹得乱糟糟的，他赶忙制止它，说："不是我，我不冷。"

家政机器人停止吹风。

苏鹤亭说："他平时都这样上线吗？"

家政机器人垂着双臂，点点头。

苏鹤亭拉过椅子，反着坐下。他一只手托腮，就这样盯着谢枕书，心道：他就这样一个人上线又一个人下线，可他明明认识我，为什么从来不提？

过了片刻。

猫想：我是直接问他还是等他交代？

可惜长官神情漠然，对苏鹤亭的心思全然不知。上线就好像灵魂出窍，即便身体还在这里，却显得冷冰冰的。

苏鹤亭把椅子挪近，几乎要靠到营养缸了。他朝里面看，那些连接线带着金属质感，反而把平时极有距离感的谢枕书衬出几分苍白来。

家政机器人说："猫先生该吃早饭了。"

苏鹤亭道："等会儿。"

家政机器人亮起时间表，说："猫先生该吃——"

苏鹤亭道："停，这也是谢枕书设置的吗？"

他没指望家政机器人回答，岂料家政机器人竟然说："有关猫先生的一切都是先生设置的。"

苏鹤亭呆了片刻，"哦"了一声。

家政机器人继续提醒："猫先生该吃……"

苏鹤亭心思乱飘，哪还在吃饭上。

楼下的隐士把饭弄好，却等不来人。他摘了围裙，撩起下摆上楼，敲门问："人在不在？吃饭了呀。"

卧房的门开了，苏鹤亭说："禁止喧哗。"

隐士道："还在忙呢？赶紧叫谢哥吃饭。"

苏鹤亭把门虚掩，不给隐士看，道："只有我吃。"

隐士问："为什么只有你？谢哥不吃？"

苏鹤亭说："他晚点儿吃。"

隐士一脸疑惑，跟着苏鹤亭下楼，屁股刚挨着凳子，便看到苏鹤亭一阵风卷残云。他握起筷子，说："你是饿了多久？慢点儿吃，锅里还有。等下你再叫叫谢哥，再忙也得吃饭。来尝尝这个，这道……哎，你站起来干吗？吃好啦？"

苏鹤亭放下碗筷，道："吃好了，一会儿你自己回房睡觉，别出门了。"

隐士料想他俩有事，便说："那我把饭热锅里，你俩谁饿了谁下来吃……"

他话还没说完，苏鹤亭已经没影了。

家政机器人守在卧室门口，见苏鹤亭回来，跟着他进屋。一大一小就在营养缸边坐下。

苏鹤亭心里像猫抓一样的，可惜他叩不开记忆门，想不出什么。他心道：别人失忆还会做梦，我怎么一点儿印象都没有？如果不是珏的日记，我根本想不出自己会在惩罚区里干吗。

家政机器人进入发呆状态。

苏鹤亭趁机说："我们来玩游戏吧。"

家政机器人眼睛一亮，十分开心。

苏鹤亭说："这游戏叫我问你答，是检测家政机器人对主人了解程度的小测试，你要答清楚、答明白才算数，懂了吗？"

家政机器人叠起铲子手，大眼睛明亮，边点头边道："答清楚，答明白。"

苏鹤亭单手撑脸，看着它，说："第一个问题，谢枕书喜欢大白猫零食吗？"

家政机器人答："不喜欢！"

苏鹤亭问："好，干脆利落，我很欣赏你。第二个问题，谢枕书喜欢吃糖吗？"

家政机器人道："不喜欢！"

苏鹤亭心想：他竟然都不喜欢！那他随身带着的大白猫奶糖是给我的吗？

想到这里，猫的嘴角已经扬了起来。他翘起尾巴，说："很好，很好,接下来我要问你复杂点儿的。谢枕书一直住在这里吗?"

家政机器人说:"是的,先生一直住在这里。"

苏鹤亭失忆前是在光轨区,那他和谢枕书就是在惩罚区里相识的?猫转念一想,又不确定,毕竟谢枕书对狩猎实验也很了解,他们搞不好在旧世界就认识。

他问:"谢枕书是黑豹成员吗?"

家政机器人道:"不是,猫先生才是!"

苏鹤亭倒不意外。

根据资料,黑豹成员身上都有自己编号的文身,苏鹤亭的"7-006"位置隐蔽,藏在右手大臂的内侧,而他没在长官身上发现过编号的文身。

苏鹤亭收回思绪,道:"最后一个问题,他……"

猫再次想起飞头獠子的话。

"我亲眼看见过他在暴雨中痛哭,那一幕犹如电影画面,被祝融定格,反复凌迟。"

苏鹤亭笑容渐敛,情绪无端低落。他收回目光,继续看谢枕书。

不到一个小时,苏鹤亭已经体会到了难熬的滋味。他很少等人,因为耐心不够。可他此时这样坐着,竟然不觉得枯燥,只是看着谢枕书,想跟谢枕书讲话。

家政机器人没等到问题,也不吵不闹。它滑行到椅子边,坐在那里不动了。

半个小时后,苏鹤亭打起了哈欠。他放下手臂,抱着椅背,眼皮沉重,开始犯困。房间内的钟表走得缓慢,他就这样睡着了。

大姐头坐在椅子上,周围都是烟味。她默不作声,把手上的资料翻了又翻。这是委员会下设的讨论组,在座二十来个人,除了她跟一个记录员,其余全是男的。

那倒霉催的审讯官坐得老远,烟抽了一支又一支,说:"我还是那句话,人是在武装组眼皮子底下跑的,押送这块,女组长才是行家。"

他这两天日子不好过，被卫达和审讯厅当作皮球踢来踢去，谁都想要他背锅，他还偏偏谁都得罪不起！他坐在这里熬过了一次又一次审问，就硬耗着，打算把责任都推到大姐头身上。

大姐头也不好过，但她要体面，面上瞧不出倦色，说："那晚负责押送的主力军是卫达和审讯厅的人，我就算是行家，恐怕也不顶事。"

她的弦外之音很明确，苏鹤亭是审讯厅提走的，出了监禁所就不归她管，人跑了也跟她没关系。

审讯官不占理，可他脸皮厚，胡搅蛮缠起来，道："话不能这么说，你也派了个小队跟着吧？当时乱起来后，我怎么没见你的人出来帮忙？"

大姐头把资料摔了，说："我派过去的人都死光了，你也没给我一个交代。"

审讯官越发不讲道理，道："女组长，你这话说出来笑死人，哪有上级跟下级交代的道理？你们武装组负责保卫生存地，有牺牲不是很正常吗？我问你的话你怎么不回答？"

"哎呀，别吵啦，你们在这儿吵吵嚷嚷，闹得我头疼。"

主持讨论的是刑天的一个监察警长，名叫钱钢，刚过四十，保养得当，没秃没胖，细皮嫩肉的，一看就知道不怎么出门见光。他虽然是个监察警长，但职位是"世袭"来的，刚当差没几天，连黑市有多少个武装组都不知道。

他说："这都不是事儿，不就是跑了个拼接人吗？拼接人都在黑市做牛做马啦！他难道还能逃出黑市？你们真是的，都干了这么久了，遇到点儿事就急躁。"

黑市的监察警长一共有十六个，隶属生存地总督的下设监察机构，后来职能扩充，变成了监察、管理一体的职位，是负责生存地安全的重要人物，有开启生存地一级警戒的特权。

钱钢心里有主意，就等着他们问。

审讯官深谙此道，听出他话里的意思，赶忙把领带拉直，说："警长是见过世面的人，您给提点一下。"

钱钢很满意，笑一笑，道："这件事的关键问题是什么？是卫达不高兴。他死了儿子，犯人又跑了，换哪个当老子的受得了？既然这样，那我们让他高兴不就好了。女组长，你调查过犯人，他有没有兄弟姐妹或是亲朋好友？"

大姐头挤出微笑，道："没有，犯人光棍儿一个。"

"不能吧？他就算是孤家寡人，也该有认识的人。哎呀，"钱钢喜欢用"哎呀"，每次一讲就皱眉头，"我们这不是在追究谁的责任，是在解决问题，你不要意气用事，故意隐瞒。"

审讯官说："是啊，是啊，我都知道苏鹤亭有朋友！他杀卫知新，就是为了朋友。"

钱钢说："把这些拼接人的资料调出来，找个理由拿了——"

大姐头气极反笑，问："什么理由？"

审讯官抢答："叛乱袭击，非法持枪！这必须严惩。"

大姐头说："你有什么证据证明是苏鹤亭的朋友干的？这事可记录下来了，稍后要给总督过目，没凭没据，我不参与。"

"啊，"钱钢怕总督，闻言转过头，看着审讯官，"你有证据没有？"

审讯官一急，把腿蹬直，说："我当晚看见了呀！"

钱钢点点头，又看向大姐头，道："这不就结啦？有人证足够了。你把犯人朋友的资料都整理出来，赶紧发给卫达，让他别闹了。"他自认为体贴，往大姐头跟前坐了坐，"你不要太争强好胜，给他个台阶，这事就翻篇儿了。"

这都什么酒囊饭袋。

大姐头没回答，她站起身，往外走，对背后的喊声充耳不闻。她想上楼跟总督面谈，等电梯门打开，却看见了卫达。

卫达挂着拐杖，皮笑肉不笑，道："去哪儿，女组长？"

大姐头看见了卫达胸口的白花。

卫达说:"总督接见了我,亲自给我戴的花。知新这个案子,以后就转交给钱警长负责了。"

大姐头腕间的银镯垂落,她单手插兜,道:"哦。"

卫达迈出一步,说:"我听说你未婚,也没生过孩子。女组长,我真心觉得,这两样比工作更能给你成就感,所以劝你一句,别把时间耗在工作上,多关心关心自己。"

大姐头神情自若,嘲讽道:"你死了儿子,倒比以前像个爸了。"

电梯门开开合合,提示音"嘀嘀嘀"响。

卫达将拐杖敲在大姐头脚边,说:"你觉得自己聪明伶俐,能把事情办得滴水不漏,跟苏鹤亭背后的人联手,把我耍得团团转。"他经过大姐头,"可你怎么不想一想,是谁给了你苏鹤亭的资料?又是谁给了你潜入惩罚区的接口?总督早把惩罚区研究透了,你还在沾沾自喜。我提醒过你,你对惩罚区的探索都是白费工夫。"

他说完就扬长而去,留下大姐头面对电梯,直到电梯门闭合,她也没上楼。

不知道过了多久,苏鹤亭隐约听见水的"哗啦"声,随后身体一歪,好似掉进了云间。他睁眼,跟谢枕书打招呼:"嗨。"

谢枕书看了一眼猫,道:"上床睡。"

苏鹤亭摸到椅背,直起身子。他打了个哈欠,活动着酸痛的脖颈,说:"我睡够了,你在惩罚区还顺利吗?"

谢枕书道:"顺利。"

苏鹤亭看了一眼表,时间刚好过去四个小时,长官非常准时。但不知道什么缘故,谢枕书拔掉连接线后一直没起身。

苏鹤亭身体前倾,认真地问:"你怎么了?"

谢枕书静了片刻,说:"力竭了。"

他语气平静,仿佛这是件最平常不过的事情。

苏鹤亭顿时充满力量,凑近了一些,像是在端详什么稀奇的宝贝,道:"你两个世界来回穿梭,到处打架,早该累了。"他自告奋勇，举起双手，"力竭没事，我帮你！"

　　谢枕书说："好。"

　　苏鹤亭力气不小，可长官浑身湿透了，也不轻，他只好从架改成拖。猫的尾巴高高翘起，把长官向缸外拖。

　　苏鹤亭说："洗澡？"

　　谢枕书只"嗯"，不讲话。

　　苏鹤亭便把长官拖向浴室，家政机器人急急巴巴地跟在二人后面，把铲子手换成小拖把，一路擦着流下来的水。

　　猫一边拖人，一边问："以前没人的时候怎么办，你就那样浑身无力地泡着？"

　　谢枕书的十字星耳饰在挪动中摇晃，他说："缓一会儿就好了。"

　　苏鹤亭抬脚，关上浴室的门，顺便把家政机器人也关在了外面。

　　苏鹤亭把谢枕书放进浴缸里，问："你感觉好点儿了吗？"

　　谢枕书额前的头发乱翘，面色恢复些许，说："嗯……"

　　苏鹤亭蹲在浴缸边，说："我把热水打开，然后去外面等你。"

　　谢枕书道："嗯。"

　　苏鹤亭正准备转身时，花洒头猛地喷出水，正好喷了他半身。

　　苏鹤亭："……"

　　谢枕书转了一下花洒头，道："歪了。"

　　苏鹤亭说："你是故意的！"

　　谢枕书道："不是。"

　　苏鹤亭说："你肯定是故意的，我走了啊！"

　　他话音还没落，谢枕书就把花洒头朝着他转回去了。

　　苏鹤亭："……"

　　这下好了，他是真的湿透了。

　　家政机器人听见争执，在门口急得团团转，说："不要吵啦，不要吵啦。"它滑行时举高自己的显示屏，用家里的几个发声装置一起喊，"不要吵啦！"

　　隐士在楼下听见声音，一骨碌从沙发上爬起来，几步跑上楼，问:"谁吵啦?!"

他"咚咚咚"敲门,神情比语气热切多了。

隐士没了手机,一个人待在楼下吃饱了睡,睡饱了吃,正愁无聊呢,好奇心挠得他浑身难受。

门开了,家政机器人被丢进了隐士怀里。

隐士:"……"

半晌后,苏鹤亭和谢枕书相对无语。

谢枕书说:"小顾向你问好。"

苏鹤亭道:"哦。"

谢枕书说:"惩罚区欢迎你。"

苏鹤亭道:"哦。"

谢枕书说:"我不是故意弄湿你的。"

苏鹤亭的尾巴翘起,道:"我信你个鬼!"

谢枕书盯着尾巴,忽然道:"我明天天黑前要再去趟惩罚区。"

苏鹤亭稍做思考就懂了,道:"刷新点还是没有动静?"

谢枕书说:"嗯。"

苏鹤亭心道:既然珏的日记的触发条件是我,那其他东西有没有可能也和我有关?如果它真的信任我……可是大姐头还没消息。

猫耍起赖来,拉长声音说:"我也想上线。"

谢枕书道:"有一个办法。"

苏鹤亭用尾巴比出个问号。

谢枕书说:"我们意识连接,用一个接口上线。"

猫竟然回答:"好啊。"

谢枕书颇为意外,他以为苏鹤亭不会答应的,毕竟昨晚猫还坚决不同意。

苏鹤亭心里另有打算,说:"就这么说定了。时间还早,我冲个头发下去吃饭,你要不要一起去?"

谢枕书道:"要。"

二人下楼时,隐士正在跟家政机器人玩贪吃蛇。那悬浮在客厅内的胖头蛇绕着家政机器人转,让它两眼发光,一个劲儿地鼓掌。

隐士见到他俩,说:"吃饭吗?吃饭吗?"

苏鹤亭扶着栏杆,轻松翻过去。他用脚钩过椅子,坐在上面,道:"吃,都吃。"

隐士兴高采烈,趿上拖鞋跑去做饭。他没什么大志向,过完一天是一天,平时钻营都是为了求生,现在好了,住在这里,万般烦恼皆放下,研究起了旧世界菜谱。

隐士颠勺的时候总瞅苏鹤亭,瞅完又去瞅谢枕书。

苏鹤亭被他看烦了,问:"有事?"

隐士说:"没事,想起个新闻,跟你们分享分享。"

苏鹤亭说:"说。"

隐士把饭热好,推到二人面前,道:"那新闻上说啊,有一对朋友,关系很好,后来他们从某天开始沉迷于意识连接……"

谢枕书:"……"

苏鹤亭坐姿不羁,想反驳,又想不出好的借口,只好装作没听见。

猫没有隐士见多识广,对意识连接的认识还很有限,平时也不关注这些,他捏着筷子,道:"停!我要吃饭了!"

二人吃完饭,谢枕书就再次上楼,他得在连接前小睡一会儿。

隐士百无聊赖,非要自己刷碗。他系着围裙,让家政机器人在旁边唱歌,家政机器人的嘴型从"V"变作了"O",准备用假唱蒙混过关。

苏鹤亭一个人坐在沙发上,犹豫起来。鉴于上次连接的反应,他担心自己又宕机,所以想寻求场外援助。他摸出手机,正纠结要不要打电话,忽然听见一段激昂的《保卫联盟玫瑰之歌》。

苏鹤亭:"……"

他说:"吵死了。"

家政机器人立刻收声,捂住嘴巴。

客厅一静，苏鹤亭的电话反而打不出去了。他憋了一会儿，不想当着他们两个人的面跟福妈聊天，于是说："……放小声点儿。"

家政机器人便小声放歌。

苏鹤亭举起手机，又放下，改成发短信。他给福妈发："妈。"

福妈的回复很快："有事说。"

苏鹤亭回："我。"

福妈回了个问号。

苏鹤亭拧起眉，手指停顿，内心十分忐忑。过了片刻，他一鼓作气地输完："我意识连接后会宕机！"

福妈回道："哦。信息器过载，正常。"

"猫崽"连发了好几条。

"每次都会宕机吗？我该怎么办？"

"妈妈。"

"喂。"

问题不大。

福妈用机械臂拿开手机，继续专注在拼模型这件事情上。她戴着眼镜，嘴里念念有词，几秒钟后就忘了苏鹤亭这个人。

可恶。

苏鹤亭捏着手机，听见《保卫联盟玫瑰之歌》在循环播放，说："下一首！"

隐士道："要不你上去吧？"

苏鹤亭没挪屁股，他抱胸听了一会儿，没法儿像隐士那样陶醉。他忽然站起来，走到墙跟前，看见有幅画，就随口说道："我看会儿画。"

隐士把刷好的碗摆好，说："这画可是古董哟。"

苏鹤亭没什么艺术天赋，心道：就这？我也能画。

那画上是一堆乱七八糟地绕在一起的线。

家政机器人滑行过去，歌声中断，指着画喊："猫先生！"

苏鹤亭心想：什么玩意儿？

我长得像一团线？

家政机器人拍拍手，很高兴的样子，又喊："猫先生！"

苏鹤亭弯腰，从下往上看，看到那画上的线条挤来挤去，突出的两个角还真挺像猫耳朵的。他甩了一下尾巴，弹了一下家政机器人的脑门儿，道："别瞎喊，玩你的去。"

家政机器人捂着脑袋跑了。

苏鹤亭在楼下待得无聊，过了片刻，还是上楼了，结果发现卧室的门是虚掩着的。

嗯？

猫的两只猫耳竖起来，被那缝隙间透出的灯光吸引了。他轻轻推开门，看见卧室内的床头灯是开着的。

谢枕书正在睡觉。

这人怎么不关灯？

苏鹤亭想了片刻，进去把灯关了。

这房间没有窗户，熄灯后就像个密封的盒子。谢枕书没脱衬衫，趴着睡的。他的手搁在被褥上，指间还夹着一本薄薄的童话绘本。苏鹤亭目光微顿，想凑近去拿绘本，这时谢枕书睁开了眼睛。

猫说："装睡。"

谢枕书道："嗯。"

苏鹤亭问："怎么不睡觉？"

谢枕书沉默片刻，问："你在下面做什么？"

苏鹤亭随便找了个借口，说："我盯着隐士洗碗……快睡吧。"

谢枕书突然问："连接吗？"

苏鹤亭道："嗯……嗯？"

操作台亮了起来，两个人面对面。

苏鹤亭说："先连接，再上线。"

谢枕书把显示屏一个一个关掉，道："我会看着时间。"

这次是实验，所以没有用到营养缸。操作台自动升降，发出"嗡"

的调整音,最后停在了二人的旁边。那些流动的数据雨颜色变浅,逐渐消失。

"叮咚——"

操作台忽然响起来。

"一级防御已启动,欢迎您。"

惩罚区的强风猛地刮来。

苏鹤亭睁眼,发现自己正在下坠。他拽紧前襟,在空中大喊:"搞——什——么——"

此刻的惩罚区正值晴空,苏鹤亭因为头发被吹开,被太阳照得睁不开眼。等坠到一半,他忽然觉察到不对劲,扯着被风灌满的衬衫,震惊地喊:"等等!我怎么还是个小孩儿?!"

小顾盘腿坐在车顶吃面,忽然见半空坠下个人,稀奇道:"我看见长官——"

那人被菱形碎片兜住,落在装甲车附近,砸出惊天动地的巨响,扬起灰尘无数。

小顾被迎面扑来的灰尘呛到,他把筷子插回随身携带的筷子筒里,双手护着自己的营养面,道:"咯!咯!怎么回事?!"

车内其余的几人纷纷探出头。

俞骋戴上眼镜,说:"真……真的是长官!"

花栀把面吃完,别好耳边的碎发,露出小熊发卡。她偏头看了两眼,说:"是长官,还提着东西呢。"

东方抬手挡住阳光朝远处眺望,道:"提着什么?新武器?我看不清。"

车顶上的小顾赶忙放下饭碗,说:"让我来,让我来!我有新眼镜。"他抬手扣上儿童墨镜,端详了一会儿,倏地皱起眉头,很是困惑的模样,"不是武器吧,我看像是个活物。"

烈日下,余灰散去,露出长官的真容。菱形碎片已经被收起,变回了纯黑色的钢笔,插在长官的衬衫前兜。他抬起手臂,提着——

四人组瞠目结舌,异口同声道:"猫!"

苏鹤亭捂住耳朵，表情凶恶，道："看什么？"

他平时很威风，只准自己看别人，不准别人看他。可他此刻只有小小一团，像个黑色绒球，纵使表情凶恶，也没什么威慑力。

小顾捧腹道："你也变小了！"

苏鹤亭顿时炸毛，尾巴翘得笔直，嘴硬道："我只不过是今天出了点儿故障罢了！"

这惩罚区的判定时好时坏，简直像是专门在跟他作对。

小顾勉强止住笑意，把饭碗又端起来，说："好，好，一点儿故障。可你这次怎么跟长官一起上线？"

"咳咳！"

底下突然传来一片剧烈的咳嗽声。

小顾及时打住，话锋一转，问："你现实里的身体怎么啦？"

苏鹤亭的心思都在变小这件事情上，听小顾问起，不肯当着他们的面垂头丧气，便昂首挺胸，故作镇定，说："我很好，我没事。"

小顾不信，说："怎么可能没事！"

谢枕书把猫拎到了臂弯处，猫太小了，几乎没什么重量。他把猫带到装甲车前，道："不是身体的问题。"

那是什么的问题？

大家都竖起了耳朵，可惜长官没说后续，他们心里再好奇，也没人敢追问。只有东方笑了起来，道："惩罚区对偷渡接口的判断没那么准确，毕竟不在主神系统的监管下，出错也是有可能的。你如果没事，可以多上来几次试试，说不定能调整回原样。"

岂料苏鹤亭只拍了拍尾巴，没有接话。他现在没了接口，想上线就得跟谢枕书意识连接。

猫正想着，后颈就被轻轻捏了一下。他"啊"了一声，倏地回头，却没见谢枕书有动作。

见鬼了！

苏鹤亭摸到自己后颈，心道：难道是我这几天想七想八的，想出毛病了？

俞骋怕他不快，从车里拿出一碗面，问："你……长官要不要吃？我们带够了两天的量，一人三碗还多出一份呢。"

苏鹤亭问："这就是营养面？"

这面名字叫作营养面，实物却清汤寡水的，一顿吃三碗都难以果腹，更何况他们要两天吃三碗。出生地的储备粮坚持不了多久，这是他们回到地面上的原因。

谢枕书道："我们吃过了。"

苏鹤亭隔着车窗往里瞧。花栀平时不爱笑，也不爱讲话，可是她今日看到缩小版的苏鹤亭，心情很好，大方地把自己吃完的碗给他瞧，甚至主动开口："就长这样。"

苏鹤亭说："哦。"

他觉得主神系统小气，又觉得主神系统阴险。如果珏不再刷新食物，那大家就得指望着营养面活下去。可是营养面不仅每日限量，还填不饱肚子，长此以往，幸存者之间必生矛盾。

苏鹤亭想到这里，道："可惜神魔都是堆破铜烂铁，不能吃。"

小顾说："怎么着，你还想吃神魔？不过也是，想想它们的体积，要真能吃，我们就不用再愁肚子饿了。"

花栀道："你想得挺美。"

几个人相互打趣，算是活跃气氛。车内亮着显示屏，上面标有附近的刷新点。他们还没放弃希望，打算吃完饭继续检查。

小顾说："这儿离游乐园很近，里面有个摩天轮，白天可以坐在上面朝外看，如果运气好，能看见在神魔地游荡的毕方。猫，你见过它们怎么走路没？"

他说着，用筷子在半空比画。

"它们就一条腿，一跳一跳的。"

生存地没有游乐场，苏鹤亭都快忘了摩天轮是个什么东西。他听小顾讲得有趣，心里却只惦记着神魔地。他还记得小顾说过，穿过神魔地，会看见无数巨大的佛像，那不仅是惩罚区的终点，还是谢枕书去过的最远的地方。

小顾话还没有说完,继续说道:"别看它们跑不了,飞还是飞得很快的,总是跟在祝融的战车后面,跟灯笼似的。"他说到这里,忽觉失言,赶紧补救,"它们就爱'哗哗'叫,白天在神魔地巡逻时也会这样叫,每次一叫就放喙间炮,烧得飞头獠子乱飞。"

他话音方落,挤出的笑还没消失,众人就听见一声响亮的"哗——"。

城市上一秒还晴空万里,下一秒便阴云骤现。几滴雨先来,随后潮湿感迅速延伸,不到片刻,天已经黑了一半!

小顾惨声道:"不是吧?!我就是说说而已啊!"

街道间的风顿时加速,呼啸猛冲,险些把小顾从车顶掀下去。几个人纷纷抬臂。谢枕书在背后罩住苏鹤亭,顶着风,看见天际的滚滚浓云中掺杂着火光。

"宵禁——"

机械太监尖细的声音响彻全场,他一只手向前,停顿须臾。

雨"轰"地下起来。

机械太监这才颔首,扭动着头部,把手臂拉平,喊道:"过!"

一道黑影敛翅而出,冲到半空,忽振双翼,紧接着掉头向下,朝着苏鹤亭他们俯冲过去。

苏鹤亭揪着谢枕书的衬衫,猫耳被风扯向后方。他好不容易看清来者后,足足愣了两秒。

来的不是毕方。

是鬼车鸟!

鬼车鸟通体覆甲,在俯冲间不断加速。

"X字锁定,攻击单位正在接近。"

苏鹤亭右眼内的信息正在快速更新,他露着双眼睛观察鬼车鸟。

"距离2270米。"

"距离2000米。"

这家伙长得跟斗兽场里的鬼车鸟一模一样。

鬼车鸟的九颗脑袋一齐张嘴，对准他们的位置，发出刺耳的干扰噪音。那噪声酷似电子诵经声，瞬间覆盖了整个城市，紧接着，漫天大雨全部静止。

苏鹤亭心里陡然生起一股熟悉的诡异感。

下一刻——

地面震动，雨水上涌，目光所及之物都开始颠倒。

小顾用双手在身前乱抓一气，却抓了个空，道："糟了，它在划分战场！"

鬼车鸟的能力是翻转，当它出现时，一切东西都会颠倒。

"距离1830米。"

"警告。"

"攻击单位开始蓄力。"

苏鹤亭憋足了气，放声喊："天变地，地变天，它跟斗兽场里的那只是同一只！"

鬼车鸟"嗡——"的一声响，浑身机甲表皮变色，变得赤红。它丑恶的金属脑袋相互纠缠，犹如混沌间的赤色利箭，旋转着撞向几人。

谢枕书长指略动，菱形碎片登时以他为中心散开。他抬手虚握，道："埋头。"

苏鹤亭头顶一沉，像是被人摁了一把。

鬼车鸟夹带的狂风乱刮，它来不及刹车，一头撞在了骤现的铁盾上！

"嘭——"

闷响震耳。

鬼车鸟的九颗头相互碰撞，发出的噪声被打断了。它扑腾着沉重的双翼，好似一只泥洼里的肥鸡。

苏鹤亭冒头，改造眼里却亮起红色警告。

"攻击单位蓄力99%。"

说时迟那时快，鬼车鸟的九颗头倏地爆炸！

"轰——"

惩罚区剧烈震动，火光瞬间弥漫开来，转至脚下的天空中腾起数十只毕方。它们蓝羽浴火，振翅而飞，喙间炮朝着四面喷吐。那些炮弹犹如火球，从天而降，炸出层层火浪。

"鬼车让道，"机械太监竖起两指，在面前比出"噤声"的动作，"神明通行。"

电子诵经声大响，火与雨交织出混沌的夜。在那天与地淆乱的尽头，驶出一辆耀眼夺目的战车。

"祝融——"

祝融稳坐在战车上，一只手持鞭，一只手握着火焰权杖。它身高十几米，在火光中不露真容，只有头顶的火焰在持续燃烧。它宽挺的背部缚有两条通体白甲的冷蛇，冷蛇盘绕在它的臂膀上，表面有鳞光闪烁。

战车拖出无尽火光，飞头獠子被编穿成旗帜。它们脸色煞白，在烈焰中高声吟唱，歌颂着祝融的荣光。

"火神的战车所向披靡。"

"火神的烈焰焚烧大地。"

"火神的威严无人能及。"

毕方开道，拖着战车。那战车在行驶间声如雷鸣，两侧斜架着的全是大口径的追踪炮，其火力足以炸平整座城市。它前置的搜索器时刻悬挂，显示着所经途中的幸存者人数。

"温度……温度在上升，"俞骋的镜片裂开了几道痕，他根本没法儿直视祝融，声音颤抖，"它离我们越来越近了！"

苏鹤亭甩了一下脑袋，右眼中的显示变得奇怪。

"X——"

"攻击单位变更。"

"危险。"

"哗——"

一发喙间炮冲来，炸在了铁盾上。

谢枕书说:"祝融行直线,让道!"

长官从没对他们说过"让道"这种话,可是这里没人比他更了解祝融,随着他一声令下,其余四人顿散。

说来憋屈,他们虽然顶着"征服者"的称号,却不复几年前的风光,遇见祝融这种级别的神魔,只有跑的份。那传说中能够弑神的队伍,实际上就剩下谢枕书一个人了。

毕方本是在无差别放炮,被祝融挥动火鞭抽了一下,发出哀婉的啼声,突然暴走,在半空中集体发出"哔"的叫声。

霎时间,喙间炮轰隆隆炸开,把倒挂的建筑统统轰得粉碎。

因为天地颠倒,巨石碎屑尽数砸向下方,雨却还在向上飞升。惩罚区一时间如同末日,是现实中没有的诡奇景观。

苏鹤亭眯起右眼,说:"我的'X'字母……"

红色感叹号再度出现,打断了他的话。

"攻击单位正在靠近。"

"危险!危险!危险!"

"哔!"

毕方乍然掉头,改变了战车的前进方向。数十只毕方一齐挥翅,光是带起的风就能刮倒一切。

苏鹤亭立即改口:"快跑!"

谢枕书早跑起来了,他冲过满是水的灰色天空,带着猫在一片混冥中奔跑,说:"你下线!"

"我倒是想,可我不会拔线,况且你还在我脑袋里。"苏鹤亭在颠簸中回头,看那战车来势汹汹,犹如巨型坦克,瞬间收起做英雄的心,趴在谢枕书耳边喊,"快跑,快跑,快跑!它要开炮了!"

战车的追踪炮一亮,几秒后,"轰——"地喷出。炮弹夹杂着尖锐的哨音,呈弧线追踪,几乎是贴着谢枕书的后脚跟爆炸。下一瞬,二人就被气浪掀飞了!

谢枕书落地的姿势标准,没摔倒。他一只手接住掉下来的苏鹤亭,把猫抡上肩头,接着跑了起来。

苏鹤亭试着比画手指枪，可他这枪在祝融的战车面前就像是把玩具喷水枪，连火苗都没有人家的大。谢枕书耳边的十字星闪动，他脸上溅到了倒逆的雨水，苏鹤亭恍惚中竟觉得这一幕似曾相识。

祝融挥鞭，那鞭响声炸起，让战车周遭的火焰越燃越烈。

"目标正在蓄力。"

蓄什么？

这家伙还在蓄力？

飞头獠子受火炙烤，神情可怖，挨个儿尖叫。前方拉车的毕方也不好受，在鞭挞下啼叫不止，把周遭都夷为了平地。它们鬼哭狼嚎，炮不间断，让整片区域变成了烈火炼狱。

谢枕书疾速狂奔，可是前方根本没有出路。

祝融的战车轰鸣，它举起那火焰权杖，指向谢枕书，说："谢——枕——书！"

飞头獠子痛苦地大喊："谢枕书！"

祝融的声音变幻，时响时弱，道："你这卑鄙的弑神者，把头——"

空间骤然扭曲。

它厉声说："把头还我！"

轰！

祝融的怒火喷溅，它坐在战车内的身体竟然没有头颅。

谢枕书现出阿修罗，在追踪炮的轰炸里飞奔。"妄杀"相口中含着的炮筒疯狂开炮，在几声炮响中炸歪了祝融的火焰权杖，为奔逃争取了些许时间。

"目标蓄力80%。"

谢枕书跳过水洼，脚步一停，突然攥住苏鹤亭的前襟，说："闭上眼睛就能回去，我送你。"

"目标蓄力90%。"

他话音一落，就毫不留情地把猫用力抛向远方。

苏鹤亭没防备，被抛了老远。阿修罗闪电般地瞬移，凌空接住了苏鹤亭，用一只手盖住了苏鹤亭的眼睛。

"请保持呼吸,回到——"

"目标蓄力 100%。"

轰!

烈火以祝融为界,迅速燃起数十米高的焰浪,把本就混乱的世界变作无间地狱。它把暴怒尽数宣泄于此,挥舞着权杖,喊道:"不可饶恕!"

三秒后,阿修罗原地解散,变作碎片。

苏鹤亭的口鼻如同蒙在雾间,他睁不开眼,也听不清声音。意识跟谢枕书难分难舍,像是黏作一块的胶水。他想说"别",却逐渐沉入了黑暗的深渊。

这里藏着谢枕书的记忆。

(第一册完)

图书在版编目（CIP）数据

准点狙击 / 唐酒卿著. — 武汉：长江出版社，
2024.10—ISBN 978-7-5492-9519-7
Ⅰ.I247.5
中国国家版本馆CIP数据核字第2024D12D54号

准点狙击　唐酒卿　著
ZHUNDIAN JUJI

出　　版	长江出版社	
	（武汉市解放大道1863号）	
选题策划	眸　眸	
市场发行	长江出版社发行部	
网　　址	http://www.cjpress.cn	
责任编辑	陈　辉	
封面设计	普遍善良	
印　　刷	长沙鸿发印务实业有限公司	
版　　次	2024年10月第1版	
印　　次	2024年10月第1次印刷	
开　　本	880mm×1230mm　1/32	
印　　张	11.5	
字　　数	333千字	
书　　号	ISBN 978-7-5492-9519-7	
定　　价	42.80元	

版权所有，翻版必究。如有质量问题，请联系本社退换。
电话：027-82926557（总编室）　027-82926806（市场营销部）